| 일본 근대 수필평론의 최고봉 |

사랑과 인식의 출발

구라타 하쿠조(倉田百三) 지음
조기호(曺起虎) 옮김

제이앤씨
Publishing Corporation

| 일본 근대 수필평론의 최고봉 |
사랑과 인식의 출발

초판인쇄 2020년 10월 15일 | 초판발행 2020년 10월 25일

지은이 구라타 하쿠조(倉田百三) | 옮긴이 조기호(曺起虎)
발행인 윤석현 | 발행처 제이앤씨 | 등록번호 제7-220호
우편주소 (01370) 서울시 도봉구 우이천로 353
대표전화 (02) 992-3253 | 전송 (02) 991-1285
전자우편 jncbook@daum.net
책임편집 김민경

ISBN 979-11-5917-165-9 (03830) 정가 20,000원

이 도서의 국립중앙도서관 출판예정도서목록(CIP)은 서지정보유통지원시스템 홈페이지(http://seoji.nl.go.kr)와 국가자료종합목록 구축시스템(http://kolis-net.nl.go.kr)에서 이용하실 수 있습니다. (CIP제어번호 : CIP2020043097)

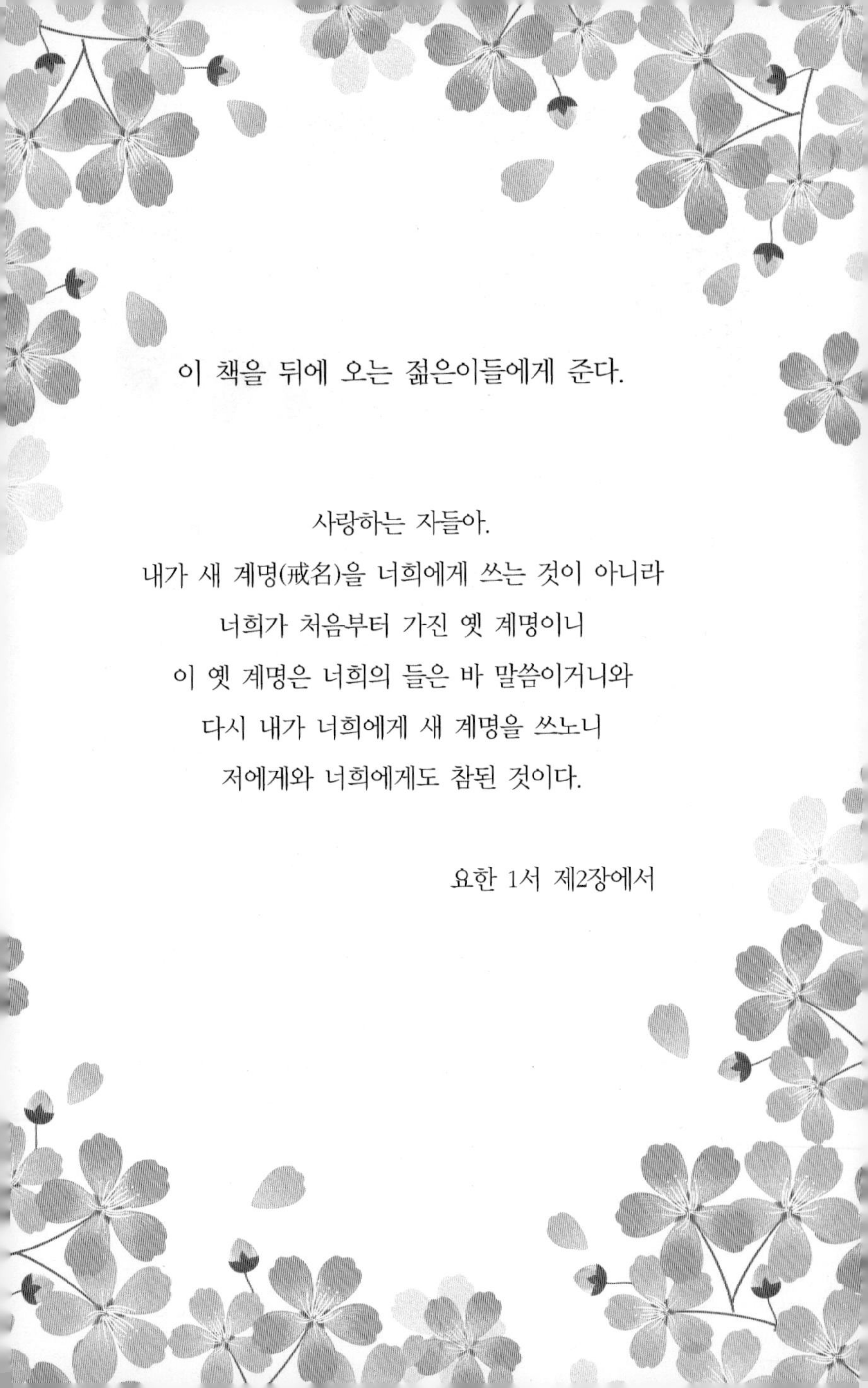

이 책을 뒤에 오는 젊은이들에게 준다.

사랑하는 자들아.
내가 새 계명(戒名)을 너희에게 쓰는 것이 아니라
너희가 처음부터 가진 옛 계명이니
이 옛 계명은 너희의 들은 바 말씀이거니와
다시 내가 너희에게 새 계명을 쓰노니
저에게와 너희에게도 참된 것이다.

요한 1서 제2장에서

[그림 1]
구라타 햐쿠조의 탄생지(히로시마현 쇼바라시 미요시초, 석비)

[그림 2]

미요시중학교 시절 친구들과 함께(뒷줄 우측에서 두 번째가 하쿠조)

[그림 3]
집필활동이 왕성할 무렵의 하쿠조(1918년 하쿠조 27세 무렵)

[그림 4]

나오코 부인(뒷줄 중앙, 본래 성은 이부키야마)과 제자들

(도쿄 오모리 자택)

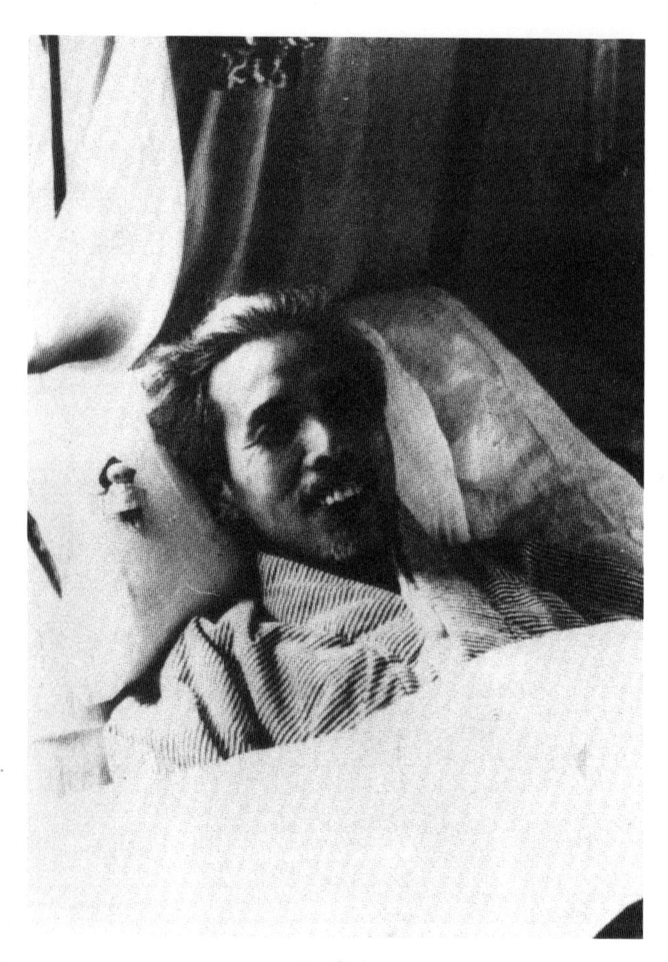

[그림 5]
병상의 햐쿠조(1940년 49세)

[그림 6]
쇼바라의 구라타 햐쿠조의 묘
(햐쿠조의 묘는 도쿄 후추시 다마영원에도 분골되어 건립되어 있다)

[그림 7]
모교인 미요시 고교의 문학비 건립 기념사진

[그림 8]
구라타 햐쿠조 광장(쇼바라시 그랜드 호텔 옆 〈청춘은 짧다. 보석과 같이 그것을 아껴라〉는 글이 큰 돌에 새겨져 있다.)

[그림 9]
잇토엥의 입구와 필자

[그림 10]
잇토엥 정문

[그림 11]
잇토엥 종합 사무실 전경

[그림 12]
창립자 니시다 텐코 근영

[그림 13]
니시다 텐코 부부 조각상

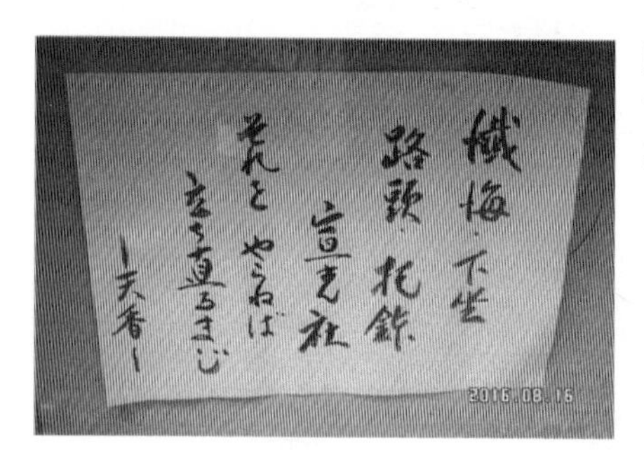

[그림 14]
니시다가 주창한 참회, 하좌, 로두, 탁발 등의 친필

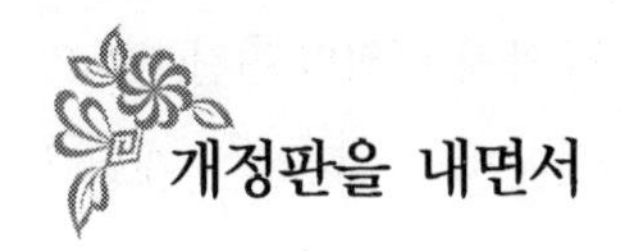

개정판을 내면서

이 책은 발행된 이래, 인생과 진리를 사랑하는 청년들에게 널리 읽히어 수많은 판을 거듭했고 지금도 여전히 바쁘고 복잡다단한 세상 속에서도 자기 본연의 진실한 모습을 읽지 않으려 하는 마음속의 깊고 맑고 깨끗한 젊은이들 사이에서 계속 읽히고 있다.

나는 그 생명의 봄에 눈 떠, 인생의 탐구를 향해서 이제 막 출발하기에 시작한 그 청년들에게는 이 책이 틀림없이 넌지시 일러주는 바가 많은 길잡이가 될 수 있을 것이다. 내가 믿는 것은 사상적 내용 그 자체보다도 인생에 대한 태도이다. 어떠한 태도를 가지고 살아가야 할 것인가에 대한 그 정성과 힘과 근본적인 자유성들은 지금의 청년들에게 감염해도 결코 잘못이 아닐 것이기 때문이다. 이 책은 가령 사상적으로 미숙함과 오류를 품고 있는 경우에도 순일(純一)할 것이고 어떠한 불순한 것에도 물들지는 않을 것이다. 나는 반어라든지 풍자 따위의 편린(片鱗)으로 논술을 맛이 나게 하는 대가(大家)들에게도 흔히 있는 레토릭 rhetoric 조차 결코 쓰지 않았던 것이다. 철두철미 순일하여 무잡(無雜)한 태도를 지킬 수 있었던 것은, 이 책이 젊은이들에게 널리 읽힘에 즈음하여 내가 느끼게 되는 하나의 안심이다. 교활하고 천박하고 예민하고 적당히 세상일에 익숙해지는 오늘날의 악폐로부터 청년들을 방위하는 데 도움이 되기도 할 것이다.

이 책에는 이른바 유물론적인 사상은 없다. 일반적으로 말해서 사회성에 대한 고찰이 부족하다. 그러나 생명에 눈뜬 사람은 먼저 자기가 받은 생명의 우주적 의의에 대한 경이감(驚異感)으로부터 시작하지 않으면 안 된다. 인식과 사랑과 공존자(共存者)에의 연관 따위는 거기에서 근원을 발할 때에만 튼튼한 기초를 가질 수 있다. 사회공동체에 관한 관념도 나와 너와 그와를 하나의 전체로서 삶을 내려 준 절대(絶對)를 향하여 귀일시키는 기초 없이는 따르기가 어렵다. 사회과학 앞에는 생명의 형이상학이 없어서는 안 된다.

이 책을 출판한 후로 이미 15년이 지났다. 나의 사상은 그동안에 성장, 발전했고 삶의 발걸음은 깊어졌으며 인생 체험은 다양해졌다. 따라서 오늘날 이 책에 담겨 있는 그대로의 사상을 가지고 있지는 않다. 그러나 나의 인간과 사상과의 엘리멘트 element는 여전히 변함이 없다. 그리하여 '혼(魂)의 발전'을 중요시하는 나는 영구히 청년들이 그곳을 통과해야만 하는 꼭 필요한 것으로서의 느끼는 요령과 생각하는 방법의 경로를 남겨두고 싶은 것이다. 생각하건대 사상이란 생명이 성장하기 위해서 벗어 던지고 오지 않으면 안 되는 껍질이다. 그러나 그 껍질로 통과하지 않고 빈약하기란 누구에게나 불가능하다. 청춘 시대에는 청춘의 덮개를 뒤집어쓰고 있지 않으면 안 된다. 생명과 인식과 사랑과 선(善)에 대해 경이감을 느껴 그것을 찾아 번민하는 것은 청춘의 특질이지 않으면 안 된다. 사회성과 처세에 대한 배려는 좀 뒤늦게 와야 할 것이고 그것이 청춘의 꿈을 좀먹어 버리는 것은 애석히 여겨야 할 노릇이다. 세상에 속한 것과 하늘에 속한 것과의 사이에는 성서(聖書)에 씌어 있는 바와 같이 건너기 어려운 도랑이 있다. 우선 하늘과 생명에 관한 사상과 감정에 충실히 하여 그 청춘을 살아라. 내가 나의 청춘을 회고하여 후회함이 없는 것은 그 때문이다. 얼마 안 가서 세상은 그 건조함과 평범함과 음탕함과 난잡함 등으로 티끌을 가지고 바라지 않더라도 제군에게 밀어닥칠 것이기 때문이다.

"항상 큰 사상을 가지고 살되 사소한 일을 가볍게 여기는 습관을 지녀라."고 카알 힐티Karl Hilty는 말했다. 오늘날 지식층 청년의 사회적 환경에 대하여 동정해야 할 여러 가지 조건을 결코 나는 모르는 바는 아니다. 그렇지만 내가 여전히 이 말을 강조하는 까닭은 처세에 대한 사소한 배려가 결국은 청춘을 좀

먹어 기백을 앗아가고 더구나 물질적으로도 그것들을 경시했을 때보다도 조금은 좋은 것을 가져다주지 않을 것임을 알기 때문이다. 오늘날의 세계에 있어서는, 물질적인 결핍 속에서 위대한 정신을 보존할 각오가 없이는 정신적인 일이나 사회 혁명에도 종사할 수는 없다. 물질이 부족하다고 해서 물질에 구애를 받는 것은 시시하다. 다이토(大燈)의 "어깨 있고서 걸치지 못하는 일은 없으리라"는 말이나 예수의 "이런 것들은 너희에게 주지 않으리라"는 말을 가지고 그 청춘을 하늘과 목숨과 인식과 윤리의 본질적으로 영원한 사랑, 감정에 몰두하라. 제군의 장래를 위대하게 할 원천은 여전히 여기에 있다.

오늘날 세간(世間)의 번뇌 속에서 대승(大乘)의 신념을 얻어서 살고 국민운동의 사회적 실천에 따르고 있는 나는 그럼에도 불구하고, 제군의 청춘에 뉘우침이 없도록 해 주기 위해서 이 어드바이스를 하는 바이다.

청춘은 짧다. 보석처럼 간직하여 그것을 아껴라. 비천함과 더러움이 숨어 들어오지 못하게 하고 꿈을 크게 하고 깨끗하게 하여라. 꿈꾸지 않을 때, 그 청춘은 끝나는 것이다.

(1936년 12월 10일)

서문

이 책에 실린 것은 내가 오늘까지 써온 감상 및 논문의 거의 전부이다. 이 책의 출판은 나에게는 두 가지의 의미를 지니고 있다. 하나는 나의 청춘의 기념비(記念碑)이기 때문이고, 다른 하나는 뒤에 오는 청년의 마음에게 주는 선물이기 때문이다. 나는 지금 나의 청춘기를 끝마치려고 하고 있다. 이제야말로 청춘의 '젊음'을 매장하고, 연령에 관계없는 '영원한 젊음'을 가지고 살아갈 것임을 나는 지향하고 있다. 나는 나의 청춘과 작별을 고하려고 함에 있어서 참으로 무량한 감개(感慨)에 젖지 않을 수 없다. 나는 나의 청춘에 대하여 한없는 애석함을 느낀다. 그리하여 위로하고 싶은 마음조차도 억제할 수가 없다. 나의 청춘은 참으로 진지하고 순결하며 또한 용감했다. 그리고 고뇌와 시련으로 가득 차 있었다. 그래서 나는 지난날을 돌아다볼 때 그와 같은 고뇌와 시련 속에서 올바로 살아갈 길을 개척하여 인간의 영혼이 참으로 걸어가야 할 방향으로 나아가고 있음을 느낀다. 그리고 나는 내가 그 청춘의 그토록 가열(苛烈)했던 동란 속에 있으면서도 자신의 그림자를 잃어버리지 않고 정도(正道)에서 벗어남이 없이 걸어올 수 있었음을 진심으로 누군가의 은혜라고 느끼지 않을 수 없다.

나는 지금 나의 청춘을 매장해 버리고 합장하여 향불을 사르고 싶은 경건한 마음이다. 그리고 내가 청춘을 끝마치기까지 내가 접촉해 온 나를 성장시키는 데 도움이 되어 준 — 다소라도 내가 상처를 입히고 있는 — 사람들에게 감사를 드리고 그들의 행복을 빌지 않을 수 없는 기분이다. 나의 청춘은 또한 참으로 많은 과실(過失)로 가득 차 있었던 것이다. 나는 나의 뒤에 오는 청년이 나처럼 진지하고 순결하고 열성적이며 용감하고 새파랗게 그렇지만 나처럼 과실을 범하지 않고 따라서 나나 다른 사람의 운명을 손상시킴이 없이 현명하게 그 청춘을 보내기를 진심으로 빈다. 그런 과실은 참으로 순수한 '젊음'에 수반하는 것이기는 하지만 그것은 일생의 운명에 대한 결정적인 계기를 만들 만큼 중대한 것이고 그 과실의 결과는 참으로 오래 가고 무서운 것이기 때문이다. 현재 나는 그 과실의 응보(應報)로부터 지금도 오히려 치유를 받지 못한 채 불행한 처지에서 살아가고 있다. 다만 나는 그 처지 속에서 축복을 발견하는 길에 대한 암시를 — 그것은 나의 청춘 그 자체가 넌지시 일러 준 것이지만 — 희미하게나마 붙잡고 있기 때문에 앞으로의 생활에 대한 희망을 지닐 수 있는 것이다. 나는 거기에서 나의 과실을 보상하고 살리어 아니 그 과실에 의해서 한층 더 완전한 것에로 다가갈 지혜를 얻을 수 있었다고 생각하고 있다. 이 책은 그 과정에 관한 기록이다.

나는 이 책이 뒤에 오는 청년들에게 유익한 것임을 믿지 않을 수 없다. 그것은 나의 청춘이 뛰어나고 아름다우며 완전하기 때문이 아니라 도리어 많은 과실을 지니고 있기 때문이다. 그리고 그 과실이 보상을 받아 적어도 보상을 받은 본도(本道)에 서서 나아가고 있기 때문이다. 나는 이 책을 뒤에 오는 청년들에게 대해서 현재의 내가 줄 수 있는 가장 좋은 선물임을 믿는다. 사람이 만일 마음을 텅 비어 두고서 이 책을 처음부터 끝까지 읽는다면 틀림없이 무엇인가를 얻게 될 것이다. 거기에 하나의 젊은 영혼이 처음으로 눈떠 놀라며 자기 앞에 놓인 온갖 생활의 여건(與件)을 향해서 똑바로 떳떳이 열성적으로 활동하면서 동경하고 의심하며 또한 기뻐하는 등의 갖가지의 체험을 거친 후에 비로소 사랑과 인식이 가리키는 본도로 나아가 마침내 그런 여건을 지배하는 법칙 및 그 법칙의 창조자에 대한 승인 및 신앙과 순종의 의식에 대한 암시에 이르기까지의 삶이 걸어온 역사가 있다. 이 책에 실린 문장은 그 사색의 성적에 있어서는 반드시 뛰어난 것이라고는 할 수 없지만 그 문장이 기술된 동기는 어느 것 하나도 그 표출(表出)의 이유와 충동으로 가득 차 있지 않은 것은 없다. 그리고 한 가지로부터 다음 것에로 옮아가는 과정에는 필연적인 체험의 연락이 있다. 그런 의미에 있어서 참으로 영혼의 성장에 관한 기록이다.

사람은 처음 것보다는 마지막 것을 읽어 감을 따라 점차로 그 사색과 체험이 깊어지고 그 사고방식은 다양하고도 실질적으로 되며 처음에는 심판을 내려 벌을 주었던 것도 용서하고 배척했던 것을 받아들이고 애매했던 내용은 명확해져서 점차로 깊어져 크고 또한 그 마지막에 가까운 것은 어느덧 '은혜'의 의식의 그림자가 숨었다 나타났다 하는 경지에까지 도달하고 있는 것을 발견할 것이다. 그런 의미에 있어서는 사람은 오히려 나를 너무나 빨리 늙어버렸다고 여길지도 모를 정도이다. 실제로 나에게는 장년기와 노년기가 동시에 온 것 같은 기분이 든다. 그것은 반드시 내가 치밀한 사색에 견딜 수 없는 두뇌의 엉성함과 발랄한 체험을 지탱할 수 없는 신체의 병약(病弱)함 때문이 아니라 참으로 나와 같은 운명을 받은 자, 일찍이 죽을 것임을 예감한 자가 피안(彼岸)과 조화(調和)에 대한 사모를 서두르는 것은 필연적이고도 당연한 일이다. 그런 의미에서 나는 「사랑을 잃은 자의 걸어갈 길」 이후에 쓴 것은 장년기를 지난 사람에 대해서도 읽기에 적당하지 않다고는 생각하지 않는다. 물론 이 책에는 특히 그 처음 무렵의 것엔 유치하고도 젊음에 수반하는 자기 재능을 뽐내고 싶은 마음과 감상(感傷)이 상당한 정도로까지 담겨 있다. 그렇지만 나는 나의 청춘의 추억을 보존하기 위해서 어느 정도의 수치를 참고 그것을 남겨 두었다. 그런 주제넘은 생각이나 감상은 그것이 진지하고도 본질적인 품성에 뒷받침이 되어 있을 때에는 청춘의 하나의 사랑스러운 특색을 이루는 것이다. 실제로 나는 그런 것을 전혀 가지고 있지 않은 청년을 청년으로서 사랑하기는 곤란하다고 느낀다. 또한 상당히 눈에 거슬리는 외국어 사용 등도 학생으로서의 기분을 보존하기 위해서 굳이 그대로 남겨 두었다.(중략)

또한 이 책에는 어느 정도 자주 동일 사상의 반복 혹은 전후 모순되는 문장이 담겨 있다. 이것은 곧 내가 동일한 문제를 되풀이하고 되풀이하여 여러 가지의 입장에서 바라보고 생각하고 연구하기 위해서 그리고 사색과 체험이 쌓여감에 따라서 앞에서는 부정했던 것도 받아들이고 혹은 앞에서 긍정했던 것도 부정하기 이르렀기 때문이다. 사상이 필연적인 연락을 보존하여 성장해 나가는 과정을 더듬는 것으로서 이런 반복과 모순은 피할 수 없는 것일 뿐만 아니라 또한 그 사색과 체험이 진지한 것임을 증명하는 것이라고 생각한다.

이 책은 청년으로서 정말로 사색해야 할 중요한 문제를 모조리 내포하고 있다고 해도 좋을 것이다. 즉, 「선이란 무엇인가?」「진리란 무엇인가?」「성욕이란 무엇인가?」「신앙이란 무엇인가?」 등의 문제를 가령 결코 해결할 수 없었다고 하더라도 이것들에 관한 가장 본질적인 사고방식을 드러내고 있다. 그와 동시에 사고방식은 어떤 의미에 있어서는 해결보다도 중요한 것이다. 일반적으로 나는 이 학술적 부분에는 자신을 가지고 있지 않다. 특히 「이웃으로서의 사랑」 이후로는 나의 흥미는 차츰 철학에서 떠났고, 따라서 표현법도 의식적으로 학술적인 용어를 피하여 직접적으로 '마음'에 호소할 수 있는 것을 선택하기에 이르렀다.

내가 이 책에서 가장 자신 있다고 생각하는 점은, 인간이 정말로 인간으로서 생각해야 할 여러 가지의 중요한 문제를 제출하고 그것에 대해서 깊이, 멀리, 또한 정답게 이야기할 수 있었다고 믿는 점에 있다. 나는 이 책이 읽는 이의 마음을 선량하게, 솔직하게, 성실하게, 또한 윤택하게 하는 데 조금이라도 도움이 되기를 바라는 바이다. 하나의 인간이 어떻게 살고 있는가는 선하거나 악하거나 간에 같이 살고 있는 다른 사람의 지침이 된다. 그런 의미에 있어서 이 책은, 그 청춘의 위험이 많은 항로를 끝마친 선원이 뒤에 오는 선원에게 가리키는 신호이다. 나는 그들의 항행이 평안하기를 진심으로 염원한다. 그와 동시에 나도 또한 사랑과 인식이 가리키는 방향에로 항로를 정하여 긴 항행을 한 후에 마침내 피안에 도달하기를 염원하는 바이다. 그렇지만 그것은 자비의 인도가 없이도 성취할 수 있으리라고는 생각하지 않는다. 원컨대 조물주의 자비가 나와 그리고 나와 같이 창조된 것 위에 가득히 내려지기를. (1921년 1월 18일 아침)

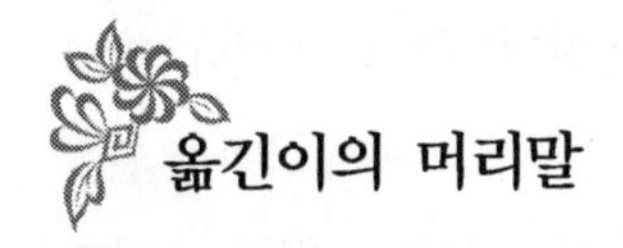

옮긴이의 머리말

1990년 4월 옮긴이는 일본 교토(京都)에서 유학을 시작했다. 가모노 초메이(鴨長明 ; 1155-1216, 이하 '초메이')의 무상감이 물씬 풍기며 수필문학의 백미라 여겨지는 중세 수필 『방장기(方丈記)』의 사상에 경도된 채 붓쿄대학(佛教大學) 대학원의 문학연구과에서 일문학전공으로 연구하게 된 것이다. 일본의 불교문학 연구의 첫 단추를 이 『방장기』와 그 저자 초메이의 와카(和歌)를 통해 끼워 보자는 생각이 머릿속에 크게 내재했다. 이는 교토와 그 일대가 초메이 연구의 본고장으로서 연구하는 데 최적임지이었기 때문이었다.

옮긴이가 이 『사랑과 인식의 출발(愛と認識との出發)』이라는 책을 처음으로 접한 것은 학부의 일본문학사 과목을 통해서였다. 물론 저자인 구라타 햐쿠조(倉田百三; 1891-1943)라는 이름은 알았었다. 그런데, 1991년 2월 '요네야마(米山) 로타리 장학금'의 수혜자를 선발하는 면접장에서부터 이 책을 실제로 접할 수 있었던 셈이다. 이 몸은 적잖게 50분 동안의 면접에 임했다. 면접이 끝나자마자 한 면접 위원이 이미 면접장을 빠져 나간 본인을 복도에서 부른 후 불교문학이라고 해도 '근대'의 그것도 있다면서 손바닥 정도 크기의 메모용지에 "『愛と認識との出發』と『出家とその弟子』"라고 적어 주면서 일독하면 참고가 될 것이라고 말했다.

이 메모를 받아들고 고서점에서 이상의 두 권의 서적을 어렵사리 구할 수 있었다. 이 수필평론 『사랑과 인식의 출발』과 희곡 『출가와 그 제자』라는 두 권의 책을 접할 수 있었다. 그러나 초메이의 와카와 『방장기』의 연구가 시급하여 이상의 두 권의 서적은 새까맣게 잊고 말았다.

1997년도 중앙대학교 대학원 박사과정 일어일문학과에 입학하게 되었다. 그 당시도 불교문학을 연구하고자 했다. 그때 일본문학계의 큰 별인 황성규(黃聖圭) 선생님이 지도교수를 자청하면서 "함께 해보자! 구라타 하쿠조(倉田百三)의 『출가와 그 제자』와 『사랑과 인식의 출발』이라는 일본 근대의 불교문학으로! 나는 비록 기독교문학이 좋아 연구해왔지만 나이가 들수록 불교방면의 문학과 사상이 그리워진다!"고 일침을 놓았던 것이다. 이에 필자는 동의했으나 황 선생님은 갑작스레 열반하고 말았다. 그 후 원광대학교 대학원에 편입하여 '근대 일본'과 '불교문학사상' 그리고 '죽음 의식'이라는 키워드 아래 이상의 두 작품을 비교적 상세하게 고찰하는 논문으로 2004년에 졸업하게 되었다. 물론 이 박사학위논문 이전에도 옮긴이는 『사랑과 인식의 출발』과 『출가와 그 제자』에 관한 연구논문을 수회에 걸쳐 발표, 유관 학회지에 게재한 바 있다.

그러니까 옮긴이는 이 『사랑과 인식의 출발』을 연구논문과 박사학위논문의 집필을 하기 위해 수회에 걸쳐 읽은 적이 있다. 그 때마다 느끼는 것은 구라타가 30세이던 청년기인 1921년에 이 책을 썼다는 점에 놀라웠다. 한 사람이 30대를 살아보지 않고 이 책에 나타나 있는 종교적이고 철학적인 어휘를 수없이 기술했다는 점에서도 그렇지만 생명과 사랑의 인식에 의문을 품으면서 일본의 철학계를 통철하고 예리하게 바라보는 그 안목에 놀랍기만 하다. 이 책에서 '사랑'은 어머니와 아들 사이의 사랑과 남녀 간의 사랑, 이웃 사이의 사랑 등 폭넓은 개념이지만 '인식'은 철학과 사랑과 신(神)에 관한 것이며 '출발'은 시작의 의미가 함축되었다고 할 수 있다.

『사랑과 인식의 출발』의 내용에 관하여 한국인 백 철이라는 문학평론가의 해설을 인용해 본다. "결국 내가 생각하기에는 구라타 햐쿠조가 자신의 불행한 젊은 시절에 참된 생명감, 사람의 생명이 얼마나 귀중한 것인가를 실감한 일에서 출발하여 그 생명을 지키고 확충해간다. 그런데 인간에게는 무엇이 필요한가 하면 그것은 동경과 희망이 되고 사랑이 되며 신앙이 된다.

나아가 수상록이 되고 그의 철학이 되고 만다. 사실 구라타 햐쿠조는 철학을 지망하고 제일고등학교(第一高等學校, 오늘날 도쿄대학 교양학부)에 입학한 수재였다."는 내용이 바로 그것이다. 그러나 구라타는 일고(一高)를 중퇴하고 졸업하지 못했다. 그 대신 창작열이 대단하여 희곡, 수필평론, 소설 등 하나의 장르에 얽매이지 않고 수많은 작품을 후대에 남겼다.

구라타는 정토진종의 환경에서 태어났으나 한 때 기독교에 경도되기도 했다. 또 잇토엥(一燈園)에서 지내기도 했다. 그런 가운데 극심한 투병생활을 오래도록 한 경험이 있다. 그런 과정 속에서도 그는 연애를 크게 지향하면서 '사랑'을 다각도로 인식해 나간 인물이다. 이 같은 과정에서 육체적 고통과 정신적 고뇌는 수필평론인 『사랑과 인식의 출발』에 적잖게 기술되어 있다.

신란(親鸞)사상이 일본에서 보편성을 인정받고 있는 것은 일본의 '근대문학'이 '불교'와 관계를 맺게 된 메이지(明治) 시대를 거쳐 다이쇼(大正) 시대를 전후로 하여 지속되어졌기 때문이다. 따라서 구라타의 영향을 받은 일본의 다른 문학가들은 '구라타론(倉田論)'에 관하여 연구하는 한 〈출가와 그 제자, 사랑과 인식의 출발〉을 축으로 하면서 문학적 이론을 펴나갔다.

구라타는 결코 예상하지 못했던 두 누나의 '죽음'을 지켜보면서 '아무리 사랑하는 사람이라도 대신 죽어 줄 수 없다'는 명백한 사실을 절절하게 깨닫게 된 것이다. 이는 그의 가슴 속에 내재된 불교적 사고체계와 실제적인 신행이 독실했기 때문에 “자신의 마음속에 사찰을 세우고 싶다”고 하기도 했다. 나아가 불심에 의해 정신적 고독을 극복함과 더불어 ‘자살 충동’마저 이겨낸 인물이다.

이 『사랑과 인식의 출발』에는 청춘기에 한번쯤은 진지하게 부딪쳐 고뇌하고 생각해 보아야 할 선(善) · 진리 · 성 · 신앙 · 우정 · 연애 · 사랑 · 노동 등의 문제들이 실려 있다. 그러므로 이 책은 구라타 자신이 청춘의 과제로서 진지하게 괴로워하면서 해답을 추구해 본 자전적 인생론이라고 할 수 있다.

또한 이 책은 청춘, 기독교, 불교, 니시다 키타로(西田幾多郞), 잇토엥(一燈園), 니시다 텐코(西田天香), 계명(戒名)을 비롯하여 이웃 · 연인 · 타력 · 신앙 · 죽음 · 헤겔 · 칸트 · 자비 · 번뇌 등의 어휘가 수십 회 되풀이되면서 세상의 빛을 봤다.

끝으로 이 책을 번역하기 위해 사용한 원본은 「岩波書店, 昭和4년 10월 30일」 발행된 책과 「角川書店, 昭和45년 10월 30일」 출판된 서적을 참고했음을 밝혀 둔다. 이 가운데 이상의 두 출판사의 서적은 일본에서 오늘날에도 문고판으로 발행되고 있어 출간된 지 1백여 년이 지난 요즘에도 여전히 독자들의 사랑을 받고 있는 셈이다.

일본 근대의 수필평론으로서의 최고봉이라 할 『사랑과 인식의 출발』이라는 애정 어린 책을 처음으로 접한 지 30년 여만에 번역하여 한국사회에 내놓는 기쁨이 여간 크지 않다. 이 방면에 관심을 가지고 있는 청년들과 일반인 그리고 일본문학을 학습하거나 강의하는 사람들에게 일독을 권하는 바이다.

2020년9월 어느 날

전주천이 내려다보이는 서재에서

조 기호

차례

- 개정판을 내면서 13
- 서문 17
- 옮긴이의 머리말 23

01/ 동경(憧憬) 31
02/ 생명의 인식적 노력 74
03/ 이성(異性) 속에서 나를 찾으려는 마음 116
04/ 자연아(自然兒)로서 살아라 152
05/ 사랑을 잃은 자의 걸어갈 길 176
06/ 이웃으로서의 사랑 198
07/ 은둔(隱遁)하는 마음에 대하여 215
08/ 사랑의 두 가지 기능 235
09/ 과실(過失) 248
10/ 선(善)하게 되려는 기도 263
11/ 타인에게 작용하는 마음의 근거에 대하여 277

12/ 본도(本道)와 외도(外道) 294
13/ 지상(地上)의 남녀 311
14/ 문단에의 비난 335
15/ 사람과 사람과의 종속 338
16/ 『출가와 그 제자』의 상연에 대하여 345
17/ 천수관음(千手觀音)의 화상(畵像)을 보고 352

● 해설(解說)

작품의 문학적 장르에 관하여 368
구라타 햐쿠조의 종교적 심경의 변화 371
작품의 성립배경과 문학적 위상 380
倉田百三의 연보(年譜) 392

01

동경(憧憬)

산노스케(三之助)의 편지

철학자는 외로운 투구벌레이다.

고(故) 제임스James 박사는 이렇게 말했다. 얄미울 정도로 애처로운 말이 아닌가? 생각하건대, 박사는 작년 여름 때마침 능소화(凌霄花)의 큼직한 꽃송이가 땅거미 속에서 한들거리고 있던 슈코로아Chocorua의 별장에서 홀연히 이승을 떠나셨지. 박사께서 걸어온 고독한 길을 더듬어 가려고 하는 나의 벗이여! 나는 이 한 구절을 읊조릴 때 수염이 띄엄띄엄 나고 두 눈동자가 온화한 박사의 얼굴이 내 눈에 선명하게 그려져 예컨대 밝은 분이라고는 하지만 달빛으로 어슴푸레해진 정원에서 빛깔을 감춘 검은 꽃의 그윽한 향기를 맡으면서 한없는 애조를 듣는 것처럼 하염없이 눈물을 짓는다네. 그리고 이렇게 애수에 싸였을 때 내가 항상 그렇듯이 오늘도 자네에게 편지를 쓰고 싶은 생각이 난 것이라네.

그 후의 일상생활에는 아무런 변화가 없었지만 마음만은 항상 둥둥 떠 있다네. 별 일은 없고 다만 운동중추를 잃어버린 개구리와도 같은 몰골이라면 그렇다는 것이지. 인생의 애착자(愛着者)가 되고 싶어 못 견디겠으나, 그러기에는 있어서는 안 될 근본 신념이 지난 몇 년 동안 눈을 접시 만하게 뜨고서 찾아다녔지. 그러나 아직껏 붙잡을 수가 없었다네. 그렇다고 해서 어디 차디찬 인생의 방관자야 될 수 있겠는가? 이 지경에서 방황하는 나의 가슴에는 안타까운 불안함과 고적(孤寂)함이 끊임없이 엄습해오네. 하나는 하얀 스크린에 비치는 환등의 그림이 사라지기 쉬운 데서 느껴지는 불안함이고 또 하나는 마비된 손을 거듭 쥐어 보아도 아무런 반응이 없는 데서 느껴지는 허전함뿐이라네. 이따금 이런 목소리가 커다란 권위를 띠고서 울려오는 일이 있다네.

> 덧없는 인간의 지혜로써 무엇을 해결하려고 한단 말인가? 몇 년이나 걸려야 해결된다는 것인가? 그것을 해결한 다음부터가 그대의 뜻있는 생활이라면 그것은 위태로운 일이야. 처음부터 의의 있는 생활을 계산에 넣고 덤비지 않는 쪽이 나을지도 모르지. 의혹의 구름 속으로 머리를 쑤셔 넣었다가 이윽고 구름의 일부분으로 뚫려서 사라져 버리는 것이리라.

는 생각이 머릿속을 지나치네.

한 번은 하도 두려워 떨면서 이 목소리에 무릎을 꿇고 엎드렸다네. 하지만 거만한 마음은 벌떡 고개를 쳐들더군.

> 아무리 괴로워도 또 설사 어떤 의의가 불분명하더라도 구름 속으로 풀리어 사라져 버리더라도 그 원인은 나의 의지대로 해 왔기 때문이다. 이 세상에서 마음먹은 대로를 할 만큼 좋은 일이 있겠는가? 게다가 나는 어느 연인 같은 진리를 연모하고 있다. 정말 나는 상대방의 얼굴을 아직 보지 못 하였다. 그러나 그녀는 반드시 아름다운 고귀한 얼굴을 가지고 있을 것임에 틀림없다. 아직 보지 못한 사랑의 즐거움을 자네는 모를 것이네. 나의 사랑이 짝사랑으로 끝난다고는 단언할 수 없지. 언젠가 그녀는 반드시 나에게 마음을 돌릴 것이다. 흰 구름 위에서 나를 부르고 있는 그녀의 다정하고 고상한 목소리가 들리는

듯한 느낌이 든다. 생각해 보시게. 서로 가슴을 털어놓는 것도 즐겁겠지만 털어놓지 않고 있을 때도 버리기 어려운 일이 아니겠는가. 나는 아무래도 단념할 생각은 없다.

여보게. 나는 이런 식으로 생각하고는 저상(沮喪)하는 마음을 격려해 주고 있는 마음일세. 늘 하는 이야기지만, 우리 학교에는 이야기가 통하는 놈이 없네 그려. O시(오카야마, 岡山)의 천지(天地)에서 나는 고독한 자리에 서 있다네. 부질없이 마구 떠들어대는 구경꾼들, 값싼 종교를 빙자한 신앙인들, 단순한 마음을 가진 존경할 만한 평범한 인간들, 신경의 예민함과 관능의 델리커시delicacy로 코를 벌름거리는 매우 불쾌한 문예인 등은 많지. 하지만 인생에 대한 투철한 비판과 얽히고설킨 집착과 진지한 태도를 가지고 성실히 인생을 애착하고자 하는 사람은 없다네. 그 나력(癩癧) 환자인 O군과는 그저 문학상에 있어서만 이야기가 통할 뿐이네. 그는 근본적인 사색에는 마음이 향해 있지 않더군. 그는 생각하지 않고 다만 맛보려고만 힘쓰고 있네. 그의 유일한 밑바탕은 삶의 자극, 곧 쾌락 내지 환락 같은 것이라네. 그 환락으로부터 직접 인생으로 들어간 그의 내적 생활의 과정을 나는 납득할 수 없네. 비단실 같은 섬세한 감수성은 가지고 있으면서도 지식은 굵은 새끼처럼 엉성한 일부의 문예가에 의해서 철학자의 신성한 노력과 풍부한 공적이 헛되게 인생의 방관

자라는 악명(惡名) 속으로 매장되어 버리려고 하는 것은 분개할 만한 사실이라네.

우리들 철학도의 입장에서 본다면 아직껏 철학자만큼 인생에 대해서 친절하고 열렬하며 성실한 자를 알지 못하는 것일세. 그는 라이프Life를 뜨겁게 사랑하는 나머지 이것을 추상해서 항상 눈앞에 축 늘어뜨리고 있네. 마치 예술가가 자기의 작품에 대하는 것과 같은 태도를 가지고 철학자는 자기의 라이프를 대하고 있다네. 저 로댕Rodin의 대리석으로 된 바위덩어리를 눈앞에 두고서 바야흐로 끝을 휘둘러대려고 숨을 죽이고 눈빛을 모으는 것과도 같이 베르그송Bergson은 주어진 '인생'을 (자신이 지닌 '힘'과 '시간' 밑에서) 최고의 걸작으로 만들기 위해서 물끄러미 라이프를 응시하고 있는 것이겠지. 우리들은 그의 창백한 두 뺨과 넓은 이마와 꽉 다문 입술에서 얽히고설킨 집착과 심오한 지성과 강렬한 의욕의 모습이 떠도는 것을 간과해서는 안 될 것이네. 필로소퍼philosopher란 애지자(愛知者)라는 뜻을 지닌 말이라고 하더군. 그러나 나는 굳이 말한다면 애생자(愛生者)야말로 철학자라고 말하고 싶네.

그리고 또 자네는 자칫하면 단순한 마음의 소유자 이른바 선인(善人)을 경멸하려고 하는 경향이 있는데 그건 좋지 않다고 생각되네. 생각해 보게나. 원래 우리들은 진정한 선인 — 철학적인 선인 — 이 되기 위해서 철학에 뜻을 둔 것이 아니겠는가?

우리들이 차디찬 사색의 세계에서 이처럼 범속한 인간들이 알지 못하는 고생을 맛보고 있음은 '진(眞)' 때문이 아니고 '미(美)' 때문도 아니며 참으로 '선(善)' 때문이라네. 실재에 대한 회의보다도 훨씬 더 빨리 훨씬 더 절실히 '선'에 대한 회의에 빠졌던 것이네. 미혹(迷惑)에 빠진 우리들 앞에 얼마나 웅장하고 화려하고 숭고하게 엄연히 철학의 문은 치솟았던 것일까! 우리들은 핏발이 선 눈으로 한 눈도 팔지 않은 채 똑바로 몰입했던 것이지.

그러니 나의 벗이여! 우리들은 그 선인들을 사랑하고 그들이 가진 순수한 정과 씩씩한 힘을 가지고 지키기에 보람이 있는 참다운 선의 보석을 발견하지 않으면 안 되네. 우리들 신성한 철학도는 그들이 품은 선의 구슬이 얼마나 불순하고 불투명하고 강박한 혼효물(混淆物)이 들어있는가를 밝혀주어 비에 젖은 후의 맑고 아름다운 구슬이 달빛을 받아 빛나는 아름다움을 찾아야 할 것임을 가르치지 않으면 안 되네. 탁한 물이 도도히 흐르는 황하의 물을 탐욕스럽게 길으려고 하는 그들로 하여금, 로마의 거리에 있다고 하는 맑고 찬 분천(噴泉)을 퍼서 갈증을 푸는 방법을 알려 주지 않으면 안 되네.

생각하건대 지금으로부터 2천 6백 년 전의 옛날 우리의 철학이 밀레토스Miletos의 요람을 떠난 이래 덧없는 세상의 폭풍은 항상 이 고귀한 학문에 대해 무정했다네. 그리고 오늘날도 또한 무정하다네. 고국으로부터 추방당하여 나그네의 하늘을 향해서 안경을 닦아가며 사색에 빠졌던 스피노자Spinloza의 경건한 마음의 존귀함, 필로소픽 쿠울레스philosophic coolness의 그윽함! 우리들은 어디까지나 존귀한 철학자가 되어야 할 것이 아니겠는가? 나는 호메이(泡鳴 : 일본 근대시인)의 어마어마한 허풍에 증오감을 느끼고 가후(荷風: 일본 근대시인)의 탐미주의에 반감을 일으키게 되고 모리(森 : '모리오가이'라는 일본 근대 소설가)의 유희 기분에 한숨을 몰아쉰다네. M박사는 내가 놓치지 않으려고 붙잡은 소매를 뿌리치고 가버리고 말았네. 나는 그들과 같은 즉흥시인 시대의 정취가 아기자기한 박사가 그립네. 하르트만Hartmann의 철학을 안고 귀국했던 무렵의 박사가 그립네. 생각하건데 돗포(獨步: 일본 근대시인)의 요절(夭折)은 우리들에게 있어서는 커다란 손실이었네.

싸늘한 가을 햇살이 환하게 장지(葬地)를 물들였는가 하더니 이내 또다시 어두워지네. 날카롭게 깍깍거리는 까치 떼의 울음소리가 뒷문 밖에서 시끄럽게 들려오네. 절실히 가을 기분이 나는군. 아아, 가엾은 자네여 가엾다는 말을 용서하게! 외로운 사색에의 길을 둘이서 어깨를 나란히 하고서 용감하게 걸어가지 않겠는가. 행방도 알 수 없는 먼 나그네 길에서 울음이 솟구치거든 제임즈 박사를 상기하세. 철학자는 외로운 투구벌레와 같은 것일세! 다 같이 진지하게 사색해 나가세.

보낸 편지는 잘 받아 보았네. 자네나 나나 다 같이 청춘

21세가 되는 셈이네. 하지만 고생을 한 탓인지 내가 형(兄)과 같은 기분이 들어 안 됐네. 작년 정월의 풍염(豊艶)한 연애 얘기를 알고 있는 만큼 차디차고 어둡고 더러운 기숙사에서 쓸쓸히 새해를 맞이한 자네가 한층 더 가여워지네. 자네는 나와 달라서 화려한 가정에서 자랐으니까 그런가 보네. T군이 자네를 로맨틱하다고 해서 냉소했다고 하지? 그까짓 것 상관할 것 없네. 그의 찰라주의야말로 위태로운 것일세. 왜냐하면 그의 사상에는 중심이 없기 때문이네. 그의 '회색(灰色) 생활'은 허위일세. 보게나! 그의 거친 생활에는 그런 생활에 필연적으로 수반되어야 할 심각하게 침통한 기색은 조금도 엿보이지 않는 것이 아닌가? 그런데 나는 그전처럼 고향으로 돌아왔지만 잘 아는 바와 같이 가정 형편 때문에 별로 눈은 그리 좋지 않네. 그래도 정월은 정월일세. 가토마쓰(門松)가 장식되어 있는 거리에는 사람의 왕래가 뚝 끊어지고 함박눈은 소리도 없이 쏟아져 내리고 있네.

어제 마루야마(丸山) 씨가 편지를 보내 왔더군. 얌전한 필체인데도 조금이나마 마음이 끌리더군. 나는 3년 전의 어느 여름날 밤이 생각나네. 물과도 같은 달빛이 다다미 위에까지 비쳐 들어 뜰 가운데 서 있는 팔손이나무의 듬성듬성한 나뭇잎 그림자가 어렴풋이 툇마루 끝에 너울거리고 있었네. 지렁이 소리도 희미하게 들려오고 있었지. 반딧불 초롱을 처마 끝에 매달아 놓고서 마루야마 씨와 나는 툇마루 끝에 나란히 앉아 있었지. 그날 밤 만큼 둘이서 차분하게 이야기를 주고받은 일은 없었네. 정숙하게 부채질을 하면서 이따금 고개를 갸웃이 기울여 쓸쓸히 미소를 머금는 것이었네. 반딧불 한 마리가 이웃집 마당에서 날아왔네. 마루야마 씨는 뜰로 내려가서 부채를 휘둘러 반딧불을 쳤지. 무명옷 소매가 펄렁거렸지. 팔손이나무의 파란 잎사귀가 팔랑팔랑 흔들렸지. 반딧불은 아슬아슬하게 샘물 위에 떨어질 듯하더니 이윽고 울타리를 살짝 넘어 마침내 날아가 버리더군. 맨발에 게타(나무 나막신)를 신고 징검돌 위에 선 키가 큰 여인의 모습이 이상하게도 그날 밤의 내 마음에 사무쳐 들어왔었네. 과부(寡婦)이면서 자식도 없는 마루야마 씨는 산노스케(三之助) 씨, 산노스케 씨 하면서 나를 동생처럼 귀여워 해주었는데 지금은 기후(岐阜)에서 여학교의 선생으로 있다고 하더군.

나는 휴가가 시작되던 어느 날, 오카야마에서 나의 취미에 맞는 가장 아름답다고 생각하는 꽃 비녀를 누이동생에게 선물로 사다 줬더니 그 검소한 여학교에서는 이렇게 사치스러운 것은 꽂고 다닐 수 없다고 했지. 그러면서도 그래도 즐겁고 기쁜 표정이었네. 자네도 시게코(重子)에게 책이라도 사서 위안거리로 부쳐 주게나. 누이동생이란 귀여운 것이니까. 모레 출발하겠네. 열심히 공부하세.

O시의 봄은 차츰 깊어지네. 오늘은 일요일이기 때문에 들길을 소요하면서 봄을 찾아 다녔네. 남빛이 도는 넓은 하늘에

는 아직도 사라지지 않은 엷은 안개가 조각조각 길게 가로놓여 있고 맑게 갠 아침 햇살은 모든 사물 위를 흐르고 있네. 밋밋한 산허리에 솟아 있는 라칸지(羅漢寺)라는 사찰의 나무숲에 반쯤 싸인 그 하얀 벽은 보랏빛으로 물들어 남쪽 산의 언저리에는 흰 구름이 얼굴을 내밀고 있는 모양으로 보이네. 저쪽 소나무 숲에는 햇빛이 함빡 새어 들어가 검붉은 나무줄기 위에 얼룩무늬를 그리고 있는데 하얀 새 한 마리가 그 사이에서 쉬고 있는 풍경도 한가로이 보였네. 남빛 하늘에 하얀 담배 연기를 내뿜으면서 나는 개울을 따라 걸음을 옮겼지. 흙다리 밑으로 숨어들어 흐르는 물은 미지근하고 꿈같은 수증기는 하얗게 간들거리며 둑을 덮은 클로버는 보들보들하게 발바닥의 촉각을 간질거렸지. 얼마나 나로 하여금 맛보게 하려고 한 봄나들이의 즐거움을 깨닫게 하였는지 몰라.

나의 벗이여! 그대와 만날 날이 이젠 가까이 와 있네. 나의 마음은 항상 철학을 생각하고 그대를 그리워하네. 참으로 우리들 사이의 우정은 저 뜨겁게 사랑하는 남녀의 사랑보다도 더하여 얼마나 칙칙하게 엉켜 떨어지기 어렵고 순수하고 맑고 깨끗한가! 한밤중에 꿈에서 깨어나, 베게 쪽으로 스며드는 봄비 소리에 도쿄토(東京都)의 봄이 짙어졌음을 그리고 있을 때 그대를 그리는 마음은 샘물이 솟아 번지듯 솟아난다네. 오늘 밤, 달도 희네. 붉은 꽃이 피어 있는 울타리 밖으로 지나가는 행인들의 목소리로 정답기만 하다네.

오후나(大船)에서 헤어질 때 이별의 말도 없이 또한 서로 헤어진다는 것도 모르고 헤어진다면 좋다고 생각했네. 그러나 자네와 나는 멋쩍은 듯 또 괴로운 듯한 얼굴로 헤어졌네. 기차가 천천히 움직이기 시작했지. 자네는 창에 팔꿈치를 짚고서 이쪽을 보고 있었지. 나는 이따금 뒤를 돌아다 봤어. 그때마다 자네의 모습이 멀어지고 작아졌네. 그러는 사이에 자네와 나는 아주 헤어지고 말았거든. 무료하게 그 멕고모자를 덮어 쓰고, 그 망토와 그 보따리를 들고 플랫폼 한쪽 구석에 40분 동안이나 멍하니 서 있던 나의 모습이었는데 사흘 전의 저녁때에는 둘이서 함께 유유히 바라보던 풍경을 이번 M에게는 자네 혼자서 맞이하면서 관찰해 주었을 것이네.

어쨌든 또다시 기차에 올라탔네. 자네하고 헤어져 혼자 외롭게 떨어져 버린 듯이 아주 쓸쓸하게 지쳐버린 나의 가슴은 또다시 안타까운 권태의 엄습을 받지 않으면 안 되었던 것이라네.

이튿날 5일 새벽, 부슬부슬 내리는 교토(京都)의 빗속을 달리는 전차를 타고서 나는 S군의 하숙집을 방문하는 몸이었네. 아침밥을 먹고 나서 나와 S군과는 봄비로 뿌옇게 흐려진 히가시야마(東山)에 면한 방에서 미닫이를 닫은 다음 화로를 사이에 끼고서 마주 앉았네. 내가 가마쿠라(鎌倉), 즈시(逗子), 도쿄의 근황, 자네와 H·H(하루코〈春子〉) 등의 소식을 전해 주었지. 그러나 즐겁고 따뜻하게 자네하고 놀다 온 나로서는 그 다음엔 적적해지기도 하고 서러워지기도 해서 견딜 수가 없었다네. S군과 나와의 사이에는 아주 희미한 한 장의 장막이 쳐져 있다네. S군은 마음을 터놓을 수 없는 사람이네. 자네가 언젠가 말했듯이 그의 성격은 송곳처럼 날카롭게 모가 서 있거든. 마음을 터놓아 주질 않는 거야. 어떻게 해야 S군과 격의 없이 즐거이 이야기를 나눌 수 있을까 하고 곰곰이 생각하지 않을 수 없었네. 자네의 말을 빌어서 말한다면 S군의 감정은 조잡하거든. 툭하면 S군의 이 경향이 날카로이 느껴져 교토에서는 오직 자연미의 혜택만을 받은 셈이었네. 저녁 때 우리들 두 사람은 지옹잉(知恩院 : 정토종의 본산)을 찾아갔네. 비 갠 저녁 무렵의 하늘에 고색창연한 산문(山門)이 솟아 있더군. 아, 이게 바로 지오잉이구나, 산문이구나 하고 생각하면서 우리들은 그 밑을 지나갔지. 봄비를 흠뻑 맞은 경내(境內)의 흙, 여기저기에 쓸쓸히 남아 있는 물웅덩이, 예스러운 향기가 풍겨 나오는 대웅전, 울연히 엄숙하게 늘어서 있는 고목들 사이에는 한 개의 가느다란 층층대가 있었네. 그 곁에는 보잘것없는 계곡물이 흐르더군. 우리들은 어깨를 나란히 하고서 올라갔지.

원래 자네나 나나 진심으로 고귀한 미를 동경하는 사람들이네. 하나의 생명을 받아 그 삶의 골자로 삼으려고 한 일은 정말 '고귀한 것'이지. 한 장의 종이만을 붙여 놓은 문살 없는 장지는 이때까지도 봄바람을 기분 좋게 받아 펄럭거리고 있었네. 가을바람이 차갑게 불어오면 이래가지곤 못 견디겠지. 무언가 확연한 것은 없을까 하는 생각이 들더군. 자네나 나나 이 확고한 것은 '고귀한 것'이지 않으면 안 되었지. 그 후부터는 서로 혈안이 되어 '고귀한 것'을 찾아다니고 있는 셈이네. 그래서 당연히 내용의 여하를 어떤 '고귀한 것'에 접했을 때 깜짝 놀라 걸음을 멈춰 서는 것이네. 이때 이루 형용할 수 없는 그리움을 느낀다네. 자네와 내가 가마쿠라에서 이름 없는 절에 참배하러 갔을 때 이것을 경험했던 것이 아닌가?

그건 그렇고 나는 S군과는 말을 하지 않았네. S군의 취미가 너무나 저속한데다 감정이 대단히 거칠다고 생각했기 때문일세. 이윽고 두 사람은 기온(祇園 : 교토의 유곽이 많은 거리)의 벚꽃이 화려하게 피어 있는 곳으로 갔네. 군중은 다투어 그곳으로 모여들더군. 붉은 제등(提燈)에 불이 켜져 있었네. 하늘은 회색으로부터 점점 캄캄한 빛으로 어두워져갔네. 그런 다음 미야코오도리(都踊, 교토의 기온에서 해마다 4월부터 5월 중순까지 거행되는 무희〈舞姬〉의 무용회)를 구경했어. 나는 춤에 관해서는 문외한이니까 말할 수가 없지만 아리따운 무희가 곱게 단장하고 나와서 아름다운 배경 앞에서 구성지게 춤을 추는 광경은 과연 정말로 아름다운 것이었네. 그 때 음악이라는 것이 번개처럼 내 머리 속에 광명을 던져주고 서둘러 가버렸네. 우에노(上野)의 숲속을 땅거미가 질 무렵에 소요하고 있었을 때 자네가 음악의 가치를 논하고 우리들이 음악의 세계는 문외한인 것을 한탄했었고 지금 화려한 무도장 안에서 가락이 골라진 샤미센(三味線) 소리, 장구, 북, 피리 소리 등을 들었을 때 정말 그렇다는 걸 마음 속 깊이 깨달았네. 같이 있던 사람은 S군과 자네와 D군과 K군이었는데 서로 춤추는 아가씨의 얼굴에 대한 비평만 하고 있었지. 이튿날 아라시야마(嵐山), 깅가쿠지(金閣寺)를 구경하고 클래식classic의 향기를 쫓아 나라(奈良)로 돌아갔으나 화려하게 성장(盛裝)한 많은 여인들이 요염한 교태를 부리는 번거로운 곳이어서 좋지 않았네. 다만 도다이지(東大寺)의 다이부쓰(大佛)에 대해서 무엇인가 빛깔이 없는 존귀한 사랑이라고 할 만한 것을 느꼈네. 그리고는 줄곧 O시로 돌아온 것일세.

오늘은 8일, 벚꽃이 필 무렵의 흐린 하늘은 나직이 드리워져 있네. 이렇게 책상에 기대어 멍하니 앉아 있으려니 지나간 여행에서 겪은 일들이 실루엣silhouette처럼 어렴풋이 떠올라 엷은 비애감을 맛보았네. 그리운 벗이여! 자네는 어쩌면 나에게는 없어서는 안 될 벗일 거야. 내가 느끼는 비애라는 것은 첫째는 자네 때문에 느끼는 비애일세. 봄비에 촉촉이 젖는 새싹처럼 달콤하고 정답고 윤기 있는 비애이네. 자네가 없으면 무미건조한 모래밭 같은 비애가 되고 만다네.

서로서로 자중하자꾸나. 탐닉(耽溺), 찰나주의(刹那主義)가 무슨 듣기 싫은 소리일까? 사색이다! 사색이다! 영원하고도 숭고한 것을 꽉 움켜잡을 때까지는 우리들이 해야 할 모든 것은 오직 사색이 있을 뿐이라네.

오늘은 꼭두새벽부터 불안한 일만 당했네. 그 나병(癩病)에 걸린 적이 있는 사나이와 학교에서 만나자, 내가 그에게 사색하지 않음을 힐책했더니 그는 다음과 같이 대답하더군.

> 나는 10년 후면 죽는다고 의사로부터 사형선고를 받았지. 과거는 암흑이야. 미래는 수수께끼고. 짧은 생명을 누가 시시한 사색 같은 것으로 허비한단 말이야? 나에게는 그런 여유가 없다네. 나에게는 '산다'는 것이 할 일의 전부야. 과연 내가 살아있구나 하고 생각하기에는 강렬하고 짙은 자극이 필요하다. 그러려면 환락보다도 나은 것은 없다. 장구소리, 살 냄새, 흰 팔, 자주 빛 띠, 이것들은 나에게 없어서는 안 될 생활필수품이지. 이것들이 없이는 쓸쓸해서 견딜 수가 없어. 나의 목에서는 자꾸 뱉어내도 더러운 누런 고름이 찔끔찔끔 나온다. 너희들은 거울을 향해서 자기의 힘차고 아름다운 육체를 찬미할 줄은 알아도 폐병환자가 남몰래 담(痰)을 토하고는 피가 조금 섞여 나오는 걸 보고 '후유'하고 한숨을 쉴 때의 괴로운 심정은 알지 못한다. 나는 '죽음' 앞에 직면해 있단 말이네. 너희들은 죽음을 가지고 놀고 있다. 죽음이 나에게는 사실이지만 너희들에게는

공상이야. '자연'에 대해서 반항할 때, 죽음은 공포이지만 항복해 버리면 위안이 되는 거다. 너희들은 이젠 도저히 당할 수 없다고 각오하고는 사자의 발톱에 들어갈 것을 기다리고 있는 어린 양(羊)의 마음이 예상 외로 안정되어 있는 것을 모르고 있단 말이지.

대강 이런 의미의 말을 비웃기라도 하듯이 내던지듯 말하더군. 나는 어쩐지 우리들이 사색하는 앞길이 막연해졌네. 집에 돌아왔더니 책상 위에 자네의 편지가 놓여 있더군. 그것을 읽으니 또다시 한층 더 마음이 불안해졌네. 자네 것은 나병 환자의 것과는 형식은 다르지만 역시 '자기 존재의 확인'을 호소하고 있기 때문일세. 자네가 궁벽한 생활이 따분하여 포퓰러리티popularity를 욕구하는 것은 굳이 무리라고는 말하지 않겠네. 특히 자네는 화려한 경우만을 지내왔으니 더욱 더 그럴 것이네. 그러나 군중의 반응 속에서 자기의 영상(影像)을 발견하려고 힘쓰는 일과 철학적 냉담(冷淡)이 양립할 수 있을까? 몸은 옵스큐리티obscurity 속으로 숨는다 하더라도 자기의 성격과 일과의 가치를 스스로 인식하여 스스로 만족하지 않으면 몹시 외로운 사색 생활은 오래 계속하지는 못하네. 자네의 말마따나 자기의 기념비를 설립하려는 것은 만인상정(萬人常情)이라네. 여보게, 부디 그 점을 지금 당장 약간 심각하고 진지하게 생각해 보게나. 자네는 다른 사람보다도 낡고 작고 약하다고 생각해서는 만족할 수 없는 인간이니까. 지위에 대한 욕구도 무리라고는 말하지 않겠네. 하지만 그 점을 인내하지 않고서는 훌륭한 철학자는 될 수 없네.

자네의 눈앞의 급선무는 철학적 냉담의 수양이야. 무엇이나 다 지존지중(至尊至重)한 라이프를 위해서지. 제발 부탁이니 지위와 포퓰러리티와의 욕구를 억제해 주게나. 자네만이라도 끝까지 고귀한 철학자가 되어 주게. 나도 열심히 연구하고 있네. 요즘은 시시한 친구들과 부질없는 잡담을 하며 지내는 것이 딱 질색일세. 돗포나 토손(藤村), 교시(虛子)등의 절실한 소설, 오니시(大西) 박사, 쇼펜하우어Schopenhauer, 분트Wundt의 작품을 주로 읽고 있네.

오늘은 정말 날씨가 좋았어. 하늘은 남빛으로 온통 물들었고 시원한 봄바람을 듬뿍 안은 메밀밤나무의 꼭대기를 스쳐 흰 구름이 둥실둥실 떠가고 있네. 아침부터 열심히 심리학에 관한 책을 읽고 있던 나는 견딜 수 없을 만큼 한가로운 심정이 되어 웃옷을 벗어던지고 밖으로 뛰쳐나갔네.

O시 서쪽 교외의 논두렁길에서 측량사들이 빨간 기(旗)와 흰 기를 세워 놓고 거리를 재고 있는 것이 이상하게도 한가로이 보였네. 이때 나는 퍼뜩 묘린지(明林寺)를 생각해 냈지. 오니시 박사가 영면하고 있는 절이야. 성묘를 하기로 결심했네. 한참

만에 나는 묘린지를 생각해 냈지. 울적한 경내에 들어서서 가파른 상형문자를 새겨 놓은 울툭불툭한 길을 깊은 생각에 잠겨 더듬어 올라갔네. 묘지에 이르자마자, 낫을 손에 든 소년이 문둥병에 걸린 듯한 험상궂은 눈초리로 빤히 쏘아보며 지나갔네. 오싹해지더군. 수많은 무덤 중에서 여기저기 찾아다닌 끝에 마침내 박사의 무덤을 발견했지. 커다란 소나무가 떡 버티고 서 있는 근사한 무덤이었네. 머리 위에서는 호로록 하고 새가 지저귀고 이름도 모르는 희고 작은 풀꽃들이 주위에 떼 지어 피어 있었네. 존귀한 철학자를 생각하는 마음은 나로 하여금 그의 무덤 앞에서 반 시간 남짓을 무릎 꿇고 앉아 깊은 사념에 잠겼었네. 훌륭한 철학자도 이렇게 잊혀져가는구나 하고 생각했을 때 옵스큐리티에 떨고 있는 자네를 생각해 내고는 가엾게 여기지 않을 수 없었네. 어느 틈에 닥쳐 온 어둠에 묘지를 떠나 등불이 켜질 무렵의 O시로 돌아왔다네. 집으로 돌아가기 전에 갔던 카페에 들렸지. 그 아가씨에게 "너 오니시 박사 아니?"하고 물었더니 잠자코 고개를 흔들더군. 하늘에 반짝이는 별을 쳐다보며, 아아, 시원하구나 하고 생각하는 것이겠지. 박사는 결국 아름다운 그녀에게는 알려지지 않을 것이네.

어둡기만 하여 기분이 언짢도록 차디차게 내쉬는 숨조차 괴로운 혼돈미명(混沌迷暝)한 이 때 – 막막하기 짝이 없는 분위기 속에 파묻혀 있을 때 – 어느 곳에 광명을 품은 윤기 없는 황금빛 무지개가 치솟아 빛나고 있었네. 그 순간, 오들오들 떨고 있던 두 개의 혼과 혼은 힘껏 서로 껴안고 소리 높이 외쳤네. 그 두 개의 목소리는 깊은 골짜기에서 흐느껴 우는 메아리처럼 울려 퍼졌네.

자네와 나 사이의 떨어지기 어려운 우정의 운명은 이때 뿌리를 깊이 내리게 되었던 것이네. 돌이켜 보건데 지난해 내가 심각하고도 비통한 번민 속에 빠져 불안한 오뇌에 휩쓸리지 않으면 안 되었을 때 괴롭고 고독한 나머지 미친 듯한 편지를 몇 번 자네에게 부친 일이 있었지. 친척을 노하게 하고 부모를 울리고는 자네가 결연히 철학의 문으로 매진했을 때 나의 마음은 기쁨에 넘쳐 용감하게 날뛰어 일어섰던 것일세. 세월의 흐름은 빠른 것일세. 자네가 일고(一高) 생인 고료(向陵) 사람이 된 지 1년이 되어가지 않는가? 생각해보면 지난 1년 간 무엇을 찾아냈고 무엇을 맛보았던가?

마음 속 깊이 타오르는 듯한 열성과 범하지 못할 성질을 항상 잃지 않았던 우리들은 눈을 쟁반처럼 동그랗게 뜨고서 아름답고 존귀한 것을 찾아다녔는데도 또한 기민(機敏)한 태도를 지니고서 잠깐이라도 놓치지 않고자 주의했는데도 손 안에 쥔 것은 무엇일까? 맛보았던 것은 무엇일까? 우리들은 돌이켜보고서 유쾌하게 미소를 머금고 과거 1년 동안의 추억을 아름다운 그림 두루마리를 더듬어 찾듯이 떠올릴 수 있을까? 지나간 긴 세월을 차디차고 어두운, 떠들썩한 기숙사에 틀어박혀 속세의 화려함을 동경하기도 한 나의 벗이여! 나는 자네를 가엾게 여긴다네. 그렇게 해서 환락에 어리둥절해지는 자네는 환락으로부터 의붓자식 취급을 당하지 않으면 안 되었었던 것이네.

그 공원에 소용돌이처럼 뒤얽히는 빨강・자주・초록의 양산 끝에 한 가닥씩 실을 한데 모아 가지고 하늘로 날아 올라가게 하면 어떨까? 잠시 동안은 어안이 벙벙해졌다가 이내 제 정신이 들겠지. 맑고 고귀한 종소리를 울려서 꽃을 보고 마음이 들뜬 군중을 흩어지게 하라. 사람 없어진 후의 공원은 일종의 형용할 수 없는 신비적인 적막감이 감돌기 짝이 없을 것이리라. 맑고 부드러운 바람이 지금 다시 한 번 불어오네. 하늘은 점점 더 파랗게 개이고 푸른 풀은 숨을 되살리고 있네. 나는 이 쓸쓸한 공원의 풀 위에서 하늘을 우러르며 뒹굴고 싶네. 이윽고 저 고운 창공을 시력이 계속되는 한 쳐다보고 싶네. 그 시선이 굵어지고 짧아져서 마침내 뚝 끊어질 때 그냥 그대로 눈을 감으면 더욱 더 즐거울 거야. 금년의 나의 이런 마음은 한층 더 고무된 것이네. 나는 이른바 신비함과 숭엄함을 사랑하고 동경하는 젊은이였네.

나는 지난 해 화려함도 정취도 없는 O시의 한쪽 구석의 하숙집에서 차디차고 어둡고 메말라 버린 공기 속에서 사는 것을 얼마나 괴롭고 언짢게 여겼던 것일까? 그러나 금년의 나는 자네의 두텁고 따뜻한 우정에 감싸일 수가 있네. H・H(하루코) 씨가 나를 알게 된 후의 뜨거운 진정도 있는 터이네. 게다가 참다운 생명에 대한 노력과 희망이 있다네. O시에 있어서의 틀에 박힌 생활, 쓸쓸한 주위의 상태는 이런 것들 앞에서는 고개를 숙이고 꿇어 엎드리지 않으면 안 된다네. 나는 자네에게 기꺼이 받아들이지 않으면 안 될 거야.

그렇다 치더라도 자네, 금년 봄은 빨리 지나가려고 하는 것이 아닌가? 이웃집 검은 나무울타리로부터 쭉쭉 뻗어 나온 복숭아나무의 가지는 패잔의 모습도 애처롭게 오늘도 땅거미가 낀 하늘에 윤곽을 흐릿하게 하고 있네. 나는 가는 봄의 그림자를 상처 입은 듯한 마음으로 그리워하지 않을 수 없다네. 나는 섭섭해서 견딜 수가 없네. 발버둥 쳐서라도 지금 다시 한 번 금년 봄을 불러들여 자네와 함께 맛보았던 그 깨끗한 즐거움과 화려하나 견식(見識)있는 환락을 맛보고 싶네. 그와 동시에 숭고한 감동을 받고 싶네. 이렇게 생각할 때 마음의 문이 부르르 흔들리는 것이 아니겠는가?

지난번의 긴 편지 잘 보았네. 솔직히 말해서 그 편지는 나에게 그다지 기쁜 느낌을 주지는 못했다네. 고생하며 찾아다니다 드디어 그럭저럭 쾌락이라고 하는 한 가지를 잡은 것까지는 좋았지만 그 쾌락을 잡았을 때 자네는 무척 처량한 몰골과 절망적인 기분인 것처럼 보였기 때문일세. 쾌락주의는 자네에게 있어서는 이미 이젠 하나의 귀한 신념이 되었다네. 그러나 자네는 그 편지를 쓴 이후로 부드럽고 착하고 차분한 심정으로 나날을 보내고 있는지, 아마도 거칠고 될 대로 되라는 기분일 것이 분명하네. 자네의 결론을 나는 이렇게 단정했네. “인간의 본성은 쾌락을 욕구하게 되는 의지이다. 따라서 가장 훌륭한 삶을 얻으려면 의지의 대상인 쾌락이 있는 곳으로 가라”라고. 나라고 하여 쾌락에 인디퍼렌트indifferent할 정도로 냉담한 사나이는 절대로 아닐세. 우리가 어떤 신념을 얻고서 그것에 순응하여 가는 곳에 필연적으로 무엇인가의 쾌락이 생긴다는 것은 지금부터 짐작하고 있네. 그러나 인간 행위의 근본의(根本義)는 쾌락일까? 쾌락이기 때문에 욕구되어지는 것일까? 경험이 발달한 우리들에게는 쾌락이기 때문에 욕구되는 것이 아주 많아. 그러나 발생적 · 심리적으로 생각해 보게. 욕구를 만족시킬 때 비로소 쾌락이 생기는 것이지 욕구하기 시작하는 그 때는 쾌락은 거의 틀림없이 없었을 것이네.

요약해서 말하면 쾌락은 욕구 예상하고 있는 것일세. 원래 쾌락주의는 두뇌가 발달한 동물에게만 있을 수 있는 이념이라네. 더구나 인간에게는 어슴푸레하긴 하지만 이상(理想)이라는 것이 있네. 왜냐하면 욕구에는 높고 낮은 고하의 차이는 있을 수 없다고 하더라도 우리들은 어떤 욕구를 억제하고 어떤 욕구는 신장하고 있으며 이것을 설명할 수 있는 것은 이상이지 않으면 안 되기 때문이네. 나는 자기 운동의 만족설(滿足說)을 믿고 싶네.

그렇지만 자기가 만족하는 곳에 쾌락이 있다고 하면 객관적으로는 쾌락이기 때문에 욕구한 것이라고도 말할 수 있겠지. 그렇지만 그것은 객관적 · 경험적인 입증이지, 주관적인 것은 아닐세. 그리고 또 인간이 이 세상에 홀연히 생겨나서 쾌락을 위하여 쾌락을 맛보다가 다시 홀연히 사라져 가버리는 것이라면 너무나 어처구니없지 않은가? 오직 그것만으로는 우리들의 형이상학적 욕구가 용서해 주지 않네. 쾌락주의의 밑바닥 깊숙이 무엇인가 바라는 것이 있지 않을까? 고식적(姑息的)인 쾌락만으로 만족할 수 있다면 우리들은 애당초부터 철학을 시작하지 않았을 것이네. 향락주의적인 문예가와 우리들과의 분기점은 참으로 여기에 있네. 그들보다도 우리들이 인생에 대해서 한층 더 친절하고 인내심이 많으며 진지하다고 큰 소리 칠 수 있는 것은 참으로 이 점에 있는 것이라네. 자네의 성격은 향락주의의 유혹에 대해서 아주 위험하네. 인생의 참다운 애착자가 되고 싶어 하는 자네라면 거기에서 한 발짝 용감하게 멈추어 서서 참고 견디지 않으면 안 되네. 자네의 향락주의는 황량한 빛깔을 띠고 있네. [아베 요시시게(安倍能成)도 『그림자와 목소리』라는 책 속에서 향락주의가 얼마나 황량한 빛을 띠는가를 논하고 있네.] 자네는 지금 울며불며 쾌락을 추구하려 하고 있네. 참으로 자포 자기 상태로 생활이 거칠어졌네. 자네가 내쉬는 숨결은 구슬픈 마음으로 가득 차 있네.

자네의 편지 속에는 "아, 삶에 집착한다."고 씌어 있었네. 그러나 나에게는 이 말이 대단히 무섭게 울려왔다네. 자네의 태도는 자네의 편지 속에 있는 것처럼, 다이라노 마사카도(平將門)가 히에이 산(比叡山 : 교토 동북쪽에 있는 산을 가리킨다. 일본인들은 그 속에는 일본의 중세불교가 각종 각파로 성립하는 성지로 여기곤 한다 ; 옮긴이 주)에서 아름다운 교토의 거리를 내려다보면서 "에라, 저 속으로 설치고 들어가 마음껏 질탕하게 향락하고 싶구나!" 하고 말했던 것과 같은 것으로밖에는 생각되지 않았기 때문일세. 애착의 그림자조차도 거칠게 보였던 것이네.

나는 자네가 스스로 녹음방초(綠陰芳草)의 보드라운 봄의 요를 등지고 밝기 쉬운 여름밤에 전등불이 휘황하게 켜진 넓은 홀의 질탕한 술자리로 미친 웃음을 웃으러 갈 것만 같아 마음이 안 놓이네.

네 칸 반의 다타미 방에서 먼 곳에서 온 친구와 마주앉아 차분하게 이야기 나누는 멋은 자네를 끌지 못하게 되고 모모회(某某會) 의원의 연회가 있던 밤의 화려함만이 자네의 마음을 자극하게 될 것만 같은 생각이 드네. 자네는 지금 이기적인 쾌락주의의 창을 정면으로 내두르면서 세상을 확보하려고 하는군. 쾌락의 집착, 욕구의 해방, 힘의 확창, 재보의 획득! 아아, 자네의 전도에는 암담한 먹구름이 기다리고 있네. 가공할 파멸이 기다리고 있네. 내 어이 그것을 눈물 없이 간과할 수 있겠는가? 이런 것들은 모두 자네의 오늘날까지의 삶이 충실하지 못했었기 때문이라네. 차분히 가라앉은 통일적인 생활을 안 했기 때문일세. 그렇게 생각하고 보니 더욱 자네가 그립네.

모두 다 한결같이 아름다운 일곱 자매 사이에서 더구나 부모의 지극한 사랑으로 애지중지 귀여움을 받으면서 거친 세파에 시달리지 않고 자라난 자네는 순진하고 연약한 어린 소나무 같아 보였네. 돌이켜 보건데 6년 전 우리들이 처음으로 중학교에 입학하던 당시 거칠고 노란 하부다에(羽二重)로 지은 대 명호의 세로무늬가 있는 통소매에 짧은 하카마(일본옷의 겉에 입는 아래옷 ; 옮긴이 주)를 입고 갈색 가방을 오른쪽 어깨에서 왼쪽 겨드랑이로 걸쳐 메고 빨간 양말을 신은 자네의 어리고 숫된 모습은 나의 눈에 이상하게도 정답게 비쳤다네. 걸핏하면 자네는 갑자기 얼굴을 붉히는 버릇이 있어 보였네. 그 귀여운 도련님 같은 얼굴의 자네를 알고 있는 만큼 지금의 거칠어지고 비뚤어진 자네가 한층 더 가엾게 여겨지네. 아니, 그것 뿐만은 아닐세. 자네의 인식론(認識論)은 거의 유아론(唯我論)으로 귀착하여 자타를 준엄하게 구별하여 자기에게 절대의 권위를 준 결과 산노스케라는 자가 자네의 내적 생활에 있어서 차지하는 지위는 흐릿하고 작은 그림자에 지나지 않게 되었네. 나와 자네와의 교우관계는 이젠 잿빛으로 변하고 말았네. 자네의 편지 속에는 '자네와 헤어져도 좋아'라는 식의 기분이 감돌고 있음을 나는 느꼈던 것일세. 아, 그러나 나는 자네를 놓치고 싶지 않네. 자네가 나를 떨쳐 내려고 하면 할수록 자네를 내 곁에 잡아 두고 싶네. 그리하여 될 수 있는 대로 나의 따뜻한 숨결을 불어넣어서 포근히 자네의 가슴 언저리를 감싸 주고 싶네. 여보게, 가령 나하고 헤어진다 할지라도 만일 자네가 상처를 입게 되거든 다시금 나에게로 돌아와 주게나. 눈물 젖은 눈동자와 부드러운 손길은 자네를 맞이하는 데 인색하지는 않을 것이네.

아아, 바야흐로 우리들 두 사람 사이를 갈라놓은 끝없는 하늘에서 떨어진 암담한 회색의 차가운 장막! 우리들은 흔히 이 장막을 사이에 두고서 상대방의 한숨소리를 듣고 눈물 어린 눈동자와 눈동자를 마주 잡아보면서도 서로 끌어안을 수가 없게 되었다네. 아아, 나는 어찌해야 좋단 말인가?

나는 불쌍하기만 한 벌레라네. 들개처럼 이리저리 어슬렁거릴 뿐, 일정한 안식처가 없네. 적막과 비애와 번민과 우수와 욕망 등이 헝클어져 한 몸에 간직한 나는 이따금 하늘 아래 참으로 나 혼자뿐이로구나 하고 한탄하는 일이 있다네. 이제 나에게는 언짢은 염세사상(厭世思想)이 마음 속 밑바닥에서 싹트고 있네. 이 사상은 숙살(肅殺)의 모습을 지니고서 의식의 표면에 나타나 나를 위협하기도 하고 야유하기도 하네.

그래서 M동(洞 ; 미요시, 작가의 히로시마 두메산골에 있는 고향)을 떠나 F마을(村 ; 후노)로 일자리를 옮겼으나 이곳도 별다른 신통한 것이 없네. 무한히 계속되는 권태는 뱀 같이 끈덕져서 여기서도 나에게 붙어 다니네. 고독의 쓸쓸함 속에 휩싸여 예상과는 달리 떡에 돋아난 곰팡이 같은 라이프를 맛보고 있다네.

M동에서 돌아온 날 밤, 술 한 잔을 형과 마시면서 여러 가지 이야기를 했지. 모기장 안으로 서리는 어둠 속에서 우리들의 소곤거리는 소리는 들렸네. 무심코 이야기를 중단한 후 잠시 후, "개구리가 우는 군!"이라고 말하는 형의 목소리는 침울하고 구슬프더군. "돗포가 말했듯이, 우주의 자연현상에 경이감을 느끼게 되면 좋겠는데"라고 형이 말했네. 나는 마음속으로 고개를 끄덕이고 있었지. 그리고는 "현상 속에는 언제나 물자체(物自體)가 달라붙어 있는 법이니까, 경이감을 느낀 다음 순간에는 그쪽으로 돌아가서 그 경이감을 보충할 만한 고요함을 맛보고 싶어."라고 나는 말했지.

"그것은 이지(理智)의 상쾌한 맛일세. 경이로움을 느낀 순간은 따질 것도 없이 그 놀란 의식으로 점령된 순간이 아니냐? 그 의식이야말로 고귀한 의식이야."

"울창하고 거인처럼 커다란 산이 앞에 나타났을 때 우리들은 섬뜩 경이감에 감동되고 그 밑바닥에는 '아아 위대한 힘을 가진 자여'하고 외치는 나약한 목소리가 있거든요. 그러나 그 목소리에 따라 매달리고 싶은 욕망이 있는 게 아닌지요?"

"매달리고 싶은 의식이 생기지 않는 순간이 한층 더 고귀하지. 아무튼 인간의 현상 중에서는 경이감이라는 것이 가장 고귀한 것이야."

나는 입을 다물고 곰곰이 생각해 보았네. 열어 놓은 장지 사이로 불어오는 밤바람은 또다시 모기장 섶을 펄렁거렸네. 갑자기 괘종시계가 울리기 시작했지. 무겁고 둔한 소리였어. 세 번 울리더군. 나는 요즘 시를 쓰고 있네. 이따금 우러나는 정조(情調)를 아무 조각에나 적어가지고 눈앞에 선명히 보이도록 내놓고 싶기 때문일세.

> 바다 속에 연한 햇살이 비쳐들면, 나는 살리라. 머리털 같은 풀잎을 쪼아 먹으며.
>
> 봄은 쓸쓸히 홀로 나선 나그네, 파란 강물에 내 모습이 어리어 비치네.
>
> 달이 떠가는 활 모양의 하늘, 이 몸이 울면 설움이 흐르네, 파랗게 흐르네.
>
> 만년필로 쓴 글씨, 볼록하게 도드라졌다가 이윽고 마르는 코스모스, 오후의 추녀 끝이여. 크나큰 산기슭의 고요함에 풀리는 쓸쓸함이여, 문득 눈물짓누나.

오늘밤은 형이상학적인 밤이라네. 램프의 누르스름한 불빛은 방안을 희미하게 비추고 있네. 책꽂이에는 금박 글씨의 등을 가지런히 맞춘 철학(哲學) 서적이 얌전히 늘어서 있네. 유리병에 꽂아둔 수련은 그 가냘프고 길쭉한 줄기 위에 고개를 숙인 채 고상한 향기를 내뿜고 있네. 그 바로 뒤에 데카르트Descartes의 석고상이 서 있고. 이 철인(哲人)은 그럴듯한 표정을 짓고서 금방이라도 "나는 생각한다. 그러므로 나는 존재한다.(Cogito ergo sum")라고 말할 것만 같네.

나는 무심코 졸업 전후의 일기를 읽었네. 그리고 잠시 과거의 어렴풋하고 달콤한 비애감으로 방황하고 있었네. 일기를 내던지듯이 덮어두고서 눈을 딴 데로 돌렸을 때, 아! 자네가 그립다고 절실히 생각했네. 그리하여 발작을 일으키듯이 붓을 들었네. 그러나 요즘의 약간 황폐해진 마음으로 무슨 말을 쓸 수 있겠는가? 그저 다만 자네가 그리울 따름일세. 이 말 외에는 쓸 만한 글자가 발견되지 않았네. 나는 요즘 이따금 트링켄trinken이라는 곳에 간다네. 창백한 비애감이 여인의 검은 머리 바로 뒤쪽에 서리고 있는 무한한 어둠 속으로 헤매고 들어갈 때 살가죽에 닿은 한 겹의 옷은 알코올로 화끈하게 달아올라도 뱃속은 차디차네, 차디차다고.

아아, 초가을의 기분이 사각사각 젖어오네. 오늘밤의 내 마음은 매우 섬세해졌네. 넉넉하지 못하지만 오늘밤만은 공허한

적막을 벗어던지고 술의 힘을 빌려 가능한 한 감상적으로 되어
꿀벌이 꿀을 빠는 것만큼 그윽하고 큰 비애감을 맛보고 싶네.

숲 속의 늪

해질녘의 어스레한 숲은
저 경건한 가슴으로 그윽이 안아서
이 작은 늪의 정적(靜寂)을 지키고
부드러운 숨결을 불어넣어
거칠어지려는 모든 것을 어루만지듯.
아아, 고요한 숲 속의 늪에 깃들이는
저녁 어스름에 떠도는 수련이
너의 모습처럼 쓸쓸한 것은
'삶'을 사랑하는 젊디젊은 철학자의
눈동자를 모아 골똘히 사색하는 모습이라고 할 수 있을까.
남빛 수면에 은빛 자국을 그리며
농병아리가 똑바로 헤엄쳐 가는 것을 보라.
하지만, 물소리 하나 내지 않나니.
오늘 저녁 기이하고 적막한 정조에
온갖 것은 목 늘이고 하얀 한숨을 쉬네.

축축한 습지에 자라는 말의 꽃은
그 그윽한 향기로서 나의 혼(魂)을 자극하면
창백한 고독은 움푹 들어간 볼에 떠돌아라.
찰싹찰싹 물가를 핥는 잔물결에 서 있는
내 그림자 아련해지나니.

바람이 강하게 불고, 별이 쓸쓸히 내려 비추는 이 한밤중에 시험 삼아 수은을 손바닥에 대어 보게나. 그 차디찬 느낌은 온몸에 전해져 우리들의 혼은 부르르 떨릴 것이네. 이 때 그 누군가의 힘은 우리들에게 사색하기를 강요할 것이네. 그래서 우리들은 용모를 고치고 옷깃을 바로 하여 엄숙하고 또 조용히 명상의 세계에 들어가지 않으면 안 되는 것 같네. 서리 내리치는 밤 추운 잠자리에서 쌀쌀한 꿈에서 깨어났을 때 나는 이부자락을 옮겨 놓고 귀를 기울여 보네.

창 너머로 살짝 보이는 푸른 하늘은 몸서리쳐지도록 맑게 개어 무수한 별을 드러내고 있다네. 폭풍은 나뭇가지에서 울부짖고 창을 덜컹거리게 하며 무시무시하게 미친 듯 날뛰고 있네. 세계는 자연의 힘이 날뛰는 대로 내맡겨져 사람의 소리는 하나도 들리지 않네. 이 때, 나는 가슴 속 깊은 곳에서 나의 혼이 하염없이 우는 소리를 듣고 있네. 사람은 환락의 거리에서 화려한 수레를 삐걱거리며 구슬을 꿴 짧은 실이 끊어지기 쉽다는 것을 잊고 있네. 그러나 '죽음'은 나날이 우리들을 위해서 무덤을 파고 있는 게 아닌가? 무겁게 눈꺼풀이 덮이고 선향(線香) 냄새가 초라한 볼에 흐느껴질 때 여기 있는 나의 자아(自我)는 어디를 어떻게 방황하고 있을까? 이것이 어둡고 깜깜한 수수께끼라네. 살은 문드러져 썩을 대로 썩어서 노출한 뼈가 사나운 사나이의 발에 짓밟힐 때 아아, 나의 그림자는 어디에 존재해 있을 것인가? 저 미묘한 선율에 공명한 나의 정조, 저 파랗게 떨리는 별에 날아가는 나의 시흥(詩興), 이런 모든 것들은 묘연하게도 하늘로 돌아가는 것일까? 그뿐만이 아니네. 우리들을 서게 하는 지구도, 우리들을 비쳐주는 태양도, 아름답게 느껴지는 별과 달도, 온갖 삼라만상(森羅萬象)의 온갖 것은 결국은 파멸해 버린다고 하지 않는가?(이를 성 · 주 · 괴 · 공의 원리라고 한다면 할 수 있을 거야 ; 역자 주) 밸푸어Balfour라는 사람은 세계적인 대(大) 파멸의 황량한 광경을 그리면서 다음과 같이 말하고 있는 듯하네. [자연과학의 대학자 스펜서Spencer에 의해서 입증된 밸푸어의 세계적인 대 파멸의 황량한 광경을 보라고.

> 우리들이 조직한 파워는 언젠가 쇠망할 것이고 태양빛은 희미해질 것이고, 피곤하고 무력한 지구는 한때 소란을 피웠던 경기를 더 이상 견뎌낼 수 없을 것이다. 인간은 지옥으로 가고

인간의 모든 사상은 멸망할 것이다. 사물은 더 이상 그 자체의 모습을 드러내지 않게 될 것이다. 유적, 불후의 업적, 죽음 그 자체, 나아가 죽음보다도 더 강한 사랑 등은 마치 전에는 없었던 것처럼 될 것이다. 무(無), 절대적으로 없음만이 남을 것이다. 메아리나 기억도 없고, 그에 따라 아무런 영향도 없을 것이다. 그들은 죽어서 사라져버렸으니 완전히 존재의 세계에서 사라질 것이다.

이 같은 것은 유물론(唯物論)이 도달할 필연적인 논리적 귀결이라고 할 수 있을 것이네. 그렇지만 나는 물질의 기계적인 힘에 무한한 신앙을 쏟기에는 너무나 종교적이고 예술적이라고 보네. 하물며 가공할 밸푸어의 자살적(自殺的)인 진리를 어떻게 신봉할 수 있겠는가? 헤켈Hackel에게 전율을 느껴 도망쳐 다닐 때 내가 이따금 두근거렸던 가슴을 살며시 끌어안고 나의 귀에 입을 댈 듯이 하고서 제임스 박사는 "스펜서 씨가 질서정연한 결론에 도달했던 과정의 원리는 이처럼 결코 완성될 수 없는 어떤 원리일까? 아니야, 그건 정말 그렇지 않아."라고 힘찬 목소리로 속삭였던 것이라네.

참으로 나의 내적 생활에서 지워질 수 없는 유심적(唯心的)인 경향을 불어넣은 것은 제임스 박사의 순수한 경험의 세계와 쇼펜하우어의 의지와 표상으로서의 세계였네. 세계는 나의 표상이다. "세계에 속해 있는 모든 것은 오직 그것을 위해 존재한다"라는 쇼펜하우어가 읊은 이 한 구절은 나에게는 무한량의 복음(福音)이었네. 그러나 나는 지금 이 어둡고 깊은 사후(死後)의 생활에 관하여 맹목적인 모색을 하기 전에 한층 더 통절한 문제에 직면하네. 그것은 우리들의 현세(現世)의 생을 어떻게 살아야 하느냐 하는 평범하고 엄숙한 문제라네. '살고 싶다'는 것은 만물의 커다란 욕구이지. 동시에 통일 즉, 충실하게 살고 싶다는 것은 의식이 명료해지면 질수록 비통한 욕구의 부르짖음이 되나 보네. 불타는 듯한 사랑을 가지고 삶에 집착하고 싶네. 그렇지만 한 발짝 물러서서 나의 내면생활을 돌아다볼 때 방황하면서 주변의 사정을 둘러볼 때 내면생활은 얼마나 빈약하고 외부의 사정은 얼마나 소란스러운가? 전자는 내면에는 찬란히 빛나는 아름다운 색채가 숨어있는 듯 하지만 유감스럽게도 잿빛 안개가 앞을 막아서 더듬어 찾는 손끝이 어쩐지 불안하고 후자의 이면에는 기뻐서 마음을 떨리게 할 그리운 것이 숨어 있어서 내가 찾기를 기다리고 있는 것 같지. 하지만 여러 가지의 장애와 미혹으로 만나게 될지 어떨지도 막연하네.

하지만 나는 삶을 염원하는 자라네. 가령 충실하지 않은 헛된 기분으로 차디찬 경지를 헤맨다고 하더라도 가령 부질없는 부평초(浮萍草)가 잎사귀만 흔들릴 뿐 뿌리가 없는 것처럼 가벼운 바람이 불기라도 하면 금세 꺼지는 마음의 아지랑이, 이렇게 생활하여 끝내는 무서운 권태만이 찾아올지라도 나는 죽고 싶지는 않다네. 이런 삶이 계속되면 계속될수록 점점 더 운명을 개척하여 마음의 구석구석까지 스며드는 삶을 살고 싶네. 그러나 가공스러운 힘을 지닌 자연은 그대로 죽음을 재촉하는 듯하네. 이런 비참한 일이 어디에 있겠는가? 이것은 참으로 인생의 커다란 모순이고 부조화가 아닐 수 없네. 이와 같이 강렬히 삶에 집착하는 우리들에게 있어서는 죽음의 본능을 말하는 메치니코프Mechnikov의 인생관은 아무런 위안이 되지 않는다네. 이렇게 되면 우리들은 자연의 큰 힘 앞에 할 수 없이 무릎을 꿇게 되지.

우리들의 볼렌Wollen은 곧 욕구의 반항을 조소하여 자연은 생사(生死)에 관해서는 '자인sein' 곧 존재(存在) 그대로를 거만하게 주장하는 것이네. 또한 우리들의 삶도 어떤 면에서 보면 하나의 '자인'이 되지. 찰나주의의 입각지(立脚地)는 여기에 있을지도 모르네. 혼돈의 경지에서 방황하는 나는 자칫하면 이와 같은 생활에 끌려가기 쉽지만 뻔히 알고 있으면서 어찌 눈물 없이 끌려갈 수 있겠는가? 인간의 생사문제는 지금으로서는 어찌할 수가 없네. 다만 발작적인 공포에 전율할 따름이네. 그러나 깊이 생각해 보면, 요컨대 '살기 위한 죽음'이라고 아니 말할 수 있겠는가?

죽음에 대한 공포의 본능보다는 잘 살고자 하는 욕구의 충동이 더 강렬한 법이지. 인생의 핵심은 어떻게 해서라도 잘 살려고 하는 의지 혹은 충동, 좀 더 말을 힘차게 표현하면 일종의 '자연의 힘'에 의한 것 같네. 나는 쇼펜하우어와 함께 이 '진리'를 신앙하고, 구가(謳歌)하고 나아가 주장하고 싶네. 권태의 이면에는 적막한 수심(愁心)이 있고 승리의 이면에는 비애감이 있다네. 하나는 삶을 바라기 위한 죽음에 대한 공포이고 다른 하나는 삶의 충실을 느꼈기 때문에 일어나는 죽음에 대한 사모가 아니겠는가?

우리들은 인간이 가진 성정(性情)을 " '어디로부터' '어디로' '무엇 때문에' '이렇게 해야 한다' "는 등으로 파고들기보다는 '무엇이다'라고 안으로 자성(自省)하는 일이야말로 긴요하다고 생각하네. 자기의 진실한 가슴 속에서 끓어오르는 목소리에 귀를 기울여 자신의 참다운 성정에 입각하는 거기에서 충실한 삶은 개척될 것이네. 다만 벗어나기 어려운 것은 개성의 차이라네. 개성이야말로 자아(自我)가 자아인 까닭이 되는 존엄한 본질이라네. 보편적 자아라는 비단을 특수적 자아의 색채로 물들이지 않으면 안 되는 듯하네. 이 개성에 대해서 충실히 작용하고 개성이라는 안경을 통해서 그대로를 인식하고 정감을 느끼고 하고자 하는 심적인 태도야말로 성실이라고 표하고 싶네.

자연주의는 하나의 과도기의 사상이었지 하고 지금도 생각하고 있다네. 나는 결코 이것에 만족할 수는 없지만 역시 많은 것을 배울 수 있었다네. 우리들이 틀림없이 도달하고자 하는 환멸과 함께 잠든 자각을 일깨워 우리들을 위대한 자연 앞에 끌어 내어 실생활에 대한 자연의 권위, 자연에 대한 주관의 지위 등을 통감할 수 있게 했지. 그러나 우리들은 자연의 기계력(機械力) 앞에 무릎을 꿇고 현실 그대로의 생활에 집착하여 커다란 가치를 발굴해 내기에는 알맞지는 않았다네.

자연의 발밑에서 무서워서 떨며 마음을 형상의 내용으로 삼는 데엔 겸허하지 못했네. 그러나 신경이 예민하고 관능이 풍부하여 겨우 긴 숨을 내쉬어 감정생활의 침식(侵蝕)에 만족하기에는 너무나 고지식했다네. 현실 생활을 한층 더 나은 것으로 만들기 위해서 자연력의 위대함을 깨닫고 삶의 비통함을 느끼며 신경의 델리커시delicacy와 관능의 아름다움을 획득했던 것이었네. 나는 이런 의미에서 자연주의의 존재 이유와 가치를 인정하네. 자연주의를 바라본 나의 마음의 눈은 쇼펜하우어의 관념주의의 색조를 띄게 되어 여기에 일종의 특수한 견해에 빠졌던 것이네. "세계는 나의 관념에 지나지 않는다. 주관을 떠난 객관은 없다. 자연은 주관의 제약 아래 놓여 있다."고 한 명제는 얼마나 나의 마음에 강렬하게 울렸던 것인가? 그러나 뒤로 돌아가서 "보이는 세계의 본체는 의욕이다. 세계는 의지의 거울이고 또한 투쟁 장소이다."고 들었을 때 부르르 몸을 떨었다네. 그러나 역시 본체계(本體界)의 의지를 무차별, 혼연일체로 인식한 그는 어쩐지 내 마음의 동요를 가라앉혀 주는 듯이 생각되었네. 그리하여 최후에 남은 것은 '자연을 앞에 두고 잘 살고 싶다'는 한 가지뿐이었네.

향락주의자일 수 있으나 일류젼illusion에 몰두할 수 있는 로맨티시스트일 수는 없었던 나에게는 어떻게 하면 보다 나은 삶을 살 수 있는가가 긴요한 문제였고 또한 그날마다의 공소(空疎)한 실생활이 풀어낼 길이 없는 고민일 수밖에 없었으며 지금도 그런 처지라네. 나는 생각했네. 고민도 했고. 그리하여 아무래도 인간의 근본 성정의 발로가 아니고선 보다 나은 삶은 얻어지지 않을 것이라고 생각했네. 인성이 흐려지는 곳에 우울감이 있고 권태가 있는 법이네. 그 발로가 장애를 받는 곳에 비애가 있고 고독과 근심이 있네. 인성의 광휘(光輝)를 높이 드러내어 빛내려고 하는 곳에 노력이 있고 희망이 있네. 인성의 내면 밑바닥에서 울려오는 악기 소리를 귀 기울여 엿듣는 곳에 넘쳐흐르는 환희의 목소리와 함께 시(詩)가 태어나고 예술이 자라나는 것이라네. 이런 까닭에 우리들은 내면생활의 빈약함과 주관의 공소함을 두려워하지 않으면 안 되네. 외계에 대한 감수성의 마비를 싫어하지 않으면 안 되네. 우리들은 헛되이 자연 앞에 무릎을 꿇고서 무서워 떨어서는 안 되네. 깊은 주관의 밑바닥에서부터 따뜻한 숨을 몰아쉬어 자연을 부드럽게 감싸지 않으면 안 되네. 이렇게 말은 하지만 뒤돌아보면 우리들의 주관은 얼마나 공소하고 외계는 얼마나 너저분할까? 이 가운데에서 구더기처럼 허덕이고 꿈틀거리는 것이 우리들일세. 이것을 비통(悲痛)이라고 하겠네. 그렇기는 하지만 비통이라는 말 속에는 떨리는 듯한 기쁨이 싹트고 있는 것이 아닐까? 비통하게 느낄 줄 아는 자는 충실한 삶을 개척하는 커다란 가능성을 지니고 있다고 하는 것은 지금의 나에게 천당의 복음처럼 들리네. 나는 아직도 나의 삶에 절망하지 않네. 냉정한 방관자일 수는 없다네.

이번 여름휴가 이래 자네와 나와의 우정이 '이즘ism'의 차이 때문에 황량한 모습을 드러내지 않을 수 없게 됨에 따라서 나의 머릿속에는 '고독'이라는 문자가 의미 있는 듯이 푹 박혀 있네. 나는 여러 가지 방면으로 이것을 살펴봤었네. 아아, 그러나 고독이라는 것은 아무래도 허무(虛無)와 똑 같았다던 것이네. 나는 한번 '인식'이라는 사실에 생각이 미칠 때 절대적인 고독이라는 것은 도저히 성립할 수가 없었기 때문이지. 우리들은 인식하고 있네. 표상(表象)은 우리들의 의식의 근본적인 사실이네. 표상을 제외하고 세상에 그 무슨 확실한 것이 있겠는가? "표상이 없으면 자아의식(自我意識)도 없다."고 한 모토라(元良)라는 박사가 말한 이 한 구절 속에는 심원한 뜻이 담겨 있네. 인식에는 당연히 어떤 종류의 정서와 의욕이 따르는 법이네. 이것들의 통합이 곧 자아가 아닌가? 우리들은 대상계(對象界)에 대해서 주관의 입김을 불어넣고 대상계도 또한 주관에 어떤 영향을 미치는 것이지. 이런 제약 밑에 있으면서 어떻게 절대의 고독에 설 수 있겠는가? 아아, 인식이여! 인식이여! 너의 뒤에는 불가사의한 눈을 크게 뜨게 하는 경탄과 혼을 자극하여 뒤흔드는 희열(喜悅)이 숨어 있다네.

끝으로, 나는 이젠 쓸쓸한 자네와 나와의 우정을 옛날의 열(熱)과 성(誠)과 사랑과의 존귀함에로 돌리고자 하는 절실한 염원을 가지고 자네의 이기주의에 대해서 재고해 보기를 빌지 않으면 안 되겠지.

자네와 나와의 접촉에 대한 의식이 비교적 명료하지 않고 우정의 달콤함 속에 무(無)비판적으로 몰두할 수 있었던 동안은 우리들은 얼마나 깊고 큰 가치를 이 접촉에 지불하고, 서로 뜨거운 눈물을 흘리며 기뻐했던 것일까? 그러나 이기(利己)나 이타(利他)라는 의식이 싹텄을 때 우리들은 적잖이 동요했던 거지. 참담한 사색 끝에 마침내 유아론(唯我論)에 돌아가 이기주의에 도달한 자네는 새파랗게 질린 얼굴을 하고서 "자네를 버리겠네!"라고 선언했지. 그 목소리는 떨리고 있었지. 예리한 회의(懷疑)와 칼날을 모든 사람에게 휘둘렀던 자네는 펄떡펄떡 뛰는 가슴을 누르고 얼음처럼 차고 날카로운 창끝을 우리들의 우정을 향해서 푹 찔렀던 것이지. 나로서도 자네와의 접촉에 대해서 이 문제에 생각이 미칠 때는 얼마나 작은 가슴이 아팠었는지 알 수 없다네. 처음부터 이기와 이타라는 사상이 고개를 쳐들지 않았더라면 하고 되는 대로 아무렇게나 생각해 보기도 했다네. 그러나 이 사상은 썩은 고기에 모여드는 파리 떼처럼 자꾸 쫓아도 없어지지 않았던 것이네. 이 때 나의 머릿속에 쇼펜하우어의 의지설(意志說)이 그림자처럼 나타났던 것이네.

> 나타난 세계는 의지의 거울이요 사진이다. 이 세계에는 시간과 공간이라는 옷을 입고 만물은 천차만별이며, 개체(個體)로서 서로 싸우고 있다. 그러나 근거의 원리를 떠난 세계, 즉 본체계에 있어서 만물의 지상(至上)의 근원, 물자체로서의 실재는 차별이 없으며 개체로서가 아닌 혼연일체의 의지이다. 이 혼연일체의 의지는 아래로는 길가에 피어 있는 잎사귀 하나로부터 위로는 인간에 이르기까지 완전히 나타나 있다. 가령 그 의지는 환등(幻燈)의 불과도 같은 것이다. 다만 비치는 영상(映像)에 따라 짙게도 옅게도 나타나 하얀 포장 위에 갖가지의 모습이 비쳐진다. 그 갖가지의 모습이야말로 만물 즉, 삼라만상이다.

이 때문에 앞에서 말한 인식과 표상이라는 문자가 표면에 나타나더군. 주관을 떠난 객관은 없고 객관을 떠난 주관은 없다네. 이에 따라서 "표상이 없으면 자기의식도 없다"는 것을 생각해 보면 아무래도 자기의식은 절대적으로는 성립하지 않는 것 같네. 유아론은 동요하지 않을 수 없네. 이른바 이기와 이타의 행동은 본래 이 위대한 혼연일체로서의 의지의 나타남이 아니겠는가. 본체계의 의지라고 하는 고향을 사모하는 마음은 '종교'의 기원이 되고 애타적(愛他的) 충동의 싹이 되는 것이 아니겠는가? 이것은 참으로 심원(深遠)한 형이상학의 문제이지.

무엇이 인생에 있어서 가장 좋은 것이냐고 스스로 물어볼 때 관능을 통해서 오는 물질적인 쾌락보다는 사랑하는 여인과 사랑하는 벗과 서로 얼싸안고 가슴을 찰싹 합치어 지정(至情)과 또 하나의 지정의 열렬한 공명(共鳴)을 느끼는 바가 그때라네. 혼과 혼이 서로 합치어 맑고 깨끗한 속삭임을 주고받을 때 인생의 최고의 열락(悅樂)이 있는 법일세. [조규(樗牛)의 미적 생활론은 이런 소식을 남김없이 익스프레스express하고 있다.] 이런 때, 이기와 이타라는 관념이 끓어오를 겨를이 없는 게 아닌가? 만일 이런 관념에 시달려 그 행복이 손상당한다면 그 사람은 스스로의 기분에 의해서 스스로를 해치는 사람이겠지. 기분이라는 것은 인생에 있어서 커다란 권위를 이루는 것이네. 피히테Fichte는 그의 허환철학(虛幻哲學)에 의해서 기분이 보통 사람과는 크게 달랐고 이에 따라서 인생의 느낌도 생각도 달랐던 것이겠지. 자네는 자네의 본성과는 정반대의 기분을 가지고 반동적(反動的)으로 환상을 만들어 그것 때문에 고민을 하고 있는 것이 아니겠는가?

자네는 타인이란 자네의 재물로서 즉, 자네의 욕구를 만족시켜 주는 재료로서만 자네에게 존재의 이유가 있다고 말했었네. 그러나 이 점은 하나의 문제라네. 나는 타인과의 접촉 그 자체를 커다란 사실이고 목적이라고 생각하고 싶네. 이를테면, 서로 사랑하는 여인과 밝은 달빛 아래 꽃피는 울타리에서 포옹함으로써 무한한 기쁨을 느꼈다고 하세. 이때의 정서 그 자체가 큰 게 아니겠는가? 이 정서의 구성요소로서는 여인의 마음이 지니는 태도, 준비와 기분 또는 그 배후에 잠긴 지정이 필요함과 동시에 자네의 마음이 지닐 이런 것들도 필요하네. 이 경우에 굳이 수단으로 본다면 자네 자신도 마찬가지로 수단으로 보지 않으면 안 되네. 자네는 자네와 남과의 접촉을 너무나 추상적으로 관찰하고 있는 것은 아닌지?

사랑스런 여인이 있다고 하자. 이것을 성욕의 대상으로 볼 때 거기엔 맹목적인 거친 행동이 따르게 되네. 이것을 철학적 분위기 속으로 끌어안을 때 고귀한 감격은 온몸에 스며들어 퍼지고 그녀의 긴 속눈썹에서 흘러내리는 눈물은 우리들의 무릎을 적실 것이네. 『우미인초(虞美人草)』의 고노(甲野)씨가 이토코(糸子)에게 휘몰아치는 폭풍은 차가울 것일세. 자네에 버림을 받아 날마다 울면서 기다리고 있는 나의 품으로 어서 빨리 돌아와 주게. (1912년 2월)

02

생명의 인식적 노력

[나날이 거칠어져 가는 나의 내부 생활에 달빛이 반짝이는 은빛 물결 같은 적적한 빛과 윤기를 가져다 준 것은 니시다 키타로(西田幾多郞) 씨의 철학이다. 이 한편의 글은 논문이라기보다는 차라리 소개의 글이다. 다만 나는 이 경건한 H형이상학자의 순수하고도 풍요한 노작(勞作)의 흔적을 아직도 니시다 씨를 알지 못하는 사람들의 생명 속에 새기고 싶다. 기계관의 메마르고 쓸쓸한 길 위에서 고민하면서 걸어 다니는 사람들에게 자기의 주관이 공소하고 무잡함을 알고 있는 겸허한 혼에게 얼마쯤의 기여가 되고 위로가 되어 주기를 바란다.]

1

우리들은 살아 있다. 우리들은 마음속으로 살펴보고 이 눈물 날 만큼 엄숙한 사실을 직관한다. 우주 만물은 모두 그 그림자를 우리들의 관능 속에 짜 넣고 우리들 생명의 내부에 숨어 있는 충동은 이에 대해 능동적으로 활동하여 인식하고 정감하며 의욕이 일게 한다. 그래서 생명은 자기 스스로의 내면에 함축적으로 숨어 있는 내용을 점차로 분화 발전함으로써 우리들의 내부 경험은 날마다 복잡해진다. 이 복잡한 내부 생명은 자기 스스로의 존재를 완전하게 하고 또한 존재의 의식을 확실히 하기 위해 표현의 길을 외부에서 구하고 내부에서는 꿈틀거린다. 두 말할 것도 없이 예술과 철학은 이 내부 생명의 표현적 노력의 두 갈림길이다. 다만 전자는 구체적 또는 부분적으로 묘사해내는 내부 경험을 후자는 개념의 양식을 가지고 전체로서 통일적으로 표현하는 것이다. 그렇게 하여 얻어진 결과는 내부 생명의 투사이며 자기의 그림자이고 달성된 목적은 생명의 자기 인식이다.

우리들의 생명은 정의(情意)만으로는 되어 있지는 않다. 생명은 지정의(知情意)를 통일한 나눌 수 없는 유기적 전체이다. 우리들의 정의가 예술의 화려한 나라에서 정서 생활의 윤택함을 추구하여 동경하게 되는 것임에 반하여 우리들의 지성은 으스스하게 추운 사색의 경지에서 내부 생명의 통일을 추구하여 방황하지 않으면 안 된다. 참으로 우리들은 그날그날의 현실생활에 있어서 피나는 인격의 분열을 경험하지 않을 수 없다. 이 처음부터 나눌 수 없는 유기적인 인격이 생나무를 쪼개듯이 분열한다는 것은 우리들의 생명의 계통적 존재의 파괴이고 근대인의 큰 고민이며 방황이 아닐 수 없다. 그것은 생명 있는 모든 것은 계통의 존재이며 계통의 파괴는 바로 생명 그 자체의 멸각(滅却)이기 때문이다. 이것은 참으로 공소한 주관과 빈약한 주위가 가져오는 생명의 침체나 황폐보다도 우리들에게 한층 더 절실한 해독이요, 고뇌이다.

그러므로 죄다 찢어진 상태인 찰나에 입각하여 하나하나의 단편적인 관능적 경험을 찾아다니면서 권태로부터 벗어나려고 하는 찰나주의자는 잠시 제쳐놓고라도 적어도 '전체 생명(whole being)'의 본연의 목소리에 귀를 기울여 통일된 인격적 생활을 개척하려고 하는 진지한 개인은 반드시 예술과 함께 철학까지도 요구하지 않을 수 없다. 이것은 참으로 우리들의 지칠 줄 모르는 지식욕구의 추구가 아니고 그날그날의 실제생활에 바싹 다가선 통절한 현실의 요구이다. 여기에서 우리들은 큰 기대와 요구를 우리의 철학계(哲學界)위에 에워싸이게 하지 않으면 안 되었다.

우리나라의 철학계를 바라보자. 우리들은 초목이 시들어버린 겨울의 들판과 같은 적요(寂廖)한 느낌보다는 마구 퍼부어

내리는 햇볕 아래 빛바래고 메마른 모래 산이 줄지어 늘어선 광경을 연상하게 된다. 주인 없는 연구실의 공허감을 의식하게 하지 않는 것도 아니지만 그 보다는 거리에서 손님을 부르는 천박하고 떠들썩한 소리를 듣는 듯한 기분이 든다. 근대의 고뇌를 몸에 지니고 침통한 사색을 해 나가는 철학자는 정말로 적다. 어쩌다 출판되는 책을 보면 통속적인 어떠어떠한 강습회에서 행한 강연의 원고가 아름답게 장정되어 나타난 것에 지나지 않는다. 저자의 개성이 드러난 독창적인 사상이 가득 담긴 철학서는 거의 없다. 심각하게 피를 토하는 듯한 내부생활이 변해온 발자취를 더듬는 것과 같은 저서는 한 권도 없다. 그 뿐만이 아니다. 그들은 국권(國權)의 통일에 그 자유로운 사색의 날개가 얽매여 있다. 로마 교회의 교권이 중세철학에 누를 끼쳤던 것과 같이 국권이 우리의 오늘날의 철학계를 손상시키고 있다. 그들의 윤리 사상이 얼마나 겁약(怯弱)한 것인가? 그들은 파란 활처럼 생긴 하늘과 넓게 제멋대로 가로누워 있는 땅 사이에 서서 하나의 자연아(自然兒)로서 우주의 진리를 말하는 사상가는 아니다.

그 뿐만이 아니다. 우리들과 똑 같이 현대의 공기를 호흡하며 살고 현대의 특징을 모조리 몸에 거둬들여 시대의 고민과 동경을 이해하고자 하는 진정한 근대인조차 드물다. 그들은 우리들 청년과 '함께 산다(mitlelen)'하고 있지 않다. 이 두 가지는 서로간의 밖에서 살고 있다. 그 사이에는 생명과 생명의 따뜻한 교감은 성립하지 않는다.

이 건조하고 침체되었으며 천박하기 이를 데 없는 속기(俗氣)로 가득 찬 우리 철학계에, 가령 시들고 메마른 산그늘에 가려진 토박한 땅에서 푸르스름한 빛을 띤 하얀 잔디 꽃이 고상한 향기를 내뿜고 있는 것과 같아서 우리들에 순수한 기쁨과 마음 든든함과 그윽한 경탄까지 느끼게 해 주는 것은 '우리의' 니시타 키타로(西田幾多郞) 씨이다.

씨는 하나의 형이상학자로서 우리의 철학계에 있어서 특수한 위치를 차지하고 있다. 씨는 합법적 경험주의 위에 입각한 명백히 하나의 로맨틱한 형이상학자이다. 씨의 철학을 읽은 사람은 누구나 다 쓸쓸하고 깊은 가을바다를 연상하게 될 것이다. 씨 자신도 "이전에 가나자와(金澤)에 있을 때 이따금 바닷가에 잠시 멈춰 서서 쓸쓸하고 깊은 가을바다를 바라보면서 한없는 감개에 젖은 일이 있었음은 물론, 이런 정조는 기타구니(北國 ;북쪽 지방)의 바다에서는 특히 절실히 느껴진다."고 말씀하고 계신다. 참으로 씨의 철학은 미나미구니(南國 ; 남쪽 지방)의 타오르는 듯한 붉은 꽃이라든지 나체의 여인을 연상시키는 광열적인 빛깔은 없고 바람이 멎은 기타구니의 큰 바다가 깊은 밑바닥을 간직한 채 아주 고요해진 광경을 보는 듯이 정적하고 온화하다. 그 쓸쓸한 해면(海面)에 꿈결처럼 내리비치는 극광(極光)과도 같은 신비로운 빛깔마저 띠고 있다. 색깔로 말한다면 깊은 맛이 도는 청색이다.

하늘까지도 태워 버릴 듯이 활활 타오르는 불꽃의 홍색이 아니고 쓸쓸하고 이상한 꽃이 피는 가을 벌판의 황혼을 소리도 없이 감싸는 푸르스름한 안개이다. 씨는 참으로 검소한 깃 장식을 단 경건한 철학자이고 그 체계는 조그맣고 아담하게 정돈된 연구실을 희미하게 비치는 새파란 램프처럼 전아(典雅)하고 고상한 것이다. 거기에는 씨의 인격의 그윽하고 고상한 면까지도 엿보이고 확신이 그대로 넘쳐흐르는 듯하고 꾸밈없는 문장은 씨의 내면생활의 소박함을 생각하게 하여 사람들로 하여금 은연중에 존경하는 마음을 품게 하는 것이다.

씨의 저서로는 『선의 연구』가 있을 뿐이다. 그밖에 세상에 발표된 것으로는 「법칙(철학 잡지)」, 「베르그송의 철학 연구법」, … 〈중략〉 … 씨의 철학사상 전체가 하나의 정리된 체계로서 발표된 것은 『선의 연구』여서 씨의 철학계에 있어서의 지위를 결정짓는 것과 그 책임은 말할 나위도 없다. 이 책은 10년 이전에 쓰기 시작한 것이어서 오늘날의 사상은 얼마쯤은 이것과는 달라진 채 발전해 왔기 때문에 언젠가는 다시 고쳐 쓸 작정이기는 하지만 그 근본사상은 오늘날이라 하더라도 여전히 변하지 않았다고 일컬어지고 있다. … 〈중략〉 … 나는 스스로 내 능력을 헤아리지도 않고 씨의 사상의 철학적 가치에 관하여 옳고 그름을 판단하려는 것은 아니다. 철학자로서의 씨의 사상 및 인격을 있는 그대로 하나의 방침 밑에 서술해 보고자 하는 것이다.

논자의 목적은 씨에 대한 해석이다. 그 태도는 평가가 아니라 해설이다.

2

푸른 풀을 깔고 앉으라. 온갖 인습적(因襲的)인 가치 의식으로부터 해방되어 벌거벗은 채로 내던져진 하나의 자연아(自然兒)로서 거울 같은 관능을 주위에 돌려 보라. 크고 푸르고 둥그런 하늘은 우리들의 머리 위에 덮여 있고 햇볕을 받은 흰 구름은 유유히 떠돌고 있다. 평평하게 굳은 땅은 마냥 드넓게 우리들의 발밑에 뻗어 있고 물은 은빛처럼 반짝이며 흘러간다. 바람 잔 넓은 벌판에 물먹은 별은 근심스러운 듯이 반짝이며 수 천 만개의 나뭇잎은 살랑거리던 몸짓을 거두고 죽은 듯이 고요해진다. 그리하여 우리들의 으스스한 등을 스쳐 영원한 시간이 발자국 소리를 죽여 살며시 옮아감을 느낄 때 우리들의 가슴에는 걷잡을 수 없는 쓸쓸한 고요함이 그림자처럼 엄습해 올 것이다. 눈앞에서 우리들의 마음을 짓누르고 울연(鬱然)히 버티고 있는 크나큰 산은 지금이라도 방이 무너져 내려 연약한 생명을 눌러 죽이지나 않을까? 아아, 우리들은 살아 있다. 맥없이 한숨을 몰아쉬면서 살아 있는 거다. 우리들의 생명의 무게를 싣는 두 개의 다리가 얼마나 허전하고 여위어 보이지 않는가!

이때에 이르러서 우리들에게 절대적인 가치를 강요하는 것은 인식(認識)이다. 우리들이 인식한다는 것은 마음 든든한 사실이다. 주관을 떠난 객관은 성립하고 만상(萬象)은 모두 다 그림자를 우리들의 관능 속에 짜 넣고 있다. 이토록 엄숙한 대자연의 생성에 우리들의 주관이 없어서는 안 될 요소임을 깨달을 때 우리들은 새삼스럽게 생명을 통감하지 않을 수 없다. 우리들이 받은 하나의 작은 자아ego 속에 감추어진 무한한 신비를 생각하지 않을 수 없는 것이다. 그래서 눈앞에 가로놓인 한 개의 돌덩어리도 우리들이 옮기기에는 불가사의한 것이고 피차간의 본질적 관계를 생각해 보지 않고서는 살아갈 수 없게 된다. 참으로 인식의 놀람은 '생명의 눈뜸'이다. 심원한 형이상학은 이 '놀람'으로부터 출발하지 않으면 안 된다. 『선의 연구』가 윤리를 주제로 삼으면서도 인식론으로써 시작되어 있는 것은 우연이 아니다. 나는 먼저 씨의 철학의 근본이고 골자인 인식론으로부터 고찰을 시작하지 않으면 안 된다.

씨의 인식론의 밑바탕은 엄숙한 경험주의이다. 근세철학의 밑바닥을 꿰뚫고 흐르는 근본적인 흐름인 경험적 경향을 궁극에까지 철저히 하여 얻어진 가장 순화(醇化)된 경험이다. 자기의 의식 상태를 곧장 경험했을 때 아직 주(主)도 없고 객(客)도 없는 지식과 대상이 일치해 있는 아무런 사유도 섞이지 않은 사실 그대로의 현재의식을 가지고 실재(實在)로 보는 것이다. 씨는 이것을 '순수경험(純粹經驗)'이라고 부르고 있다.

근세 초에 경험론을 연설한 사람은 베이컨Bacon이었다. 그 경험이라는 의의가 엉성했기 때문에 오늘날의 유물론을 이끌어 낼 수 있었던 것이다. 그런데, 니시다 씨는 이 말의 뜻을 극도로 순화(純化)함으로써 도리어 유물론을 저버리고 심원한 형이상학을 건설했던 것이다. 경험이라는 말과 형이상학이라는 말과는 철학사상(哲學史上) 등을 맞대고 왔음에도 불구하고 씨의 체계에 있어서는 경험을 바로 형이상학이 의거해 선 기초이다. 이것은 씨의 철학의 두드러진 특색이라고 하지 않으면 안 된다. 씨는 어디서나 유물론학의 오류를 지적하여 실재의 진상(眞相)에 관한 해석으로서의 과학의 가치를 배척하고 있는데, 그 배척의 방법은 과학이 의거함으로써 과학 자신을 떠받쳐 주는 기초인 이른바 경험을 음미하여 "그것은 경험은 아니고 개념이다."고 주장하는 것이다. 이만큼 육박적(肉薄的)이고 근본적인 그리고 당당한 대낮의 전투를 영상하게 하는 공격법은 없다.

> 유물론사나 일반적인 과학자는 물체가 유일한 실재이고, 만물은 모두 물력(物力)의 법칙에 따른다고 한다. 그러나 실재의 진상은 과연 이과 같은 것일까? 물체라고 할지라도 우리들의 의식 현상을 떠나서 따로 독립한 실재를 알 수 있는 것은 아니다. 우리들에게 주어진 직접 경험의 사실은 오직 이 의식 현상

> 이 있을 따름이다. 공간도 시간도 물력도 모두 이 사실을 통일적으로 설명하기 위해서 만들어진 개념이다. 물리학자가 말하는 바와 같은 모든 우리들의 개인의 성(性)을 제거한 순물질(純物質)이라고 하는 것과 같은 것은 가장 구체적인 사실에서 멀러진 추상적 개념이다. (『선의 연구』— 4의 3)

그렇지만 주의해야 할 것은 씨는 갖은 말을 다하여 유물론자를 비난하고 있지만, 결코 주관만의 실재성을 역설하는 유심론자(唯心論者)는 아니라는 사실이다. 씨는 오히려 분트 등과 입장을 같이 하는 절대론자(絶對論者)이다. 분트가 황금기의 인식으로서 역설하는 사상객관(寫象客觀)처럼 주관과 객관과의 차별이 없는 물심(物心)을 통일시키는 제2의 절대자를 가지고 실재라고 하는 것이다. 이 점은 씨의 철학이 객관 세계를 주관의 활동의 소산이라고 보는 피이테의 초월적 유심론과는 다르고 차라리 셀링Schnellig의 이른바 절대자와 유사한 것이고 씨는 이것을 분명히 말하고 있다.

> 원래 정신과 자연의 두 가지 종류의 실재가 있는 것은 아니다. 이 두 가지의 구별은 동일한 실재를 바라보는 입장의 차이에서 일어나는 것이다. 순수경험의 사실에 있어서는 주객의 대립이 없고, 정신과 물질과의 구별이 없으며 마음이 곧 물질이라는

심즉물(心卽物)이고 물질이 곧 마음이라는 물즉심(物卽心)이다. 그래서 다만 하나의 현실이 있을 따름이다. 이와 같이 어느 한쪽에 치우치는 것은 추상적 개념이고, 두 가지가 합일해서 비로소 완전한 구체적 실재가 되는 것이다.

(『선의 연구』— 4의 3)

그렇다면 이 유일한 실재이고 현실인 절대자로부터 어떻게 하여 주관과 객관과의 대립이 생기는 것일까?

씨는 이 의문에 답하여 절대자 속에 포함되는 내용이 내면적 필연으로 분화(分化)·발전한다고 말하는 것이다. 아마도 이 설명은 씨의 근본 입장에서 보아 논리적 필연의 결과인 것이다. 씨는 첫째의 사실로서 이 유일실재(唯一實在) 외에는 아무것도 가정하고 있지 않기 때문에 만일 현상의 설명으로서 어떠한 의미에 있어서 동적(動的)인 요소를 이에 부여하지 않으면 안 된다면 작용하는 것과 작용을 받는 것과 작용을 받는 것과의 대립은 일자(一者) 속에 통일되지 않으면 안 된다. 즉, 유일실재의 자발자전(自發自展)이지 않으면 안 된다. 그리하여 분화·발전의 결과로서 생기는 새로운 성질은 가능성의 형식에 있어서 절대자 속에 애초부터 포함되어 있지 않으면 안 된다.

철학은 현상의 복잡성을 설명하는 통일 원리를 탐구하는 학문이다. 일(一)과 다(多)와의 문제는 추축(樞軸)에 해당된다. 지금 씨는 실재로서 유일 절대자를 세웠다. 이 절대자는 '일'이면서 동시에 '다'이지 않으면 안 된다. 이것은 어떻게 가능한가? '일'이면서 '다'이기 위해서는 그 '일'은 숫자상의 '일'이 아니라 부분을 통일하는 전체로서의 '일'이 아니어서는 안 된다. 씨는 이 요구에 따라 헤겔Hegel의 주리설(主理說)로 가지 않으면 안 되었다. 즉, 씨는 계통적 존재로 보았던 것이다. "모든 존재하는 것은 이성적이다"라고 헤겔이 말한 바와 같이 실재는 체계를 이루고 있다. 차별과 통일을 자기 자신 속에 포함하고 있다. 대립을 떠나서 통일은 없다. 가령 여기서 참으로 단순하고 독립된 요소가 실재한다고 하자. 그렇다면 그것은 어떠한 성질 혹은 작용을 가지지 않으면 안 된다. 전혀 아무런 성질도 작용도 없는 것은 무(無)와 동일하다. 그런데 작용한다고 것은 반드시 다른 것에 대해서 활동을 하는 것이므로 양자 사이의 대립이 없어서는 안 된다. 더구나 이 양자가 서로 독립하여 아무런 관계도 없는 것이라면 작용할 수는 없다. 거기에는 이 양자를 통일할 제삼자가 없어서도 안 된다. 가령 물리학자가 가정하는 원자(元子)가 실재하기 위해서는 그것이 작용하는 다른 원자가 존재하지 않으면 안 될 뿐만 아니라 양자를 통일하는 '힘'이라는 것을 예상하지 않으면 안 된다. 또한 하나의 성질 예컨대 빨강이라는 색이 실재하기 위해서는 그 성질과 구별되는 다른 색이 대립하지 않으면 안 된다. 색이 빨강이라면 빨강이라는 색이 나타날 방법이 없다. 그 뿐만 아니라 이 양자를 통일하는 제삼자가 없어서는 안 된다. 왜냐하면 완전히 서로 독립하여 아무런 관계가 없는 두 가지 성질은 비교하여 구별할 수는 없기 때문이다. 그러므로 참으로 단순하고 독립한 요소의 실재라는 것은 모순된 관념이다. 실재하는 것은 모두 대립과 통일을 포함하는 계통적 존재이다. 그 배후에는 반드시 통일적인 어떤 것이 숨어 있다.

그렇다면, 이 통일적인 어떤 것은 항상 우리들의 사유의 대상이 될 수 없는 것이다. 왜냐하면 그것이 이미 사고되어 있을 때에는 다른 것과 대립해 있다. 그래서 통일은 그 속으로 깊이 옮아가기 때문이다. 그리하여 통일은 무한히 앞으로 나아가 그칠 줄을 모른다. 그래서 통일적인 어떤 것은 항상 우리들의 사유의 포착(捕捉)을 벗어나 있다. 우리들의 사유를 가능하게 할지라도 사유의 대상은 되지 않는다. 이 통일적 혹자를 신(神)이라고 한다.

한편으로 보면 신은 니콜라우스 쿠자누스Nicolaus Cusanus 등이 말한 바와 같이 모든 부정(不定)이다. 이것이라고 긍정해야만 하는 것 즉, 포착(捕捉)할 만한 것이 있다면 이미 유한(有限)이어서 우주를 통일할 무한한 작용을 할 수는 없다. 이 점으로 보아 신은 완전히 무이다. 그러면 신은 단순히 무인가? 결코 그렇지는 않다. 실재 성립의 밑바닥에는 역력히 움직일 수 없는 통일작용이 활동하고 있다. 실재는 이것에 의해서 성립하는 것이다. 신은 우주의 통일이다. 실재의 근본이다. 그가 능히 무인 까닭에 없는 곳이 없고 작용하지 않는 곳이 없는 것이다.

(『선의 연구』- 2의 10)

씨의 이른 바 신의 본질에 관해서는 후에 씨의 종교를 관찰할 때에 논하기로 하고 여기에는 주로 인식론의 문제로부터 신의 인식에 대해서 생각해 보고자 한다.

그러면 우리들은 어떻게 해서 이 통일적 혹자를 인식할 수 있는가?

씨는 여기에서 우리들의 인식 능력에 사유 이외에 지적 직관(知的直觀)을 들고 있다. 씨의 이른바 지적 직관은 사실을 떠난 추상적 일반성의 직각(直覺)을 가리키는 것이다. 순일무잡(純一無雜)한 의식 통일의 밑바닥에 있어서 가장 사실에 직접적이고 구체적인 인식 작용이다. 알려지는 것과 아는 것을 합일시키는 가장 내면적인 터득을 가리키는 것이다. 우리들의 사유의 밑바닥에는 분명히 이 지적 직관이 가로놓여 있다. 우리들은 실재의 근본에 숨어 있는 통일적인 어떤 것을 사유의 대상으로서 밖으로부터 알 수는 없을지라도 스스로 통일적인 어떤 것과 합일함으로써 안으로부터 직접 알 수 있는 것이다. 시간과 공간에 속박된 우리들의 작은 가슴 속에도 실재의 무한한 통일력이 숨어 있다. 우리들은 자기의 마음속에서 우주를 구성시키는 실재의 근본을 알 수 없다. 즉, 신의 면목(面目)을 포착할 수 있다. 야곱 뵈메Jakob Bohme가 말한 것처럼 '뒤집혀진 눈'으로 직접 신을 보는 것이다. 이렇게 말하면 지적 직관인 것은 매우 공상적이고 불가사의한 신비적 능력처럼 생각된다. 혹은, 그렇지 않다고 하더라도 비범할 예술적, 철학적 천재만이 참여할 수 있는 초월적인 인식처럼 생각된다. 그러나 결코 그렇지는 않다. 가장 자연적이고 원시적인 우리들에게 가장 가까운 인식이다. 거울처럼 맑고 어린애같이 텅 빈 마음에 직접 비치는 실재의 모습이다.

> 지적 직관이란, 순수경험에 있어서의 통일작용 그 자체이다. 생명의 포착이다. 즉, 기술의 핵심과 같은 것으로 한층 더 깊이 말한다면, 미술의 정신과 같은 것이다. 이를테면 화가에게 흥(興)이 일어나면 붓이 저절로 움직이는 것과 같이 복잡한 작용의 배후에 통일적인 어떤 것이 활동하고 있다. 그 변화는 무의식적인 변화는 아니다. 한 사람의 발전 완성이다. 이 한 사람의 터득이 지적 직관이다. 보통의 심리학에서는 단순히 습관이라고 하거나 유기적인 작용이라고 말할 테지만 순수경험의 입장에서 본다면 이것은 참으로 주객합일(主客合一), 지의융합(知意融合)의 상태이다. 물아상망(物我相忘)하여 물(物)이 나를 움직이는 것도 아니고 내가 물을 움직이는 것도 아니다. 다만

하나의 광경, 하나의 현실이 있을 따름이다.

(『선의 연구』— 2의 4)

씨의 인식론에 있어서는 '아는 것(to know)'은 곧바로 '존재(to be)'이다. 갑(甲)만이 갑을 안다. 어떤 것을 터득하기 스스로 그것이 되지 않으면 안 된다. 벌판에 가로놓인 한 덩어리의 돌의 마음은 스스로 돌과 합치하여 돌이 될 때에만 알 수 있다. 그렇지 않을 때에는 주관과 돌이 대립하여 어느 한쪽 면에서 돌을 엿보고 있는 것이어서 어느 특정한 입장에서 돌을 바라보고 이것을 합목적(合目的)의 지식의 계통에 종속(從俗)시키려고 하는 것이다. 아직도 돌 그 자체의 완전한 지식은 아닌 것이다. 모든 과학적인 진리는 이와 같은 성질의 지식이고 우리들의 생활의 실행적 의식의 이상으로부터 대상물을 바라본 부분적이고 방법적인 사물의 외면적인 계통이지, 사물 그 자체의 내면적인 터득은 아니다. 여기에서 씨의 인식은 과학자의 분석적 이해력보다도 시인의 직관력 내지 창작력에 두드러지게 접근해 와서 우리들로 하여금 과학적 진리의 가치의 과중함으로부터 오는 기계적인 미망(迷妄)으로부터 벗어나게 하여 새롭고도 불가사의한 빛으로 윤기가 어릴 눈동자로서 자연과 인생을 바라보게 하는 것이다.

하이네Heine는 고요한 밤의 별을 우러러보고서 이 별이 창공에 밝힌 황금빛 못이라고 했다. 천문학자는 이것을 시인의 잠꼬대로 여겨 웃어넘길지 모르지만 별의 진상(眞相)은 도리어 이 한 구절 속에 나타나 있는지도 모른다.

(『선의 연구』— 2의 3)

씨의 지적 직관은 참으로 인식 작용의 극치이며 씨의 철학의 가장 광채 있는 부분이다. 하지만 이 대목은 씨가 가장 중요시하는 베르그송의 영향을 받고 있음은 피하기 어려운 점일 것이다.

다음에 우리들은 씨와 프래그머티즘pragmatism과의 관계를 고찰해 보지 않으면 안 된다. 씨는 인식론에 있어서 경험을 중시하여 순수한 경험 외에는 절대적으로 아무것도 인정하지 않는 점에 있어서는 프래그머티즘의 출발점과 동일하다. 씨의 이른바 순수경험이란 말은 프래그머티즘의 주창자인 제임스의 '순수경험'을 일본어로 된 번역이다. 그 제임스가 자기의 인식론의 입장을 프래그머티즘이라고 이름 붙인 것은 퍼스Peirce의 용어를 답습한 것이다. 그 때까지는 '엄숙한 경험주의'이라고 붙였던 것이다. 그 의미는 경험 외에는 아무것도 가정하지 않는다는 데 있다. 그렇다면 니시다 씨의 인식론의 출발점은 프래그머티즘이라고 해도 상관없을 것이다. 그렇지만 이것을 가지고 바로 씨를 프래그머티스트라고 해석한다면 큰 오해이다. 다나카 오토(田中王堂) 씨가 프래그머티스트 출발점으로서는 프래그머티즘의 순수경험을 채용했음에도 불구하고 진리의 해석에 관해서는 프래그머티즘과 정 반대의 것 같은 태도를 보이고 있다. 즉, 프래그머티즘은 진리의 해석에 관하여 두드러지게 주관적 태도를 취하여 진리의 표준은 유용(有用)이고 실제적 효과이며 우리들의 주관적 요구가 곧, 객관적 사실이라고 말한다.

그런데 니시다 씨는 진리의 해석에 대해서 엄밀히 객관적 태도를 취하여 주관의 뒤섞임을 피하고 주관적 요구에 의해서 착색되는 의미를 배척하여 순수하게 사실 그대로의 인식을 가지고 진리를 보는 것이다. 프래그머티즘의 진리를 씨에 의거해서 본다면 하나의 실 행적 이상을 세워 이것에 적합하도록 대상물을 하나의 특정한 방면에서 바라본 상대적 진리임에 지나지 않는다. 아직은 물(物) 그 자체의 가장 깊은 진상은 아닌 것이다. 가장 깊은 진리는 우리들이 실행적 목적에서 떠나 순수하게 사실에 입각하여 물 그 자체와 일치하여 얻는 터득이다.

쇼펜하우어가 말한 '의지를 떠난 순수 인식의 주관'이 되어 사실의 내적인 본성을 직관하는 것이다. 그렇다고 해서 씨는 주관을 떠나서 진리의 객관적 실재성을 역설하는 일은 물론 없다. 씨는 진리에 대해서 주관과 객관을 초월한 절대적 실재성을 요구하는 것이다.

우리들이 물의 진상을 안다고 하는 것은 자기의 망상 억측 즉, 이른바 주관적인 것을 완전히 없애버리고 물의 진상에 일치했을 때 비로소 이것을 잘 하게 되는 것이다. 우리들은 객관적으로 되면 될수록 물의 진상을 점점 더 능히 알 수가 있다.

(『선의 연구』— 4의 5)

고 논증하고 있는 점을 보아도 또한 인식론자로서의 프앙카레를 논하여 진리가 단순히 주관적인 컨벤셔널한 학자가 인공적으로 조작한 것으로서 단순히 편리한 것이라고는 말할 수 없으며 진리는 경험적 사실에 기초한 것임을 주장하여 그 논문의 말단에

프앙카레는 단순히 유용한 것은 진리라든가, 사유의 경제와 같은 것으로 만족할 수 있는 프래그머티스트가 되기에는 너무나 예민한 두뇌를 가지고 있었다. 씨는 무엇에 대해서나 자기의 주관적 독단을 가하지 않는다. 여러 가지의 과학적 지식을 해부해 위에 가지고 와서 분명하게 물 그 자체를 해부해 보였던 것이다. (『예문(藝文)』— 10월호)

라고 평하고 있음을 보더라도 씨가 자신의 프래그머티즘에 대해서 지니는 태도를 아는 데에는 충분할 것이다.

[우리나라의 철학계에서 프래그머티스트의 특색을 가

장 잘 발휘하고 있는 사람은 다나카 요시이치(田中喜一) 씨일 것이다. 일반적으로 미국에서 돌아온 학자 중에는 천박한 사람이 많은 듯 하지만 다나카 씨 등도 그 수에서 빠지지 않는다. 씨는 정말로 프래그머티즘의 폐풍을 한 몸에 모은 철학자이다. 우리들의 씨의 실재 그 자체에 관해서 배운 바가 없다. 씨는 실재의 진상을 말하는 철학자가 아니라 실재의 운용을 설명하는 에코노미스트economist이다. 구와카(桑木) 박사는 6년 전에 아직 프래그머티즘이라는 이름이 우리나라의 사상계에 새롭기만 할 무렵 이 주의를 소개하는 글 속에서 이 주의가 예술 및 종교를 어떻게 다루고 있는가에 대해서 불안한 감정을 이야기하고 있다. 나아가 다나카 씨의 철인주의(哲人主義)를 읽고 예술과 종교가 얼마나 천박하고 피상적으로 다루어졌으며 제일의적(.第一意的)인 존재의 의의는 참혹하고 몰각되어 있음을 보고 새삼스러운 느낌을 얻어맞았던 것이다. 나는 다나카 씨가 철학을 세상에 나쁘게 소개한 것이 원망스러웠다. 참다운 마음이 있는 사람은 표지를 화려하게 장정한 『철인주의』를 버리고 소박하고 수수한 검푸른 표지를 한 『선의 연구』에 편들지 않으면 안 된다.]

프래그머티즘은 아주 경건하여 정취감이 농후한 사람들이 걷기에는 너무나 평온하고 천박한 길이다. 니시다 씨가 프래그머티즘에서 출발했으면서도 프래그머티즘으로 끝나지 않았던 것은 그 원인을 씨의 개성 위로 돌리지 않으면 안 된다. 씨는 사물의 정취나 비애를 아는 로맨티시스트이다. 그가 걷는 길에 푸른색을 띠는 풀과 우물이 있지 않으면 안 된다. 파란 하늘을 우러러 뭇 별이 통일되어 있음을 보고 감동되고 쓸쓸한 기타구니의 바다를 바라보고 무량한 애조를 듣기를 잊지 않는 니시다 씨는 베르그송의 신비와 헤겔의 심원함을 경모하여 그의 철학 체계를 풍부하고 윤택하며 사랑스럽게 하고 불가사의하게 할 정도였다. 씨의 철학은 실로 개념의 예술이요 논리의 종교이다.

3

우리들이 자기에 관하여 최고의 존경의 정을 느끼는 것은 우리들이 도덕적 의식의 가장 깊은 동인(動因)에 의해서 행동했다고 자각할 때이다. 우리들이 자기의 가슴 속에서 가장 순화된 만족을 의식하는 것은 스스로 바르고 착한 길을 걷는다고 하늘을 향하여 자신 있게 말할 수 있는 때이다. 우리들이 자기 생명의 발로에 가장 강한 힘을 느끼는 것은 자기의 내면적 본성의 요구에 따라 필연적으로 움직이는 찰나이다. 모든 사람은 누구나 시인이고, 철인일 필요는 요하지 않는다. 다만 모든 인간은 선인이어야만 된다. 도의의 관념은 전 인류에게 보편적으로 요구되어야 할 인간 최후의 가치 의식이다. 우리들은 선인이 되고자 하는 의식의 연소(燃燒)를 바란다. 다만 우리들은 인습적인 불순하고 불합리한 상식적인 도덕의 속박에 반항한다. 천지 사이에 대자연의 공기를 호흡하고 살아갈 수 있는 내츄럴카인드 Naturkind(자연아)로서 적나라한 마음을 가지고 참신한 도덕을 동경한다. 우리들이 목마른 듯 찾고 있는 선의 개념 내용은 자연의 진상과 성정(性情)의 만족에 아울러 응하는 풍부하고도 철저한 것이 아니면 안 된다. 니시다 씨가 그의 저서에 이름을 붙이되 『선의 연구』라고 한 것은 이 문제가 사색의 중심이고 근본이라고 생각했기 때문이다.

도덕적 의식은 당연히 의지의 자유라는 관념을 예상하고 있다. 이것을 인정하지 않는다면 도덕은 마침내 미망에 지나지 않는다. 어떤 동기에 의해서 어떤 행위가 기계적 필연성에 의해서 결정된다면 우리들은 그 행위에 대해서 책임 관념을 가질 수 없기 때문이다. 씨는 먼저 의지의 자유를 승인하고, 또한 그 범위 및 의의를 아주 철저하게 연구하고 있다. 씨는 의지의 자유의 범위를 한정하여 관념 성립의 '선재적(先在的) 법칙'의 범위에 있어서 더구나 관념 결합에 두 개 이상의 길이 있고 이것들의 결합의 강도가 강박적으로 되지 않을 경우에 있어서만 정말 선택의 자유를 가진다는 것을 명백히 해왔다.

그러면 자유의 의의는 어떠한가?

자유에는 두 가지의 의의가 있다. 한 가지는 아무런 원인도 이유도 없이 우연히 동기를 결정하는 마음대로라고 하는 의미의 자유이다. 또 한 가지는 자기 본연의 성질에 따라 내심이 가장 깊은 동기에 의해서 필연적으로 움직이는 내면적 필연이라는 의미의 자유이다. 만일 전자와 같은 의미에 있어서 자유를 주장한다면 그것은 정말로 미망일 뿐만 아니라 이런 경우에는 우리들은 그 행위에 대해서 자유의 감정을 의식하지 않고 도리어 강박관념을 느끼는 것이다. 우리들의 누리는 자유는 후자처럼 내면적 필연의 자유이다. 내면적으로 구속당함으로써 외면의 사유에 의해서 자유를 획득하는 것이다. 자기에게 충실하고 자기의 개성에 대해서 필연이며 자기 스스로의 법칙에 복종함으로써 자유를 얻는 것이다. 그러나 여기에 커다란 문제가 고개를 쳐들고 다가온다. 만일 자기의 내면적 성질에 따라서 움직이는 것이 자유라고 한다면 만물은 모두 자기의 내면의 성질에 따르는 것이다. 그런데 우리들은 어찌해서 자연 현상을 맹목적 필연의 법칙에 속박되어 있다고 말하는 것일까?

씨의 이른바 필연적 자유는 기계론(機械論)이라는 것과 위태롭게도 얼굴을 마주 바라보고 있다고 말하지 않으면 안 된다. 그렇지만 내면적 필연과 기계적(器械的) 필연의 사이에는 하나의 선명한 선(線)이 가로놓여 있다. 그 인류의 예속과 자유와의 경계를 긋는 달빛에 반짝반짝 빛나는 은빛 물결과 같은 하나의 선은 무엇일까? 그것은 인식이다. 생명의 자기 인식의 노력이다. 정말 지금까지 니시다 씨 만큼 인식을 신비화한 철학자는 없었다.

인식은 씨의 철학의 알파요 오메가다. 씨에 의하면 인식의 성질 속에 자유의 관념이 함축되어 있다. 자연 현상에 있어서는 어느 일정한 사정부터는 어느 일정한 현상이 발생하는 것이어서 그 사이에 털끝만큼도 다른 가능성을 허용하지 않는다. 아주 맹목적 필연의 인과 관계에 의해서 발생하는 것이다. 그런데 '안다'는 점에는 다른 가능성이 있다. 걷지 않아도 된다는 가능성이 함축되어 있다.

우리들의 행위가 비록 필연의 법칙에 의해서 발생한다고 할지라도 우리들은 스스로 그것을 알기 때문에 자유스러운 것이다. 우리들은 남에 의해서 속박당하고 억압당한다고 할지라도 스스로 그 어쩔 수 없는 사정을 알 때에는 그 속박과 억압을 벗어나 편안한 마음을 지닐 수 있다. 천명(天命)의 모면하기 어려움을 알고 자기가 해야 할 최선의 행위를 한 다음 독배(毒盃)를 마시고 자살한 스크라테스의 심경은 아테네 사람의 억압을 초월하여 유유한 가운데 자유로운 것이다. 씨는 파스칼의 말을 인용하여 "인간은 갈대처럼 약하다. 그러나 인간은 생각하는 갈대다. 전 세계가 그를 멸망시키려고 할지라도 그는 죽는다는 것을 스스로 알기 때문에 죽이는 자보다도 소중하다."고 말하고 있다. 우리들은 여기에서 인식이란 것에 대해서 경이의 눈을 크게 뜨지 않을 수 없다. 인식이란 인간의 더없는 천품(天稟)이요, 아름다운 보석임을 생각하여 인식이 인생에 있어서 차지하는 지위가 엄숙함을 통감하지 않을 수 없다. 지식의 확장은 동시에 자유의 확장이다. 무기물에서 유기물로 진화하여 인간에 다다름에 따라 의지는 점차로 명료해지고 인식은 단계를 이루어 발달해 오고 있다. 다시 말하자면 생명은 점차로 자기 자신을 인식해 오고 있다. 그와 아울러 자유는 점차로 확장되어질 것이다.

그렇지만 씨가 말한 것처럼 자연 현상과 의식 현상과의 사이에 전자는 필연이고 후자는 자유라는 것과 같은 절대적인 구별이 있다고는 생각되지 않는다. 오늘날 생물학자가 말하는 바와 같이 무기물에도 역시 매우 낮은 정도의 의식을 인정해 주지 않으면 안 되며 그와 동시에 지극히 낮은 정도의 자유를 인정해 주지 않으면 안 된다. 요컨대 자유로부터 정도의 문제이다. 무기물로부터 인간에 이르기까지 실재의 자기 인식에 대한 노력의 발달에 따라서 점차로 높은 정도의 자유로 진화한다고 생각하는 편이 한층 더 씨의 사상을 철저히 하는 것이 아닐까? 우리들은 이 자유의 발전적 과정의 단계에 서 있는 자기를 발견하는 데 크나큰 희열을 느끼는 것이다.

그렇지만 여기에서 우리들이 의문을 품지 않을 수 없는 것은 행위의 자연이라는 것과 자각이라는 것과는 과연 모순되지 않고 조화를 이룰 것인가 하는 문제이다. 씨의 자유란 내면적으로 자기의 본성에 필연한 것 다시 말하면 자연이라는 것이다. 그리하여 그 내면적 필연인 행위가 자유일 수 있는 조건은 그 행위가 자각된다는 데 있다. 그러나 사실상 자연스런 행위가 자각을 수반할 것인가? 우리들의 행위가 자연에서 발동할 때는 오히려 무의식의 상태여서 씨의 맹목적이라고 하는 자연 현상과 아주 흡사하다. 우리들의 행위에 자각이 수반되는 것은 그 행위의 발동이 방해를 받았을 때이다. 가장 자연스런 행위는 아무런 반성도 자각도 수반하지 않는 유동적인 자발적 활동이다.

이 외견상의 모순을 조화시키기 위해서는 자각의 내면화, 지식의 본성화라는 것을 생각하지 않으면 안 된다. 즉, 지식이 아직 외적(外的)인 것이어서 충분히 자기의 것이 되지 못하고 자기의 본성 속에 포섭되지 않는 동안은 행위의 자연스런 발로를 방해하겠지만 그 지식이 완전히 내적으로 자기 것으로 터득되었을 때에는 직접 행위와 합하여 그 자연스런 전개를 방해하지 않는다. 이를테면 숙련된 피아니스트는 그의 손가락이 건반에 닿는 것을 의식하지 못한다. 그러나 이 경우에는 손가락으로 건반을 치고 있다는 것을 모르는 것은 아니다. 그 지식이 직접 행위에 포섭되어 이것과 합치해 있는 것이다. 즉, 순수 경험의 상태여서 지행이 아울러 있는 것이다. 착한 일을 행함에 있어서도 착한 행위를 하고 있다는 것을 의식하는 동안은 그 덕이 바로 그 사람의 본성이 되는 것은 아니다.

공자가 마음이 하고자 하는 바에 의하여 행위를 해도 법에 어긋나지 않는다고 말한 바와 같이 자연 그대로 행한 것이

바로 덕에 합했을 때 그 사람은 참으로 덕을 터득하고 있다고 말할 수 있다. 덕의 지식이 본성 속에 체득되어 있기 때문에 자연 그대로의 행위가 바로 덕과 합해지는 것이다. 진실한 지식은 바로 행위를 꾀어내어 자연적이고 무의식적인 자발과 자전을 개시한다. 이때는 눈앞의 유일한 사실이 있을 뿐이다. 지식은 그 속에 포섭되어 있다. 잘 알지 못하기 때문에 아는 것이다. 그리하여 자연과 자각 자유는 순수 경험의 상태에 있어서 바로 융합하여 일여가 되는 것이다.

선(善)은 자기가 자신에 대한 요구이다. 우리들은 타인을 위해서 선행하는 것은 아니다. 자기의 인격적 요구의 촉구를 받아 행하는 것이다. 죄악을 범했을 때 일어나는 내심의 고뇌는 타인에게 잊게 된 해악을 아파하는 것은 아니다. 자기 인격의 결함과 모순을 한탄하는 것이다. 착한 행위를 했을 때 일어나는 내심의 희열은 그 결과로서 일어나는 타인의 행복에 대해서도 아니고 자신에게 돌아올 보수에 대해서도 아니다. 또한 자기 인격의 완성 및 향상에 대한 순수한 영혼의 기쁨이다. 진정한 선은 자기 인격을 대상으로 하는 관조적 의식에서 나오지 않으면 안 된다. 니시다 씨의 윤리사상은 참되고 새로운 의미에 있어서 개인주의이다.

그러면 선의 내용을 이루는 것은 무엇일까? 그것은 우리들의 생명의 본연적 요구이다. 가치는 요구에 대한 합목적성이다. 도덕적 판단이 하나의 가치 판단인 이상 그것이 요구를 예상하고 있음은 말할 나위도 없다. 그리하여 그 요구가 되는 것은 그 자체가 가치의 척도이고 평가의 대상이 되지 않는다. 좋다든가 나쁘다든가 하는 차별을 초월한 것이다. 그것은 다만 우리들에게 주어지는 것이다. 자연히 우리들에게 갖춰지는 성질이다. 참으로 이 본연의 요구야말로 우리들 자신의 본체이다. 의욕을 떠난 당위는 무의미하다. 선이 지니는 명령적 요소는 이 자기 본연의 요구에서 구하는 수밖에 없다. 우리들에게 본연적으로 갖춰지는 요구는 움직일 수 없는 자인sein이요, 동시에 당위의 근원을 이루는 것이다. "너는 해야 한다"라는 목소리가 만일 외부로부터 우리들을 엄습한다면 우리들은 니이체의 반항과 함께 "하려고 한다"고 외치며 머리를 좌우로 자꾸만 흔들 수밖에 없다. 그러나 이 명령이 자기의 내부에서 나왔을 때, 자기 내면의 본연적 요구에 기초를 두었을 때, 우리들은 그 목소리에 귀를 기울여 엿듣지 않으면 안 된다. 그리하여 자율의 도덕은 일어나고 진실한 자유는 비롯된다. 즉, 씨의 윤리 사상은 자연주의이다.

이 자연주의가 그릇된 찰나의 관념에 입각할 때 찰나주의가 태어난다. 찰나주의에는 확실히 엄숙한 일면적인 진리가 포함되어 있다. 또한, 덧없는 과거에의 추억과 미래의 영상으로 살고자 하는 사람에게 "너희들은 어디에 서 있느냐?"고 묻는 것은 이 자연주의이다. 현실주의가 확고한 발판을 얻기 위해서 그 철학적 반성을 '시간'에 관해서 자기 스스로에게 가함으로써 생겼던 것이다. 우리들은 다만 현재에만 서 있다. 미래도 과거도 내용 없는 빈껍데기이다. 쇼펜하우어도 그의 주저에서 다음과 같이 논하고 있다.

> 의지 표현의 형식 즉, 삶과 실재의 형식은 엄밀히 말하자면 현재 뿐이고 미래나 과거는 아니다. 이는 오직 관념에서만 오직 인식 자체의 관련에서만 존재한다. 과거에는 아무도 살지 않았고 미래에는 결코 한 사람도 살지 않을 것이다. 그러나 현재만이 삶의 형식이며 삶으로부터 도저히 탈취될 수 없는 삶의 확실한 소유물인 것이다. (—『의지와 표상으로서의 세계』—)

이 현재에 대해서 얼마간의 시간의 연장을 상상하고 이것을 분할하여 얻은 단위 시간 속에 우리들의 생활의 마지막 기초를 다지려고 하는 것이 찰나주의이다. 그리하여 그들은 찰나의 단편적인 요구를 만족시킴에 있어서 바르고 착한 생활을 발견하기를 주장한다. 찰나주의는 그 동인을 우리들의 생활 기초를 확실히 하고 가치 의식을 순화하고자 하는 진지한 동기에서 출발되는 것이다. 하지만 그 사색의 과정에는 분명히 개념적인 착오가 가로놓여 있는 것이다.

첫째로, 그들은 우리들의 의식현상을 시간 속에서 생멸

하는 것이라고 생각하고 있다. 둘째로, 시간을 공간으로 번역하여 약간의 단위로 분할할 수 있는 것이라고 생각하고 있다.

그러나 시간은 우리들의 의식현상을 통일하기 위해서 주관이 설정한 개념에 불과하다. 시간 속에 의식이 있는 것이 아니라, 의식 위에 시간이 떠받쳐지는 것이다. 의식을 떠나서 오직 추상적으로 연장만을 생각한다면 시간 속에서 과거와 미래로부터 분리되고 독립된 현재 즉, 찰나가 설정될 것이다. 그러나 사실상 시간은 의식으로서 채워져 있다. 시간의 추이란 것의 의식현상이 하나의 통일로부터 다른 통일로 옮아가는 과정이고 그것은 유동적인 순수한 계속 이어서 분할할 수 없는 것이다. 그 통일의 정점이 항상 '지금'이기 때문에 그 지금은 그 자체가 과거와 미래와의 요소를 포함하고 있다. 하나하나 나열하여 서로서로의 밖에 있는 기하학적인 점과 같은 찰나라는 것은 어디에도 존재하지 않는다. 의식 현상은 아무리 단순하다 할지라도 반드시 조성적(組成的)이다. 즉, 복잡한 요소를 포함하고 있다. 이런 요소들은 고립적인 것이 아니라 서로서로 상관관계를 맺고 있다. 그 전체의 통일이 즉, 자신이다.

그러므로 일시적인 혹은 하나하나의 요구를 단편적으로 만족시키는 것이 선이 아니다. 선이란 전체로서의 하나의 계통의 본연적 요구 다시 말하자면, 전체 생명의 요구를 만족시키는 일이다. 그 전체 생명은 지 · 정 · 의를 통일시키는 불가분의 유기적 전체이다. 여기에 인격이라는 이름을 붙인다면 선이란 인격의 요구의 실현이다.

니시다 씨의 윤리 사상을 한 마디로 요약하여 말한다면 인격적 자연주의이다. 이 인격적 자연주의는 향락주의보다도 한층 더 근본적인 심각한 기초 위에 서는 것이다. 생명의 밑바닥에 한층 더 깊이 뿌리를 내린 마음에서 일어나는 것이다. 쾌락과 고통은 충동이 충족되느냐, 안 되느냐에 따라서 생기는 감정이기 때문에 감정의 제이의적(第二義的)인 산물이다. 제일의적(第一義的)인 가치는 충동 그 자체이다. 자연주의는 충동 그 자체 속에 가치의 중점을 두는 것이다.

쾌락과 고통은 그 다음에 생기는 결과이다. 자연주의는 생명의 내부로부터 생기는 본연의 요구에 내리 눌리면서 살아가는 것이다. 삶을 맛보는 마음은 아니다. 다만 살기 위해서 생기는 노력이다. 쇼펜하우어는 반세기의 옛날에 "모든 삶은 고통이다"고 말했다. 삶은 고통을 알면서도 오히려 고통 속에서 가치를 발견하면서 사는 사나이의 마음이야말로 자연주의의 근본적 각오이다. 굶주린 자에게는 '식욕'이 있는 게 고통이고 실연한 사람에게는 '사랑'이 있어 고통일 것이다. 그래도 역시 먹으려 하고 사랑하려고 하는 것이다. 참으려고 해도 참을 수 없는 절대적인 가치가 있는 '자인'이다. 자연주의는 이 자인에서 생존의 의의를 발견하는 것이다.

자연이라는 것은 니시다 씨의 사상 전체를 일관하는 근본정신일 뿐만 아니라 그 윤리 사상에는 이 경향이 특히 강력하게 나타나 있다. 모든 것으로 하여금 두드러지게 예술과 종교에 접근시키고 있다. 모든 것으로 하여금 있는 그대로 있게 하라. 세상에서 가장 존귀하고 아름답고 불가사의한 것은 자인이다. 씨의 자연에 대한 순수한 탄미(歎美)와 경건(敬虔)에 바탕한 정은 씨의 윤리학으로 하여금 두드러지게 예술과 종교에 접근시키고 있다.

씨는 선이 여러 가지 종류의 요구가 조화임을 역설하고부터는 플라톤이 선이 음악의 하모니로 비유한 사실을 서술했고, 선의 요구가 엄숙하다는 것을 논하고부터는 칸트가 창공의 뭇 별이 통일되어 늘어서 있음과 아울러 내심에 존재하는 도덕적 법칙을 찬탄한 예를 인용했다. 나아가 만인의 의식의 보편성을 역설하고는 벌판에서 돌아온 쓸쓸한 서재의 파우스트Faust를 상기했고 선의 극치로서의 주객의 융합을 논하고부터는 창작 충동에 사로잡혀 자기를 잊어버린 예술가의 인스피레이션inspiration과 동일시했다. 또한 『종교적 의식』에는 "모든 만물이 자기의 내면적 본성을 발휘했을 때가 미(美)인 것이다."라고 한 로댕의 말을 인용하여 미와 선의 일치를 역설하고 있다.

그뿐만이 아니다. 씨의 자연에 대한 경건의 정은 씨로 하여금 선악의 대립을 그대로 방치해 두지 못하게 했다. 어찌 자연에 죄악이라는 것이 존재하는 것일까? 이것은 마음이 깨끗한 사람의 가슴을 괴롭히는 문제일 것이다. 씨는 이렇게까지 통일되고 조화된 자연에 본질적인 죄악의 존재를 인정하는 데 참을 수가 없었다. 그리하여 포괄적인 종교적 입장에서, 죄악을 자연의 바깥으로 배제하고자 시도하여,

> 깊이 생각해 보면 세상에는 절대적인 악이라는 것은 없다. 악은 항상 추상적으로 사물의 일면을 보고 전모를 알지 못하고 한쪽으로 치우쳐 전체의 통일에 반하는 곳에 나타나는 것이다. 악이 없으면 선도 없다. 악은 실재의 성립에 필요한 요소이다.
>
> (『선의 연구』— 3의 12)

라고 논술하고 또한, 아우구스티누스의 말을 인용하여 음영이 그림의 아름다움을 더하는 것처럼 만일 이를 달관하면 세계는 죄를 지니고 있어서 이라고 말하고 있다. 우리들은 라이프니쯔 이래 논의를 많이 해 온 설명이 이 세계에서 악의 존재를 제거하는 데 완전한 것이라고는 생각하지 않는다. 거기에는 여러 가지의 의문이 생기겠지만 씨와 같이 자연의 원만과 조화에 대해서 순수한 동경을 가지고 있는 사람에게 있어서는 그 기도(企圖)의 방침은 오히려 당연한 것이라고 생각한다. 씨에게 있어서는 원래 정신과 자연의 두 가지 실재가 있는 것은 아니다. 양자는 바

로 유일한 실재이다. 그 실재의 통일력이 곧, 신(神)이다. 자기의 본연적 요구는 신의 의지와 일치하는 것이다. 우주는 유일 실재의 유일한 활동이고 그 전체는 악을 보지(保持)면서도 선이다.

4

종교는 자기에 대한 요구이다. 자기를 참으로 살리고자 하는 내부 생명의 노력이다. 불완전한 자가 완전함을 구하는 사모이다. 스스로 가난하고 거짓으로 가득 차 흔들려서 위태로움을 아는 겸손한 마음이 풍성하고 진실하며 끝까지 동요되지 않는 절대적 실재를 구하는 무한한 동경이다. 혼자서 고독하게 살아갈 수 없는 적적한 혼이 영원히 변하지 않는 애인과 함께 살고자 하는 절실한 염원이다. 씨는 그 종교론의 첫머리에 종교적 요구라는 한 장(章)을 제시하고 종교가 얼마나 진지하게 살고자 하는 사람의 참을 수 없는 요구인가를 기술한 후 다음과 같이 말하고 있다.

> 종교적 요구는 자기의 생명에 대한 요구이다. 우리들이라는 자기가 그 상대적이고 유한함을 앎과 동시에 절대 무한한 힘에 합일하고 이로 말미암아 영원한 참 생명을 얻고자 하는 요구이다. 파우로가 이미 나는 살아 있는 것이 아니고 그리스도가 나

에게서 살고 계심이라고 한 바와 같이, 내적 생명의 전부를 십자가 위에 못 박혀 끝마치고 홀로 신에 의지해서 살고자 하는 정이다. 진정한 종교는 의식 중심의 추이에 따라서 자기의 변환과 생명의 혁신을 구하는 정이다. 세상에 왕왕히 무슨 연고로 종교는 필요할까 하는 등을 묻는 사람이 있다. 그러나 이 같은 것은 무슨 까닭으로 살 필요가 있는가 하고 묻는 것과 같아서 자기의 생활이 불성실하다는 것을 드러내는 것이다. 진지하게 살고자 하는 사람은 반드시 열렬한 종교적 요구를 느끼지 않을 수는 없는 것이다. (『선의 연구』— 4의 1)

종교는 씨의 철학의 종국이고 근원이다.『종교적 의식』이라는 책에서 씨는 실라이에르마헤르Schleiermacher를 인용하여 종교의 인식론적 연구의 필요성을 역설하고 있다. 참으로 씨의 종교는 인식론으로 시종을 드나들고 있다. 인식론으로부터 종교에 입문하는 사람의 귀착점은 아무래도 범신론밖에는 없는 것처럼 생각된다. 특히 씨와 같은 체계를 가진 철학에 있어서는 범신론은 거의 논리적 필연이라고 해도 좋다. 우주는 유일 실재의 유일 활동이다. 그 활동의 근저에는 역력히 움직일 수 없는 통일이 있다. 우주와 자기와 두 가지 종류의 실재는 아니다. 순수경험의 상태에 있어서는 곧바로 합해져서 하나가 된다. 즉, 우주의 통일력은 우리들의 내부에 있어서는 의식의 배후에 숨어 있는 통일력이다. 이 통일력이야말로 신(神)이다. 우리들이 어떻게 하여 이 신을 인식할 수 있는가에 대해서는 이미 씨의 인식론을 고찰할 때에 이를 논술했으므로 여기서는 주로 신의 본질에 대해서 고찰해보자.

첫째, 신은 내재적이다. 즉, 신은 이 세계의 밖으로 초월하여 밖으로부터 세계를 움직이는 절대자가 아니라 세계의 근저에 내재하여 안으로부터 세계를 지배하고 세계를 움직이는 힘이다. 씨의 철학에 있어서는 현상계 외에 별다른 세계란 없다. 비록 세계의 밖에 초연히 존재하는 신이 있다고 하더라도 그것은 우리들에게 아무런 교섭도 없는 무(無)와 같은 것이다. 우리들의 생명과 직접적인 관계를 가지고 우리들의 내부 생활에 실제로 강력하게 작용할 수 있는 신은 우리들의 생명의 저 깊은 곳에서 발견되지 않으면 안 된다.

둘째, 신은 인격적이다. 종교로서 논리적으로 가장 철저한 것은 범신론이라는 것은 거의 의심할 수 없는 사실이다. 그렇지만 이른바 그 신은 단순히 논리상의 차디찬 존재로서 우리들의 따뜻한 의지의 대상이 되는 인격적인 신이 아닐까. 씨에 의하면 경(敬)이란 부분적 생명이 전체 생명에 대해서 일으키는 감정이고 사랑이란 두 인격이 합일하고자 하는 요구이다. 그렇다면 경애의 정은 인격자를 대상으로 해서만 일어날 수 있는 의식이다.

우리들이 신에 대해서 경건한 정을 일으키고 또한, 신의 무한한 사랑을 느껴서 알 수 있도록 하기 위해서는 그 신은 반드시 인격적이지 않으면 안 된다. 그렇다면 범신론의 종교에 있어서 신은 어떤 의미에 있어서 인격적인가? 이 물음에 답하기 위해서는 인격이라는 개념의 의미를 분명히 하지 않으면 안 된다. 우리들은 보통 안으로 성찰해 가면서 특별히 '자기'라고 할 만한 것이 있는 듯이 생각하고 있다.

그리하여 이로부터 유추하여 어디에 신인 '자기'가 있느냐고 묻는 것이다. 그렇지만 이 같은 의미에 있어서는 '자기'라고 할 만한 것은 어디에도 존재하지 않는다. 우리들의 개인의식도 분석해보면 지 · 정 · 의의 정신작용의 연속임에 지나지 않는다. 특별히 '자기'인 것은 존재하지 않는다. 우리들이 안으로 반성해 보아서 특별한 '자기'라는 것이 있는 듯이 생각되는 것은 다만 일종의 감정임에 지나지 않는 것이다. 다만 그 전체 위에 움직일 수 없는 통일이 있으므로 이것을 하나의 인격이라고 이름 붙이는 것이다. 신을 실재의 근저라고 할지라도 실재 그 자체가 정신적이다. 그 전체의 발현에 통일이 있다면 신의 인격성은 털끝만큼도 다치게 되지 않는 것이다. 아니, 순수 경험의 상태에 있어서는 우리들의 정신의 통일은 바로 실재의 통일이다. 신과 나와의 인격은 하나로 귀일되어 나는 바로 신이 되는 것이다.

여기에 씨의 종교의 가장 두드러진 특수한 점이 있다. 즉,

이른바 천국이라고 하고 죄악이라고 하는 의의가 매우 인식론적인 색채를 띠고 있는 사실이다. 씨의 천국이란 주객미분(主客未分) 이전의 순수 경험의 상태를 말하는 것이다. 이 인식의 절대경(絶對境)에 있어서는 물(物)과 나와의 차별이 없고 선과 악과의 대립이 없으며 오직 천지유일(天地唯一)의 광경이 있을 따름이다.

도끼로 찍은 흔적이 나지 않은 순일 무잡한 자연이 있을 뿐이다. 나와 물과 하나이므로 새로이 진리를 찾을 것이 없고 욕망을 재울 것도 없으며 사람은 신과 함께 있어서 에덴동산이란 이런 경지를 일컫는 것이다. 그런데 의식이 분화 발전함을 따라 물아(物我)가 서로 등지게 되고 주객이 대립하여 인생에는 비로소 요구가 있게 되고 고통이 있다.

이로써 사람은 신으로부터 떨어져 나가며 낙원은 아담의 자손으로 말미암아 영원히 닫치고 말았다. 이것이 곧 인간의 타락이고 죄악이다. 여기에 이르러 우리들은 항상 잃어버린 낙원을 사모하고 영혼의 고향을 동경하며 대립과 차별의 의식을 떠나 순수경험이 통일되는 심경으로 돌아갈 것을 바란다. 이것이 곧 종교적 요구이다.

이처럼 씨의 종교에 있어서 죄악은 대립과 차별의 의식 현상으로부터 일어나는 것이다. 그렇지만 대립은 통일의 일면이어서 대립을 떠나서는 통일은 생각할 수 없다. 실재가 자기의 내면적 성질을 분화하고 발전하는 것은 우주현상의 진행의 근본적 방식이다. 그러므로 만일 대립 차별을 죄악의 연원이라고 한다면 실재 그 자체의 진행을 따라 신의 의지를 죄악의 근본이라고 하지 않으면 안 된다. 이 불합리를 제거하기 위해서 씨는 죄악의 본질적 존재를 그림자처럼 희미한 것이라고 보지 않으면 안 되었던 것이다.

> 원래 절대적으로 악이라는 것은 없다. 물의 본래에 있어서는 모두 선이다. 악은 물 그 자체에 있어서 악인 것은 아니다. 실재 체계의 모순 충돌에 의해서 일어나는 것이다. 죄악은 우주 형성의 하나의 요소이다. 죄를 모르는 자는 참으로 신의 사랑을 알 수 없다. 고뇌가 없는 자는 깊은 정신적 취미를 이해할 수는 없다. 죄악과 고뇌는 인간의 정신적 향상 요건이다. 그러므로 참다운 종교가는 이런 것들에 있어서 신의 모순을 보지 않고 도리어 깊은 은총을 느끼는 것이다.
>
> (『선의 연구』— 4의 4)

라고 말하고 있다. 그리하여 씨의 철학은 하나의 낙천관으로 끝맺고 있는 것이다.

5

우리들은 철학의 비평에 관해서 예술적 태도를 취하고 있다. 사람을 떠나서 보편적으로 다만 그 체계가 보이는 사상만을 보고 싶지 않다. 흥미의 중점을 그 체계가 어느 정도 진리를 말하고 있는가 하는 점에만 두지 않고 그 사상의 배후에 잠겨 있는 학자의 인격에 두고 싶다. 예로부터 수많은 철학 체계는 쭉 늘어 놓여 있으면서도 돌아가 의지할 곳을 모른다. 만일 철학을 오직 진리를 듣기 위해서만 구한다면 이 같은 것은 철학 그 자체의 모순을 나타낸다는 비난도 일 것이다. 그렇지만 철학은 그 철학자의 내부생활이 논리적인 양식으로 표현된 예술품이다. 그 체계에 개성의 향기가 풍기는 것은 당연한 일이다. 나는 니시다 씨의 철학을 씨의 내부생활의 표현으로서 씨의 인격의 영상으로 보는 데에 흥미를 느끼고 읽었다. 또한 씨의 철학만큼 주관이 짙고 선명하고 강력하게 나타난 것은 없다.

『선의 연구』는 객관적으로 진리를 기술한 철학서라기보다는 주관적으로 신념을 고취한 교훈서이다. 경건하고도 애정이 남아돌아 진솔하면서도 다소는 침울한 씨의 모습이 어디에나 나타나 있다. 씨의 철학의 특색은 이미 기술했으므로 여기에서는 되풀이하지 않겠다. 다만 말하고 싶은 것은 씨의 철학에는 생물학적인 연구가 결여되어 있음이다. 비유하자면, 생식이라는 큰 문제는 조금도 언급되어 있지 않다. 사랑에 관해서는 많이 논해져 있지만 그것은 다만 그리스도교적인 사랑에 대해서였고 성욕의 냄새가 가득 찬 사랑에 대해서는 조금도 언급된 바가 없다. 특히 영원히 큰 문제인 '죽음'에 관해서 아무것도 일컬어져 있지 않는 것은 큰 불만을 품지 않을 수 없었다. 『선의 연구』라는 책이 개정될 때에는 생명에 관한 깊고도 새로운 연구 결과가 덧붙여지기를 바란다.

이 글의 마지막에 이르러 나는 강력히 되풀이하고 싶다. 씨의 철학에는 생명의 맥박이 요동치고 있다. 진지하고 침통한 힘이 가득 차 있다. 더구나 그 힘은 차분히 자리를 잡고 깊이 뿌리를 뻗치고 있다. 씨가 내부 생명의 충동에 사로잡혀 진지하게 자기 문제에 대해서 사색하고 있는 흔적은 어디에나 남아 있다. 특히 종교가 논지된 곳은 병중(病中)의 작품이기 때문이기도 하겠지만, 씨의 고뇌와 동경이 역력히 엿보여 특히 감정이 어려 있다. 쓸쓸한 감이 도는 사색의 흔적은 까닭 없이 눈물을 머금게 하는 것이었다. "데카르트의 철학은 수학의 정리(定理)와도 같은 것을 조립하여 만든 것이지만 제대로 읽어 보면 그의 내심의 동요와 고뇌가 엿보여 강렬하게 침통한 힘에 감동된다."고 씨는 말하고 있다.

참으로 씨는 추상적인 개념을 마구 돌리는 단순한 논리학자는 아니다. 그 사색에는 내부 생활의 고뇌가 어려 있고, 그 철학에는 생명과 영혼과의 맥박이 통해 있다. 나는 씨와 함께 앉아서 한나절 동안 가을에 대해서 이야기를 주고받은 적이 있다. 따라서 교토의 한적한 변두리에 있는 씨의 서재의 인상을 가슴 속에 간직하고 있다. 침통한 눈동자의 재기에 넘치는 광채가 서려 있는 어쩐지 좀 여윈 듯한 얼굴을 잊을 수 없다. 메피스토Mephisto로 하여 비웃을 대로 비웃게 하라. 씨는 생명의 뿌리에 숨어 있는 불가사의함을 포착하기 위해서 푸른 풀을 깔고 앉아 마른 풀을 씹으면서 '죽음'에 이르기까지 철리(哲理)를 생각하면서 살아갈 것이다. [최후로, 병환이 잦은 씨가 자중하시기를 오래토록 바라마지 않는다.] (1912년11월12일 저녁에)

03

이성(異性) 속에서 나를 찾으려는 마음

— 이 소편의 글을 봄에 눈뜬 H · H 씨에게 바친다. —

상

이를테면 드넓은 벌판의 여명(黎明)에 새하얀 꽃이 갑작스레 활짝 피어난 것처럼 우리들이 처음으로 인습과 전설에서 벗어나 참다운 생명에 눈떴을 때 우리들의 주위에는 밝은 빛이 찬란히 넘쳐흐르고 있었다. 모든 일마다 경이로운 눈동자가 크게 바뀌었다. 기나 긴 생명의 밤은 이제 밝았다. 지금부터는 정말로 살아가지 않으면 안 된다고 다짐하고 우리들은 마음을 떨쳐 일으키고 어깨를 으쓱거려 보았다. 그리하여 생명의 제1선을 따라서 용감하게도 철저한 길을 걸어가기로 마음먹었다. 이때만큼 자기의 존재가 강하게 의식된 적은 없었다.

그렇지만 우리들이 다시 한 번 사방을 둘러볼 때 우리들은 평소 하던 우리들과 똑같이 햇볕을 쬐고 공기를 들이마시면서 살아가고 있는 풀과 나무와 벌레와 짐승의 존재에 놀라게 되었다. 또한 우리들과 함께 괴로운 삶을 영위하고 있는 동포의 존재에 놀라지 않고는 견딜 수 없었다. 참으로 생명의 밑바닥으로 깊이 파고들어 '자기'에 대해 눈뜬 사람에게 있어서는 자기 이외의 것의 생명적 존재를 발견하는 것은 굉장한 놀라움이고 큰일이었을 것임에 틀림없다. 그래서 생명과 생명의 접촉의 문제가 혼과 혼의 교섭의 의식이 우리들의 내부생활에 고개를 쳐들었다. 이때 만일 우리들의 소질이 우정적이고 도덕적이면 그럴수록 이 문제가 중대하게 관심을 끌게 될 것이다. 이 문제를 어떻게든지 결말을 짓지 않으면 내부생활은 거의 새로운 방면으로 진전하는 것에 방해를 받게 될 것이다. 이 문제가 내부 동란의 한복판에 뿌리박혀 고뇌의 대부분을 차지할 것이다. 나는 이 대인관계에 대해서 사색하느라고 몸이 여위었다. 자기의 생명을 뼈저리게 느낀 내가 일단 자기 이외의 것에 관한 생명의 존재에 감촉된 때부터 이 문제는 하루도 나의 머리를 떠나지 않았다.

항상 답답하게 기대어 나 자신을 압박했다. 나는 이 문제를 철저하게 해석하지 않고서는 대담한 생활태도를 지니기에는 도저히 불가능하다고 생각했다. 나는 힘찬 전인격적인 태도가 취해지지 않았다. 나의 행동은 모두 애매하고 선명하지 않았다. 모든 행위가 부정과 긍정의 사이를 오락가락했다.

나는 미적지근한 생활 태도가 괴로워서 견딜 수 없었다. 나는 참으로 이 문제를 어떻게 하지 않으면 안 된다고 생각했다. 나는 이 생명과 생명의 교섭, 혼과 혼의 접촉은 우주에 있어서 엄숙하고 위대한 사실에 틀림없다고 생각했다. 이 문제에 속 깊이 저 밑바닥까지 머리를 쑤셔 박을 때 거기에서 반드시 우리들의 온몸을 부들부들 떨리게 할 만큼의 가치에 접할 수 있으리라고 생각했다.

그 무렵부터 나는 철학을 나의 생활에서 놓치지 않았다. 나는 확고부동한 '실재' 위에 나의 생활을 쌓아 올리고 싶다고 생각하고 있었다. 그리하여 나는 철학적으로 자타가 지니고 있는 생명의 교섭과 관계에 대해서 생각해 보지 않으면 안 되었다.

나는 살아 있다. 나는 이만큼 확실한 사실은 없다고 생각했다. 자기의 존재는 직접 안으로부터 직관할 수 있다. 나는 이것을 의심할 수가 없었다. 그렇지만 타인의 존재가 나에게 있어서 얼마만큼 확실할까? 이 형이상학의 큰 문제는 사실 나의 힘만으로는 벅찬 것임에도 불구하고 나는 어떻게 해서든지 생각을 정리하지 않으면 안 되었다. 나는 여기에 인식론의 번잡한 이론을 늘어놓고 싶지는 않았다. 어쨌든 그 무렵의 나는 유심론의 저변에 마음을 잠겨 두고 있었다. 나는 아무리 생각해도 주관의 표상으로서 밖에는 타인의 존재를 인식할 수 없었다. 나에게 있어서는 타인의 존재는 그림자처럼 어렴풋한 것임에 지나지 않았다. 아무래도 자기 존재의 확인과는 비교가 되지 않는 힘이 모자라는 것이 되고 말았다. 나는 약간 큰 기대를 가지고 저 인격적 유심론도 연구했던 것이지만 그 밖에 나의 존재를 설정하는 과정에 도저히 수긍할 수가 없었다. 나는 유심론이 갈 데까지 갔을 때 반드시 귀착하지 않으면 안 되는 것처럼 유아론에 빠지고 말았다.

'하늘 아래 오직 나만이 있다'는 의식이 나를 전율하게 했다. 나는 까닭 없이 차가운 존재의 적막감에 몸을 떨면서도 또한 극단적인 자기긍정의 권위와 가치에 말할 수 없는 엄숙한 느낌에 감동되는 것이었다. 나는 바야흐로 유일하고도 모든 일체의 것이 되었다. 우주의 중심에 자리를 잡고서 사방의 정세를 살펴보았다. 자기에게 눈뜨면서 반드시 지나가야 할 길은 개인주의이다. 거기에는 눈뜬 개인으로 하여금 그렇게 있도록 하는 현실생활의 여러 가지 종류의 외적인 압력이 있다. 그렇지 않아도 개인주의에 기울어져 있던 나는 이 압력에 짓눌려 더욱 더 이 인식론의 기초 위에 서서 극단적인 개인주의에 함몰되지 않을 수 없었다. 이 개인주의가 요구하는 하나의 체계에 따를 때 필연적으로 역시 이기주의에 빠지게 된다. 내가 나의 내부생활을 실재 위에 기초를 잡으려는 요구에 충실할 때 나는 에고이스트일 수밖에 없었던 것이다. 그 무렵부터 나는 쇼펜하우어의 철학을 탐독했다. 그리고 몹시 감동을 받았다. 이 침통하고 심술궂으며 냉철하고 광적인 철인의 사상은 나의 이기주의에 언짢은 저력과 비통한 염세적 음영을 주지 않을 수 없었다. 나는 생명의 내부에 괜히 장난스럽게 자유를 주장하고자 하는 맹목적인 폭력을 의식하지 않을 수 없었다. 살고자하는 의지의 터무니없고 조화되지 않은 주장을 뼈저리게 느끼지 않을 수 없었다. 이 무렵부터 남보다도 더 강렬한 성욕(性慾)의 이상한 광분을 주체스럽게 여기고 있던 나에게 있어서 이 맹목적인 힘이 한층 더 강렬하게 느껴졌다. 이 얼마나 돌이킬 수 없는 조화를 이루지 못하는 지위에 놓인 삶인가! 나는 이 애처로운 삶을 찬찬히 지켜보면서 땅에 질질 끌리듯이 살아가지 않으면 안 되었다. 이 무렵 나에게는 사랑만큼 커다란 미망은 없었다. 또한 희생만큼 커다란 생활의 오류도 없었다. 이 두 가지는 나에게는 전혀 이해되지 않았다. 나는 그리스도 교도에게 사랑의 이야기도 들어보았다. 또한 책을 찾아 해매면서 희생에 관한 이론서도 읽어 보았다. 그렇지만 모두 다 나의 마음을 움직이는 근본적인 힘을 지니고 있지는 않았다. 왜냐 하면, 나의 이기주의는 인식론 위에 그 뿌리를 깊이 뻗고 있었다. 내가 유아론으로부터 이기주의에 이르는 과정은 논리적 필연의 강박이다. 나를 이기주의로부터 떨어지게 하는 것은 나의 독아론을 밑동부터 동요하게 하는 인식론이지 않으면 안 되었다.

그렇지만 슬프게도 나는 형이상학적으로 서술된 사랑과 희생에 관해 기술된 책을 접할 수 없었다. 모든 것은 애매하고 철저하지 못한 모조품임에 지나지 않았다. 자기 존재에 대한 심각한 각성도 없고 타인이 지닌 혼의 밑바닥에 깊이 스며들어 그 존재에 접촉한 의식도 없으며 다만 막연하게 사랑과 희생을 주장하는 것이 나에게는 불가사의해서 견딜 수 없었다. 이 같은 사랑이 얼마만큼 힘과 열과 빛을 생명의 저변에서 나오게 할 수 있겠는가 하고 의심했다. 니시다 키타로 씨는 열렬한 '사랑의 철학자'이다. 그는 더구나 사랑을 골자로 하는 종교론 속에서 "본질을 달리하는 것의 상호관계는 이기심 이외에서 성립할 수는 없는 것"이라고 말하고 있다. 나는 자기 존재에 대해서 실재적으로 눈뜬 개인이 타인의 존재를 철저하게 긍정할 때만 참다운 힘찬 사랑은 생길 것이라고 보았다. 그렇지만 나는 "어떻게 타인의 존재를 긍정할 수가 있었겠는가? 나는 어떻게 내가 나의 존재를 긍정하듯이 확실하고 자명하게 생생한 모습에 있어서 타인의 존재를 인식할 수가 있었겠는가? 그리고 자타의 생명 사이에 통하는 본질적인 관계가 있음을 인식할 수가 있었겠는가?" 라고 생각하며 괴로워했다.

그리고 이러한 것들은 유아론의 기초위에 입각해서는 도저히 불가능한 바람임을 느끼지 않을 수 없었다. 거기서 나는 유아론에 나의 가능한 한의 주도면밀한 음미와 비판을 가해 보기도 했다. 그렇지만 나는 아무래도 유심론의 귀착점을 유아론에서 발견할 수밖에 없었다. 그리고 그 입장에서 대인 관계의 문제를 엿볼 때, 궁극적으로는 개인주의를 통해서 극단적인 이기주의로 끝날 수밖에 없었다.

지금에 와서 돌이켜보면, 이 무렵의 자신의 생활 태도는 확연히 지나치게 지적(知的)인 것이었다. 사색의 방법도 정의(情意)를 존중하지 않는 개념적인 것이어서 반드시 올바른 것이었다고는 생각하지 않는다. 그렇지만 자기의 생활을 '실재' 위에 고정시켜 놓으려는 요구는 형이상학적인 나의 유일한 생활적 양심이었다. 나로서는 다만 충실하게 살아갈 수만 있게 되면 좋았다고 인지한다. 그렇지만 살기 위해서는 그렇게 하지 않고는 해쳐나갈 수 없었던 것이다. 나는 나의 현실생활 위에 떨어진 이 큰 문제에 대해서 빈약하고 유치한 사상을 가지고 대하는 것이 얼마나 불안하고 미덥지 못했던 것일까? 괴로워하고 번민해 보아도 좋은 생각은 나오지 않았다. 선인(先人)들이 남긴 발자취를 더듬어 겨우 고찰할 뿐이고 스스로 나아가 예상하는 것은 가능하지 않았다. 이렇게 빈약한 두뇌를 가지고 있으면서도 생각하지 않으면 살아갈 수 없는 그 무슨 인과 때문일까 하고 나는 생각했다. 나는 도저히 적합하지 않다고 생각했다. 그렇지만 무슨 일이거나 살기 위해서 하는 게 아니냐고 생각할 때, 나는 가만히 앉아 있을 수가 없게 되었다. 나는 어린 마음에도 무엇인가 사색을 하는 사람이 되고 싶다고 생각하면서 자라났다. 나는 생존하기 위해서는 사색하지 않으면 안 된다고 생각했다.

생명과 생명의 접촉문제는 우주에 있어서의 엄숙하고 위대한 사실이다. 나는 이 문제를 충실히 맞이하고 싶다. 나는 이 문제에 대해서 애매하고 허위에 찬 태도는 취하고 싶지 않다. 나는 유치한 방법이 될지 몰라도 내가 믿는 진리에의 길을 걸어가려고 결심했다. 그리하여 나는 극단적인 이기주의자가 된 것이다. 그나마 쇼펜하우어가 저질에 해당할 정도의 사상을 꺼내온 전투적 태도로서의 이기주의자가 되었다. 처음부터 삶의 비통과 부조화를 각오하고 일어선 필사적인 이기주의였다. 나는 싸우고 거듭 싸워서 무릇 이기주의자가 맛볼 수 있는 정도의 것을 모조리 맛보아 버린 후에 죽고 싶다고 생각했다. 나는 그 무렵의 내 마음이 이상야릇하고 내 마음에 긴장감이 맴도는 것을 잊을 수가 없다. 나의 생명은 핏빛으로 넘쳐 있었다. 방자한 욕망으로 부풀어 있었던 것이다.

나는 충족되지 않는 성욕을 안고 짐승처럼 거리를 배회하다가 옛날 낙양(洛陽)의 거리에서 벌어졌던 대낮의 강간사건 같은 것을 생각했다. 재주 없고 미련한 군중이 복잡하게 붐비는 광경을 보고는 나에게 1개 중대의 병사가 있으면 그들을 유린할 수가 있을 텐데 하고 생각했다. 나의 눈앞을 나폴레옹과 동탁(董卓)과 마사카도(將門) 등의 얼굴이 자꾸만 나타났다가 사라졌다. 그래서인지 강자가 되고 싶었다. 이것이 나의 유일한 염원이었다.

그래서 나는 법과(法科)로 전과했다. 나는 욕망의 충족을 위해서 힘이 필요함을 절실히 느꼈다. 힘이여, 힘이여 하고 생각했다. 아아, 욕망과 힘! 이렇게 생각하자 나는 가슴이 두근거렸다. 이때 사랑과 희생이라는 것은 나에게 있어선 완전히 오류였다. 그보다는 인간 자연의 상태는 만인이 만인의 적인 상태라고 했던 홉즈Hobbes의 말이 힘차게 내 마음을 울렸다. "모든 삶은 고통이다"라는 쇼펜하우어의 말이 귓전을 떠나지 않을 정도였다.

그렇지만 나의 사상이 차츰 에고이즘으로 기울어져 빠져갈 때 나에게 가장 직접적인 심각한 고뇌를 느끼게 하는 것이 있었다. 그것은 나의 둘도 없는 친구인 S의 존재였다. 나는 감히 말하는 바이지만 우리들은 눈물이 넘쳐 나올 만큼 성실한 우정을 지니고 있었다. 두 사람은 빈틈없는 이해로써 짜인 실재적인 우정을 자랑하고 있었다. 게다가 어린 시절부터 책상을 나란히 하고 있었다고 하는 아기자기한 추억이 두 사람 사이에 한층 더 떨어지기 어려운 집착을 묶어 놓고 있었다. 나는 이 친구의 존재를 확인하고 싶어 견딜 수 없었다. 실재로 긍정하고 싶어 견딜 수 없었다. 그 혼의 비밀에 접촉하여 전율해 보고 싶어 죽을 지경이었다. 생명과 생명이 부드럽게 포옹한 뒤에 부르르 몸서리칠 만큼의 기쁨에 넘쳐 흐느껴 울고 싶어 죽을 지경이었다. 그렇지만 나의 사상은 이 통절한 염원을 배반하지 않을 수 없었다. 나는 친구의 존재를 울며불며 서로 그림자와도 같이 희미한 것으로 만들지 않으면 안 되었다. 두 사람 사이에 실재적인 만남을 부인하고 다만 에코노미컬한 관계적인 교섭으로 만들어 버리지 않으면 안 되었다. 이것은 참으로 나에게는 심각하기 짝이 없는 비애이고 고통이며, 적막이요 눈물이었다. 나는 괴로워 몸부림쳤다. 나는 그 친구에게 준 편지의 한 대목을 기억하고 있다.

> 나의 벗이여. 그대와 나와의 사이에는 이젠 끝없는 하늘에서 늘어뜨려진 엷은 회색의 장막이 있네. 우리들은 이 장막을 사이에 두고 서로 괴로운 탄식을 희미하게 듣고 있네. 또한 눈물로 흐려지는 눈동자와 눈동자를 서로 마주 바라보면서도 서로 포옹할 수 없네. 도저히 불가능하네. 아아, 우리들은 어찌해야 좋단 말인가?

그렇지만 그 무렵의 나의 지적인 생활 태도로는 아무래도 친구를 버리는 수밖에 없었다. 나는 뼈도 혼도 없는 빈 껍데기와도 같은 교섭을 두 사람 사이에 남겨 두는 것을 참을 수가 없었기 때문이다.

그때의 친구의 태도가 성실함에 대해서 나는 감탄하고 말았다. 그 마음씨가 곱다고 느끼고 나는 눈물을 흘렸다.

> 자네는 나하고 헤어지겠다고 했네. 하지만 나는 자네를 보내거나 놓치고 싶지 않네. 자네가 헤어지고 싶다면 점점 더 내 곁에 붙잡아 두고 나의 따뜻한 입김으로 자네의 거칠어진 가슴을 포근히 감싸 주고 싶네. 여보게, 설사 지금 나하고 헤어진다고 할지라도, 자네가 상처를 입거든 또다시 돌아와 주게나. 촉촉한 눈동자와 따뜻한 손바닥은 자네를 받아들이기에 인색하지는 않을 것이네.

이런 말도 써서 보내 왔다. 또한 내가 법과로 전과한 후 거친 방면으로만 치닫는 것을 경계하여,

> 자네, 별이 차갑게 한들거리는 요즘의 으슥한 밤에 시험 삼아 수은을 손바닥에 올려놓고 보게나. 그 차디찬 감각은 온 몸에 퍼져서 자네의 혼은 부르르 떨게 될 것이네. 이때 누군가의 위대한 힘이 자네에게 사색을 강요하지 않을 수 없을 것이네.

라는 식의 말도 써서 보내 주었다. 이렇게 성실하고 가엾은 친구

를 버리는 것은 참으로 울고 싶을 만큼 괴로웠던 것이다. 친구와 헤어진 나는 정말 고독했다. 나의 가슴 속을 황망한 잿빛 그림자만이 오락가락했다. 고독의 쓸쓸함 가운데 자리를 잡고 조용히 물상(物象)을 바라보고 자연을 마음에 새길 만큼의 여유조차 없었다. 고독 그 자체의 빛마저 불안하고 동요하는 절박한 것이었다. 그렇지만 처음에는 나의 내부생활은 거칠기는 하면서도 긴장해 있었다. 몹시 구슬픈 빛을 띠면서도 생명은 활활 타오르고 있었다. 숯불처럼 새빨갛게 말이다.

그렇지만 잠시 시간이 지난 후 나는 또다시 갈팡거리기 시작했다. 나의 생활 방법이 과연 올바른 것일까 하고 의심하기 시작했다. 원래 나는 말할 것도 없이 로맨티시스트이다. 나는 어려서부터 따뜻한 사랑을 받고 자랐다. 나는 어려서부터 기쁨도 슬픔도 일찍 알아서 걸핏하면 눈물도 잘 흘렸다. 한 번도 동무들하고 다툰 일 따위는 없었다. 전투적 태도의 에고이즘 따위는 도저히 나의 본성의 품위에 맞지 않는 것이다. 그런데도 무슨 까닭으로 나는 에고이스트가 되지 않으면 안 된다는 말인가? 생명은 지 · 정 · 의가 통합된 전일(全一)한 것이지 않으면 안 된다. 내가 친구를 사랑하고 있다는 것은 움직일 수 없는 사실이 아닌가. 심리적 사실로서는 지식도 감정도 동일하기 때문에 그 사이에 우열은 있을 까닭이 없지. 그런데도 나는 어째서 지성에만 따르고 정의(情意)라는 확실한 사실을 무시하지 않으면 안 되는

가. 그것은 상당히 음미할 필요성을 띠고 있지 않은가? 그렇지만 결국 나의 생명은 유기화해 있지 않다는 사실에 귀착되지 않으면 안 된다. 나의 생명은 전일하지는 않다. 분열되어 있는 것이다. 지식과 정의와는 서로 등지고 있다고 보는 게 맞다. 나의 생명에는 터진 틈이 있다. 생생한 갈라진 틈이 있다. 그 갈라진 틈을 바라보면서도 어떻게 할 수도 없는 것이다. 형이상학자가 가장 두려워하는 것은 인격의 분열이다. 이 두 개의 모순된 사실을 하나의 생명 속에 대립시키고 있는 것이 메타피지칼metaphysical 한 나에게 얼마나 절실하고 큰 고통이었겠는가?

> 나는 실제로 고민했다. 나는 어떻게 살아야 좋은지 알지 못하게 되었다. 다만 쓸개 빠진 개구리처럼 멍하게 살아 있을 뿐이었다. 나의 내부 동란은 나를 학교 따위에는 보내지 않았다. 나는 멍해진 채 곧잘 교외에 나갔다. 그리고는 발길 닿는 대로 아무렇게나 한 바퀴 돌은 후 돌아왔다. 그것이 가장 살기 쉬운 방법이었다. 물론 공부랄지 어느 무엇도 잘 되지 않았다.

어느 날 나는 정처 없이 헤매다 돌아오는 길에 서점에 들려 검푸른 표지의 책을 한 권 사 왔다. 그 저자의 이름은 나로서는 전혀 알 수 없는 것이었지만, 그 저자의 이름은 이상하게도 나를 끌어당기는 힘을 가지고 있었다. 그것이 바로 『선의 연구』

였다. 나는 별다른 마음 없이 그 서문을 읽기 시작했다. 한참 후에 나의 눈동자는 활자 위에 못이 박히듯 완전히 고정되고 말았다. 보라!

> 개인이 있고서야 경험이 있는 것이 아니라, 경험이 있고서야 개인이 있는 것이다. 개인적 구별보다도 경험이 근본적이라는 생각에서 독아론을 벗어날 수 있었다.

라고 똑똑하고 선명하게 활자화되어 있지 않는가! 독아론을 벗어날 수 있다?! 이 몇 마디의 문장이 내 눈의 그물막에 눌러 붙을 정도로 강하게 비쳐 들어왔다. 나는 심장의 고동이 멎지는 않을까 하는 생각이 들었다. 나는 기쁨도 아니고 슬픔도 아닌 일종의 정적인 긴장으로 가슴이 뿌듯하게 벅차올랐다. 그 다음은 도저히 읽어 나갈 수 없었다. 나는 책을 덮어버리고 책상 앞에 꼼짝 않고 앉아 있었다. 두 뺨을 타고 눈물이 저절로 흘러 내렸다.

책을 포켓 속에 넣고서 나는 숙소를 나왔다. 오래간만에 바람이 잔잔해져 조용한 해질녘이었다. 나는 이루 형언할 수 없는 일종의 이상한 기분을 간직한 채 이 거리에서 저 거리를 걸어 다녔다. 그 날 밤 촛불을 켜고 나는 이 놀랍기만 한 책을 읽게 되었다. 전광과도 같은 속도로 한 번 읽었다. 뭔가 좀 어려운 곳이 있어서 잘 이해할 수 없었지만 그 깊이가 있는 독창적이고 직관적인 사상에 나는 매혹되고 말았다. 그 인식론은 나의 사상을 송두리째 뒤집어 놓을 것임에 틀림이 없었다. 그리고 나를 새로운 밝은 필드field로 인도해 갈 것임에 틀림없을 것이리라고 생각했다. 이때 나는 고요한 형이상학적 분위기에 휩싸여 부드럽게 풀려 나가는 나 스스로를 느꼈다. 나는 곧 친구에게 편지를 부치고 또 다시 철학으로 돌아갔다. 나하고 자네하고는 새로운 우정의 포옹으로 땅에 엎드려 통곡할 수 있을지도 모른다고 말해 주었다. 친구는 전보를 쳐서 즉시 나를 오라고 했다. 나는 만사를 내팽개치고 O시에 있는 친구에게 안기기 위해 갔다.

미사오야마(操山) 기슭에 펼쳐진 조용한 논밭을 향한 작은 집에 우리들의 겨울을 넘길 준비가 되어 있었다. 나는 이 집에서 『선의 연구』를 숙독했다. 이 책은 나의 내부생활에 있어서 천변지이(天變地異)였다. 이 책은 나의 인식론을 근본적으로 변화시켰다. 그리고 나에게 사람과 종교의 형이상학적인 사상을 불어넣어 주었다. 깊고 먼, 신비한 여름철의 여명의 하늘 같은 형이상학적인 사상이 나의 가슴에 빛과 같이 또 빗물과 같이 흘러들어왔다. 그리고 나의 본성에 빨려 들어가듯이 포섭되어 버리고 말았다.

우리들은 진화론처럼 시·공간적으로 구별된 인간과 인간 사이의 삶의 근본동향에서 사랑을 이끌어 내기는 도저히 불가능하다. 여기에서 출발한다면 대인관계는 마침내 이기주의로 끝날 수밖에 없다. 그렇지만 우리들은 다른 좀 더 깊은 내면적인 생명의 원천으로부터 사랑을 키워 올릴 수 있는 것이다. 직접 사랑의 본질에 접촉할 수가 있는 것이다. 사랑은 생명의 근본적인 실재적 요구이다. 그 근원을 멀리 실재의 원천에서 발생시키는 생명의 가장 깊고도 절실한 요구이다.

그렇다면 그 사랑의 원류는 무엇인가? 그것은 인식이다. 인식을 통해서 높아진 사랑이야말로 생명의 참다운 힘이고 열이며 빛이다.

나는 자신의 개인의식을 가장 근본적인 절대의 실재로 여겨 의심하지 않았다. 내가 먼저 존재하고 온갖 갖가지의 경험은 그 후에 생기는 것이라고 생각하고 있었다. 그렇지만 이 인식론은 전혀 오류였다. 나의 일체의 혹란(惑亂)과 고민은 그 병의 근원이 이 오류 속에 묵고 있었던 것이었다. 실재의 가장 원시적인 상태는 개인의식이 아니다. 그것은 독립 자전한 하나의 자연현상이다. 나라거나 남이라거나 하는 의식이 없는 다만 하나의 존재이다. 다만 하나의 현실이다. 다만 하나의 광경이다. 순일무잡한 경험의 자발자전이다. 주관도 아니고 객관도 아닌 다만 하나의 절대이다. 개인의식이라는 것은 실재의 원시적 상태로부터 분화하여 생긴 것일 뿐만 아니라, 그 존재의 필수적인 요건으로서 이에 대립하는 자타의 존재를 예상하고 있다. 객관 없이 주관만이 존재하는 일은 없다.

그러기 때문에 개인의식은 생명의 근본적인 것이 아니다. 그 존재 방식은 생명의 원시로부터 멀어진 것이다. 제2의적인 부자연한 존재이다. 그 자체에는 독립 완전하게 존재할 수가 없는 것이다. 이것은 개인의식이 처음부터 갖추고 있는 결함이다. 사랑은 이 결함으로부터 생기는 개인의식의 요구이고 기갈이다. 사랑은 주관과 객관이 합일하여 생명원시의 상태로 돌아가려고 하는 요구이다. 결함이 있는 개인의식이 독립 완전한 참다운 생명에 귀일하기 위해서 나에 대립하는 자타를 불러 찾는 마음이다. 인격과 인격이 포옹하려는 마음이다. 생명과 생명이 융합하여 자타의 구별을 소멸시켜 버리고 제3의 절대자에게서 살고자 하는 마음이다.

그러므로 사랑과 인식은 별다른 종류의 정신 작용이 아니다. 인식의 궁극적인 목적은 바로 사랑의 최종적인 목적이다. 우리들은 사랑하기 위해서는 알지 않고는 안 되고 알기 위해서는 사랑하지 않으면 안 된다. 우리들은 결국 동일률(同一律) 밖으로 나올 수는 없다. 꽃만이 꽃의 마음을 잘 안다. 꽃의 진상(眞相)을 아는 식물학자는 스스로 꽃이 되지 않으면 안 된다. 즉, 자기를 꽃으로 이입하여 꽃과 일치하지 않으면 안 된다. 이 자타합일의 마음이야말로 사랑이다.

사랑은 실재의 본체를 포착하는 힘이다. 사물의 가장 깊은 지식이다. 분석 추론하여 얻은 지식은 사물의 표면적 지식이어서 실재 그 자체를 붙잡을 수는 없다. 다만 사랑만이 이것을 잘 할 수가 있다. 사랑이란 앎의 극점(極點)이다.

(『선의 연구』, 지와 애)

이 같은 인식적인 사랑은 자기를 떠받치기 위한 생명의 가장 엄숙한 노력이어야 한다. 개인의식이 순간적인 존재를 떠나 확실하고 원시적이며 자연적이고 영원하며 참다운 생명으로 돌아가려는 가장 엄숙한 종교적 요구이다. 이런 의미에 있어서 사랑은 그것 자체가 종교적이다. 그래서 사랑은 생명의 내부적인 열과 힘과 빛의 원천일 수 있는 것이다.

나는 O시에서 겨울 내내 틀어박혀 지내는 사이에 사상을 하나로 변화시키고 말았다. 이기적이고 전투적인 살벌한 나의 마음에 긴장은 부드럽게 풀어지고 마음의 조그만 도랑물을 졸졸 그리워하는 사랑의 흐름임을 느꼈다. 나는 그 온화한 폭풍이 지나간 후의 잔잔함과 같은 마음으로 봄을 기다렸다. 봄이 왔다. 나는 또다시 상경했다.

그렇지만 이 온화하고 안이한 마음의 상태는 오래 계속되지 않았다. 나는 마음 밑바닥에서 심상치 않은 동요를 느끼기 시작했다. 그것은 말할 것도 없이 불안한 기분이었다. 마음이 중심을 잃고 우왕좌왕하는 것 같았다. 의식이 있는 자리가 정해지지 않았다. 영혼이 낫처럼 굽은 고개를 쳐들고 있는 뱀과 같이 무엇인가를 불러 찾아다니는 것 같기도 했다. 나에게는 무서운 쓸쓸함이 엄습해 왔다. 도저히 혼자서는 견디기 어려울 것 같은 존재의 오한과 위기감에 사로잡혀 부들부들 떨지 않을 수 없었다. 나는 아무것도 손에 잡히지 않았다. 다만 이 의식의 중심이 다른 데로 옮겨 갈 것만 같은 마음의 동란과 동경을 주체스럽게 여기면서 살아갔다.

나는 미칠 것만 같은 내용의 편지를 O시의 친구에게 몇 번이나 보냈는지 알 수 없다. 쓸쓸함과 무서움에 몰리게 되면 펜을 들었다. 장마 비가 축축하게 쏟아지는 6월이 왔다. 그 만물을 썩어 문드러지게 할 것만 같은 음울한 비는 오늘 내일 줄곧 내리고 있었다. 습기 가득하고 후덥지근한 기후가 나에게 초조해져가는 듯한 불안을 압박했다. 나는 이 열기를 품은 음기마저 서린 듯한 구름 낀 하늘 아래에서 또 찌는 듯이 무더운 공기 속에서 어찌할 수 없는 불안한 기분에 휘몰리면서 살아가지 않으면 안 되었다.

시험 준비로 바쁜 친구들 사이에서 아무 일도 하지 않은 채 멍하니 앉아 있기가 괴로워서 나는 쓰쿠바(築波) 산로 여행을 한 적이 있었다. 나는 쓸쓸했던 까닭에 애수에 젖은 여행을 했다. 쓰쿠바 산은 새하얀 안개에 싸인 채 묵묵히 서 있었다. 나는 다만 혼자서 산길을 터벅터벅 올라가면서 자연은 냉담한 것이라고 곰곰이 생각했다. 이 쓸쓸한 나 자신을 의탁하려는 자연은 나에게는 아무런 관계도 없는 것처럼 고요하기만 했다. 나는 어디에도 의지할 수 없었다. 내가 만일 거기에 서 있는 큰 나무의 둘레를 껴안고 외쳐 본다고 할지라도 또 비에 젖은 시커먼 흙에 달려들어 통곡을 한다고 할지라도 별수가 없는 것이 아닌가?

나는 부둥켜안을 영혼이 없고서는 어울리지 않는다고 생각했다. 나의 생명에 당장 불이 붙을 다른 생명의 불꽃이 없어서는 견딜 수 없으리라고 생각했다. 영혼과 영혼이 포옹하고 입맞추고 흐느껴짐에 따라 목메어 울고 싶었다. 그 포옹 속에서 자기의 목숨을 발견하고 싶었다.

나는 산정의 찻집에 있는 낡아 빠진 등산 기념첩에 다음과 같은 것을 휘갈겨 써 두고 혼자서 쓸쓸히 산을 내려왔다.

> 무엇인가를 찾아 산에 왔다. 그러나 찾는 것은 자연이 아니었다. 사람이었다. 사랑이었다. 설령 초월적인 신이 있다고 할지라도 나에게 무엇이 가능할 수 있었을까. 아아, 인격적이고 내재적인 신은 없을까? 나의 영육을 아울러 포옹할 여인은 없는가?

산에서 내려온 후 내 마음은 한층 더 쓸쓸해졌다. 그리고 한층 더 절박해졌다. 그러나 나는 내 마음의 불안감과 동요에 약간 분명한 형태를 지어 줄 수 있었다. 그것은 내 생명이 찾는 동경의 대상이 주어지지 않기 때문이라고 여겼다. 그 동경의 대상조차도 판연하게 정해져 있지 않았지만 그것은 인격물이 아니어서는 안 된다는 것만 알았다. 나는 다른 인격을 찾고 있는 것이다. 다른 생명을 사모하고 있었던 것이다. 나는 자신 혼자만으로는 살 수가 없었던 것이다. 다른 생명과의 포옹으로 이루어지는 제3의 절대자에게 내 생활의 최후의 기초를 놓으려고 하는 것이다. 이 내부 생활의 전환이야말로 마음의 불안과 동요, 그리고 생명을 찾는 동경이야말로 마음의 적막임에 틀림없다고 생각했다.

그럭저럭 하는 사이에 여름 방학이 되어 나는 고향으로 돌아갔다. 생명을 그리워하여 찾는 나의 동경은 한층 더 그 도가 심해졌다. 그리고 나날이 절박해졌다. 그것은 종교적인 태도와 기갈을 드러냈다. 메마른 산 고을의 숨 막힐 듯이 무더운 삶을 겨워하면서 나는 앉으나 서나 잠을 자나 마음이 안정되지 않았다. 나는 아무것도 읽지 않고, 아무것도 쓰지 않으며 다만 집안에서 빈둥빈둥 놀거나 견디다 못해 산을 배회하거나 했다. 나의 생명은 호흡을 멈추고 무엇인가를 응시하고 있었다.

이 무렵부터 나의 생활 태도는 이전과는 상당히 달라지기 시작했다. 나의 내부의 절실한 동란은 나의 그저 지적인 생활 태도를 그대로 허가하지 않았다. 나는 내부의 동요나 정의의 요구에 쫓기고 눌려서 사색하게 되었다. 개념적으로 만들어 낸 계통에서 얼마만큼의 힘 있는 생활을 할 수 있겠는가. 충실한 생활은 그 가치가 내부로부터 직관할 수 있는 것이 아니면 안 된다고 생각하기 시작했다.

이때 나의 머릿속에는 친구와 신과 여인이 뒤얽혀 회전하고 있었다. 나는 아주 진지하게 신에 관해서 생각했다. 메마른 풀 위에 쇠약해진 체구를 내던져 파랗고 밝은 하늘을 우러러보면서 열심히 신의 내면을 생각했다. 그렇지만 나에게는 아무리 해도 신의 사랑이라는 것을 생생하게 느낄 수 없었다. 내재적이고 인격적인 신의 존재를 니시다 씨가 말한 바와 같은 의미로 볼 때 나는 믿지 않을 수 없었다. 하지만 그것은 실재의 원시상태에 붙인 별명임에 지나지 않는다. 그것은 다만 하나의 현실이요, 광경이며, 자인이다. 그 독립되고 자전한 독립에 있어서는 사랑하는 것이 존재할 리 없다. 우리들은 사랑에 의해 신에 도달할 수 있다. 그렇지만 어떻게 해서 신의 사랑이라는 것이 생길 수 있을 것인가. 나에게는 신의 존재보다도 신의 사랑이라는 것이 이해되지 않았다. 『선의 연구』를 읽어 보아도 이 점이 도저히 알 수 없었다. 나는 신이라는 존재에 작용을 가할 수도 없고 작용을 받을 수도 없다. 사랑받고 있다는 기분을 느낄 수 없다. 의지하고 싶지 않다.

나는 동경의 대상을 친구에게서 찾으려고 했다. 나에게

는 자상한 이해심으로 뼈대가 이뤄지고 얽히고설킨 애착으로 살(肉)이 붙은 참다운 친구가 있는 게 아닌가. 하지만 나는 이에도 만족할 수 없었다. 친구에게는 살이 모자란다. 이 점이 나를 적잖게 실망시켰다. 나는 이 무렵부터 육체라는 것을 대단히 중요시하고 있었다. 육체는 생명의 상징적 존재이다. 생명은 영혼과 육체를 불가분하게 통합시키는 일여이다. 생명을 안으로부터 볼 때 영혼이고 밖으로부터 볼 때 육체이다. 육체와 영혼을 분리해서 생각할 수 없다. 육체를 떠나 영혼만은 존재하지 않는다.

나는 인격물을 동경하려면 영 · 육을 아울러 동경하고 싶었다. 생명과 생명의 철저한 포옹을 요구한다면 영과 육을 아우른 전체 생명의 포합이 바람직했다. 이 요구로 인하여 나는 여자를 찾아가지 않으면 안 되었다. 인격물을 동경하여 구하는 나의 요구는 신을 향해 찾아가고 친구를 찾아가고 여자를 찾아가는 것으로 그치고 말았다. 그리하여 나의 동경의 대상이 확실히 결정된 듯한 마음이 되었다. 나의 전체 생명은 종교적인 갈앙(渴仰)의 정념을 넘쳐흐르게 하여 여자를 응시했다. 내 마음의 한 구석에는 오랜 옛날부터 다른 성(性)을 그리워하여 찾는 안타까운 동경이 가라앉아 있었다. 이 마음은 한번은 숙살(肅殺)한 성욕만의 발동이 되어 나의 전투적이고 이기적인 생활을 무시무시할 정도로 채색한 일도 있었다. 하지만 일단 그 살벌한 생활로부터 각성하여 깊고 정숙하며 또한 절실한 종교적인 기분으로 돌아간 이래 이 마음은 깊고 우아하고 진실성이 있는 것이 되어 있었다.

나는 이성(異性)에 관하여 관대하고 충실하며 열정이 있는 마음을 품고 있었다. 나는 성(性)의 문제에 생각이 미치면 곧바로 가슴이 뛰었다. 그만큼 이 문제에 엄숙한 기대를 걸고 있었다. 나의 천품(天稟) 속에는 이성에 의해서만 나타나게 되고 성장될 수 있는 능력이 숨어 있음에 틀림없다. 또한 여성 속에는 남성과의 접촉에 의해서만 빛을 낼 수 있는 비밀이 숨어 있음에 틀림없다. 나는 그 비밀에 접촉하여 전율하고 싶었다. 나는 두 성이 접촉하고 포옹하는 곳, 거기에 우리들의 전신을 마비시킬 정도의 가치와 의의가 황금빛 빛깔을 하고서 병발할 것임에 틀림없으리라고 생각했다. 나는 남성의 영육을 이끌고 즉시 여성의 영육과 합해질 때 거기에 가장 숭고한 종교가 성립할 것이라고 생각했다. 참다운 종교는 섹스 속에 숨어 있다. 아아! 사나이의 마음에 죽음을 긍정하게 할 만큼 아름다운 여인은 없을까? 나는 "여자여, 여자여!" 하고 생각했다. 그리고 위대한 원시적인 여성이 나에게 찾아오기를 목마르게 원했다.

내 곁을 온갖 종류의 여자의 그림자가 스쳐 지나갔다. 나는 먼저 여자의 인습적인 점에 놀랐다. 비겁한 곳에 기막혔다. 남성의 위대한 인격의 요구를 받아들일 수 없는 왜소함에 실망했다. 나는 젊은 남자와 아름다운 아가씨와의 사이에 성립될 것 같은 달콤한 하나의 사랑을 원하는 것이 아니다. 생명과 생명이 통곡할 만한 포옹을 하고 싶은 것이다. 내가 깊숙이 돌진해 들어갈 때 모두 나에게서 달아났다. 어쩐지 기분이 나빴다. 나는 나의 심각하고 성실한 노력이 유희로 끝나 버리지나 않을까 걱정하지 않고 여자를 찾을 수는 없었다. 나는 처녀는 불가능한 것일까 하고 생각했다. 술과 육체와 탐혹 사이에 뜨거운 눈물이 있다. 그 눈물 속에야말로 생명을 통감하게 하는 여자가 있는지도 모른다고 생각했다. 나는 몰상식하게도 사창가의 여자를 찾아 인격적인 사랑을 구하러 갔다. 나는 이런 곳에도 육체만 낚으러 가지 않았다. 나는 동정(童貞)이었었지만 곡절이 있어서 나의 생식기는 병적으로 무능력했던 것이다. 다만 영혼만도 아니고 육체만도 아닌 나의 전체 생명을 받아들여 주는 여자를 구하러 갔던 것이다. 그러나 그것은 실망으로 끝났다. 저 요염한 검은 머리와 아슬아슬하게 보이는 살결, 그 아름다운 육체 속에 어째서 이렇게 비열한 혼이 깃들어 있는가 하는 너무나도 불가사의함에 참을 수가 없었다. 나는 그 육체미만을 그녀들로부터 벗겨 내고 싶을 정도였다. 여자는 어째서 이렇게 돼먹지 않았을까. 나는 화나기보다는 오히려 슬픔이 앞섰다. 부득이 여자를 박멸하지 않으면 안 된다. 그리고 여자의 육체만을 남겨 두지 않으면 안 된다고 생각했다.

나처럼 여성에 대해서 요구가 강렬한 자는 여성에 의해서 충실해지는 일이 도저히 불가능할지도 모른다. 현실적인 여성은 모두 천박하고 판에 박힌 여자뿐일지도 모른다. 나 같은 판에 박힌 안목으로 보아 불건전하기 짝이 없는 남성을 받아들여 줄 여성은 없을지도 모른다. 아아, 남성에게 죽음을 긍정하게 할 만큼 마음씨 고운 여성은 없을 것인가? 그것은 아이디얼리스트idealist의 헛된 소망에 지나지 않는 것일까. 나는 이렇게 생각될 때면 무거운 한숨을 내쉬지 않을 수 없었다.

생각하면 나는 대인관계에 깊숙이 몰두하여 여기까지 걸어왔다. 그것은 여간 간단한 생각은 아니었다. 내가 여자에게 충실함을 구하지 못하고 무엇에게 충실함을 구할 수 있겠는가. 나는 여기까지 와서 되돌아서기에는 안타까워 견딜 수 없다. 도저히 그럴 수는 없다. 부딪혀 보고 싶다. 위대한 가치와 의의 있는 생명의 위기에 부딪혀 보고 싶었다. 그리하여 생명의 전적인 긍정 또는 부정을 하고 싶다.

이렇게 생각하고 나는 굶주린 사람처럼 여자를 찾아 나섰다. 그리고 보라! 끝내 나는 찾아냈다.

하

아아, 나는 사랑을 하고 있는 것이다. 이렇게만 표현했을 때 눈물이 나와 어찌할 수 없었다. 나는 사랑(戀)을 위해서는 죽어도 상관없다. 처음부터 죽음을 각오하고 사랑을 한 것이다.

나는 이제부터 그 동안의 태도를 달리하지 않으면 안 될 것 같다는 생각이 든다. 그것은 내가 여성에 대해서 준비하고 있던 예술과 철학의 이론은 일단 내가 사랑한 후부터는 쓸모없는 것처럼 생각되기 때문이다. 나는 정말로 철학도 예술도 내팽개치고 연애에 몰두한다. 나에게 연애를 암시해 준 것은 나의 철학과 예술이었음에 틀림없다. 그렇지만, 나의 연애는 그 철학과 예술에 밑받침이 되어 마침내 가치와 권위를 가질 수 있는 것은 아니다. 지금의 나에게 있어서 연애는 독립되고 완전한 것이고 그 자체가 가치의 본체이다.

그 자체가 자전한 모습으로 존재하고 성장할 수 있는 것이다. 나의 형이상학적인 연애론은 그것이 나에게 연애를 암시하기까지 그 점에 있어서 가치가 있었던 것이다. 일단 내가 사랑에 빠졌을 때 연애는 독립적으로 자기의 가치를 획득하고 있었다. 나는 나의 연애론의 완전함을 어떻게 보증할 수 있는가? 나에게는 그럴 자신은 없다.

만일 나의 연애가 철학에 입각하여 비로소 가치가 있는 것이라면 그 철학이 붕괴했을 때 연애의 가치도 함께 파멸되지 않으면 안 된다. 이 같은 것은 내가 견딜 수 없는 것이고 또한 믿을 수 없는 것이다. 나는 어떻게 해서든지 연애의 완전함과 독립성을 신앙하지 않을 수 없다. 가령 나의 연애론을 파괴하는 사람이 있다고 할지라도 그것은 내 연애의 가치와는 관계가 없는 것이다. 연애는 나의 전체 생명을 내부로부터 직접 역학적으로 매듭짓고 있는 것이다. 이것을 미신이라고 한다면 연애는 내 생활의 최대의 미신이다. 누가 미신하지 않고 살아갈 수 있을 것인가?

위대한 생활에는 위대한 미신이 없어서는 안 된다. 나는 이 무렵 곰곰 생각해 보았다. 스스로 철학의 체계를 세워서 그 체계에 스스로 수긍하여 그것에 따라 충실하고도 철저한 생활을 찾을 수가 있겠는가?

충실한 생활은 생활의 가치가 직접 내부로부터 직관되는 것이 아니면 안 되는 것이 아닐까? 이 같은 생활의 핵심이 되는 것은 철학도 예술도 아니다. 오직 생활의 미신이다. 이 미신에 밑받침이 되어서야 마침내 철학과 예술은 가치와 권위를 지닐 수 있는 것이다. 이 미신이 긍정되는 곳에 환희가 있고 열락이 있으며 생명의 열과 빛과 힘이 있다. 이에 반하여 이 미신이 부정되는 곳에 비애가 있고 고통이 있으며 마침내는 죽음이 있을 따름이다.

나는 연애를 미신하고 있다. 이 미신과 함께 살고 함께 죽고 싶다. 이 미신이 없어질 때 나는 자멸할 수밖에 없다. 아아, 미신이냐, 죽음이냐? 참으로 살고자 하는 사람은 이 두 가지 중의 한 가지를 긍정하려면 겁이 많아지고 의지가 약해서는 결코 안 된다.

나는 다만 무슨 까닭인지도 모르고 내가 이렇게 열렬히 또한 단순히 연애에 몰입할 수 있는 권리가 있다고 느끼는 것이다. 내가 연애의 천재임을 자각했다. 나에게 연애란 외길이다. 나는 끝까지 이 외길에서 벗어나지 않고 걸어가지 않으면 안 된다. 용감하게 연애를 위해서 죽고 싶다. 설사 그것이 몸을 망치는 일이라고 할지라도 나는 그것에 의해서 축복받을 것임에 틀림없다.

연애는 유희도 도락도 아닌 생명의 어쩔 수 없는 요구이며 연소(燃燒)이다. 생명은 우주의 절대적인 실재이고 연애는 생명의 최고의 표현이다. 철학과 예술과 종교를 묶어 한 덩어리로 만드는 불꽃의 터짐이다. 영혼과 육체가 더불어 구성된 생명과 또 다른 생명이 포옹하여 절대적이고 원시적이며 상주하는 자연적인 실재 속으로 돌입하려고 하는 마음이다. 신이 되려고 하는 의지이다.

우리들이 연애라고 할 때 달콤한 쾌락 따위는 생각하지 않는다. 즉각 고통을 연상한다. 종교를 연상한다. 난행고행을 생각한다. 순례를 생각한다. 꽁꽁 얼어붙는 눈 위를 밟는 맨발 그대로의 참배를 생각한다. 축시(丑時)에 꺼져 가는 음산한 등불의 빛깔을 생각한다. 그리고 또 범종(梵鐘)에 몸이 서린 뱀의 집착을 생각하지 않을 수 없다. 연애의 궁극적인 목표는 종교가 아니어서는 안 된다. 이것은 연애가 가장 승화된 상태이다. 나는 나의 심신의 전부를 들어 애인에게 바쳤다. 나는 어찌 되어도 좋다. 다만 그녀를 위함이 되는 생활을 하고 싶다고 생각한다. 나는 모든 것을 잃을지라도 그녀만 나의 것이 된다면 충분히 행복을 느낄 수 있는 것이다. 나는 결코 그녀에게 배신하거나 속이지 않는다. 그녀를 위해서 먹을 것과 옷을 구하고 적을 막으며 저 암컷을 거느리는 짐승처럼 산을 넘고 골짜기를 건너 쓸쓸한 숲 속에서 함께 살고 싶다.

나는 거의 나 자신의 전환을 의식했다. 나는 연인 속에 이식된 나를 발견했다. 나는 연인을 위해서 일단 나를 잃어버리고 다시금 연인 속에서 재생했다.

나는 그녀에게서 나 자신을 위한 거울을 얻었다. 나의 노력과 동경과 고뇌와 업적 등은 모두 그녀를 통해서 비로소 의의 있는 일이 되는 것이다. 나는 나만의 생활이라는 것을 생각할 수 없게 되었다. 그녀를 떠나서는 나의 생활은 없다. 우리들은 둘이면서 하나인 생명적 존재이다. 우리들은 두 사람을 위해 노래한다. 두 사람을 위해 노력한다. 두 사람을 위해 살아가는 것이다.

사랑은 여성의 영육에 참배하고자 하는 마음이다. 그 혼의 사당에 순례하고자 하는 마음이다. 아아, 전신이 오들오들 떨리는 육체의 즐거움이여! 눈물이 넘쳐흐를 정도인 영혼의 기쁨이여! 참으로 섹스 속에는 놀랄 만한 신비가 숨어 있다. 자기의 영혼과 육체를 들어 그 신비를 붙잡으려는 것이 사랑이다. 가장 내면적으로, 직관적으로 '여성'인 점을 포착하는 힘은 사랑이다.

어떤 남성이 남성으로서 가장 위대한가? 여성에게 죽음을 긍정시킨 남성이 가장 위대하다고 생각한다. 어떤 여성이 여성으로서 가장 위대한가? 남성에게 죽음을 긍정시킨 여성이 가장 위대하다. 그렇다면 우리들은 가장 위대한 성(性)의 힘을 자랑할 수 있는 두 사람이다. 우리들은 서로 죽음을 긍정했다.

이것은 영원한 세월을 거쳐 가장 마음이 강한 헌신적인 희생의 마음이다. 인간이 죽음을 각오한다는 것은 여간 손쉬운 일이 아니다. 우리들은 경솔히 산다든가, 죽는다든가 하는 말을 삼가지 않으면 안 된다. 그렇지만 문자 그대로의 진실한 표현의 가치를 배경 삼아 이 대화를 읽어보라. 이것이야말로 참으로 위대하고도 숭고한 생명의 일대 사실이 아닌가. 노기(乃木) 대장을 보라. 대장의 자살은 지금의 나에게는 무한한 눈물이고 용기이다. 대장의 자살은 케케묵은 전설적인 도덕이 따른 희생은 아니다. 가장 자연적이고 필연적인 종교적 죽음이다. 선제(先帝)의 존재는 대장의 생활의 중추요 핵심이었다. 선제를 잃은 후의 대장의 생활은 자살하는 수밖에 없었을 것이다. 도저히 참고 견디며 살 수 없었을 것이다. 더구나 나는 대장의 헌신의 대상이 국왕이었기 때문에 말하는 것은 아니다. 다만 이토록 자기의 전부를 들어 바칠 수 있는 순정한 감정과 위대한 의지를 숭배하여 기뻐하는 것이다.

고독이라고 함은 우리들의 귀에 익은 말이다. 나는 이 말 속에 깊이 숨어 있는 위대한 의의를 상기한다. 다만 이 말을 너도 나도 하는 식으로 경솔히 입 밖에 내고 싶지 않다. 우리들은 고독을 입에 담기 전에 얼마만큼 자기가 순순히 타인을 사랑할 수 있는가를 반성할 필요가 있다. 우리들은 얼마나 타인의 혼에 접촉하는데 성실했고 얼마만큼 자기 혼의 입을 열고 타인의 혼을 받아들이려고 했던가를 반성해 보지 않으면 안 된다고 생각된다. 사실은 지금의 나는 고독하지는 않다. 나는 타인의 혼으로부터 도망치고 싶지 않다. 점점 더 깊이 머리를 들이밀고 그 신비에 전율하고 싶다. 땀이 흘러나올 만큼 또 죽을 만큼 그녀를 사랑하고 싶다. 사람을 사랑하면서도 죽음을 두려워하는 것을 수치라고 보고 싶다.

우리들은 두 사람 사이에 태어난 연애를 가지고 우리들의 생명을 의의 있게 하는 유일한 것으로 살고 싶다. 그것에 의해서 나의 인격의 가치를 스스로 믿고 싶다. 천품이 빈곤한 우리들에게 무엇이 가능하겠는가. 그것을 생각하면 내가 받은 삶이 초라하고 얄밉게 느껴져서 나의 존재를 부정하고 싶은 때도 흔히 있다. 그렇지만 그 그림자가 희미한 우리들이 우리들의 존재에 대해서 절대적인 충실과 애착을 느낄 수 있는 것은 오직 사랑이 있기 때문이다. 우리들에게는 무엇이나 다 불가능하다. 그렇지만 오직 한 가지 사랑이 가능하다. 서로 죽음으로써 포옹하고 밀착하고 눈물 흘림으로써 숭고한 사랑은 가능해진다. 그것만이 우리들의 유일한 자랑이고 그것만으로 충분하다. 생각해 보라. 모든 인간의 기교 같은 건 뜻밖에도 하찮은 것이 아니겠는가. 인간의 인공적인 업적 따위는 의외로 하찮은 것이 아니겠는가. 그보다도 우리들의 놓칠 수 없는 것은 생명의 내부에서 일어나는 감정이다. 내부 자연의 발동이다. 나는 이 자연 위에 쌓아 올린 우리들의 업적이라 할 연애를 자랑하고 싶다. 그렇게 생각하면 나는 사랑을 놓치고 싶지 않다. 흙을 씹는 한이 있더라도 그녀를 포옹하고 싶다. 나처럼 복잡하고 비뚤어진 두뇌를 가진 자가 어째서 그녀에 대해서 이다지도 순순해질 수 있는가. 경솔하고 수다스러운 자가 어떻게 이토록 성실해질 수 있을까. 나는 그것이 이상하기도 하고 또한 고귀하기도 해서 견딜 수 없다. 전면(纏綿)하고 짙어 참으로 충만한 감정이 나의 가슴 속을 넘쳐 흐르고 있다.

봄에 대한 눈뜬 처녀의 신체 내부로부터 저절로 솟아나오는 연정은 판에 박힌 여자마저도 자연아(自然兒)로 변화시키는 힘이 있다. 그 순수한 감정의 흐름을 따라 살 때 여자는 손쉽게 전설을 파괴하고 참다운 생명으로 들어갈 수 있었던 것이다.

나는 연애가 육체에 증권을 지니고 있다는 점을 마음 든든하게 생각한다. 육체는 생명의 가장 구체적인 표상이다. 그만큼 가장 마음 든든하고 확실한 것이다. 육체와 육체의 유기적인 융합이여! 크고 선명한 우주적인 사실이 아닌가. 그 결과로서 새로운 '삶'이 태어나는구나 하고 생각하면 가슴이 두근거릴 만큼 즐겁다. 참으로 연애는 육체의 방면에서 보면 과학자가 말한 바와 같이 '원형질(原形質)의 기갈' 일지도 모른다. 세포와 세포가 성적인 결합으로 융합할 때의 '음악적인 해조(諧調)'일지도 모른다.

지금까지의 세상을 되돌아본다. 나는 기나긴 세월을 쓸쓸하고 불안하며 거친 생활을 해 왔다. 그것은 마치 장마에 질퍽질퍽한 늪 같은 울적한 생활이 오늘도 내일도 계속되었던 것이다. 결석 · 난취(亂醉) · 방황 · 질병 · 부채 등 이것들의 내면을 전전하게 있던 나의 생활은 결코 밝은 게 아니었다. 우두커니 호주머니에 손을 밀어 넣고 있는 길 잃은 아이처럼 매일같이 교외를 배회하며 정처 없이 걸어 다닌 일도 있었다. 알코올에 취해서 거슴츠레해진 눈동자에 깊은 밤의 차가운 별빛을 스며들게 하고서 전신주를 부둥켜안고 통곡한 일도 있었다.

그렇게 살아온 나였기 때문에 사랑을 놓친다면 어찌하겠는가. 나는 아무래도 다른 것으로는 충실해질 것 같지도 않았던 것이다. 나는 이제부터는 더 이상 그러한 지겨운 생활은 되풀이하고 싶지 않다. 사랑이 안 된다면 나도 이젠 돼먹지 못한 사람인 것이다. 나는 배짱을 두둑하게 했다.

나는 지금 실제 충실해 있다. 환희에 가득 차 있다. 나의 쇠약한 육체의 내부로부터 무한한 용기가 솟아나고 있는 것이다. 뜨거운 물 같은 기쁨이 생명의 전면에 스며들고 있다. 생명이 불타서 열과 힘과 빛을 증발하고 있다. 나는 새삼스레 높은 하늘과 넓은 땅 사이에 마음껏 펼쳐지는 생명의 충실함을 통감한다. 아아, 나는 살고 싶고 또 살고 싶다. 그녀를 끌고 가서 광명이나 구름처럼 그리고 짐승이나 벌레처럼 살고 싶다.

정말이지 사랑이야말로 참다운 생명이다. 나는 이 생명을 위해서 노력하고 고민하며 정진하고 싶다. 모든 우리들의 사랑에 좋은 것은 전부 다 이를 포용하고 좋지 않은 것은 모조리 이것과 싸워 정복하지 않으면 안 된다.

이 연애가 발전적으로 계속될 때 나의 이 후의 생애는 가능해질 것으로 희망하고 있다. 우리들이 사랑의 달콤함을 맛볼 여유도 없이 큰 산처럼 난관이 눈앞에 닥쳐와서 우리들을 압박하고 있다. 우리들은 악전고투를 강요당했다. 아아, 나는 피투성이의 외길을 상상하지 않을 수 없다. 그 길 위를 쏜살같이 돌진하는 거다. 힘이 다하면 하는 수 없다. 자멸할 뿐이다.

(22회 째의 생일날 밤)

[나는 스스로 지나친 말을 했는지도 모른다. 이 산문적인 고백을 읽을 사람이 느낄 번잡함을 생각할 때 나는 이 책에 싣는 것을 그만둘까 하고 생각했다. 하지만 역시 읽어 주기를 바라고 싶었다. 우리들은 다 같이 살고 있는 게 아닌가? 이렇게 생각하고 나는 결단코 게재할 마음이 일어났다.]

04

자연아(自然兒)로서 살아라

—Y군〈이하라 타다오(矢內原忠雄)〉에게 보낸다 —

나는 먼저 당신과 함께 '삶'이라는 고마운 큰 사실을 신앙하고 싶다오. 그리고 또, 당신과 내가 함께 살고 있다는 것을 신앙하고 싶고요. 그리고 나서 비로소 내가 하고 싶은 말을 당신에게 들려주었으면 하지요. 남의 생활 태도와 자기의 생활 태도가 서로 다를 때 우리들은 어떻게 하면 좋을까요? 이것은 대인관계에 있어서 신경질을 자주 부리는 나에게는 상당히 번거로운 문제지요. 한 마디로 서로 다른 생활태도라고 하지만 그 다른 양상에는 여러 가지가 있어요. 나는 원래 개성의 다양성을 인정하는 녀석이니까, 이를테면 생활태도는 다르다고 하더라도 그 태도가 그 사람의 본연의 진실에서 즉 개성의 필연성에서 나오는 것이라고 믿게 된다면 그 태도를 이해하고 존경할 수 있지요. 진실한 우정은 여기에 근본 바탕을 두어야 할 것이오. 또한 그 태도가 원래부터 인격적인 증오와 경멸을 느끼게 하는 것이라면 처음부터 정복적인 태도로 나와도 좋을는지 모르겠어요. 하지만 피차간에는 한 가닥의 호흡이 은은히 통하면서도 그 사람의 인식이 심각하지 않기 때문에 개념적인 착오로 말미암아 외면적으로는 두드러지게 다른 사람이라고 하기 보다는 서로 등지지 않으면 안 될 만큼의 태도가 생겼다고 자기에게 생각될 때에는 어찌하면 좋을까요? 그때 자기의 생활을 어지럽혀지지 않도록 지키면서 묵묵히 자기의 길을 걸어갈 수 있는 사람은 상관없어 보여요. 내가 그것을 할 수 있으면 또 그만큼 남의 존재에 대해 무관심하게 있을 수 있다면 나의 내부동란은 얼마나 적고 편안한 마음을 지니고 살아갈 수 있게 될지 알 수 없어요. 그렇지만 이미 그렇게 할 수 없다면 어찌해야 좋을까요. 나라는 사람은 빈정거릴 줄은 몰라요. 아무래도 솔직히 말하는 수밖에 없다오. 나는 당신과 나를 그런 관계에서 발견하는 것이오. 따라서 아무쪼록 내가 형의 내면생활에 깊이 파고들어 혹독하게 말하는 것을 용서해 주기 바라오.

Y군, 나는 나 자신을 모럴리스트(도덕가)라고 믿고 있다오. 나는 고체의 상태로부터 작열(灼熱)하고 용해하여 유동체가 되고 다시 빛을 낼 만큼의 정순(精醇)한 모럴리티(도덕)이라고 하는 것을 향해서 순수한 동경을 지니는 녀석이오. 나는 이 모럴리티라는 것에 대해 아주 넓은 의식을 지닌 녀석이어서 예술의 기초를 이루고 있는 것도 이 도덕성이 있어서 가능하다고 생각하고 있소. 이것은 허다한 예술가의 반대가 있음에도 불구하고 나는 그렇게 믿고 있으며 톨스토이 등이 말하는 의미보다도 훨씬 더 예술적인 의미로 나는 말하는 것이라오. 나는 어떤 사람이라고 할지라도 모럴리스트가 아니면 존경할 수가 없는 입장이라오. 나는 나의 친구에게 보낸 편지의 한 대목에서 "사회의 도덕적(철학적 · 예술적 · 종교적이라는 말을 한 마디에 포함시켜 이렇게 말함)" 즉, 교양이 오늘날처럼 유치한 세상에 나는 태어나지 말았어야 했다고 썼던 것을 기억하고 있소. 나는 도덕이라는 말을 이런 정도의 의미로 쓰고 싶은 것이오. 아무튼 나는 당신이 그렇게 인정해 주든 안 해주든 내가 스스로 도덕가라고 믿고 있음을 말해 두지 않으면 안 되겠소. 그렇지 않으면 무엇 때문에 내가 형에게 이 글을 보내는가를 알 수 없을 것이라고 생각하기 때문이오.

나는 당신이 모럴리스트라고 믿고 있소. 그리고 그 점에서 당신을 존경하오. 그러나 당신의 언동을 볼 때 당신의 모럴리스트라는 점을 나는 심각하게 생각할 수 없다오. 그래서 어쩐지 마음이 허전해짐을 느끼는 것이오.

제3학기 전체기숙사 다과회가 열리던 날 밤 나는 당신의 연설을 들었소. 당신은 바야흐로 본교를 떠나려는 3학년생 일동의 총대표로서 고별사를 하게 된 것이었소. 나는 처음에 당신이 단상에 올라서게 되었을 때 불쾌한 느낌을 받았소. 원래 총 대표라는 것은 그 자체가 상당히 무리라고 보고 있다오. 분별이 있는 자는 아무렇지도 않게 총 대표 같은 것이 되는 법은 아니지요. 자기의 생활에 심각하면 심각할수록 개개인 생활 속의 복잡함과 다양함을 느끼지 않을 수 없다오. 수백 명의 감상을 한 사람이 대표하여 말한다는 것은 무리한 짓 일 뿐더러 예를 잃은 짓이라오. 특히 당신과 같이 그 감상이 자칫하면 공통적 성질을 떠나서 두드러지게 주관적으로 되기 쉬운 사람에게 있어서는 한층 더 사양하지 않으면 안 되오. 내가 만일 3학년생이고 당신의 감상이 나의 감상을 대표한다고 가정하면 — 아니, 그럴 일까지는 없더라도 — 금년의 3학년생 중에는 현재 사노 후미오(佐野文夫) 같은 사람도 있는데 사노 군을 당신이 대표 한다고 하는 것은 곁에서 보아 위태로워 견딜 수 없는 일이었다오.

그렇지만 당신은 묘하게도 내가 다수의 감상을 홀로 말하는 것은 무리이므로 나 한 사람만의 감상을 말하겠다고 미리 양해를 구했다는 사실을 기억해 주시오. 또한 나 같은 사람은 적임자가 아니라고도 겸손한 태도를 보여주었다오.— 아마도 누구나 다 적임자는 아니랄 할지라도 ― 나는 대단히 기뻤다오. 나아가 마음을 놓을 수 있었던 것이오.

그래서 나는 여기에서 당신에게 반성을 촉구해야 할 첫째 문제에 봉착하고 말았소. 기숙사 전체 다과회의 밤은 무사히 끝나서 좋았으나 당신은 이와 비슷한 남의 사상을 짓밟는 위험한 지위에 지금까지 몇 번이나 서게 되지 않았던가요? 그리고 지금대로 나가면 장래에도 서게 되지 않을까요? 더구나 그 위험한 짓을 그다지 느끼지 않고 이 고급의 도덕상의 죄를 범하게 되지나 않을까요. 그래서 내가 당신에게 말하고 싶은 것을 개념적으로 나타낸다면 전도적 관념에 대한 자기 내성을 깊이 있게 이해해 주기를 바라는 바이오. 전도란 자기의 상상의 보편성과 영원을 요구하는 마음을 가리키는 것이지요. 또 전도란 인심의 매우 엄숙한 요구이기도 하지요. 자기의 분수를 아는 사람이 경솔한 일은 하지 못할 것이오. 하나의 큰 사찰의 종조(宗祖)가 될 수 있을 만큼의 위대한 인격자가 해야 할 일이지요. 전도는 참으로 개인의 내부생활의 충실함이 부지불식간에 넘쳐흘러 인류를 감싸는 존엄한 현상이기도 하지요. 그러므로 전도하려는 사람은 자기의 내적생명에 대한 자신과 위력이 없어서는 아니 된다오. "나는 이렇게 믿는다. 그러므로 남들도 이렇게 믿지 않을 수 없다. 영원히 이렇게 믿어야 할 것이다."고 주장하기 위해서는 자기의 내적생명이 꽤 충실히 완성되어 있지 않으면 안 되는 것임은 당연한 일이라오. 나는 전도의 가능성을 믿는 것은 사실이오. 개성의 다양성을 인정하면서도 오히려 그것을 초월하여 그 속에 깊숙이 모든 생물에 보편적인 우주의 공도(公道)가 존재함을 믿는 터이오. 그 공도를 체험한 사람은 전도할 수 있지요. 아니, 전도하지 않고는 못 배길 것이오. 그리스도 같은 사람이 그러했으리라고 생각지요. 나는 전도를 존중하고 있다오. 정순(精醇)한 도덕성의 보편적인 행위로 보아 이것을 동경하고 있다오. 따라서 그 신성(神聖)을 지키고 싶은 것이오.

Y군, 당신은 전도적 관념이 강한 그리스도교를 타인에게 전도하는 것을 직접 가리키는 것은 아니오. 비교적 자기생활의 내성에 대한 심각성이 부족하지 않을까 하는 생각이 들지요. 그러기 때문에 자기의 생활에 대한 자신이 너무나 강하지나 않는지요. 자기의 생활에 위력을 지나치게 느끼고 있지는 않는가 하는 생각도 들어지고요. 시험 삼아 당신의 주위를 살펴보고 있소. 어디에 긍정적인 자신이 있고 강한 생활을 하고 있는 사람이 있단 말이오. 쓸쓸하고 약하고 자신 없는 커다란 목소리를 내어 남에게 외치기에는 부끄러운 생활을 하고 있는 사람만이 있는 것은 아닌가요. 그처럼 강력하고 긍정적인 힘찬 생활을 하려는 뜻에서 초조하게 굴어도 잘 되지 않아서 피로한 사람도 있지요. 퇴폐해지는 사람도 있고요. 심지어 자살하는 사람도 있다오. 드물게 새파랗게 질려 버린 채 아직도 고통스러운 상황에서도 계

속 노력하는 사람도 있다오.

인생은 한없이 쓸쓸한 것이요. 당신이야말로 적어도 쓸쓸한 사색가들이 말하는 바에 조금이나마 귀를 기울일 필요성이 있다고 보지요. 나는 그 점에 관한 어떤 실례를 당신에게 보여주고 싶군요. 나의 한 친구는 실컷 괴로워한 끝에 예술밖에는 자기가 걸어갈 길이 없다면서 학교를 결석한 채 매일같이 하숙집 이층 방에 빼곡히 줄곧 들어앉아 열심히 창작했소. 그리하여 2백장이나 되는 글을 쓸 수 있었다오. 나는 요즘 세상에 발표되어 나오는 얄팍한 단편소설 같은 것보다 얼마만큼 뛰어난 것인지 알 수 없다는 생각이 들어 완성 후에 발표하는 것이 어떻겠느냐고 말해주었소. 그런데 어느 날 내가 그 집을 방문하여 그 후속원고를 보여주면 좋겠다고 했더니 이젠 그만 됐다고 하면서 쓸쓸한 표정을 짓고 있었다오. 그런 것은 아깝지 않을까. 그토록 열심히 썼는데 도대체 어찌된 셈이냐고 물으니 "이봐, 내 생활엔 조금도 위력이 없어! 창작을 한들 뭘 하지?"라면서 얼굴을 찡그리는 것이었다오. 나는 그 때 두 사람 사이에 흐르는 눈물도 없고 더 기술할 수 없는 비애 그리고 이해와 엄숙함을 당신에게 맛보게 해 주고 싶은 것이 있었지요.

당신은 아무래도 좀 더 깊이 내성을 기를 필요가 있다고 보오. 목소리가 너무나 크다고 생각하면 어떨까 하오. 자기의 생활에 좀 더 공허함과 적막함과 분열되었음을 의식하지 않으면 안 되는 것이지요. 걸핏하면 공적인 회합 같은 데 나가 분주하게 나도는 것을 좀 삼가고 쓸쓸하고 깊으며 고독한 사상을 사랑하는 데에 유념하지 않으면 당신의 도덕성이라는 것은 가볍고 천박한 것이 되지 않을까 하는 생각을 하게 된다오.

도덕이 사회적으로 퍼져 나가는 것은 상당히 위험한 일이라고 보지요. 도덕에 있어서 사회성이라는 것은 원래 중요한 것이지만 그것보다는 내적인 것이라는 점이 한층 더 중요하고 또한 마음의 준비를 갖추는 길이 되는 것이고요. 도덕이 불순해지고 딱딱해지는 것은 주로 사회적으로 타락하기 때문이 아니겠소. 정순하고 유동적인 빛을 내는듯한 도덕은 반드시 자기의 가장 깊은 내면에서 실재의 뜨거운 열에 녹아버려 자연의 향기가 생생한 그대로 뿜어 나오는 것이지요. 그래서 그 자체가 개인적이고도 야성적인 것이라는 생각이오.

당신의 다과회에서의 연설은 내가 예기했던 바처럼 모랄리시(도덕적인 것)이었죠. 열성적이고 진지한 말이 당신의 입에서 튀어 나왔고요. 나는 삼가 귀를 기울여 들었어요. 그렇지만 나는 끝까지 듣기에 어떤 답답함 내지 역겨움을 참지 않을 수 없는 느낌이 컸다오. 당신이 터질 듯한 박수를 받으면서 자리로 돌아왔을 때 나는 불평조의 노둔(魯鈍)한 느낌이 들었소. 당신이 노둔한 것이 아니요. 사건이 노둔한 것이라오. 나중에는 그저 슬프기만 했지요. 당신은 스스로 착한 선인임을 자임하고 있었지요. 그것은 정말 좋은 일이오. 나도 작년 교우회지에 「선인이 되려고 하는 의지」라는 논문을 쓰기 시작한 적도 있다오. 당신이 그렇게 하는 심정은 내가 절실하게 이해하고 있다는 점이오. 나는 모랄리시한 사건에 곧잘 흥분하여 눈물을 흘리는 사람이라오. 그럼에도 불구하고 당신의 연설을 듣고 나는 악수를 청한 손이 거절당한 듯한 느낌을 받았던 적이 있다오.

Y군, 당신의 선의 관념은 너무나 상식적이지요. 너무나 외적이고 기정적(既定的)이고 사회적이며 또한 고정적인 면이 있다오. 그뿐만 아니라, 그 범위가 너무나 좁아 보여요. 당신이 지니고 있는 선인의 범주 안에서는 나 같은 녀석은 당장에 빠져나올 것만 같지요. 스스로가 도덕가의 성격을 지니고 있는 나를 이해할 수가 없기도 하지요. 나는 너무 쫓아가기에 어려움을 느꼈지요. 원래 당신의 사상 전체가 범주적인 것이지요. 이를테면 당신의 고별인사는 작년에 했던 것과 매우 흡사한 점이 있었소. 더구나 재작년 것하고는 좀 더 닮아 있었소. 어째서 역대의 총대표는 해마다 아름다운 감상을 남기고 뒤를 돌아보지도 않고 본교를 떠나는 것일까. 때로는 한 사람쯤은 회의나 불안이나 불만 등을 남기고 본교를 떠나는 사람이 있을 법 한데 말이죠. 총대표가 거짓말을 한 것일까요. 그렇지는 않을 것이오. 아마도 그들은 진실한 감상을 말했을 것이오.

다만 그들은 물(物)을 느낌에 있어서 적나라하고 자유로운 마음가짐으로 하지 않았던 것이오. 어떤 기정적인 틀에 박혀 느끼는 것이었다는 느낌이오. 그리고 자기의 감상이 전체적으로 보아 틀에 박혀 있음을 자각하지 않는 것이었죠. 그렇기 때문에 해마다 한결같은 감상이 나오는 것이겠죠. 개방되고 순수한 마음으로 물상을 감득하기는 쉬운 일은 아니지요. 거기에는 사색의 연마가 필요하지요. 틀을 떠나서 순수하게 사상(事象)을 경험하려고 하는 노력을 사색이라 하지요. 사로잡히지 않고 순수하게 경험하는 것은 사유하지 않고 우연히 사물을 느끼는 것과는 다르지요. 그것은 사노 후미오 당신이 「신(神) 발견의 과정」속에서 논하고 있는 바와 같이 사유의 응시라 할 수 있지요. 되도록 좀 더 주의해서 사유하는 것임에 지나지 않소. 당신들은 사유라는 게 사물의 참다운 모습을 드러냄이 아니고 순수한 감정으로 직감하는 것이 진리라고 생각하는지 모르겠지만 말이오. 그러므로 사색가는 사물을 느낌에 있어 어떤 틀(型)에 사로잡혀서 하는 것이지, 지식에 사로잡혀 있다고 생각하는 일인가는 모르겠어요. 사색하지 않고 다만 우연히 감정 그대로 사상을 감수한다면 그것은 도리어 틀에 박혀 경험을 수용하는 결과가 되기 마련이오. 그리하여 얻어진 내용은 진리가 아니라 상식이라고 여겨지지요. 우리들이 틀을 떠나서 순수하고 자유롭게 물상을 감득하기 위해서라면 더욱 사색하지 않으면 안 되는 것이오. 당신이 사색을 중요시하지 않기 때문에 당신의 사상은 일반적으로 틀에 박혀 있다고 보여요. 당신의 선에 관한 관념 따위도 그런 사례에서 벗어나지 않아 좁기도 하고 고정된 상식적인 것들이오.

선인이 되는 것이 당신이 생각하고 있는 것처럼 그렇게 용이한 것은 아니라는 생각이 들지요. 당신은 선인이 되고자 하는 의지만 있으면 선인이 될 수 있는 것처럼 생각하고 있지만 반드시 그렇게 단순한 것은 아닐 것이오. 반드시 되고자 해도 안 되는 사람이 얼마든지 있지요. 어찌해야 좋을지 모르는 사람도 있고요. 또한 선인이 아니면 악인이라는 식으로 명확하게 구별할 수 있는 것은 아니라는 생각에도 일리가 있지요. 당신은 회의라거나 방황이라거나 하는 근대인의 지극히 일반적인 생활을 도저히 인정하지 못하는 것처럼 보여요. 당신처럼 소박하고 단순하게 신앙할 수 있는 사람은 더 이상은 없어 보여요. 뚜렷한 선의 관념이 머릿속에 떠올라 미혹됨이 없이 이것이 저것의 행위를 결정할 수 있는 사람은 말할 것도 없고요. 그러나 이처럼 놀랄 만한 행복을 누릴 수 있는 사람은 아주 적어 보여요. 적어도 나 같은 사람에게는 불가능한 일이라고 해야 될 것 같아요.

> 사회에는 아직 도덕(의식)이 덜 발달되어 착한 사람이 망하고 악한 사람이 이기는 불합리한 일이 있다. 나는 어디까지나 착한 사람으로 살아가고 싶다. 우리 학교에도 약자가 약간 있지만 항상 여론이 이들을 잘 인도하여 바른 길에서 벗어나지 않

는 것은 기쁜 일이다. 우리 학교에 와서 선량한 교풍(校風)에 감화된 사람이 많기도 하지만 그 중에는 우리 학교에 와서 타락한 사람도 있다. 예를 들면 우리 학교에 들어와서부터 술을 마시기 시작했다든지 좋지 않은 곳에 태연히 갈 수 있게 된 자들도 있다. 우리 학교에서 3년간 생활하여 얻은 것이 아주 많은데 그 중에서도 우정의 아름다움을 느꼈다. 그리하여 참다운 벗 두세 명을 사귀게 된 것은 매우 기쁜 일이다. 특히, 나는 이 학교에서 생활의 확신이라는 신념을 얻었다. 장차 사회에 나아가 싸워야 할 생활의 자신을 얻은 것은 무엇보다도 감사하게 여기는 터이다.

당신은 대체로 위와 같은 의미의 연설을 했어요. 당신의 이 연설은 사실상 나에겐 아무런 반응의 감동을 주지 못했다는 느낌이 커요. 다만 나에게는 안타까운 느낌을 주었을 따름이었지요. 나는 “좀 더, 좀 더” 하면서 끝까지 듣고 있을 수밖에 없었지만요. 그보다도 나는 통소매 옷을 걸친 모습을 하고 나온 건강한 청년다운 당신을 아름답다고 생각했지요. 원컨대 이 청년의 입에서 심각하고 회의적이며 러시아 청년들과 같은 말을 듣고 싶었던 것이었어요. 그렇지 않을 바에는 그저 가만히 세워 두고 싶었지요. 청중의 대부분은 상식으로 살아가는 사람들이 많지요. 그 사람들에게는 당신의 그 연설은 아주 당연하고 일반적이고 어쩌면 평범한 연설이었지요. 그러나 나로서는 이 짧은 연설의 대부분에 회의와 불만과 실망의 씨앗이 가로놓여 있음을 느꼈던 것이오. 그 이유를 나는 지금 상세히 적어서 당신의 생활을 비평하고자 하는 바도 있으나 그렇다고 하더라도 당신이 사는 세계와 내가 사는 세계와는 얼마나 큰 간격이 나타나 있는 것일까. 나는 이렇게 붓을 들고 있으면서도 내 마음이 당신에게 이해가 될지 어떨지 몰라 어딘가 모르게 불안하게 느끼는 점도 있었다오.

Y군, 당신은 마음의 눈을 좀 더 깊고 날카롭고 적나라하게 뜨고서 인생을 바라볼 필요는 없을까 하는 생각이 들지 않나요. 상식을 내버리시길 바라오! 이 말을 당신의 귓전에 경종처럼 울려주고 싶은 게 내 마음이요. 이것이 내가 당신에게 줄 수 있는 가장 높고 가장 급한 친절이랍니다. 상식은 당신 자신의 지식은 아니고 그것은 참으로 당신의 소유물이 아니며. 사회와 역사의 소유물이라는 생각이 들어요. 상식으로 이끌어 나가는 생활은 자기 자신의 생활이 아닌 것입니다. 독립되고 자유에 가까운 생활은 아니란 의미지요. 생활의 주체는 사회와 역사이고 자기는 그저 그 괴뢰임에 지나지 않지요. 상식의 효과는 단지 이것에 따라 생활하면 공동생활에 있어서는 안전하게 생명을 유지할 수 있다는 데에 있다고 봐요. 편안히 생명을 보존하게 될 것이오. 그 따위 것을 청년이 생각할 때와 어울리지 않아요.

우리들은 당분간 이 명제를 전제로 한 모든 사상을 내팽개치지 않으면 안 되지요. 그것은 우리들은 이것보다도 한층 더 근본적인 급무를 갖고 있기 때문이지요. 즉, 생명에 대한 태도를 결정하지 않으면 안 되기 때문이라고요. 편안하든 위험하든 우리들은 먼저 '생명'이라는 사실에 경이감을 느끼고 회의를 품게 되지요. 이 일대 사실의 의미를 깊이 생각해 보지 않으면 안 되는 면도 크고요. 그런 연후에 타오르는 듯한 뜨거운 사랑으로 삶에 집착해도 괜찮을 것이오. 저주할 만큼의 증오로 삶을 배척해도 좋아 보여요. 편안히 삶을 보전할 계책을 세워도 되지요.

다르게 생각해 보면 고요한 연못과도 같은 눈으로 삶을 바라보면서 지내도 좋지요. 다만 모든 생활은 자기의 것이지 않으면 안 되오. 이를테면 자기의 생활이 사회와 역사로 넓혀 간다고 할지라도 그것은 자기의 생활이 사회와 역사를 받아들인 것이지 않으면 안 되지요. 어떤 경우에 있어서나 생명의 최고 지도자가 상식이어서는 안 되지요. 먼저 일체의 사회와 역사로부터 주어진 가치 의식을 버리시면 어떨까요. 하늘과 땅과 수없는 생물 사이에 자기 자신을 내려놓으시오. 그리하여 백지와도 같은 마음으로 생명의 내부에서 솟아 나오는 자연의 목소리에 귀를 기울여 외계의 물상과 사상을 여실히 보면 좋겠어요. 그리하여 느낀 바를 깨닫는 자기 자신의 인식을 가지고 생명의 지향할 바를 비추는 사람을 자연아라고 한다면 당신은 첫째로 자연아가 되지 않으면 안 된다고 말하고 싶지요.

이런 일은 새삼스럽게 들려 줄 필요가 없다고 당신은 생각할지 모르겠지만 나는 이런 말을 또다시 당신에게 말하지 않으면 안 되는 점을 슬프게 생각하는 바이지요. 당신은 절대로 '자연아'는 아닐 것이오.

예를 들면 당신의 선이라는 관념은 현저하게 기정적인 것이지요. 당신의 머릿속에는 아마도 술 마시는 일, 공부하지 않는 일로부터……응원하러 가지 않는 것……등은 악하다고 보고 있지요. 이에 반하여 금주하는 일, 깃대를 흔드는 일, 공부하는 일, 규칙을 지키는 일……등은 선하다는 식으로 딱딱하게 굳어진 것과도 같은 개념이 들어박혀 있을 것이라고 생각되오. 하지만 그 같은 사고방식은 정당한 것이 못 되오. 술을 마시는 것이 좋을 수도 있고 기를 흔드는 것이 나쁠 수도 있소. 하나하나의 특수한 사정을 보지 않으면 알 수 없는 것이오. 어떠한 일을 하는 것은 나쁘고 어떠한 일을 하는 것은 좋다는 식으로 대충대충 어림잡아서 개괄적으로 말할 수 있는 것은 아닐 텐데요. 형이 지니고 있는 선의 관념은 대부분이 상식인 것처럼 나에게 비쳐지고 있어요. 가령 단체의 존재를 인정하지 않는 사상을 배척하기 전에 당신은 조금이라도 주저해 본 적이 있어요? 사상과 사상의 소유자의 생활 사이에 존재하는 특수한 사정을 되돌아볼 여유를 가지고 있는가요? 나는 이 학교에 와서도 당신처럼 스스로 선량한 교풍에 감화되었다는 그런 점을 가지고 있지 않습니다. 나아가 술도 마시게 되었고 형이 보면 이상하게 생각될 그런 곳에도 태연하게 갈 수 있게 되었죠. 그러면 나는 타락한 녀석이라고 보겠죠? 당신의 연설을 그대로 적용시키면 나 같은 녀석은 요즘 학교에서 판을 치고 있는 바, 당신이 걱정하는 악인일지도 알 수 없어요. 그러나 나는 결코 중학교 시절보다도 타락했다고 생각할 수는 없는 거요. 아니, 나는 진지해졌다고 생각하고 있기도 하오. 생명에 충실해졌다고 믿고도 있지요. 술을 마시게 되었으니까 진지해졌다고 하는 것은 아니요. 그럼에도 불구하고 진지해졌다고 하는 것이요. 술을 마신다든지 마시지 않는다든지 하는 것은 나에게는 오히려 아무래도 좋은 것이고 좀 더 크고 깊은 근본적인 점에 있어서 나는 진지해졌다고 믿는 것이오.

나는 학교에서 판을 치고 있는 것이 정말로 나와 같은 사람이 아니고 오히려 당신과 같은 사람이 있을 거라고 생각하게 되었지요. 그리고 그것을 생명의 진실한 발전을 위해서 좋지 않은 현상이라고 생각하오. 정말로 교내에서 이따금 판치는 것은 당신과 같은 사람들이 아닐까요? 우리들은 한쪽 구석으로 밀려 나가 짓눌려 터질 지경이 되어 가까스로 몸을 유지하고 있는 형편이죠. 아무리 외쳐도 우리들의 목소리는 통하지 않아요. 시험 삼아 연단 위에 올라서 보면 알게 될 겁니다. 당신은 청중을 자기편이라고 느낄 수 있을지 모르오. 나로 하여금 당신의 처지에 대신 서게 한다면 의혹의 눈초리와 쌀쌀한 눈매나 눈총을 얼굴에 퍼부음을 당하지 않으면 안 될 것이오. 당신이 생각하고 있는 것은 아무런 고통 없이 발표할 수 있지요. 내가 생각하고 있는 것은 여간해선 발표할 수 없을 것 같지요. 이렇게 글을 쓰고는 있지만 이것이 부장에게 통과될지 어떨지 불안한 점이지요. 교우의 부드러운 눈을 예기하고 내가 이미 제시한 즉, 나에게 있어서는 매우 열심히 쓴 실제 생활의 보고서는 나로 하여금 죄수와도 같은 모습을 하게 하여 나를 심판하려는 교우의 책상 앞에 세워 두지 않았던가 하는 점이라오. 나의 선생 중의 한 분은 만찬회 석상에서 "도덕상으로 좋지 않은 것을 써 두었더군." 이라고 하면서 막연한 이유로 나를 학교의 명예를 손상시킨 불량소년처럼 취급하지 않았던가 하는 점이오.

Y군이여! 우리들이 어째서 판을 칠 수 있는지 알고 있어요? 그것은 안심하고 그보다도 당신의 주위에 당신의 진지한 점만을 빼고 남은 나머지 부분만을 당신과 아주 잘 닮은 사람들이 판을 치고 있음을 나와 함께 걱정해 보기 바라오. 당신의 명성과 인망은 당신의 주위에 부하를 만들어 놓았소. 나는 당신의 주위에 떠도는 기분을 좋아하지 않는 녀석입니다. 그것은 진실한 생명의 발전을 방해하는 것이고, 일고(一高)로 하여금 상식의 중심지로 만들고자 하는 꺼림칙한 경향을 내포하고 있소. 이를테면 이른바 연설가와 크리스챤이 증가함을 보고 나는 눈살을 찌푸리

없소. 연설가는 그래도 낫다오. 크리스챤이 잇따라 생기는 것은 가장 불쾌한 사실이오. 한 사람의 인간이 신앙생활로 들어간다는 것은 나는 용이하지 않은 일이라고 생각하오. 거의 기적을 대하는 만큼의 경이감에 사로잡힌 눈으로 보아야 할 큰 사실이라고 생각하는 터이오. 그것이 어떻게 너도 나도 하며 하나의 신앙생활로 들어갈 수 있겠어요? 신앙생활의 대(大)안심과 대(大)희열로 들어가기 위해서는 피를 토하는 듯한 심각한 고뇌의 사막을 해매는 것과 같은 방황과 대지가 무너져 내리는 듯한 불안과 눈이 멀 정도의 헤맴이 있어야 할 줄로 생각하게 되지요. 어찌하여 쉽사리 거리를 걸어가던 사람이 갑자기 교회당으로 들어가듯이 신앙생활로 들어갈 수가 있겠소? 나는 도저히 이해할 수가 없다오. 나는 그들의 신앙을 의심하지 않을 수 없소. 그리스도의 인격을 숭배하는 점에 있어서는 결코 그들에게 뒤지는 자는 아니오. 나의 앞길에는 그리스도가 서 있다고까지 생각하고 있지요. 특히 '사랑'과 '노동'과의 그리스도교적 정신은 지금 나의 생활 속에 빛을 내기 시작하려고 하고 있소. 그럼에도 불구하고 나는 이 학교의 그리스도교를 존경할 수 없다오. 아아, 헤맴이 작다. 의심함이 얕다. 우리는 이런 면에서 좀 더 방황하지 않을까요? 육신을 꿰뚫고 영혼으로 들어가고 방황과 고뇌를 빠져 나가 신앙으로 들어가지 않을까요? 좀 더 강하고 짙고 날카롭게 생명을 물들이고 뚫고 파서 살아가야 할 것이 아니겠어요?

"너희들은 무엇 때문에 이토록 타락을 두려워하느냐?"고 절규하는 예언자가 우리 학교에 나타나지 않으면 안 된다고 생각하오. 타락을 두려워하는 종교는 가장 타락한 종교인 셈이죠. 악을 받아들이지 못하는 선은 가장 내용이 빈약한 선이오. 가장 심원한 종교는 타락을 포용하는 종교이지요. 가장 풍부한 선은 악을 지니고 나가는 선이고요. 『선의 연구』의 저자는 오스카 와일드 Oscar Wilde의 『옥중기』에

> 그리스도는 죄인을 인간의 완성에 가장 가까운 것으로 여겨 사랑했다. 재미있는 도둑을 장황하고 번거로운 정직한 사람으로 만드는 것은 그의 목적이 아니다. 그는 이전에 세상에 알려지지 않았던 방법으로 죄악 및 고뇌를 아름다운 신성한 것으로 만들었다. (『선의 연구』―4의 4)

고 말하고 있소. 당신의 종교에는 육체의 냄새와 번뇌의 흔적과 의혹의 그림자가 없다오. 인간미가 부족해요. 당신의 선은 너무나 좁고 고정되어 있어요. 유동(流動)의 맛과 야생의 그림자가 없고요. 그도 그럴 것이 당신의 생활의식이 상식적이어서 심각성과 투철함을 갖추고 있지 않기 때문이라고 생각하오. 이를테면, 당신은 이 학교에 들어와서 우정의 아름다움을 느꼈고, 참다운 벗도 두세 명 두고 있다고 하지만 내가 보기로는 그것은 당신

의 생활의식의 심각함과 투철함이 모자란 증거라고 생각하오. 사람과 사람의 접촉을 보다 심각하게 요구해 본다면 어떨까. 그 같은 낙천적인 말을 하고 있을 수는 없다고 생각되지 않나요. 나는 교내에서 뼈저리게 고독을 느끼는 녀석에 불과해요. 나를 이해해 주는 벗은 한 사람도 없다는 사실이지요. 가벼운 접촉의 표면이 윤택하고 약간 친숙해지면 거기에 아름다운 우정의 이름을 씌어주는 것이 사실이오. 나에겐 참다운 벗이라고 이름 붙일 만한 친구가 단 한 사람은 있다오. 그것은 교우는 아니라오. 생각하건대 당신은 당신의 소위 두세 명의 참다운 벗들 사이의 우정 그 자체에 관해서는 적막감이나 고민조차 없을 것이오. 하지만 나와 벗과의 사이에는 얼마나 우정의 본질에 관한 적막감과 번민이 계속되었던 것일까. 지금도 역시 그 넘기 힘든 도랑을 생각하면 정신이 아득해지지요. 그것은 '산노스케(三之助)의 편지' 속에 상세히 씌어져 있을 것이오. 당신처럼 사람과 사람의 접촉에 관해서 가벼운 의식을 지니고 살 수 있다면 그 같은 낙천적인 말도 할 수 있을 것이라는 생각이오.

무엇보다도 교우에 대해서 느끼는 나의 첫째 유감은 생활 의식이 심각하지 않다는 점이오. 그럭저럭 살아가는 사람은 잠시 제쳐놓는다고 할지라도 적어도 문예가와 도덕가로 자처하는 사람에 대해서는 나는 할 말이 있다오. 문예가에게는 도덕성이 부족하지요. 단순한 '노래 부르고 싶다'거나 '시를 짓는 일'이 많다는 사실이오. 그러므로 '기분의 예술'은 있을지언정 '존재의 예술'은 아주 모자라오. 때로는 행여나 뒤질세라 열심히 독서하고 창작하느라 여념이 없는 사람은 있기는 하지요. 그러나 열심히 생활하고 있는 사람은 드물지요. 영혼과 육체라는 자본을 털어 막대한 희생을 감행하여 살을 깎고 마음을 써서 생활하고 있는 사람은 없어요. 나는 그들에게 작품을 제공하기 전에 당장 생활을 제공하라고 요청하고 싶지만. 그런 점을 생각하면 도덕가의 실천적 정신이 얼마나 존귀한지 몰라요. 하지만 슬프게도 그 도덕은 상식적인 면과 개념적인 도덕이라 아니 말할 수 없지요. 생명의 가장 깊은 내적 동요에서 나오는 것이 아니기 때문이오.

다음에 당신에게 말하고 싶은 것은 당신의 생활은 아직도 소박한 센티멘탈리즘의 범위를 벗어나 있지 못하지 않은가 하는 점이요. 자연주의를 거치기 전의 감상주의가 아닐까요. 당신의 인생에 대한 태도는 너무나 감격적이지요. 눈물이 너무나 많아요. 당신이 사물을 보는 데에 쓰이는 안경은 물상을 너무나 아름답게 비쳐 주고 있지요. 한결 관조적인 눈빛을 깊게 하여 외계를 있는 그대로 볼 필요는 없을까요? 추한 것은 추한 대로, 더러운 것은 더러운 대로 여실히 받아들일 필요는 없겠느냐 하는 말이오? 가령 남을 존경하는 데 있어서도 당신은 절도를 벗어나서 숭배하고 기쁘게 생각하는 점은 없어 보이죠. 우리들의 입장에서 보면 그렇게까지는 생각되지 않는 사람을 거의 열광적으로 숭배하고 있다오. 사람에게 있어서 각각 훌륭한 점은 다른 것이라 생각되오. 또한 나에게 당신은 그 인물을 잘 모르기 때문이라고 한다면 그뿐이겠지만 우리들에게는 관조적인 태도가 부족하기 때문이라고 생각되지 않는 것도 사실상 아니오. 눈물이라고 하더라도 센티멘탈리즘의 눈물은 신용할 수 있는 것은 아니지요. 나는 몇 번이나 그런 점을 무지하고 거짓된 눈물을 흘렸는지 몰라요. 천연덕스럽게 스스로 깨닫지 못한 채 자기가 자기에게 응석부리는 눈물을 흘렸는지 알 수 없어요. 눈물이 메마르고 센티멘탈한 경지를 빠져 나온 쇼shaw의 예술의 심각성 내지 인생을 바라보는 태도를 나는 당신에게 권하고 싶소.

Y군, 나는 서슴없이 당신의 생활을 비평했다오. 내가 당신의 생활에 대한 의문을 지상(誌上)에 공표하는 것은 내가 영웅시할 정신의 충동을 받았기 때문이라오. 당신을 중심으로 한 주위에 떠도는 기분이 교내에 만연되는 것을 '참답고 새로운 생활'을 위해서 걱정했기 때문이오. 나는 보다 생활에 대한 비평적인 정신이 교내에 일어나지 않으면 안 될 것이라고 생각하는 편이라오. 다만 내가 두려워하는 것은 내가 과연 당신을 이해하고 있는지 어떤지 하는 점이오. 만일 나의 이해가 천박한 것이라면 나는 얼굴을 붉히면서 당신에게 사과하려고 하오. 나는 아직도 기술하고 싶은 것의 대부분을 여러 가지 사정으로 발표할 수 없었던 게 사실이오.

당신은 바야흐로 아름다운 고별사를 남기고 이 학교를 떠났지요. 이 후로도 당신의 이른바 자신 있는 생활을 계속해 나갈 수 있으리라고 생각하지요. 나의 거리낌 없는 비평이 조금이라도 당신에게 반성을 촉구하게 된다면 다행스럽지요. 나로서는 형이 니토베(新渡戸) 선생의 종교로 가지 말고 도스토예프스키의 종교로 들어가게 되기를 간절히 바라는 바이오. 형과 어깨를 나란히 하여 졸업해야 할 나는 1년 뒤떨어지게 되었고 또한 1년 뒤에 충실하지 않으면 안 된다고 여겨져요. 함께 살고 있기 때문에 남의 진지한 생활의 주장에 귀를 기울이지 않으면 안 되는 것이오. 나는 당신이 나에게 가르쳐 주는 바가 있을 것을 바라오. 끝으로 당신의 생명의 진실한 발전을 기원하오. (1913.6.5)

[부기]

나는 이 글에 대해서 Y군으로부터 한 통의 편지를 받았다. 그것은 참으로 그리스도교 신자다운, 그리고 겸손한 또 최소한의 반항적인 기분이 담겨 있지 않았고 또한 아름다운 지혜로 가득 찬 것이 묻어나 있었다. 그 편지는 그 후의 나에게 깊고 좋은 영향을 준 셈이다. 나는 수년 후 히로시마의 한 병원에서 당신에게 나의 불손함을 사과하는 편지를 보낸 데 반하여 당신은 또다시 참으로 아름다운 편지를 보내주었지요. 그리고 나를 청년 시절의 은인 중의 한 사람으로 대우해 주었지요. 나는 당신의 명예를 위함과 형에 대한 나의 경의를 표하기 위해서 이런 사실을 부기해 둘 것을 금할 수 없었소. 내가 오늘날 그리스도교 신자들에 대해서 어떤 자르트zart한 감정을 품고 있는 것은 형에게 입은 바가 많기 때문이오. 나는 이것을 당신에게 감사하게 생각하오.

05

사랑을 잃은 자의 걸어갈 길
—사랑과 인식의 출발—

나는 고통을 호소하거나 동정을 구하거나 할 마음은 없다. 나는 지금 그런 짓을 하고 있을 수 없다. 나는 일생에 다시는 있을 수 없는 중요한 처지에 서 있기 때문이다. 나는 지금이야말로 정신을 바짝 차리지 않으면 안 되는 때에 서 있다. 볼 품 없이 찌부러진 정신생활 그리고 그것을 떠받쳐 줄 육체 그 자체의 멸망과 불안 — 나의 생명은 내부에서도 위기에 직면해 있다. 나는 나 자신을 구제할 수 있도록 하기 위해서 지금 어찌해야 하는가?

또한 무엇을 할 수 있는가? '삶에 봉사함에 있어 절대로 충절(忠節)을 다하라.' 나는 온갖 형편이 착잡하고 냉혹하며 급박해진 속에서도 눈을 감고 이렇게 외친다. 이렇게 자주 외칠 때 마음 속 깊이 군림하는 것은 일종의 깊은 도덕적 의식이다. 일체의 약속을 초월하여 직접 '삶' 자체에 향해진 의무의 감정이다. 그것은 어떤 목적을 지향함으로써 필연적으로 일어나는 의무는 아니다. 그 자체 속에 명령적인 요소를 포함한 의무의 감정이다. 나는 지금에 이르러 비로소 칸트가 도덕에 단언적 명령을 세운 심정에 동감되어지고 칸트의 심각성이 우러러 보인다. 위험 앞에서 위협을 당하는 몸으로 사물의 무너지는 소리, 멸망하는 소리를 안으로 엿듣고 있는 나에게 인내하는 힘과 지탱하는 힘을 가져다주는 것은 이 '삶'에 봉사하는 의무의 감정밖에는 없다.

나는 약간의 고통으로 끝나는 가벼운 사랑은 하지 않은 셈이다. 털 빠진 개와도 같은 불쌍한 한 몸을 밤기차에 싣고 스마(須磨)에 도착하여 해안을 달리는 싸늘한 철로를 내다보았다. 그 때는 늙으신 아버지를 효고(兵庫)역에 전송하고 돌아오는 길이었는데 누렇게 무심히 뻗쳐 있는 모래 언덕에 서서 한없이 펼쳐진 드넓은 바다를 보면서 나는 간절히 죽음을 생각했었다. 그것은 결국 죽음의 표상임에 지나지 않았는지도 모른다. 그렇다면 너무나 실감으로 가득 찬 표상이었다. 내가 스마에 온 지 열흘도 채 안 되어 두 사람의 자살자가 있었다. 스무 살 안팎의 청년이었다. 짐승처럼 길바닥에 쓰러진 머리맡에 모르핀morphine 병이 뒹굴고 있었다. 새파랗게 질린 얼굴, 흙빛이 된 입술은 끈적끈적한 유리 빛깔의 액체를 흘리면서 벌떡벌떡 숨을 내쉬고 있었다. 내가 손을 쥐어 보았더니 아직도 따뜻했다. 그것을 본 나의 마음은 이상해졌다. 나는 죽지 않겠다. 괴로우면 괴로울수록 죽지 않겠노라고 결심했었다. 나는 이 청년들의 자살을 칭찬하고 싶은 마음은 조금도 일어나지 않았다. 무슨 일이 있더라도 인간은 이 같은 짓을 도모해서는 안 된다고 생각했다. 이 청년의 시체를 목격한 것은 실감으로서 나에게 '삶'에 대해서 약해진 죄악감을 가져다주었다. 자살이 죄악이라는 것은 도학자의 냉정한 이유 이외에 한결 깊은 종교적 근거가 있는 것은 아닐까. 거기에는 피와 눈물로 젖은 여러 가지의 변명이 있으리라. 더구나 삶에 대한 무한한 신앙과 존중을 안고 일어설 때 자살은 절대적인 죄악이 아닐까? 다리가 잘리면 그 잘린 대로 걸어 다니겠다고 말한 사람도 있다. 어떠한 고통에도 인내하여 낡아빠진 가죽처럼 강인하게 사는 것이 생물이 걸어갈 길이 아니겠는가. 나는 지금 인내라는 것을 인간의 중대한 덕이라고 절실히 느끼게 된 것이다. 열성적인 신앙인이 지니는 겸손한 인내, 저 필그림즈의 천로역정(天路歷程)의 순례가 지닌 은인자중(隱忍自重)의 마음으로 이러한 인내와 노력과 용기가 생기는 것일까? 그 이유나 과정 속에는 깊은 종교적 기분이 깃들어 있다고 생각된다. 나는 그것에 마음이 끌렸다. 저 『결투』 속의 나잔스키가 로마쇼프에게 죽음을 만류했을 때 말한 것과 같은 삶의 애착은 결코 단순한 향락적 기분에서만 나오는 것이라고 생각되지 않는다. 인간의 참다운 비애와 정신적 고통은 향락할 수 있는 것이 아니다. 나잔스키가 곧잘 주장했던 절대적인 삶의 애착은 향락주의를 초월한 종교적 의식이지 않으면 안 된다.

"아아, 나는 피투성이의 외길을 상상하지 않을 수 없다. 그 위를 쏜살같이 돌진하는 것이다. 힘이 다하면 하는 수 없다. 자멸할 따름이다."고 나는 연애에 관한 논문을 끝맺으면서 이처럼 말했다. 그렇지만 지금 생각하면 그것은 불성실한 표현이었다. 내가 자멸해야 할 때가 도래해 있다. 나는 싸우는 데 겁이 나고 또한 시기를 잃었다고는 조금도 생각하지 않는다. 나는 싸웠지만 졌다. 외부로부터의 강포(強暴)한 적(나는 병까지도 외부라고 느낀다)과 싸워서 절망적인 나는 내부로부터의 적(그녀의 변심)을 만나 근본적으로 지고 말았다.

모든 사정은 화살 같은 속도로 눈 깜짝 할 사이에 궁극적인 곳에까지 도달했다. 그 추이는 이미 더 이상 견뎌 낼만한 힘이라곤 털끝만큼도 없다. 그렇다면 나는 어째서 자멸하지 않는가? 죽음이 실감으로서 눈앞에 닥쳐 온 나는 또한 죽을 수 없는 자신을 분명히 발견했다. 그것은 본능적인 죽음의 공포를 이겨내는 것이라고 말하는 사람도 있을 것이다. 어쩌면 그럴지도 모른다. 그렇지만 나에게 있어서 무엇보다도 통절한 이유는 자살이 나에게 가장 깊은 도덕적 만족을 주지 않는 것이다. 마지막까지의 노력의 느낌을 주지 않는 점이다. 스스로를 칭찬할 마음씨가 되지 않는 셈이다. 그것이 가져올 파동은 그녀, 그녀의 늙은 부모와 나의 부모 그리고 나의 운명적인 벗 속에 내재하는 것은 물론, 나 자신에게도 배반하는 고통이기 때문이다.

타인 속에서 발견되는 자기는 뜻밖에도 강하다. 나는 휴머니티 곧 인정과 의리를 빠져 나오기가 어려운 나 자신의 바닥을 통감한다. 개인주의이기 때문에 자기에 관해서만 생각하면 된다는 설은 추상적인 것이다. 이러한 성격이 만일 예술로 그려진다면 그것은 스트린드베리Strindberg가 배척하는 이른바 추상적 성격이다. 실재의 성격이 아니다. 「생활 비평」속에서도 쓴 바와 같이 말이다.

나는 어디까지나 도덕성을 염두에 두며 살고 싶다. 나는 인간의 궁극적인 입장을 도덕성 즉 모럴리티 속에 두고자 한다. 인간에게 주어지는 자유라는 것이 있다면 그것은 도덕적 자유외에 확실한 것은 없다. 그 밖의 자유는 모두 의지에 대항하는 외부의 힘, 즉 운명에 의해서 망가지는 것이다. 운명의 힘이 얼마나 강한가를 나는 절실히 느꼈다. 운명에 대해서 확실히 오히려 이것에 부딪쳐 점점 더 빛을 내는 것은 도덕성 밖에 없다. 칸트가 하늘에 뜬 무수한 별들의 통일과 나란히 찬미한 강하고 깊은 의지의 자율의 법칙밖에는 없다. 단순히 괴롭다든지 안이하다든지 하는 것보다도 이른바 운이 나쁜 사람 특히 운명을 직시하며 살 만큼 생활에 약간 진지한 사람에게 있어서는 죽고 싶은 때가 몇 번이고 있을 것임에 틀림없다. 지금 나도 역시 살고 있는 것이 괴롭지 않다고는 생각지 않는다. 저 돗포(獨步)의 '원숙부(源叔父)'를 둘러싼 냉혹한 운명을 보라. 그가 목을 매어 죽은 것을 누가 무리한 짓이라고 생각하겠는가? 그럼에도 불구하고 우리들은 '원숙부'로 하여금 최후까지 살 수 있도록 하여 주지 않으면 안 된다. 이렇게 주장할 수 있는 도덕적 근거를 체험한 사람을 삶의 신자라고 부른다면 나는 삶의 신자로서 살고 싶다.

지금 나의 눈에 비치는 인생의 사상(事象)은 모두 애처롭기만 하다. 하지만 그 중에서도 인간과 인간과의 접촉에서 생기는 부조화만큼 애처로운 것은 없어 보인다. 세상에 아주 나쁜 사람만 있는 것은 아니다. 도스토예프스키의 『죽음의 집』 등에 등장하는 것과 같은, 태어나면서부터의 악인은 오히려 병적인 사람이다. 또한, 이러한 본래의 악의에서 나오는 비극은 가장 단순하며 비극성이 적은 것이다. 가장 견디기 어려운 비극은 상당히 의리와 인정이 있는 사람들 사이에 일어나는 부조화이다. 인간이 접촉하는 곳, 모이는 곳, 그 곳은 서먹서먹함과 부조화로 가득 차 있다. 아니 보다 심각하고 냉혹한 인간의 당연한 행복과 염원 그것은 결코 방자한 것이 아니다. 인간으로서 용서해 줘도 좋은 아주 약간의 염원마저도 짓밟아 버리는 그러한 부조화가 있기도 하다. 스스로 그 재해를 입지 않았다 할지라도 세계를 조화 있는 코스모스로서 가슴 속에 간직하며 살고 싶은 휴머니스트에 있어서 이것은 참으로 고통스러운 일이다. 거기에는 인간의 간절한 정실(情實)이 복잡하게 뒤얽혀 있는 만큼 거의 이것만으로도 사람으로 하여금 염세관을 품게 할 만큼의 고뇌의 종자가 될 것이 있다. 그리하여 나는 실제로 나의 행복과 염원을 모두 빼앗겼다. 나의 염원이란 사랑하는 연인과 함께 살며 거기에 생활의 기초를 두어 인간으로서의 발달을 이루려는 것이었다. 깊고 착한 행복이 그 속에 깃들어 있어야 했었다.

지난 1년 동안의 내 마음의 움직임은 참으로 순수한 것이었다. 사랑과 노동과 신앙, 인간으로서 내 개성이 지향할 바 똑바른 길에 나는 서 있었음에 틀림없다. 그렇지 않고서는 그 만큼의 충실감을 느낄 수는 없다. 그것이 엉망진창으로 되고 말았다. 믿고서 쌓아 올렸던 정신적 생활 그것이 붕괴되기까지 내가 만났던 사실은 인생의 가공할 냉혹한 면뿐이었다. 실연과 폐결핵과 퇴교를 연달아서 당한 나머지 어떻게 살아야 할지 몰라 슬픔에 잠겨 마냥 울어 대는 하나의 생명체를 작은 희생이라고 말할 수 있을까?

나는 연인으로부터 마지막 편지를 받았는데 나는 세상에 태어난 이후 그처럼 냉담하고 싫기만 한 성질의 편지를 본 일이 없었다. 그 편지에는 "죄 없는 저에게 다신 말하지 마세요"라고 적혀 있었다. 당면의 책임자조차도 죄를 느끼지 않는데 하물며 그 밖의 사람들이 어찌 죄를 의식하고 있겠는가.

하나의 '죄'도 존재하지 않은 채 이만큼의 희생이 치러졌다고 한다면 그것을 사회의 부조화로 돌릴 수밖에 없다. 이 같은 희생은 누가 짊어지도록 해 주었는가. 내가 짊어지게 했다고 말하는 사람은 단 한 사람도 없다. 이렇게 보면 인생은 참으로 한심하기 그지없다. 사람의 마음은 믿기 어려운 면이 있다. 정말로 내가 경험한 사실은 나로서는 무서운 것이었다.

그렇지만 나는 그 한심스러움과 무서움 속에서 싸워왔고 죽음의 불안에 위협받으면서도 오히려 '삶'의 조화에 대한 희망을 버릴 수가 없다. 아니 점점 더 그 염원을 확고하게 한 것 같은 느낌이 든다. 세계에는 한심스럽고 무서운 일들이 있다. 참혹한 희생이 있다. 착잡한 부조화가 있다. 그렇지만 이것들을 지니고 있으면서 '삶' 그 자체는 한층 더 깊고 강하고 복잡한 조화가 있는 것이라고 생각할 수는 없을까. 이것은 라이프니쯔의 예정조화설 등과는 별도로 나에게는 실감나는 기분이다. 나는 요즘 뭐라고 이름 붙이기 어려운 불행에 휩싸여 살아가고 있다. 인생의 깊은 비애에 부딪친 것 같은 느낌이 든다. 그렇지만 그 비애는 나에게 일종의 영원성을 띠고 있다고 느낀다. 나는 마아테를링크Maeterlinck처럼 신비를 통해서 '영원'으로 가는 길을 좋아하지 않는다. 그것은 너무나 초월적인 빗나간 길처럼 생각되기 때문이다. 나는 끝까지 공변된 길을 걸어가고 싶다. 인간의 인간다운 감정은 만일 그것이 진실하고 간절하며 깊은 것이라면 모두 '영원'과 연결되어 있는 것처럼 생각된다. '영원'이란 시간의 끊임없는 연속성만을 가리키는 것은 아니다. 의식이 침투된 전체성을 가리키는 것이다. 충실한 현재의 종교적인 생명감이다. 이 '영원'에 닿았을 때 인간에게 서글픈 '기쁨'이 있는 것이 아니겠는가. 슬퍼하고 괴로워하면서도 삶을 찬미하는 마음이 솟구치는 것이 아니겠는가. 나의 가슴 속에는 요즘 일종의 낙천주의가 싹트기 시작한 것 같다. 그것은 파르스름한 반딧불의 빛만큼 아주 희미한 빛에 지나지 않지만 나의 비애와 고독의 뒤쪽에 반짝하고 빛나 보인다. 염세주의란 것은 나에게는 그 자체가 모순되어 있는 것처럼 생각되기 시작했다. 염세란 고통으로부터 생기는 감정이어서는 아니 된다. 이러한 염세관은 쾌락을 누리기 때문에 낙천관을 가지는 것과 마찬가지로 천박한 것이다. 참다운 염세는 그 원인을 삶의 무의미한 존재의 이유가 부족한 데서 나오는 것이라야 한다. 그렇지만 이러한 공허감이 나에게는 일어나지 않게 되었다. '삶'은 나에게 지극히 중요하게 느껴지기 시작했다. 아아, 일련의 슬픔 · 고통 · 감동에 찬 세계가 공허하다니!

그뿐 아니라 존재의 이유를 철저하게 찾는다면 그것은 창생의 힘으로 돌아가야 할 것이다. 하나의 현상이 앞에 나타나는 것이 그 현상의 존재의 이유이다. 쇼펜하우어는 염세의 기원을 의지가 시공의 방식을 통해서 현상으로서의 개체화한 것으로 귀착시키고 있다. 그것은 염세의 이유가 되지 못한다. 의지는 무슨 까닭으로 이와 같은 과정을 거쳐 현상으로서 나타났는가, 그것은 설명할 수 없다. 나타난 힘이 존재의 이유이다. 우리들은 살고 있다. 살아가면서 삶을 싫어한다는 것은 어떠한 것을 의미하는 것인가? 그 지시하는 의미는 나에게 모순된 느낌을 갖게 한다. "어느 세계관이 염세관인 것은 그 세계관의 모순을 가리키는 것이다."라는 말에 일종의 근거가 있는 것이 아닐까?

두 말할 것도 없이 나는 세상의 보통의 낙천관을 가리키는 것이다. 슬픔과 고통을 가지고 짜낸 기쁨을 가리키는 것이다. 도대체 세계관에 있어서 낙천이라든가 염세라든가 하는 것은 중요하게 여길 것이 못 된다. 그것은 세계의 모습을 되도록 정세(精細)하게 여실히 관조하면 된다. 그 관찰이 '참(眞)'에 철저하면 철저할수록 나는 낙천적인 경지가 열릴 것이라고 생각한다. 나는 플로베르Flaubert나 투르게네프Turgenev의 사상에 있어서도 낙천적 경향을 발견하곤 한다. 쇼펜하우어의 철학마저 단순한 염세관이라고는 생각하지는 않는다. 그의 해탈 방법으로서의 사랑과 인식은 보다 더 주의해야 할 것이다. 세계의 고통과 비애와 적막을 철저하게 인식함은 낙천으로 향하는 첫걸음이다. 거기에 생명의 자기 인식이 가져오는 해탈의 길이 있는 것은 아닐까?

인식의 순수한 것은 몸으로 겪은 체험이어야만 된다. 더구나 보다 철저하기 위해서는 사랑으로 승화되지 않으면 안 된다. 사랑은 가장 깊은 인식 작용이다. 백묵의 완전한 표상은 바로 칠판의 문자가 되듯이 가장 순수한 표상은 바로 의지가 된다. 나는 사랑과 인식이 해탈적인 경향을 포함한 특수한 마음의 활동이 되는 것임을 인식하여 이것에 의해서 암시되는 정신생활의 자유의 경지에 대해서 주의하는 사람이다. 오이켄Eucken은 "인간은 자연에 예속된다. 그렇지만 그것을 알기 때문에 자유이다."고 말했고 톨스토이는 "사랑이 있는 곳에 신이 계신다"라고 말했다. 나의 사상은 물론 아직 미숙하지만 생물의 본능과 예속을 벗어나 신에의 전향을 꾀하는 의식적 생활은 사상과 인식에서 비롯될 것이다.

나는 이제까지 본능 속에서 자유를 발견하고자 하는 자연주의로서 생활의 근본 방침을 세우고 그것을 가장 확실한 생활방법이라고 생각하고 있었다. 나의 연애가 실패한 것은 그 오류로부터였다. 나의 연애는 달콤한 것 아름다운 것에 대한 동경이 아니고 '확실한 것'을 붙잡고자 하는 요구였다. 확실한 생활의 근본 기초를 여자의 본능적인 사랑 속에 세우려고 했다. 그것이 나의 연애의 곧 본질이었다. 여자의 아름다움이나 현명함은 처음부터 바라지 않았다. 다만 사랑에 있어서 두 사람은 확실히 결합해 있다고 믿었다. 그렇지만 본능적인 사랑은 내가 기대했던 것처럼 공고하지 않았다. 여자의 연애에는 정신생활의 근저가 없었기 때문에 그 무너지는 꼴은 참으로 빈약했다. 나는 일종의 착오에 빠져 있었다. 나의 방대한 형이상학적인 의식생활을 소녀의 본능적인 사랑 위에 세웠던 것이다. 그것이 와해의 근원이었다.

본능적인 사랑은 한 때는 숯불처럼 작열해도 사랑해서 질리지 않는 지구성(持久性)이 없다. 각오와 노력 위에 세워지지 않았기 때문에 외적에 대한 저항력이 모자란다. 적이란 무엇인가? 다른 본능이다. 정신생활에서 나오는 사랑은 여러 가지 종류의 본능을 일단 사고의 대상으로 하여 그것을 통일한 다음에 나타나는 일종의 형이상학적인 노력의 감정이다. 본능적인 사랑의 열렬함은 다른 본능을 한 때 가리고 있는 상태이다. 그러므로 이것과 병렬되는 다른 본능을 가지고 공격당할 때 무너지고 마는 것이다. 나는 참다운 생활은 정신생활이지 않으면 안 되는 것임을 통감한다. 적어도 우리들이 생활에 대해서 의식적으로 생각할 때 즉 참다운 의미에 있어서 생활하게 되었을 때 그 생활은 이상적인 요소를 포함한 정신생활이지 않으면 안 된다. 참다운 생활은 자연주의의 생활이 아니라 이상적 두드러지게 말하면 기교적이고 인공적인 생활이다. 그것이 가장 개성적인 특수성을 포함하는 생활이다. 물론 본능이나 감각을 재료로 받아들이지 않으면 안 된다. 그러나 이런 재료들을 배열하고 배척하고 가까이 잡아 이끌고 혹은 여러 가지 입장에서 들여다볼 수 있을 만한 정신적 노력을 포함한 생활을 가리키는 것이다. 예컨대 성욕과 같은 본능은 누구나 다 지니고 있는 공통적인 것이다. 그 성욕을 어떻게 받아들이느냐 또는 배척하느냐 아니면 포용하느냐 하는 데서 개성적인 특질의 생활이 발견되지 않으면 안 된다. 그리하여 나는 넓은 범위에 걸쳐 많은 사실을 많은 입장에서 볼 수 있게 될 것이다. 생활에 받아들여지는 재료data는 풍부해질 것이다.

그런 후 이것들을 포함하여 단순화가 행해졌을 때 참으로 확실하고 힘찬 생활이 태어나게 되는 것이다. 인간의 생활이 열렬한 빛을 낼 때는 단순화가 행해진 때이다. 그렇지만 그 단순함은 복잡과 다양을 통일한 것인 만큼 내용의 빈약함을 의미하는 간단함이 되어서는 안 된다. 참다운 단순화는 그 속에 무수한 요소를 포함한 체계적인 일(1)이지 수적인 1은 아니다. 본능 생활의 열렬함은 후자에 속하는 것이어서 그 단조로움은 단순화가 아니다. 다른 요소가 보이지 않는 맹목적인 생활이다. 가장 속박된 예속의 생활이다. 이 같은 생활에서는 참으로 굳게 참고 견디며 오래 가는 속 깊은 힘은 나오지 않을 것이다. 화산의 폭발과도 같은 일시적인 폭력은 나올지도 모른다. 그러나 높은 산의 중턱을 보이지 않는 속도로 조금씩 그러나 막아낼 수 없는 압력으로 효과적으로 미끌어 내리는 빙하와 같은 힘은 나오지 않을 것이다. 움직이는 것의 전체로의 고요함이 느껴지는 힘이 참으로 위대한 힘이다. 나는 이런 힘을 동경한다. 이런 힘은 통일된 요소가 풍부하지 않고서는 생기지 않는다. 우리들은 열렬함이라든지 힘참이라고 하는 문자에 속아 넘어가서는 안 된다. 빈약한 재료로 열렬히 되기보다는 풍부한 재료로 뒤섞이지 않고 조용히 생활하는 사람이 강한 사람이다. 그러므로 참다운 단순화는 지극히 어려운 일이다.

그러니까 정신생활의 향상과 정진에는 무한하고 괴로운 노력이 요구되는 것이다. 노라(1828-1906)는 가출하여 자기의 길을 개척하려고 했다. 또한 어떤 아내는 망설이며 집에 남았다. 그렇기 때문에 노라 쪽이 더 강력한 여자라는 사람이 있다면 그것은 천박한 생각이다. 강하든지 약하다든지 하는 것은 그처럼 외적(外的)으로 결정되는 것은 아니다. 집에 남은 아내는 노라보다도 훨씬 더 많은 것을 생각했는지도 모른다. 남편과 자기와의 관계, 자식과 자기와의 관계, 그 사이에서 발견된 자기가 집을 빠져나가려고 하는 발길을 멈추게 했는지도 모른다. 노라 쪽이 자기에게 충실하다고 반드시 말할 수는 없다. 많은 것을 마음속에 간직한 채 생각할 수 있는 사람은 강하다고 말하지 않으면 안 된다.

철저하다는 것은 진리가 작용하는 경우를 말한다. 행위가 외적으로 '훌륭함'을 가리키는 것은 아니다. 진리가 철저했기 때문에 행위는 두드러지지 않게 되는 수가 있다. 그래서 남의 눈에 띄지 않은 채 두드러지지 않게 그럼에도 불구하고 내면의 자기의 철저함에 스스로 만족하며 살아가고 있는 사람이 있다면, 나는 그 사람을 우러러보며 존경한다. 펜을 든 사람은 특히 이 점을 한 번 생각하지 않으면 안 된다. 나는 스스로 깨닫지 못하는 사이에 이 표현의 오류에 빠져 있었던 것처럼 생각된다. 자기의 표현과 발정(發情)에 자신도 모르는 사이에 자기를 휩쓸고 있었던 것 같은 경향이 있다. 그렇기 때문에 나의 사색이 혼잡해지고 단순화가 정치(精緻)함을 결하게 되며 통일 밖으로 쳐지게 된 재료가 있었다.

예컨대 성욕과 그리스도의 사랑이 뒤섞여 그녀 이외의 사람 속에 내재하는 '나'라고 하는 자기가 제거되곤 했다. 그 부분에서부터 나의 정신생활은 무너져 갔다.

그러나 생각하면 그것은 관념주의자idealist의 동정할 만한 약점이다. 더구나 그 약점이 크고 많은 희생이 되었을 때 그것은 인격적인 눈물과 맞먹는 것이다. 생각하건대 관념주의자에게는 실생활이 너무나 빈약하기 때문에 자기의 내면에 깃들어 있는 위대한 감정을 담을 재료가 없다. 그러므로 나뭇조각이나 돌덩어리라도 붙잡고 이것에다 이상을 쌓아 올리고자 하는 우상숭배가 성립한다. 그것은 우스꽝스러운 비극으로 끝나게 마련이다. 나는 이 희비극을 안고 눈물을 흘린다. 나는 표현의 권위에 대해서는 충분히 주의를 기울였다고 생각했다. 표현의 가치를 비판하면서 자신도 말하고 여자의 말도 들었다고 생각했다. 그러나 뭐라 해도 나는 어리석고도 유치했던 것임에 틀림없다. "당신은 그렇게 생각하시죠. 그러나 당신은 그렇게 하시진 않아요."라고 말한 쇼의 냉소 앞에서 나의 유치함을 생각하여 얼굴을 붉힐 수밖에 없다. 생각하건대 「이성 속에서 나를 발견하려는 마음」은 부질없는 두려운 표현만 가득하다. "여자에게 죽음을 긍정시켰다"고 자랑한 나는, 헤어질 때 나의 건강이 회복되기를 바라는 기도조차도 받을 수가 없었다. 냉담하고 싫은 편지 한 통이 내 손에 남았을 뿐이었다. 그리고 치료할 수 없는 병이 함께 남았다.

그 뿐만이 아니다. 나의 고뇌는 내가 자신에게 패배하려는 공포감이다. 마지막으로 그녀의 편지를 보게 된 나의 마음에 불타오르는 것은 짐승과 같은 증오와 원수와 같은 원한이었다. 이것은 분명히 나 자신을 파멸시키는 것이다. 이 같은 자살적 감정을 극복하고 나면 나는 최후의 입장을 잃어버리게 된다. 나는 나 자신을 구제하기 위해서 이 증오심을 극복하지 않으면 안 되었다. 그러기 위해서는 육종진동(六種震動)이라고 할 만한 마음의 전회적(轉回的) 노력이 필요했다. 그래서 지금에 이르러서는 그녀를 불쌍히 여기어 용서하고 평온한 마음이 되어 있다. 아니, 이전보다도 한층 더 깊이 순화된 그리스도교적인 사랑으로 그녀를 감싸서 진심으로 그녀의 행복을 빌고 있다.

돌아보건대 그녀는 가련한 여자이다. 나를 속인 것도 악의에서 나온 것이 아니라 어리석은 자가 범하기 쉬운 표현의 죄에 빠진 것이었을 것이다. 아직 사상이 자리 잡히지 않은 그녀가 나의 방대하고 불완전한 나의 정신생활의 무거운 짐을 견뎌 내지 못했던 것도 무리는 아니다. 하물며 폐병이 든 연인과 폐병을 앓는 어머니를 두고서 어머니의 객혈(喀血)을 목격한 그녀의 가슴 속을 생각할 때 마음이 몹시 편하지 못하다. 나는 일편단심으로 지금부터 인간으로서의 성공에 대해 그녀가 가망성이 없음을 걱정한다. 지금에 와서는 그녀의 행복을 해침이 없이는 나의 사랑의 요구도 실현될 수 없는 기나긴 비애가 남아 있을 따름이다. 사랑하여 그리워하는 마음의 충족되지 않는 고통으로 번민할 따름이다.

나는 애당초부터 소설 같은 데에 묘사된 연애에 동감할 수 있는 것은 거의 없었다. 『죽음의 승리』의 지오르지오에게도, 『매연(煤煙)』의 요키치(要吉)에게도, 『연기』의 리토히노프에게도 동감할 수 없었다. 지오르지오의 사랑은 성애의 가장 이기적인 점이다. 또한 나는 사랑을 잃고서 여자를 욕하고, 여성 전체에 대해서 일종의 반항적 기분을 품는 것과 같은 일은 하고 싶지 않다. 이 같은 짓은 단순히 깊은 실연의 비애를 맛보는 자에게는 가능한 일이 못 된다. 또한 리토히노프처럼 자기의 사랑마저도 연기처럼 날려 버리고 싶지 않다. 나는 나의 연애를 깊이 관찰하여 나의 진상에 철저히 하여 사랑함으로써 인격적으로 발전·향상 할 수 있는 곳으로 향하게 하고 싶다. 인격의 연속성을 잃어버리고 싶지 않다. 사랑을 초월한 길, 냉소하는 길은 내가 지금부터 걸어갈 길이 아니다. 사랑을 잃은 자의 사랑 속에서 비롯되는 길이야말로 내가 걸어갈 공도이다. 그것은 아무리 거친 색체가 없는 것이라고 할지라도 내가 피와 눈물로 개척한 소중한 길이다. 나를 어딘가 나에게 알맞은 세계로 인도해 줄 것이다. 그것이 어떤 세계인가는 지금 대단한 복잡성과 다양성 속에 빠진 나에게는 예측할 수 없다. 그러나 나는 나의 연애를 비판하여 연애 속에서 길을 열어 나가고 싶다. 나는 무엇보다도 나의 인식이 산만해지고 잡박해지는 데 두려운 감정을 느낀다. 이번의 경험을 바탕으로 하여 생각해 보면 얼마나 오류가 많은 견해를 지니고 있었던가를 알 수 있기 때문이다. 내가 보다 확실하고 심각하게 사물을 바라볼 수 있다면 좀 더 안전하고 착한 생활을 할 수 있을 것이다. 나는 좀 더 정신을 차린 완전한 발걸음으로 걸어갈 수 있을 것이다. 그러기 위해서는 나의 사색을 좀 더 학술적으로 하지 않으면 안 된다. 분석적으로라는 의미가 아니다. 재료의 수집을 풍부히 하고, 그 관계의 관찰을 정밀하게 하는 것을 가리킨다. 다음에 나는 사랑의 종류에 대해서 생각하지 않으면 안 된다. 나는 본능적인 사랑과 그리스도교적인 사랑을 혼돈하게 하고 있었다. 나는 전자로부터 후자로 발전해 가지 않으면 안 된다고 본다. 이것이 값비싼 경험이 나에게 가져다 준 가장 중대한 성과이다. 본능적인 사랑은 순진한 사랑이 아니다. 붙잡아 묶인 에고이스틱한 사랑이다. 참다운 사랑은『선의 연구』의 저자가 말한 바와 같이, 인식적이고 그리스도교적인 사랑이다. 의식적이고 노력적인 사랑이다. 생물학적인 본능이 아니라, 인간의 창조적인 산물이다. 성애나 어머니의 사랑이나 인식하는 마음의 작용과는 다른 맹목적인 것이다.

나의 연애를 깨뜨린 가장 큰 적은 그녀의 어머니의 맹목적이고 에고이스틱한 사랑이었다. 성애가 이기적인 예는 한없이 있었다.

이 같은 사랑은 자기의 요구를 통해서 사랑하고자 하는 불순한 것이어서 폐해와 미망이 속출하는 것이다. 또한 이런 사랑은 편애가 되지 않을 수 없는 것이다. 나도 한 때 그녀 이외의 것이 모두 한결같이 무관심하게 보이고 오랜 사랑의 역사가 있는 친구가 회고되지 않았던 적이 있었다. 지금에 와서 생각하면 친구가 그 때 화를 냈을 뿐 아니라 내가 사랑을 가진 인간임을 부인한 것은 근거가 있었다. 갑(甲)에게는 이유도 없이 하루아침에 냉담해지고 을(乙)과는 돌연히 미친 듯이 사랑하는 것과 같은 것은 사람에 대하여 사랑이라는 감정이 작용하는 동인과는 처음부터 모순된 것이다. 참으로 사랑을 지닌 인간이란 그리스도와 같은 보편적인 사랑을 하는 사람이다. 어떤 이유로 갑은 사랑하고 을은 사랑하지 않는가. 거기에는 다른 원리(principle)가 존재하지 않으면 안 된다. 그 원리에 따라 움직이는 동안은 순수한 사랑의 활동이 아니다. 혹은 그것은 '사랑으로 들어가는 과정'을 추상한 것이며 사랑은 그 사람이 아름답다든지 정직하다든지 불쌍하다든지 혹은 오랫동안 접촉했다든지 하는 것과 같은 조건이 없이는 생겨나지 않는다고 말하는 사람이 있을지도 모른다. 그러나 과연 그럴까. 어떠어떠한 이유로 어떠어떠한 사랑을 한다는 것이 참다운 사랑일까. 사랑은 이런 조건과 차별을 없애고 포괄하는 마음의 작용이 그리스도는 죄인이나, 매춘부나, 나그네나, 적까지도 사랑했다. 그 사랑은 절대적인 독립활동이었다. 또한 이런 보편적인 사랑은 희박해서 사랑을 받은 기분이 들지 않는다고 할 사람이 있을지도 모른다. 그러나 사랑은 백 명을 사랑하면 백 등분되는 것과 같은 양적인 것은 아니다. 아니, 갑을 사랑하고 있다는 것은 그 사람이 을도 또한 사랑할 수 있는 증거이다. 또한 보편적인 사랑이 반드시 희박하다고는 할 수 없다. 그리스도의 사랑은 피였다. 만인과 만물의 하나하나의 사물에 대해서 제각각 피였다. 아아, 인류가 비롯된 이래 그리스도에 미치는 위대한 영혼이 있었던가. 나는 십자가 아래에 무릎을 꿇는 자이다. 애당초부터 이런 경지에 도달하기는 지극히 어려운 일이고 특히 나처럼 번뇌와 미혹이 깊어 친구로부터 에고이스트라고 못 박힌 놈에게 그 같은 소질이 있다는 것은 아니다. 나는 '나'라는 사람이기 때문에 더욱 더 그리스도가 우러러보인다. 내 앞에는 그리스도가 황금빛으로 둘러싸여 서 있다.

나는 사람의 마음을 믿기 어렵고 인생의 냉정함을 경험했는데도 불구하고 그것은 나에게 차가운 눈초리로 세상을 흘겨보는 것과 같은 고독으로 향하게 하지는 않았다. 나는 도리어 사람과 사람의 접촉이 사랑의 알맹이가 되지 않으면 안 된다는 것을 느꼈다. 나의 사랑을 심화함으로써 타인과 한 발짝 접근했다. 나는 간절히 주는 사랑을 주장하고 싶다. 사랑은 모자라는 사람이 구하는 마음이 아니라 넘쳐흐르는 사람이 감싸주는 감정이다. 사람은 사랑을 받기를 구하지 말고 사랑해야 된다. 사람에게 바라는 생활처럼 위험한 것은 없다. 그 사람이 이윽고 충족되었을 때 내 곁을 떠나간다고 할지라도 그 사람을 위해서 기도를 올릴 각오가 없이 사랑하는 것은 애당초부터 잘못이다. 사랑은 독립 · 자전한 인격의 요구가 아니어선 안 된다. 사람은 강해지고 완성됨을 따라서 사랑하고자 하는 요구가 일어나는 것이 아니겠는가? 짜라투스트라Zarathustra가 태양을 우러러 "그대 크나큰 별이여, 그대가 비치는 것이 아니고서야 무슨 행복이 있겠는가?"라고 말한 바와 같이, 위대한 것은 사랑을 함으로써 자기를 감손시키지 아니하고 도리어 자기를 완성하는 것이다. 니체가 '주는 덕'을 역설하고 또한 '밤의 노래' 첫머리에서,

> 밤은 왔도다. 지금 솟아오르는 모든 샘물은 그 소리를 높인다. 내 영혼도 또한 솟아오르는 샘물이로다. 밤은 왔도다. 지금 사랑하는 것의 모든 노래는 비로소 눈을 떴다. 내 영혼도 또한 사랑하는 것의 노래로다.

라고 노래하고 있는 것처럼 위대한 자, 완성된 것에는 스스로 사랑하고자 하는 요구가 있다고 생각한다. 나는 이런 경지를 향해서 동경하면서 전진하고 싶다.

화려한 환상의 세계는 영원히 내 앞에서 닫히고 말았다. 나는 좀 더 강하고 알찬 인생을 원한다. 갈색 띤 주황색 산 고개에서 삽질하는 노동자나, 비를 맞으면서 걸어가는 병사나, 회색 바다 너머로 소리 없이 타오르면서 가라앉는 태양을 바라볼 때, 아직 나에게 남아 있는 강하고 알찬 인생의 번뜩임에 접촉되어 마음이 약동한다. 나는 이 글로서 「사랑과 인식의 출발」이 되게 하고 싶다. 위대한 사랑이여, 내 가슴 속에 깃들여라. 대자연의 참 모습이여, 내 눈동자에 비치어라. 원컨대 내 정령(精靈)의 힘이 다하기 전에 육체가 멸망하지 않기를. (1913. 11. 25)

06

이웃으로서의 사랑

사람과 사람의 접촉에 관심을 가진 사람들의 마음에 있어서 가장 중요한 자리를 차지하는 것은 두 말할 것도 없이 '사랑'의 문제이다. 사랑은 처음엔 화려한 노을처럼 즐거이 가슴을 뛰게 하는 매력을 갖추고 우리들 앞에 나타난다. 사랑을 응시해라. 사랑으로 살아라. 그때 우리들은 비로소 사랑의 종족을 깨닫게 될 것이다. 즉 어머니와 아들 사이의 사랑과 남녀 간의 사랑과 이웃 사이의 사랑이 구별되어 느껴지게 될 것이다. 이 차별의 눈이 띄어질 때까지는 사랑의 호사가(好事家)이다. 아직은 사랑을 알고 있다고 할 수 없다. 그리고 이 구별이 눈에 띄게 되려면 사람은 대부분 차디찬 눈물과 고통스런 경험을 맛보는 법이다. 사랑의 문제를 진실로 자기의 문제로 삼고 살아가는 사람은 반드시 이 구별이 보이게 될 것임에 틀림없다. 그 다음부터 진실한 사랑이 생기는 것이다.

나는 지금은 '이웃 사랑'만이 진실한 사랑이라고 믿고 있다. 모자(母子)의 사랑과 남녀의 사랑과는 그 사랑이 다를 뿐만 아니라 서로 배반하고 있는 것이다. 그것은 사랑이 아니라 에고이즘의 계통에 속하는 것이다. 많은 사람들이 이것을 혼동하고 있다. 그리고 자기의 에고이즘을 정당화하고 제멋대로 행동하면서 이웃 사랑만이 받아야 하는 영광을 받기를 요구하고 있다. 그들은 남의 운명을 해치면서 외칠 것이다.

나는 사랑하고 있다. 착한 일을 하고 있다고. 그렇지만 착한 사랑, 천국에의 열쇠가 되는 사랑은 그리스도가 "너희 이웃을 사랑하라"고 말한 바와 같이, 부처가 중생을 대함과 같이, 이웃에의 사랑뿐이다. 참다운 사랑은 본능적인 사랑처럼 달콤한 것이 아니다. 그것은 괴로운 희생이다. 어머니와 아들 사이, 연인들 사이에 눈물과 감사가 있을 때엔 양자 사이에 이웃사랑이 작용한 때이다.

골육(骨肉)의 사랑과 연애가 본래의 입장을 순수하게 지킨다면, 그것은 투쟁이고 번뇌다. 생물과 생물이 서로 잡아먹는 것과 똑같은 현상이다. 두 생명은 자연력(自然力) – 그것은 악마의 것이다 – 에 사로잡혀 스스로는 무엇을 하고 있는지도 모르는 것처럼 다른 생명에 작용을 가한다. 그리고 그 힘의 근원은 자기를 주장하고자 하는 의지에서 나오는 쇼펜하우어의 이른바 '살고자 하는 의지'에 그 뿌리를 뻗고 있는 맹목적 활동이다. 그 작용의 흥미가 되는 것은 여전히 자기의 운명이다. 이웃사랑은 자기희생, 죽으려고 하는 염원, 쇼펜하우어의 이른바 '의지 없는 인식'에서 발생하는 자주적 활동이며 그 작용의 흥미는 타인의 운명이다. 이 구별을 느껴서 아는 것은 사랑을 잃고서 얻은 나의 유일한 지혜이다. 나는 그것을 분명히 느껴서 구분할 수가 있다.

어머니가 어린 아이를 귀엽게 기를 때 남성이 여성을 구할 때에 작용하는 것은 본래 사랑이 아니다. 남녀나 모자 사이에 사랑이 일어나는 것은 양자가 서로 접촉하고 함께 삶으로써 생기는 이웃사랑이다. 마치 교섭 없는 두 사람 사이보다도 서로 치고 맞고 싸운 두 사람 사이에 이웃사랑이 일어나는 것과 같이 양자의 간절한 감정으로 이루어진 접촉이 사랑을 낳는 것이다. 그러나 그 이웃사랑은 연애나 골육의 사랑의 본질은 아니다. 남성은 사랑의 동기에서가 아니더라도 격렬하고 맹목적으로 여성을 사랑할 수 있다. 그리고 그 소유욕은 연인을 죽이게 하기도 한다. 그것은 전투의 광경과도 아주 흡사하다. 그것이 연애의 본래 모습이다.

어머니가 어린 아이를 안고 어루만지고 입을 맞출 때는 거의 육체적 흥미에 의한 동작과 흡사하다. 처녀가 남성에 대해서 지니는 것과 같은 육체적 매력을 어린 아이는 어머니에 대해서 바치고 있다. 그 때 어머니의 문제는 거의 어린 아이의 운명이 아니라, 자기의 흥미 – 아니, 자기도 참여할 수 없는 자연력의 흥미이다. 여기에 내가 들어 보인 것은 두드러진 예이다. 그렇지만 확실히 모자의 사랑과 남녀의 사랑의 본래 모습을 말하고 있다.

사랑은 '살고자 하는 의지'가 인식하고 혐오하는 데서 일어난다. 연인은 연애의 에고이즘을, 어머니는 골육의 사랑의 에고이즘을 자각했을 때부터 생기는 자주적, 희생적 작용이다. 나는 연애를 한 후 실연하고 부터 연인에의 에고이즘, 연인의 어머니의 에고이즘을 통절히 느끼고 평생 잊을 수 없는 교훈을 받았다. 그래서 그때부터 사랑은 그리스도의 '이웃사랑', 신(神) 앞에서서 서로 이웃을 사랑하는 사랑밖에는 없다는 것을 느끼게 되었다.

나는 여자로부터 '당신을 사랑한다.'는 말을 듣게 되었을 때는 조금도 사랑을 받고 있는 기분이 나지 않는다. 또한 어머니가 나를 어루만지듯이 사랑할 때 나는 도리어 일종의 악의를 느낀다. 왜냐하면, 어머니가 남의 아이를 대하는 태도를 볼 때 내가 사랑을 받고 있는 것은 우연임에 지나지 않는다고 생각하기 쉽기 때문이다. 여자가 사랑한다고 하는 것은 나의 운명을 사랑하는 것이 아니라 나와의 접촉을 흥미로 삼고 있음을 알기 때문이다.

내가 연애에 열광하고 있을 때 나는 가장 이기적이었다. 어머니나 친구나 누이동생은 나의 연애를 위한 재료임에 지나지 않았다. 그리고 나는 항상 이렇게 말했다. "나는 사랑을 하면서 살고 있다. 착한 일을 하고 있다"고. 나는 그 동안 나쁜 인간이었다. 지금에 와서 생각하면 그 때 나는 그 연인 한 사람조차도 진실하게 사랑하고 있었던 것이 아니다. 하나의 자연력에 봉사하고 있었던 것이다. 보라, 연인의 운명은 상처를 받았다. 나의 운명도 상처를 입었다. 그리고 사랑은 죽어 버리지 않았는가!

나는 생각한다. 사랑이란 타인의 운명을 자기의 흥미로 삼는 일이다. 타인의 운명을 해치는 것을 두려워하는 마음이다. 그리고 어떤 사람이든지 동시에 사랑할 수 있는 마음이다. 갑을 저주하지 않고서는 을을 사랑할 수 없는 사랑은 이웃사랑이 아니다. 사랑이란 만인을 축복하는 마음이다. 모두들 행복하게 살아 주소서하고 비는 마음가짐이다. 갑을 축복하고 을을 저주한다면 그 사람의 인격은 '사랑'의 덕을 소유하고 있지는 않은 것이다. 즉, 그 사람이 갑을 축복함은 우연임에 지나지 않게 된다. 연애를 하는 여자는 곧잘 '저 사람은 싫어요.'라고 말함으로써 연인에게 사랑을 밝히려고 한다. 그렇지만 그것은 여자가 자기의 흥미에 의해서 연인을 좋아하고 있다는 것을 증명한다. 다시 말하면 그 여자는 연인을 싫어하고 있는 것과 아무런 '성격상'의 차이가 없음을 입증한다. 나는 이런 말을 들으면 마음이 불안해 진다. 그래서 여자에게 말하고 싶어진다. "당신은 내가 싫어해도 사랑해 주십시오."라고. 여자가 "당신을 좋아해요."라고 말할 때 쓸쓸해지지 않는 사람은 사랑을 깊이 알고 있는 사람이 아니다. 아무리 극악무도(極惡無道)한 불량배라 할지라도 사랑하고 있는 여자나 자기의 자식은 소중히 여긴다. 그렇지만 그 불량배의 성격은 사랑이 아니다.

하느님은 심판을 내려주실 것이다. "너희에게는 사랑의 미덕이 없나니라"고. 그러므로 이웃사랑은 본능적인 격렬함과 뜨거움을 처음부터 지닐 수 없다. 그것은 우리들에게는 참으로 반딧불처럼 희미한 것이다. 그것은 약하고 드물게 일어나며 괴로운 것이다. 그렇지만 일단 이 사랑을 자각한 사람은 이것을 잊을 수 없다. 작긴 하지만 빛나며 촉촉하게 젖어 있다. 하늘을 향하고 있다. 우리들의 마음속에 품격을 갖추고 임하고 있다. 나는 이 사랑이 진리임을 의심할 수 없다. 참으로 옛날의 경건한 설교자가 사랑은 본래 인간의 것이 아니고 신으로부터 내려온 것, 청정한 성령(聖靈)이라고 말한 것도 정말이라고 생각될 만큼 내 마음속의 다른 것보다도 두드러지게 빛나고 있는 것으로 보인다. 내 마음속의 본래의 요구에 항거하면서 약간의 영지(領地)

밖에 차지하지 않음에도 불구하고 또한 그 요구에 따르는 것은 한없는 고통이 됨에도 불구하고 그래도 역시 침범하기 어려운 명령적 요소를 가지고 있는 사랑의 불가사의한 일이여! 나는 여간해서 사랑할 수 없겠지만 나는 사랑하지 않으면 안 된다. 그것은 유일한 선이다. 덕의 샘이다. 하늘에 오르는 길이다. 생물은 오랜 세월에 걸쳐 서로 잡아먹으며 살아왔다. 스스로 무슨 짓을 하고 있는지도 깨닫지 못한 채 서로 침범하면서 살아왔다. 하지만 어느 사이에 자기의 모습을 스스로 발견할 수 있게 되었다.

쇼펜하우어의 철학에 있어서도 의지가 어떻게 인식하게 되었는가를 설명할 수 없는 것과 마찬가지로 참으로 하늘이 내려 주신 은혜도 같은 인식이 아니겠는가. 인간은 자신의 추악하고 천박한 모습을 발견했다. 그래서 그때부터 얼굴을 하늘로 향했다. 그러나 우리들은 인식하기에 이른 이래 이원적으로 고민하고 있다. 자기를 형성하는 요소가 두 가지가 있음을 느낀다. 그 하나는 우리들의 주요한 부분을 차지하고 있으며 그것에 따르는 것은 용이함과 달콤함을 가지고 있음에도 불구하고 그것을 악이라고 본다. 톨스토이처럼 두 가지의 싸움을 한평생 계속하는 것은 자각한 사람이 짊어지는 평생의 운명이 되어 있다.

영혼과 육신과의 충돌 이것은 케케묵은 진부한 말이다. 하지만 진실하게 이 충돌을 통절하고 격렬하고 참을 수 없도록 번거롭게 또한 마침내 인간의 불가피한 운명이라고 느낄 만큼 부단히 경험할 수 있게 되는 것은 우리들 근대의 교양을 받은 사람에 있어서는 대부분 도덕적 회전에 의해서 영성을 각성한 후이다. 근대인은 영혼과 육신의 일치를 위해서 노력하여 아직도 성취하지 못했다. 만일 이와노(岩野) 씨와 같이 물심의 상대적 존재를 영육의 일치라고 일컫는다면 '영육일치설'은 성립한다. 즉, 육체를 떠난 정신은 없는 하나의 정신작용에는 반드시 육체적 표현이 있다. 외면으로 보면 생식기, 내면으로 보면 성욕, 이 양자는 일여이다. 하지만 도덕가가 느끼는 영육의 배반이란 이 유물론과 유심론과의 인식론적 배반은 아니다. 정신작용 속의 가치의식의 배반이다. 예를 들면, 성욕이 육체적 교섭이 됨은 아무것도 이상할 것이 없다는 의미에서의 영육일치가 아니라 성욕과 성욕을 악으로 보는 마음과의 충돌이다. 이런 의미의 영육의 충돌은 결코 조화되어 있지 않다. 그래서 우리들의 최대의 고통이다. 사랑을 받지 않으려고 하는 힘이 우리들의 생명 속에 있다. 그리고 사랑을 선이라고 예찬하는 마음이 있다. 이 두 가지의 상반은 결코 일치하고 있는 게 아니다.

연애나 골육의 사랑처럼 의지에서 나오는 사랑일 때는 이 상반은 없다. 하지만 인식에서 나오는 사랑 — 이웃사랑, 참다운 사랑일 때 우리들은 준엄한 이 대립을 느끼지 않을 수 없게 된다. 거기에 사랑의 십자가가 있다. 나는 사랑을 입증하는 것은 십자가밖에 없다고 생각한다. 십자가를 지지 않고 사랑할 수는 절대로 불가능하다. 이웃사랑으로 누구든지 사랑해 보라. 거기에는 반드시 십자가가 세워진다. 자기가 하고 싶은 무엇인가를 희생하지 않으면 안 된다. 어떤 사람은 자기가 사랑하고 있는가를 알기 위해서는 자기가 그 사람에 대해서 어떤 희생을 했는가를 반성해 보면 된다. 그래서 아무런 희생도 치르지 않으면 사랑하고 있다고 생각하더라도 사실은 사랑하고 있지 않는 것이다. 칸트가 고통을 받으면서 한 행위만이 선이라고 말했듯이 사랑을 입증하는 것은 오직 희생뿐이다. "나에게는 인류애가 있다"는 말은 흔히 듣는 말이다. 하지만 그 사람은 정말로 사랑하고 있는 것일까. 나에게는 공허한 느낌이 들지 않을 수 없다. 그 사람은 자기의 가까운 주위에 있는 하나하나의 개인에 대해서는 아무런 희생도 치르지 않은 채 제멋대로 행동하고 있다. 자기가 하고 싶은 것은 어느 것 하나도 버리지 않는다. 그래서 인류라는 공상물(空想物)을 향해서 사랑을 바친다. 그 사랑은 단순한 표상이다. 실재로서 나타나는 하나하나의 개인은 귀찮게 여기면서 경멸한다. 그리고는 인류라는 가상(假象)을 향해서 자기 흥분으로 인한 눈물을 흘린다. 그 인류는 비열한 얼굴도 천박한 목소리도 갖지 않은 가상이다. 그 사랑은 단순한 마음가짐이며 아무런 희생도 요구하지 않는다. 만일 가까이 있는 못생긴 여자라든지 귀찮은 시골 남자를 사랑할 수 없다면 그 사람이 외치는 인류애는 그런 것이다.

하나의 훌륭한 예술이나 철학을 창조하여 이바지하는 일도 사랑의 하나의 성취이다. 그러나 한 사람의 이웃을 번잡하고 성가심을 참고서 돌보아 주는 것은 더욱 더 사랑의 뛰어난 성취이다. 인간의 순수한 사랑은 오히려 후자에서 정답게 나타나는 법이다. 근대인은 어떻게 해야 '주인'이 될 수 있는가? 하는 것만을 생각하고 있다. 그러나 사랑은 오히려 '종'의 덕에 그 진실한 작용을 나타내는 법이다. 마리아가 그리스도의 발에 기름을 바르고 머리털로 씻은 후 그 발에 입을 맞추었을 때 그리스도가 깊이 감동된 것은 당연한 일이라고 생각한다. 우리들은 종으로서의 사랑이 먼저 이뤄지지 않으면 안 된다. 소설을 쓰고 있을 때에 동냥을 얻으러 온 거지를 귀찮게 여기어 꾸짖어 내쫓는다면 그 사람의 소설은 인류애라는 이름으로 기록될 가치가 없다. 다수의 인간을 사랑하기 위해서 한 사람의 인간이라도 소홀히 다뤄도 좋다는 이유는 절대로 성립될 수 없다. 근대인은 참으로 이기적이어서 한 사람의 인간에 대해서는 거의 흥미를 느끼지 않는다. 아름다운 여자나 존경하고 있는 사람의 아주 소수의 인간에게밖에 흥미를 느끼지 않는다. 그리고 귀찮게 여긴다. 자기가 필요한 때에만 타인을 찾는다. 그리고는 인류를 사랑한다고 외치는 것이다. 예를 들면, 여기에 한 사람의 문사가 있다고 하자. 그 사람은 무엇인가를 쓰기 위해서 가족의 번거로움을 피하여 온천으로 간다. 온천에서는 수많은 시골 손님들을 귀찮게 여기고 조용하고 편안한 방을 구한다. 그리하여 되도록 남자 손님과는 접촉을 피한다. 그리고는 여관에 들어온 젊고 아름다운 여자 손님이나 불러들인 기생하고만 이야기를 나눈다. 그리고 그 같은 사람도 글을 쓸 때에는 내 마음 속에 인류가 있다고 외치면서 눈물을 글썽거릴 수 있다. 그러나 그 사랑은 참으로 공허한 것이다.

물론 우리들은 인류를 사랑하지 않으면 안 된다. 하지만 그리스도도 평소에 접촉한 사람밖에는 사랑할 수가 없었던 것이다. 접촉하지 않은 사람을 사랑하지 않는 것은 아니다. 다만 만나는 사람들을 사랑했던 것이다. 우리들은 만나는 개개인을 사랑하지 않는다면 어떤 사람도 사실은 사랑하지 않는 것이다. 사랑이라는 덕을 자기 것으로 만들고 싶거든 우리들은 예술품을 만들어 주기에 앞서서 착한 사마리아Samaria인처럼 이웃사람에게 봉사하는 것을 배워야 한다. 시골 남자나 자기의 작품을 칭찬해 주지 않는 여자나 자기에게 흥미를 느끼지 않는 인간을 사랑할 수 있어야 한다. 그 때 우리들은 '희생의 맛'을 절실히 알게 되는 것이다.

또한 사랑이 마침내 '기도'가 되지 않으면 안 되는 이유를 알게 되는 것이다. 사랑은 스스로를 베어서 남에게 주기를 원한다. 사랑의 십자가에는 한도가 없다. 그것은 참으로 어떤 경우에는 우리들의 미학적인 요구마저도 버리라고 강요한다. 맑게 갠 하늘을 우러르고 싶은 소망이나 훌륭한 책을 읽고 싶은 소망마저도 버리라고 강요한다. 그 자체는 결코 나쁘지 않은 욕망마저도 이웃을 위해서는 버리라고 강요한다. 그 때의 십자가는 가장 무섭다.

다만 도덕적 명령만을 제외하고 다른 것은 연애도 예술도 과학도 모조리 십자가의 내용이 될 수 있는 것이다. 단 한 사람의 이웃이라도 철저히 사랑해보라. 그 십자가는 참으로 한이 없다. 그리스도는 만인의 개개인에게 피를 나누어 주었던 것이다. 무엇이나 다 버렸던 것이다. 외롭기만 한 요한네스Johannes의 어머니가 "이 아이가 젊을 때에는 세상에 가난한 사람이 있는 동안은 학문 등을 하지 않는 것이라고 말하고 무엇이든지 팔겠다고 하여 곤란했었지요."라는 내용을 읽고서 나는 감동받았다. 이 같은 마음씨를 한 번도 느끼지 않은 사람은 사랑이라는 이름으로 예술 같은 것에 종사할 자격은 없다고 생각한다. 적어도 사랑이라는 이름에 의하지 말고 예술에 종사하는 것이 좋다.

내가 벳푸(別府) 온천의 3층 난간에 기대어 서 있을 때 발 밑에 오고가는 사람들을 보고 있으려니까 조그만 여자 아이 세 명이 장구를 치면서 걸어가고 있었다. 내가 심심풀이로 "자선이 될 것이라는 말은 그만 두시지. 재미있으니까 시켜 봅시다."라고 말했던 것이다. 그 때 나는 쥐구멍이라도 들어가고 싶을 정도로 부끄러웠다. 세상에는 아름답게 보이면서도 실은 참혹한 경우에

처해 있는 것이 참으로 많다. 그것을 볼 때 내 마음은 분노가 일어나 부르르 떨린다. 자선음악회, 화가의 모델, 동물 실험에 쓰이는 모르모트 등은 혐오할 만한 것이다. 과학이나 예술이라는 이름으로 인간은 가장 참혹한 일을 저지르는 것이다. 백만 명의 인간을 도와주기 위해서 한 마리의 동물을 죽여도 좋다는 이유는 없다고 본다. 적어도 "용서해다오"라고 말하고 죽여야 한다. 미의 창작을 위해서 한 사람의 처녀의 수치심을 희생으로 해도 좋은지 어떤지는 아직 결정되어 있지 않다. 가난한 사람들의 딸을 벌거벗겨 젊은 청년들이 둘러싸고 탐욕스러운 눈이나 호기심으로 가득 찬 눈으로 쳐다보고 있다는 광경을 상상해보라. 이것이야말로 참으로 혐오해야 할 광경이다. 그리고 그것이 미라는 이름으로 행해지다니! 미를 만들어 주는 신은 또한 선도 받들어 주는 신이다. 그리고 선은 인간의 모든 의식의 마지막 법칙이다. 아름다운 것은 착한 것을 침범해서는 아니 된다. 이런 것은 아직은 절대로 용서해 줘야 할 것으로 결정되어 있지 않다. '하느님의 심판'을 기다리지 않으면 안 된다. 이는 우리들 인간이 이후에 연구하지 않으면 안 되는 문제이다.

나는 들길을 산책할 때면 뱀이 개구리를 잡아먹고 있는 광경을 곧잘 목격한다. 그리고 충격을 받는다. 나는 이것은 이 세계가 지니고 있는 하나의 악evil이라고 느끼지 않을 수 없다. 그리고 어떻게 하면 이 사건을 지닌 세계를 코스모스cosmos로 느낄 수 있는가를 생각한다. 어떻게 생각해야 가슴이 가라앉을 것인가. 개구리가 뱀에게 잡아먹힘으로써 개구리도 뱀도 행복할 것이라는 사고방식은 없을까. 지금 나는 이 사건이 있는 그대로가 하나의 세계의 악으로밖에는 느낄 수 없다.

어떤 사람은 말한다. 우주는 한 마리의 개구리를 잃음으로써 손실을 보지 않는다. 그렇게 함으로써 보다 큰 뱀으로 성장한다면 신의 영광을 나타낼 수 있다. 즉, 우주 운행을 위한 어떤 신기함을 창조하기 위한 희생으로서 개구리의 죽음도 뱀의 살생도 신에 대한 봉사라고. 인간도 비로소 오늘날의 문명을 이루었다. 이 사상을 시인하려는 사람들은 상당히 많은 듯하다. 그러나 나는 이 사상으로 만족할 수는 없다. 개구리가 그리스도처럼 세계를 위해서 자기 자신을 바쳐 그것을 인정하고 그리하여 개구리의 시체를 뱀이 먹는다고 한다면 나는 이해가 간다. 개구리에게는 아무런 자주적 희생의 관념도 없고 또한 뱀에게는 그것을 받을 마음의 준비도 없이 강한 자와 약한 자와의 사이에 행해지는 살생은 나에게는 여전히 악이다. 결과적으로 보다 더 크고 보다 더 아름다운 것이 만들어진다고 할지라도 그것은 이 살생의 내면적 동기와는 아무런 관계가 없는 별다른 일이다. 독살하려고 마시게 한 모르핀이 도리어 병을 치유한 것과 마찬가지로 별다른 일이다. 그것은 하나의 경제적 개념이며 도덕과는 아무런 관계도 없다.

생명과 생명의 관계는 서로서로 축복해 줄 때만 선이다. 다른 생명을 부정하려 하고 이것이 저주를 받도록 작용을 가하는 것은 절대로 악이다. 생물이 서로 잡아먹지 않으면 살아갈 수 없는 것은 어떻게 생각해야 좋을 것인가. 지금으로서는 어쩔 수 없는 부조화이다. 그렇지만 세계는 조화 있는 세계로 느낄 수 있게 될 때까지 노력해 나가고 싶다. 즉, 이 부조화를 조화로 볼 수 있을 때까지 의식을 심판하고 고양해 나가고 싶다. 생명과 생명의 종속을 느낀 나머지, 성 프란체스코가 모든 피조물을 형제자매라고 느낀 것과 마찬가지로 모든 생명을 이웃으로 인정하여 사랑으로 대하고 서로 그런 이후에 하나의 커다란 것을 창조하고자 하는 공동 작업에 참여하고 싶다.

사랑이 없으면 사람과 사람은 아무런 관계도 없다. 단순히 서로 작용하는 것이라면 돌과 돌로서도 가능하다. 오직 사랑이라는 마음의 작용만이 생명과 생명을 본질적으로 결합시킨다. 그밖에는 재능도 봉사도 취미 등 아무것도 사람과 사람을 결합시키지 않는다. 내가 아무리 위대한 일을 이루어 놓았다 할지라도 그것만으로는 아직도 타인과는 아무런 관계로 맺어져 있지 않다. 사랑했을 때에만 본질과 본질의 관계가 발생한다.

나는 무엇보다도 사랑을 하고 싶다. 혈육이나 연애를 위해서가 아니라 이웃을 위해서 자기를 바친 그리스도는 존엄한 나의 스승이다. "예술은 개인의 표현에서 시작하여 개인 표현에서 끝난다."고 말하는 사람도 있다. 그러나 나는 공존의 의식으로 시작하는 예술을 찾는다. 나 자신이 살아 있음을 느낄 때 동시에 타인과 함께 살고 있음을 느낀다. 이 두 가지를 따로따로 느끼지 않고 한 번에 공존의 의식으로 느껴야 되지 않겠는가. 자기의 피 속에 타인을 융합하여 느낄 수 있는 예술가에게는 그 개성의 표현은 보편적인 의미를 갖출 수 있다. 개성은 타인의 존재를 내포할 수 있는 것이다. 개성은 일반성이 한정된 것이다. 그 속에는 타생(他生)의 요소가 내포되어 있다. 자기와 타인을 준별하고 먼저 자기의 존재를 의식한 후에 자기와 전혀 무관계한 타인의 존재를 인식하는 것이 아니라 자기는 독존하지 않는 것으로 치고 그 본질 속에 이미 타인을 내포하고 있는 것으로서의 자기를 경험한다면 – 그것은 사랑의 의식이다. – 그리고 그 체험으로부터 표현의 동기를 느낀다면 공존의 예술이 성립할 수 있을 것이다. 많은 사람들의 가슴 속 깊이 울릴 수 있는 예술은 이런 종류의 예술이어야만 한다. 톨스토이는 이런 예술만을 참다운 예술이라고 말하고 있다.

도스토예프스키의 작품이 단순하면서도 만인의 마음을 공감하게 하는 것도 그 공존의 폭이 넓은 감정이 있기 때문이다. 인간에게는 보편성이 있다. 유일한 조물주에 의해서 만들어진 공통된 피의 소리가 있다. 우리들은 고통이나 비애에 의해서 불순한 이기적인 것으로부터 정화되어 어떤 공변된 생명을 느낄 때에는 그 소리를 들을 수 있다. 거기까지 파고들지 못하는 것은 감정이 얕기 때문이다. 그렇지만 이웃사랑을 느끼게 될 때 우리들의 생활은 갑자기 복잡해진다. 갖가지의 이원적인 것이 생겨나서 생활은 아주 어려워진다. 단조로운 자유나 타인을 돌아보지 않기 때문에 생기는 방종은 없어지고 만다. 그러나 참다운 자유는 일단 이 어려움과 이원을 경험한 후에 오는 것이어야만 한다. 이른바 무애(無礙)의 생활이란 여러 가지 꼼짝달싹도 할 수 없을 만큼의 부자유를 의식한 사람이 노력한 후에 얻는 자유의 생활을 가리키는 말이다. 사랑이 없는 인간은 자기가 하고 싶은 대로 행동하면 좋을 것이다. 그러나 타인의 운명을 염려하는 사람은 단 하나의 행위도 정당화할 수는 없게 될 것이다. "이것은 옳기 때문에 하겠습니다."라고 말하기보다는 "이것을 하지 않아도 달리 잘못이 없는 것이 아니기 때문에 이것을 하겠습니다."라고 말하고 싶을 것이다. 나는 신란(親鸞) 성인의 사물에 대한 사고방식이 고의로 그렇게 한 것이 아니라, 필연적으로 그렇게 한 것처럼 생각되기 시작했다. 이기적인 근대인은 우선 무엇보다도 먼저 이웃사랑을 실천하지 않으면 안 된다. 그렇게 한다면 현재의 방종과 오만은 저절로 없어질 것이다. 열매 있는 사상은 그 후에 가서 익는 법이다. 참다운 자유와 지혜는 그 후에 가서야 비로소 얻게 되는 희망을 가질 수 있다. (1915. 10)

07

은둔(隱遁)하는 마음에 대하여

진지하고 겸손하며 순결한 '마음'으로 살아가는 인간의 가슴 속에 한 번씩은 반드시 찾아오는 것은 '은둔을 향한 소망' 일 것이다. 이 소망이 한 번도 일어나지 않는 사람은 인간과 인간의 만남에 대해서 아마도 델리키트한 심정을 지니고 있다고 할 수 없을 것이다. 참으로 이 소망은 오히려 사랑을 구하는 인간다운 마음에서 생기는 것이다. 거기에 인생의 부조화와 오랜 비애의 자취를 더듬을 수 있다. 단순히 자기 한 사람의 편안함을 찾기 위해서 인간이 은둔을 향한 소망을 일으키는 일이 있다고는 생각되지 않는다.

만일 처음부터 자기 외에는 흥미를 느낄 수 없는 즉, 타인의 사랑을 바라지 않는 인간이라면 아마도 그 사람에게는 은둔의 스위트sweet하고 로맨틱한 기분을 알지 못할 것이다. 은둔은 타인과의 접촉에 대해서 도덕적인 흥미를 느끼는 사람, 사람을 그리워하는 정서의 소유자, 이전에는 열심히 사랑을 구했던 부드러운 인간의 마음속에서 우러나오는 영혼의 피난처이다. 마치 젊은 항해가가 평화로운 바다에서 그 바다의 저쪽에 있는 이상의 섬을 동경한 나머지 배를 타고 바다에서 들어갔으나 거기에는 저항할 수 없는 조류를 비롯하여 무서운 암초라든지 짓궂은 얕은 여울이 숨겨져 있는 곳도 있을 것이다. 또한 뜻하지도 않은 비바람을 만나 돛은 찢어지고 키는 부서져 참혹한 난파를 겨우 모면하여 간신히 도착할 수 있는 조그만 항구와 같은 것이다.

인간이 은둔에의 소망을 일으키기까지에는 일단 인생행로에 사랑의 문제에 실패하지 않으면 안 된다. 은둔은 자기 한 사람의 흥미만으로 성립하지 않는다. 타인을 예상하여 일어나는 정서이다. 그러므로 인생의 사상(事象) 중에서 자기의 흥미에 맞지 않는 것을 피하고 자기에게 달가운 인간을 선택하여 쾌적한 곳에서 살고자 하는 마음은 은둔이 아니다. 이기적인 근대인이 인생의 죄악에 눈을 감고 그 번잡함을 싫어하여 아름다운 여인을 데리고 호숫가의 누각에서 살고자 하는 것은 은둔이 아니다.

은둔을 향한 소망은 이기주의적인 동기로부터 결코 생기지 않는다. 토머스 어 캠피스Thomas a Kempis와 같은 사랑이 깊고 순결한 사람의 마음에서 생기는 것이다.

나는 일찍이 인간의 사랑을 구했다. 타오르는 듯한 정열과 숨 막힐 것 같은 갈망을 가지고 아니, 때로는 차라리 거지와도 같은 애원을 가지고! 우정과 연애는 그 무렵 나의 생활의 가장 중요한 제목이었고 가장 속 깊은 밑바닥의 생명이었으며 또한 가장 내부에서 불타는 불이었다. 특히 연애는 나에게 있어서 하나의 절정 ― 종교에까지 드높아졌다. 연애 때문에 지금은 무엇이나 다 희생하고도 후회함이 없으며 또한 연애 이외에는 아무것도 없어도 포화 상태에 이를 수 있다고 믿었을 만큼 연애에 빠져 살았다. 부모도, 자매도, 친구도, 내가 일생을 그것을 위해서 바치고자 했던 철학마저도, 모조리 연애를 위해서는 희생의 재물로 바치기를 사양하지 않을 만큼 연애에 모든 기대를 걸었다. 그래서 연인으로부터 무참하게 배반당했을 때 나는 그 고통의 한복판에서 또한 내가 그토록 신뢰하고 있었던 친구에 대한 기대로부터 동시에 배반당했다. 그리하여 혼란과 동요와 비탄 사이에서 절실히 인간이 사랑한다는 사실을 믿을 수 없었다. 그때부터 나는 염세적인 감정과 은둔의 마음을 가슴 속 깊이 품지 않을 수 없게 된 것이다. 내가 그토록 타인이 사랑을 간절히 애원하고, 그것을 위해서는 굶주린 사람처럼 가지고 싶어 하는 ―

그것은 이미 가련하고 심지어는 추악한 느낌을 줄 정도로 노골적이며 애소적(哀訴的)인 태도를 취하기도 했다. 더구나 그렇게까지 하여 간신히 쟁취한 사랑을 1년도 채 되지 않는 사이에 참으로 무참하게 잃어버렸고 그로 인하여 평생의 운명에 결정적인 계기를 줄 만큼 커다란 희생을 치른 것을 생각하면 생각할수록 나의 운명이 참혹하고 나의 무지가 뉘우쳐지며 분통 터질 정도로 화가 나지 않을 수 없다. 타인에 대한 반감과 인생에 대한 일종의 혐오의 정을 품지 않을 수 없다. 그래서 깊은 상처와 슬픔을 타인에게 호소할 마음이 나지 않았던 것이다. 그런 만큼 혼자서 어두운 방구석에 꼼짝 않고 들어앉거나 혹은 쓸쓸한 들길을 거닐면서 생각에 잠겨 울고 싶은 심정이 사로잡혔던 것이다.

고독이라는 것 속에 있는 깊고 깊은 맛과 쓸쓸한 마음만이 받게 되는 자연이 돌보아주는 것 같은 위로가 무엇보다도 정답게 느껴지는 기분이 든다. 내가 인간의 사랑을 구하고 있을 때는 그토록 냉담하게 보이던 자연이 내가 인간의 사랑을 단념한 후로는 어찌하여 이토록 나에게 가깝고 달콤한 것이 되었는지 이상한 기분이 든다. 나는 누구에게도 사랑을 구하지 않은 채, 나 자신 속으로 틀어박힐 때 가장 편안한 마음이 된다. 어느 누구로부터도 침범당하지 않는 평화와 어느 누구에게도 지지 않는 자유를 존중하지 않을 수 없다. 거기에는 나 자신의 천지, 이를테면 세계가 있다. 그 세계에서는 내가 주인이고 임금이다.

또 암자의 주인이고 등대지기이다. 나는 타인에게 의존하는 생활의 불안함과 나약함을 통감했다. 이제부터는 나 자신 위에 생활을 쌓아올리지 않으면 안 된다. 어떤 다른 사람에게 위탁해야 비로소 충족된 생활이라면 끊임없이 다른 사람의 동태에 따라 동요되지 않으면 안 된다. 다른 사람의 눈치를 살펴보지 않으면 안 되는 것이다.

그것은 지금의 나로서는 이미 참고 견딜 수 있는 것이 아니다. 나는 나 자신만으로써 완성하고 포화하는 생활을 건설하고 싶다. 그것이야말로 참으로 확실하고 안정된 생활이다. 나는 내 고향의 쓸쓸한 숲속 작은 늪가의 한 채의 집에서 한 명의 머슴 소년과 둘이서 살고 있다. 나는 나 자신의 마음속의 생활에 대해서는 이 소년에게 무슨 일이나 다 말할 필요 없다. 나 자신의 일은 가능한 한 스스로 하지만 내가 몸이 허약한 탓으로 밥 짓는 일이나 잔심부름 등 잘 하지 못하는 일은 소년이 해 준다. 소년은 즐겁고 기쁜 듯이 순진한 놀이를 하면서 나의 시중을 들어준다. 나는 이 소년이 세상의 이른바 동정 있는 사람처럼 – 나에게 여러 가지 일을 숨김없이 털어놓게 하려고 하지 않는 일을 기뻐했다. 그리고 이 소년에 이끌려 처음으로 늪에 낚시를 던져 넣고 찌가 움직이는 것을 골몰히 바라보기도 하고 달이 뜬 날 저녁에 보트를 타고 소년으로 하여금 노를 젓게 하고 나는 키를 잡고 저어 나가다 작은 물고기들이 은빛으로 반짝반짝 빛나면서 보트 안으로 몇 마리씩이나 뛰어 오르는 정경을 바라보고 있을 때는 얼마나 평화롭고 고요한 마음이었던가! 그런 고요함은 나로부터 오랫동안 사라져 있었던 것이다. 나는 나의 서재에서 그리스도의 액자를 걸어 놓은 다음, 벽에

모든 은혜의 천국이 나에게 열려지기를!

이라고 써 붙였다.

그리고 밤이 되면 램프를 켜 놓고 즐겁게 중세기의 철학이나 구약성서를 비롯하여 아우구스티누스, 토마스 어 캠피스 등의 책을 읽었다. 특히 토마스 어 캠피스의 적적하고도 대담한 무드는 내 마음에 무엇보다도 위로와 격려가 되었다. 나는 『그리스도의 추종』이나 『백합 골짜기』를 얼마나 기뻐하며 흡족하게 읽었던가. 거기에는,

나는 많은 사람들 속에 끼여 있을 때마다 이전보다도 더 더럽혀져 집으로 돌아오곤 했다.

라고 적혀 있었다.

나는 책을 읽는 도중 피곤해지면 양지 바른 마루 끝에서 햇볕을 쬐고, 숲속을 헤매며, 작은 산그늘에서 혼자 기도하고 또

무더운 오후에는 홀로 물속에 잠겨 하늘을 흐르는 구름을 쳐다보며 마름꽃을 따곤 했다. 나아가 물속에 환히 비치어 보이는 몸 주위에 몰려드는 자잘한 물고기 떼가 헤엄치는 것을 물끄러미 들여다보고 있을 때 절실히 고독의 안식과 즐거움과 유혹적인 감미로움마저 느끼곤 했다. 늪의 물 위를 물들이고 있는 저녁놀이 어스름해지면서 초저녁이 찾아올 때 나는 혼자서 노를 잡고 저을 때가 있다. 나는 노를 놓고 배를 물결에 맡긴다. 그때 늪 위에서 쳐다보니 물가에 있는 나의 집은 검고 작게 보이고 이 숲속에 단 하나밖에 없는 방에 켜진 등불이 보이는 것이 얼마나 정겹게 느껴졌던가. 그리고 집 뒤의 언덕 위에 울창하게 우거진 나무숲 위로 큼지막한 별이 반짝반짝 빛나는 모습을 바라볼 때 나는 정말로 빨려 들어가는 듯한 행복감에 젖어 있었다. 그때 내 마음은 아주 고요하게 가라앉아 물가에 수북하게 자라난 갈대숲의 살랑거리는 것만큼의 흔들림도 없는 것이었다. 슬픔마저도 그때에는 눈물로 흐르지 않고 부드러운 마음을 적셔주는 것이었다. 나는 그 때도 조용한 기도를 느꼈다. 그리하여 그 때만큼 내 마음이 조촐하고 평화스럽고 충족되어 있는 것을 느낀 적은 없다. 나는 나의 마음을 이와 같이 고귀하게 지닐 수 있는 생활의 방법을 좋은 것이라고 생각하지 않을 수 없다. "그대는 밖에 나가 사람들과 사귀고 돌아올 때는 그대의 마음은 반드시 거칠어지고 더럽혀졌음을 발견하게 되리로다."라고 말한 토마스 어 캠피스의 말이 통절히 생각난다.

나는 이 같은 고요한 마음을 어지럽히지 않고 그대로 지니고 있기를 염원하는 녀석이다. 나는 되도록이면 거리에 나가지 않고 내 부모가 있는 집으로 돌아가는 것조차도 될 수 있는 한 피하고 싶다. 나는 내가 사람이 그리워져서 거리에 켜진 등불 쪽으로 발길이 돌려지려고 할 때는 그것을 어리석은 유혹으로 생각하며 물리친다. 그리고 부모를 보살펴 드리지 못하는 고통스런 마음마저도 억지로 꾹 참고서 집으로부터 벗어나 살고 싶다. 그러므로 나는 집에서도 은둔해 버리고 싶은 심정을 절실히 느낀다.

그 마음은 점점 더 깊고 항구적인 것이 되어간다. 톨스토이가 아내와 자식을 떠나려고 했던 마음이라든지 예로부터 성인들이 출가하지 않으면 안 되었던 마음의 행로가 절실히 동감된다. 나는 이웃으로서의 사랑을 지니고 사람과 사람의 유대관계의 바탕으로 살고 있는 녀석이다.

나의 부모는 전형적인 이 세상의 '어버이'이다. 그리고 나는 '외아들'이다. 어려서부터 양친 부모의 은혜와 사랑을 한 몸에 받고 자랐다. 남들은 모두 나의 부모를 너무나 자식에게 엄하게 대하지 않는다고 비난할 만큼 나를 편애해 주었다. 나는 어린 시절의 추억을 더듬어 보면 얼마나 양친이 나를 사랑해주었던가를 잘 알게 된다. 나는 개구쟁이인데다 병약한 몸이었는지 또한 얼마나 부모에게 고생을 끼쳐드렸는지 알 수 없을 정도이다. 그런데도 부모는 조금도 나를 나쁘게 생각하지 않고 황송할 만큼 사랑해 주었다. 그럼에도 불구하고 나는 집을 떠나고 싶은 간절한 소망을 느꼈다. 나는 집안에서 양친을 보고 있노라면 가슴에 꽉 억눌리는 듯한 기분이 들었다. 그래서 항상 불안했다. 당장에라도 도망쳐 나가고 싶은 기분이 들 때가 자주 있다. 빨리 저쪽으로 가 주었으면 좋겠다고 생각한다. 그리고는 자리를 뜨면 휴하고 안도의 숨을 쉰다. 어째서 나는 그처럼 느끼는 것일까. 거기에는 두 가지 이유가 있다고 생각한다. 하나는 어버이의 사랑에 만족할 수 없어서이고 또 하나는 어버이를 사랑할 수가 없어서이다. 그리고 이 두 가지는 인간의 쓸쓸한 운명, 인간의 사랑의 아무런 힘도 없는 무상감을 느끼게 하기 때문이다. 나는 어버이의 사랑으로 만족할 수가 없다. 어버이에 대해서는 아무것도 부족한 것이 없다. 오히려 황공스럽고 미안하게 생각한다. 그러나 그렇다고 해서 그 사랑으로 만족할 수는 없다.

나의 마음에는 인간으로서의 깊은 비애가 있다. 나는 그 비애감으로 살고 있다. 그 비애감이 나의 생활, 나 자신의 전부를 차지하고 있다. 하지만 양친은 그 본질을 만나 주지 않는다. 그것을 이해해 주지 않는다. 나의 그 중요한 부분 오히려 나 자신과는 아무런 관계도 없이 살아가고 있다. 그런 의미에 있어서 생판 타인이다. 그리스도가 어머니를 향해서 "여자여, 당신과 나는 무슨 관계가 있단 말이오?"라고 말한 바와 같이, 정말로 아무런 관계도 없는 듯한 기분마저 들 때가 종종 있다. 애당초부터 생판 남이라면 오히려 나을 것이다. 하지만 상대방은 세상에서 가장 가까운 밀접한 관계가 있다고 생각되고 어려서부터 함께 살아왔으며 그리고 사랑으로 가득 차 있다고 스스로도 인정하고 남들도 그렇게 알고 있는 혈육의 육친이다. 그런 어버이에 대해서 이 같은 느낌을 가지는 것은 괴롭다. 그런데도 어버이 쪽에서는 그런 줄도 모르고 걸핏하면 "부모와 자식 사인인데……"라며 이러쿵저러쿵 하지 않는가? "부모란 그런 것이야"하고 깨닫고 있는 사람은 괜찮을 것이다. 나는 아직 깨닫고 있지 못하다. 그것을 깨닫는 것은 비애이다. 그런 쓸쓸함은 내가 깊은 비애감에 잠겨 있을 때나 어머니가 와서 나를 위로해 줄 때 특히 깊이 느끼게 된다. 나는 어머니의 말을 들으면서 "이것이 가장 사랑하는 사람의 정성어린 위안이란 말인가?"하고 무심코 어머니의 얼굴을 빤히 쳐다보는 습관이 있다. 그런 때 나는 정말 쓸쓸하다.

나는 이따금 이런 생각을 한다. "나는 온갖 비애를 맛보아 왔지만 나의 지금의 슬픔은 이미 욕망으로 충족되지 않는 비애가 아니라 인간성의 순수한 염원이 충만하지 않는 비애로 정화되어 있다. 사랑과 운명의 비애이다. 벌써 나 한 사람의 개인의 비애가 아니라 인간으로서의 비애이다."라고. 그래서 나의 슬픔이 이처럼 개성을 떠나 보편적인 것이 되어감에 따라서 그것은 양친과는 점점 더 인연이 먼 것이 된다. 그것을 이해하지 못하여 흔해 빠진 일을 가지고 나를 위로하려고 하는 것도 무리는 없는 짓이다. 그렇지만 쓸쓸한 것은 역시 쓸쓸하다. 요전에도 내가 혼자서 슬픔에 젖어 있었을 때 어머니가 와서 "너도 쓸쓸할 테니까 장가라도 가지 그래" 하고 권하는 것이었다. 나는 그 후에 깊은 적막감에 싸이게 되었다. 그것은 가장 나의 슬픈 곳을 건드린 문제였기 때문이다.

나는 어머니가 내 마음을 짐작하는 것이 너무나 옅은 데에 화가 나기도 했다. 나는 어머니의 권고를 받을 것까지도 없이 장가는 들고 싶었던 것이다. 그러나 그것이 잘 되지 않았던 것이다. 그것은 어머니가 잘 알 것이라 생각된다. 나의 결혼 문제가 무참하게 실패했을 때 양친의 체념은 참으로 태평스러운 것이었다. 어떻게 해서든 그녀를 신부로 맞아들여 주려고 애쓰지는 않고 당장 단념시키곤 했다. 나의 결혼문제에 대해서는 마음이 내키지 않았던 것이다. 그리고 그것이 나에게는 얼마나 깊은 슬픔이 되어 있는가는 생각하지 않고 아무런 힘도 안 들인 채 이제 와선 나더러 장가를 가라고 권한다. 그나마 자기 마음대로 골라 가지고, 물론 나의 병 같은 것은 숨기고서 남들처럼 중매결혼을 권하려고 한다. 그런 주제에 내가 만일 쓸쓸함을 견디지 못하여 한 번이라도 술을 마시러 가기만 하면 얼마나 엄하게 꾸짖는 것인가. 그리고 자기들은 더없이 내 아들을 사랑하고 있다고 믿고 있다. 그리고 세상 사람들도 그렇게 인정하고 있다. — 그 때마다 "그만 두세요!"라고 외치고 싶어진다. "나는 좀 더 깊이 생각하면서 살고 있다. 좀 더 진지하게 슬퍼하고 있다. 아아, 내 마음을 속속들이 알지 못하는 어버이의 사랑이여!"

그러나 다시 생각해 보면 어버이를 원망할 마음도 없다. 마음속으로는 나를 사랑해주고 있지만 지혜가 부족한 것이다. 인간이란 평범하고 천박한 것이다. 나는 부모가 어떻게 해서든지 나를 위로해 주려고 최선을 다하는 것을 볼 때 거기에는 내 마음을 깨달을 수도 없고 세상의 습관을 타파할 만한 용기도 없이 '자연'으로부터 자식에 대한 본능에 속박되어 고민하고 있는 가련한 범부를 눈앞에 보게 된다. 그것이 나의 육신의 어버이이다. 그러면 그 가련한 어버이를 구제할 힘이 나에게는 있는가. 아니, 부모가 내가 받고 있는 만큼의 사랑을 나는 부모에 대해서 가지고 있는가. 아니, 자식에게는 어버이에 대한 본능을 자연으로부터 부여 받고 있지 않다. 나에게 어찌 부모를 원망할 자격이 있겠는가. 여기에서 나는 부모에 대해서도 특별히 어버이로서의 기대를 가지고 어버이에게 어버이로서의 사랑의 의무를 짊어지게 하지 아니하고 '이웃'으로서의 관계를 가지고 대하고 싶다. 그리고 어버이로부터 받고 있는 사랑에 대해서는 충분히 감사하고 어버이의 부덕은 부덕으로 인정하며 나의 어버이에 대한 사랑이 부족한 점은 나의 부덕으로 인정하여 사죄하고 싶다.

세상에는 자식의 에고이즘은 알고 있지만 어버이의 에고이즘을 알고 있는 사람은 적다. 하지만 어버이에게는 대해서 얼마만큼 많은 에고이즘이 있는 것일까. 나의 연애가 실패한 것도 그녀의 어버이가 지닌 딸에 대한 이기주의적이고 본능적인 사랑 때문이었다. 어버이에게는 자식에 대해서 자연으로부터 본능이 부여되어 있다. 어버이가 자식을 사랑하는 것은 아무런 어려움도 없이 순조롭게 사랑할 수 있다. 특별히 칭찬받을 행위라고는 생각되지 않는다. 그 보다도 그 본능적 사랑이 운명에 대한 지혜로 인해 깊어져서 이웃에의 사랑이 되지 않는 이상은 신과 자식에 대해서 또는 타인에 대해서 여러 가지의 에고이즘을 낳는 것이다. 예를 들면, 자식이라 할지라도 독립한 하나의 인간인 이상 신에 속해 있다. 그 자식에게는 신의 사명이 있다. 어버이가 그 점을 생각하지 않기 때문에 자식에게 신의 뜻이 나타나기를 기다리지 아니하고 함부로 자기가 바라는 경향으로 양육하려고 한다. 그리고 특히 직업에 관해서는 의사로 만들까 법률가로 만들까 제멋대로 결정하려고 한다.

성서에 의하면 마리아는 예수가 그리스도로서의 사명이 있음을 처음부터 계시를 받고 있다. 그렇기는 하나 모든 어머니는 모두 마리아 같은 마음씨로 그 자식을 양육해야 한다. 그러나 사실은 이와 정반대이다. 어머니는 본능적인 사랑으로 마치 암소가 그 송아지를 핥아주는 것처럼 또 자기의 소유물인 것처럼 때로는 장난감을 다루듯이 사랑한다. 자기의 개성을 통한 틀에 맞추어 사랑한다. 만일 이웃으로서의 지위를 자각한다. 자식의 연애에 대해서도 자식의 자유를 존중해야 한다. 성서에도 "하느님이 맺어주는 자는 이를 버리지 말지니라"라고 기록되어 있다. 그런데 어버이는 특히 어머니는 나의 경우로 말하면 그 딸의 결혼에 관하여 자기의 개성 · 희망 · 취미 등을 통해서 간섭한다. 그리고 그것을 사랑이라는 이름으로 말하면서도 자기의 딸과 딸의 애인을 얼마나 불행하게 만드는가는 생각하지 않는다. 그런데 타인에 대한 어버이로서의 에고이즘을 헤아린다면 참으로 무한하다.

많은 어버이에게 있어서 자식에 대한 사랑은 타인에 대한 배척이다. 나는 나를 그토록 사랑해 주는 어버이가 타인에 대해서 냉담한 모양을 할 때에는 딱하게 생각된다. 아니, 내가 사랑을 받고 있는 것은 거짓이고 우연이다. 어머니의 인격에 뿌리를 박지 않은 자연력의 의지가 나타난 것이라고 생각하지 않을 수 없다. 그리고 미움을 받고 있는 것과 마찬가지로 불쾌한 느낌을 받는 일이 종종 있다. 그래서 나는 그 때 절실히 생각한다. 본능적 사랑으로 사랑해서는 사랑하는 사람과 사랑받는 사람의 본질은 조금도 연결되어 있지는 않다. 인간으로서의 자각체(自覺體)를 사랑하는 것은 '이웃사랑'이지 않으면 안 된다. 즉, 인식에 뿌리를 내린 사랑이지 않으면 안 된다.

나의 어머니는 보통 사람 이상으로 본능적인 이른바 '자식을 끔찍이 사랑하고 아끼는' 식으로 사랑한다. 그만큼 나는 사랑을 받으면서도 불안하다. 나의 처지를 도리어 험악하게 느낀다. 나는 될 수 있는 한 '이웃사랑'으로 사랑을 받고 싶다. 또한 나도 양친을 '이웃'으로 사랑하고 싶다. 그렇지만 양친과 언제나 한 지붕 밑에서 살면서 강보(襁褓)에 싸인 이래 줄곧 어버이와 지내온 자가 '이웃'의 관계로 상대하기는 지극히 어렵다고 본다. 하물며 어버이 쪽에서 이 같은 사랑을 이해하지 않을 때에는 거의 불가능하다고 말해도 좋다. 이것은 나에게 집을 떠나고 싶은 염원을 충분히 일으켜 준다. 나는 집에서 떠나 살면서 이웃으로서의 느낌이 솟아나오는 만큼의 거리를 유지할 필요성을 느끼는 것이다.

그렇지만 내가 떨어져 살고 싶은 것은 나의 혈육으로부터만은 아니고 또한 나의 이웃으로부터 나의 모습을 숨기고 싶은 생각이 절실해지는 것이다.

사랑이 결핍되고 신경질적이며 따지기를 잘하는 나는 사람과 교제하고 있을 때에 나의 태도가 마치 마음속과 일치하지 않는 부자연한 느낌이 들어 견딜 수가 없다. 나는 지금 '아아'라고 말했다. 그러나 마음은 그 반대이다. "또 오십시오"라고 말했다. 사람과는 사귀고 싶지 않다. 될 수 있으면 와주지 않으면 좋으련만"이다. 하지만, 얼굴을 맞대고서는 그렇게는 말할 수 없다. 만일 그렇게 말하면 남의 마음에 상처를 주는 매정한 짓이 된다. 그 서먹서먹함을 견딜 수 없을 뿐 아니라 나는 그것을 정직이라고 느끼기 보다는 무례한 것으로 느낀다. 그렇지만 때로는 정말이지 내가 하는 말이나 태도가 공허한 느낌이 들어 견디기 어려울 때가 있다.

원래 나는 타인에 대해서 요구가 강한 만큼 대개의 사람은 마음에 들지 않는 편이 많다. 진심으로 사귀고 싶은 사람은 지극히 적다. 그러므로 대다수의 경우에는 마음에도 없는 표현을 하지 않으면 안 되게 된다. 더구나 나로 하여금 가장 타인으로부터 은둔하게 하려고 하는 본질적인 의문은 내가 이처럼 사람과 사귀어도 상대방에게 무엇인가를 주려고 하는 것이다. 나는 이 점을 깊이 반성 할 때 거의 사귀는 까닭이 없는 듯한 생각마저 든다.

진심으로 사랑에 감동되지 않고서는 어떤 일도 이뤄지는 것은 아니다. 사랑이 있더라도 지혜와 덕이 모자라는 우리들은 타인과 사귀면 타인의 운명을 해치지 않을 수 없게 된다. 주는 자신보다도 상대에게 상처를 입히는 공포가 더 강하다. 특히 나는 젊은 여자와 교제할 때 이 느낌이 가장 강하게 작용되는 것 같다. 나는 지금으로서는 젊은 여자를 사랑하는 게 나의 분수에 넘치는 일이라고 생각하고 있다. 여자를 만나게 되면 무엇이나 다 거짓이 되어 버린다. 그리하여 대개는 상대방의 운명을 해치게 된다. 어떤 자라도 피하지 아니하고 사귀어야 할 것인지 어떤지 실은 나의 덕의 역량에 의해서 결정하지 않으면 안 되는 일이 아니겠는가. "번뇌의 숲에서 놀면서 신통(神通)을 나타낼 수 있는 것은, 오직 번뇌를 초탈한 성인뿐이다. 도스이(桃水)나 잇큐(一休)만한 역량이 없는 자가 유녀를 제도하고자 하여 유곽에 출입하는 것은 자기의 분수를 살피지 않은 참람(僭濫)한 짓이고 운명을 두려워하지 않은 무지한 짓이다.

우리들은 모든 사람을 사랑하지 않으면 안 되지만 반드시 모든 사람과 사귀지 않으면 안 된다는 법은 없다. 상대방의 운명을 해치지 않을 자신이 없는데 남을 사귀어서는 안 된다. 더구나 나는 병든 몸이고 덕이 없으며 또한 주변머리가 없고 남과 사귀어도 남의 도움이 되지 않을 뿐만 아니라 오히려 부담이 된다. 어느 내 친구는 "그와 사귀어서 좋았던 일은 아무것도 없다. 나는 그와의 사귐을 슈드should로 여긴다."고 말했다고 한다. 나는 그 말을 들었을 때 깊이 가슴이 찔렸다. 나로서도 그 사람과 사귀고 싶어서 사귀는 것은 아니다. 사귀지 않으면 미안할 것 같아서 애써서 사귀고 있는 것이다. 그리고 저쪽에서도 똑같은 것을 느끼고 있는 것이다. 나는 참으로 한심스런 생각이 든다. 그리고 나의 교우관계라는 것에 대해서 그 속에 내포되는 허위와 위선과 호도(糊塗)의 추악함을 싫어하는 마음을 절실히 느낀다. 그리하여 마음을 밝고 깨끗하고 평화롭게 지니며 나와 남의 운명을 해치지 않을 지혜를 위해서 사람들을 피하고 싶은 염원을 느끼지 않을 수 없다. 아니, 사귀기보다는 헤어지는 것이 차라리 사랑과 딱 맞는 것이라고까지 생각된다. 우리들은 많은 사람들과 접근하고 있을 때는 불쾌하게 되어 벗어나고 싶어지지만 떨어져 있으면 오히려 사람이 그리워진다. 사람들의 무리에 접근하여 항상 불평과 혐오의 마음으로 사귀고 있기보다는 떨어져서 스스로를 쓸쓸한 곳에 두어 사람이 그리운 심정으로 항상 사랑과 평화를 가슴 속에 깃들이고 있는 편이 보다 더 훌륭한 생활방법이 아니겠는가. 하물며 토마스 어 캠피스처럼 '기도'만이 참다운 사랑이라 생각하고 있는 자는 떨어져서 마음을 사랑으로 가득 채우고 영혼의 평화를 지니며, 멀리 축복을 사람들에게 보내면서 "하느님이시여, 당신만이 사랑의 실제적인 효과를 낳는 힘을 지니고 계시나이다. 바라옵건대 사람에게 은혜를 베풀어 주시옵소서."라고 정성들여 기도하는 편이 도리어 사랑에 어울리는 길이 아니겠는가?

거리에 나가 모든 사람과 사귀면서 도를 말하는 것은 자신 있는 사람에게만 가능한 일일 것이다. 그러나 마치 나병 환자의 징그러운 몸뚱이를 뭇사람으로부터 숨기듯이 자신의 더러워진 혼을 타인으로부터 멀리하는 것은 어울리는 겸손이 아니겠는가. 스스로 높은 데에 처하여 뭇 중생을 업신여기는 은둔은 이기적일지도 모르지만 후회와 수치로 가득 찬 마음으로 멀리 축복을 하느님에게 기구하면서 자기나 남이나 다 같이 그 영혼의 평정과 순결을 지니기 위한 은둔은 겸허한 혼이 스스로 구하는 허용돼야 할 생활방법이 아니겠는가. 마치 어둠이 빛을 부끄러워함과 같이 추악한 자기를 숨기고 싶은 생각이 드는 것이다.

나는 여태까지 너무나 많은 사람에게 마음의 문을 두드렸다. 너무나 사람의 내면에 깊이 파고들었다. 그것은 순수한 동기에서 그랬다고 할지라도 사람의 마음을 불안하게 하여 본능적으로 그 문을 닫아 버리지 않을 수 없게 만들었다. 우리들은 타인이 받아들이는 일을 않는데도 사랑의 표현을 강요하는 것은 무례한 짓이다. 산에 숨어 살면서 구름과 안개를 벗 삼아 살고 있는 선인(仙人)을 조심성이 없이 놀라게 하는 것은 분별없는 짓이다. 혹은 델리키트하고 상하기 쉬운 마음을 가진 사람을 혹은, '낯을 가리는' 아이들과 같은 영혼을 가지 사람을 느닷없이 방문하는 것은 분별 있는 행동은 아니다. 하물며 암자에 들어앉아 문을 닫고 희미한 등불을 켜고서 다만 스스로의 마음속에 숨겨진 추억을 회향하기 위해서 향을 피우고 있는 여승(女僧)을 설사 순수한 사랑의 동기에서라고 할지라도 굳이 찾아가서 그 비밀을 숨김없이 털어놓게 하려는 것과 같은 것은 가장 아주 어리석은 행동일 것이다. 고독을 바라는 영혼으로 하여금 고독을 지니게 하라. 숨기를 염원하는 사람으로 하여금 자기의 마음에 드는 곳에 숨어 있게 하라.

은둔은 참으로 영혼의 항구요, 휴게소이며, 기도와 근행의 밀실이다. 참다운 마음의 고요함과 충분히 젖은 사랑은 그 밀실에 고이 간직되는 것이다.

저 불유교경(佛儒教經)의 원리공덕분(遠離功德分)에 있는 바와 같이 "적정무위(寂靜無爲)의 안락(安樂)을 구하기를 바라는" 비구(比丘)는 "마땅히 심란하고 시끄러운 속세를 떠나 홀로이 처해야 하고", "마땅히 뭇 중생을 버리고 한적한 곳에 홀로 있다"고 하지 않으면 안 된다. "만일 중생을 즐거워하는 것은 즉, 곧 중생의 번뇌를 받음이 비유하건대 큰 나무에 새들이 떼 지어 모여들면 곧 나무가 말라 죽을 염려가 있는 것 같고." 또한 "속세의 인연에 묶이고 집착하게" 되는 것이 "비유하건대 늙은 코끼리가 진흙 속에 빠져 스스로 나올 수가 없는 것과 같을 것"이다. 나는 고요한 곳에 사는 사람이 되어 "제석제천(帝釋諸天)과 함께 공경하는 곳"이 되기를 바라는 것이다.

08

사랑의 두 가지 기능

사랑은 스스로 완전한 마음의 작용이며 객관적인 조건에 의해서 속박당하지 않음으로써 그 본래의 모습으로 삼지 않으면 안 된다. 상대방의 어떤 상태도, 어떤 태도도, 어떤 반응도 초월하여 그 자신 스스로 발전하는 자주 자족한 활동이지 않으면 안 된다. 그러므로 순수한 사랑은 상대방의 어떤 추악함이나 비열함이나 뻔뻔스러움에 의해서도 그 작용이 싫증 내지 않는 것이어야만 한다. 그것은 사실상 지극히 어려운 일이긴 하나 우리들의 가슴 속에 당위로 세워 두고서 스스로의 마음을 채찍질하지 않으면 안 된다. 하지만 내가 여기에서 말하고 싶은 것은 이 당위에는 결코 저촉됨이 없이 아니, 오히려 이 당위를 실천하기 위해서 사랑에서 필연적으로 분비되는 두 가지 기능에 대해서이다. 그것은 '기도'와 '투쟁'이다. 사랑이 단순한 사상으로서 고정됨이 없이 힘으로서 타인의 생명에 작용을 가할 때에는 이 두 가지 작용이 나타나지 않으면 안 된다.

사랑이란 앞에서도 말한 바와 같이 타인의 운명을 자기의 흥미로 여겨 이것을 두려워하고 이것을 축복하며 이것을 수호하는 마음씨를 가리키는 것이다. 타인과의 접촉을 맛보는 마음이 아니고 타인의 운명에 관심을 가지는 마음이다. 그러므로 사랑하는 마음이 깊어지고 순수해질수록 우리들은 운명이라는 것의 힘에 접촉하게 된다. 그리고 거기에서 지혜가 생겨나서 사랑과 지혜와의 밀접하고 미묘한 관계가 점차 체험된다. 예로부터 성자라고 일컬어질 만한 사람의 사랑은 모두 운명에 관한 지혜에 의해서 깊어지고 깨끗해진 사랑이다. 예수의 사랑이나 석가의 자비는 가장 좋은 전형이다.

만일 사랑이 많은 사람들이 일컫는 사랑처럼 타인과의 접촉에 흥미를 두는 것이라면 그것은 달콤하고 즐거운 것으로서 향락될 것이다. 『안나 카레니나Anna Karenina』 속의 오브론스키가 "나는 여자를 사랑하지 않을 수 없다"고 말한 것과 같은 사랑이나, 여자가 "당신이 좋아요"라고 말했을 때의 사랑이나 또는 보통 시골 농부 따위를 아주 귀찮게 여기는 남자가 아름다운 여자를 대했을 때의 사랑 등은 그때의 접촉을 맛보는 마음이기 때문에 운명이나 지혜나 기도와는 아무런 관계가 없어도 될 것이다.

그렇지만 만일 한 사람의 소녀일지라도 나의 이른바 '이웃사랑'으로서 사랑해 보라. 그것은 한없는 근심이지 않으면 안 된다. 그 소녀의 운명에 자신이 참여하지 않으면 안 된다. 자기가 하는 방법에 따라 이 소녀의 운명이 어떻게 상처를 입게 될지 아무도 알 수 없다. 하물며 때로는 욕망이 작용하거나 해로운 기분이 될지도 모르는 우리들이 태연히 소녀를 대할 수 있겠는가. 그때 만일 우리들이 진지하게 된다면 우리들의 지혜와 덕을 반성할 것임에 틀림없다. 좀 더 자기에게 지혜가 있고 좀 더 마음이 밝다면, 이 소녀의 운명을 해치지 않아도 될 것이다.

그리고 사실상 우리들에겐 이런 자신이 있다는 것은 거의 불가능하다. 사랑하고 싶다. 그렇지만 깊은 사랑이 깃들지 않는다. 어떻게 하면 사랑의 실제적 효과를 거둘 것인가에 관한 지혜가 없고 능력이 모자란다. 그리고 타인의 운명에 상처를 입히는 것이 얼마나 두려워해야 할 일인가를 아는 겸허한 마음에는 이는 참으로 절실한 문제이다. 그래서 마침내 자기들이 인간으로서 벌써 허용되어 있지 않은 어떤 한계를 절실히 느끼게 될 것이다. 미래의 일은 내가 간여하여 알 바 아니다. 현재에 있어서도 만나는 사람밖에 사랑할 수 없다. 그리고 만나는 한 사람의 생명조차 마음껏 사랑받지 못한다. "한 오라기의 머리카락마저도 희게도 하고 검게도 하는 힘"은 없다. 우리들은 자기의 사랑하는 것의 불행을 눈앞에 두고 팔짱을 낀 채 옆에서 바라보고 있을 수밖에는 아무것도 할 수 없게 된 경우를 곧잘 조우하게 된다. 그리고 조용히 생각해 보면 이제까지 몇 사람의 인사들과 사귀었다가 헤어지고 또 헤어지고 하여 지금은 어디서 어떤 생활을 하고 있는지 조차 알지 못하는 사람들이 있는 것이다. 그리고 그런 사람들을 어떻게 사랑할 것인가. 이때 만일 사랑이 깊은 사람이라면 견디기 어려운 무상을 느끼게 될 것이다. 그때 우리들은 사랑할 힘이나 지혜가 거의 없음을 느끼게 된다. 그리하여 오직 사랑하고 싶은 소망이 높아 간다. ― 그리고 운명의 힘을 느낀다. 『탄니쇼(歎異抄)』 속에도 누구나 다 알고 있는 바와 같이

> 자비에 성도(聖道), 정토(淨土)의 구별이 있다. 성도의 자비라 함은 만물을 불쌍히 여기고 슬퍼하여 기르는 것이다. 그렇기는 하지만 마음먹은 대로 도와주기란 지극히 어려운 일이다. 또 정토의 자비라 함은 염불하여 급히 부처가 되어 대자대비심을 가지고 마음먹은 대로 중생을 이익 되게 함을 이른다. 금생(今生)에 아무리 가엾고 불편하게 생각한다 할지라도 잘 알다시피 도와주기가 어렵다면 이 자비는 끝남이 없을 것이다. 그렇다면

염불할 따름이며 한결같은 대자대비심이다.

라고 씌어 있다.

나는 신란 성인의 이 마음이 흐르는 과정에 대해 절실히 동정을 느낀다. 즉, 신란 성인은 염불에 의해서 완전한 사랑의 경지에 이르기를 바랐던 것이다. 나는 이 계획의 실천적 효과를 아직 믿을 수 없으나 사랑을 생각하면 기도하는 마음을 느끼지 않을 수 없다. 원래 이 기도는 소원이 성취되리라고 믿고서 올리는 기도는 아니다. 그러나 기도하는 마음을 느낀다. 그는 이 마음을 지니지 않는 사랑은 결코 깊은 것이라고는 여기지 않게 되었다.

아무쪼록 내가 이 소녀의 운명에 상처를 입히지 않게 해 주시기를! 옛날 저 바닷가에서 헤어진 병든 벗, 지금은 어떻게 살고 있는지 알 수 없으나 아무쪼록 행복하게 살고 있기를!

나는 수많은 잊을 수 없는 사람들의 또 지금의 행방조차 알지 못하는 사람들의 운명을 생각할 때 절실히 기도하는 마음을 느낀다. 그렇다면 기도하는 외에 아무것도 할 수 없지 않은가. 그리고 그 기도 진실로 성취되리라고 믿는 신도는 얼마나 축복받은 사람들일 거라고 생각하지 않을 수 없다.

또한 우리들은 사랑하는 것은 자유지만 사랑을 표현하는 것은 이미 타인과 관계가 있는 일이어서 자기의 자유는 아니다.

타인이 자기의 사랑을 받아주지 않는 데도 사랑을 표현하는 것은 그 사람의 방자함이다. 나는 어떤 친구가 "그 사람에게 편지를 보내고 싶어도 부질없는 짓이라고 여겨질까 봐서 삼가고 있다."는 말을 듣고 나는 그 사람의 심정을 이해할 수 있었다. "나는 당신을 사랑합니다."라고 말하고는 돈을 보낸다든지 문안을 간다든지 하는 것은 그 사람의 자유는 아니라고 본다. 하물며 "나는 당신을 사모합니다."라고 말하고는 알지도 못하는 여자에게 연애편지를 보내고 나서 그것으로 뭔가를 준 듯이 생각하며 그 여자가 응해주지 않을 경우에 화를 내는 따위는 가장 근거가 없는 일이다.

우리들은 따뜻한 사랑이 있더라도 그것을 받아주지 않는 사람에게 그 표현을 강요할 수는 없다. 이와 같이 여러 가지를 생각해 보면 우리들의 실제적 효과라는 것은 참으로 미약한 것이다. 다만 행복이 있기 바란다고 기도하는 것만이 자유이다. 또한 사랑은 그 본래의 성질상 제한을 초월하고 차별을 없애어 감싸주는 마음의 작용이다. 정도와 종족을 알지 못하는 영적(靈的) 활동이다. 그런데 우리들이 사물을 인식하는 능력은 시간과 공간에 속박되어 있는 셈이다. 시간이 지나면 잊어버리게 되고 처소가 달라지면 멀어지지 않을 수 없다.

작고(作故)한 다쿠보쿠(啄木)의 노래에 'Y라는 글자가 일기의 여기저기에 보이는데 Y라는 글자는 그 사람을 가리키는가'라는 구절이 있는데 우리들은 어쩔 수 없는 제한으로 그렇게 되어 간다. 무엇이나 다 지나간다. 그렇지만 문득 어떤 기회에 생각이 날 때는 견딜 수 없는 심정이 솟구치는 수가 있다. 그런 때에 우리들이 기도할 수 있다면 얼마나 기분이 좋아지겠는가? 우리들은 사랑할 때만큼 인간을 유한한 것으로 느끼는 때는 없다. 사랑은 오직 기도하는 마음속에서만 그 완전한 모습이 이루어지리라고 생각된다. 나는 기도하는 마음이 따르지 않는 사랑을 깊다고는 생각하지 않는다. 예로부터 사랑이 깊은 사람은 대부분 기도하는 마음에까지 도달해 있었던 것처럼 생각된다. 깊은 그리스도교 신자에게는 기도가 실제로 성취되리라 믿는다. 예컨대 "저 친구의 병을 낫게 해 주옵소서"라고 기도할 때, 만일 하느님의 뜻이라면 반드시 그 병이 완치된다고 믿는 사람이 있다. 얼마나 행복한 마음일까. 나는 아직은 도저히 거기까지는 갈 수 없다. 그러나 나는 기도하는 마음을 강렬하게 느낀다. 사랑이 덕으로 되도록 완성하는 경지는 기도밖에 없는 것처럼 생각되기 때문이다.

순수한 사랑은 타인의 운명을 보다 더 선하게 만들고자 하는 염원이다. 그 염원은 소극적으로는 자기의 부족함을 반성하는 겸허한 마음이 되고 타인의 운명에 상처를 입히는 것을 두려워하는 겸손이 되며 자기의 힘이 미약함을 느낀 나머지 기도가 된다. 하지만 이 염원은 다른 일면에 있어서는 적극적으로 타인을 향해서 작용을 가하고 싶은 강한 욕구가 일어난다. 타인의 운명에 대해서 무관심하게 있을 수 없는 마음은 타인의 생활에 대해 영향을 끼치고 싶은 생각이 나지 않을 수 없다. 저 사람은 불행하다. 도와주고 싶다. 저 여자는 틀렸다. 바로잡아 주고 싶다. 이 같은 요구는 타인의 생활에 침입해 들어가기 쉬운 경향을 띠기 때문에 개인주의가 주로 지배하고 있는 오늘날의 사회에서는 흔히 쓸데없는 참고인으로 여겨져 배척받는다. 이런 까닭에 이 세상의 현명한 사람들은 다만 자기의 생활이 어지럽혀지지 않도록 지켜나가는 한편 타인의 생활에 대해서는 되도록이면 참견하지 않으려고 노력한다. 그래서 자기의 태도를 정당화하여 말하기를 "개성은 다양하다. 나의 사상을 가지고 타인을 다스려서는 안 된다. 또한 나는 타인에게 영향을 끼칠만한 자신을 가지고 있지 않다"라고. 이 사고방식은 참으로 지당하다. 그러나 대개의 경우, 이 사상은 사랑이 부족한 사람의 변명처럼 보인다. 왜냐하면, 만일 오늘날의 세상 사람들이 서로 고립된 것이 정말로 사랑으로부터 생기는 작용을 가하고 싶어 이 겸허한 사상에 의해서 비판을 받는 데 원인이라면 그 고립은 좀 더 절실한 것이 될 것이기 때문이다.

고립이라는 것은 사랑이 깊고 겸허한 마음과 마음 사이에 있어서 오히려 사람과 사람이 한데 묶이는 데에 가장 알맞은 조건이다. 오늘날의 세상 사람들끼리의 고립은 그 내건 구실과는 정반대로 오만과 무엇보다도 사랑의 결핍으로부터 오는 것이다. 즉, 타인에게 작용을 가하려고 하지 않고 타인을 받아들이려고 하지 않는 완고한 마음이 그 최대의 원인이 되어 있다. 만일 사랑이 깊고 인간적인 마음이라면 한편으로는 앞에서 말한 바와 같이 기도가 되기까지 겸손함과 동시에 다른 한편으로는 쓸데없는 만큼 작용을 가하고 싶어질 것이다. 남에게 작용을 가하고 싶은 마음은 착하고 순수한 염원이다. 이 마음이 받아들이기 쉬운 겸손한 마음과 만날 때에는 얼마나 순조로운 사귐이 될 것인가.

자기를 알지 못하는 제멋대로 작용을 가하는 마음은 타인을 침범하여 상처를 가하겠지만 그 마음이 기도하는 마음에 의해서 깊어질 때는 좀 더 바람직한 작용을 하게 한다. 기도하는 마음은 단순히 밀실에서 신과 사귀는 신비적인 경험이 아니며 그 마음속에는 절실한 실험적 의식이 내포되어 있다. 아니, 오히려 기도는 실천적 의식이 발효하고 분비한 정수와 같은 것이다. 지금 여기에 어떤 사람의 마음속에 사랑이 찾아왔다고 하자. 그 사랑이 아직 표상적인 것에 그치는 동안은 절대로 기도가 되지 않는다. 그러나 그 사랑이 타인의 운명을 실제로 움직이고 싶은 의지가 되고 그래서 그 의지가 그것에 대항하는 운명의 위력을 알고 게다가 그 운명을 극복하여 의지를 관철시키려고 할 때 기도하는 마음이 되는 것이다. 따라서 그 마음은 흔히 투쟁하는 마음과 아주 비슷하다. 그리스도와 같은 종교적 천재에게 그 사상은 항상 투쟁의 모습을 드러내고 있다. 그리하여 그 투쟁은 기도에 의해서 외롭게 된다. 확실히 우리들은 사랑을 실현하려고 생각하면, 반드시 그 진리의 문제에 부딪히게 된다. 깊이 생각해보면 사랑이란 타인으로 하여금 인간으로서의 진리에 따르게 하는 것임에 지나지 않는다. 그러므로 사랑을 실행하고자 할 때는 자기에게 진리인 것은 타인에게도 진리라는 신앙이 필요하다(처처불상〈處處佛像, 事事佛供〉). 진리를 개성 속에 한정하여 그 보편성을 절대로 부정하는 사람은 타인에게 사랑을 실행할 지반이 없다. "나는 이렇게 믿는다. 그러므로 타인도 이렇게 믿지 않을 수 없다"는 신념이 있는 범위에서만 타인에게 작용을 가할 수 있다. 사랑에는 인간으로서의 당위가 필요하다. 종교적 천재는 그 '졸렌'을 붙잡을 수 있었기 때문에 당당히 사랑을 작용시킬 수 있었던 것이다. 나는 니시다 키다로 씨처럼 개성이란 보편성이 한정된 것이라고 생각하고 싶다. 즉, 개성의 다양성을 인정하는 한편 그 배후에 인간으로서의 보편적 진리가 존재함을 인정하고 싶다. 이 신앙이 없이는 우리들은 서로 한데 묶일 수 없다. 사실상 인간은 아무리 회의적인 사람이라 할지라도 어느 범위에 있어서 이 보편성을 받아들여 타인에 대해 작용을 가하고 있는 것이다.

분명히 말하지만 참으로 철저한 사랑은 진리를 강요하는 것이다. 마호메트가 칼로써 믿게 하려고 한 마음에는 사랑의 어떤 진리가 담겨 있다. 니치렌(日蓮)도 사랑을 위해서 부모를 거역했고 스승을 배반했으며 다른 종파와 싸웠다. 그는 『법화경』을 믿지 않으면 부모도 스승도 모조리 지옥에 떨어진다고 신앙했기 때문이다. 그는 성서 등의 사상에 영향을 받아 '겸손'과 '용서'를 배운 뒤로는 남을 있는 그대로 받아들여 그의 잘못을 꾸짖지 않게 되었다. 처음에는 "나는 사랑이 없기 때문에 꾸짖을 자격이 없다"고 스스로 반성하여 침묵을 지니고 있었으나 후에는 표면적인 교제를 원활히 하고 귀찮은 교섭을 피하는 자애적인 동기로부터 타인의 경박함이나 태만도 꾸짖지 않았다. 이렇게 되면 타인에게 작용을 가하지 않는 것은 하나의 유혹이 된다.

'사랑'한다면 투쟁하지 않으면 안 된다. 그것은 용서하지 않는 것과는 다르다. 타인이 어떤 짓을 하더라도 그것은 '용서'해 주지 않으면 안 된다. 그러나 아무리 작은 죄라 할지라도 꾸짖지 않으면 안 된다. 종교는 이 두 가지의 성질을 아울러 갖춘 것이다. 그리스도는 어떤 죄라도 용서해 줬다. 그러나 죄의 값은 죽음이라고 말했다. 죄의 심판은 되도록 무겁지 않으면 안 된다. 그리고 그 무거운 죄는 전혀 용서해 주지 않으면 안 된다.

만일 갑이 을을 때렸다고 하자. 이때, 그 정도의 일은 하찮은 것이라 하여 용서해 줘서는 안 된다. 인간이 인간을 때리는 것은 결코 작은 일이 아니다. 그것은 지옥에 해당하는 죄이다. 그러나 그 큰 죄를 전적으로 용서해 줘야 했다. 아베(阿部) 씨는

"나는 사람을 사랑하고 싶다. 그러나 미움을 참고 견디는 마음을 지니고 싶다"고 말했다. 나도 그렇게 느끼고 있다. 만일 내가 나를 사랑하듯이 타인을 사랑하고 있다면 나를 미워하듯이 타인을 미워할 수 있을 것이다. 사랑은 투쟁을 내포하고 있다. 순수한 사랑의 동기로부터 타인과 투쟁할 수 있게 된다면 그 사랑은 상당히 철저한 내용을 지니게 된다.

실제로 종교적 천재는 이렇게 투쟁을 하고 있다. 그리스도도 예루살렘의 궁전에서 비둘기를 파는 사람의 상자를 넘어뜨렸고, 새끼로 된 채찍으로 장사꾼을 몰아냈다. 나는 처음에는 그리스도의 이런 행위를 선으로 볼 수 없었다. 그것은 사랑과 용서의 가르침에 맞지 않다고 생각했기 때문이다. 그러나 나는 요즘에는 사랑하고 용서하면서 이렇게 할 수 있으리라고 생각하기 시작했다. 자기를 못 박은 자를 용서한 그리스도에게 이 장사꾼이 용서받지 못하리라고는 생각되지 않는다. 사랑은 투쟁을 내포할 수 있는 강한 것이 되어도 상관없다. 다만 나는 그 투쟁이 다른 일면에 있어서 기도하는 마음에 의해서 정의롭게 되기를 바란다.

확실히 우리들은 '졸렌'을 붙잡음에 있어서 자신이 없는 어리석은 사람이다. 투쟁이 사랑만의 동기에서 나올 수 없는 에고이스트이이다. 타인의 운명을 생각하면 잠자코 있기가 어렵고 그러면서도 작용을 가하는 것이 타인을 이롭게 한다는 자신을 가질 수 없는 약자이다. “제발, 이 사람에게 상처를 입히지 말아 주시길!”하고 기도하는 마음이 없이는 안심하고 작용을 가할 수 없기 때문이다. ‘투쟁’과 ‘기도’는 사랑의 두 가지 기능이다. 사랑이 실천적으로 될 때 필연적으로 태어나는 두 가지의 자매감정이다. 그리고 서로를 아름답게 한다. 철학적인 절대를 구한 후에 사랑하고자 한다면 우리들은 기도할 수도 투쟁할 수도 없는 진퇴유곡(進退維谷)에 빠진다. 그렇지만 진리는 점차로 알려져 가는 것이라고 생각한다. 만일 사랑 속에서 실감적인 선을 체험하여 그것에 짓눌려 사랑하면서 점차로 진리를 체득해 나가려고 한다면 우리들은 투쟁과 기도의 마음속으로 들어가야 할 것이다. 그리고 그것은 나에게 있어서는 점차로 명확해지는 진리의 모습이다. (1915년 겨울)

09

과실(過失)

– 오키누 씨에게 보내는 편지 –

1

나는 어제 아침 거즈 교환이 끝나고 심한 고통이 사라진 다음 약간은 편안한, 하지만 여느 때처럼 슬픈 마음에 싸인 채 침대 위에서 쉬고 있었습니다. 그때 당신의 편지가 도착했습니다. 나는 이상하게도 그것을 읽고 놀라지 않았습니다. 내가 두려워하고 있는 것이 마침내 왔다고 생각했습니다.

그리고 나는 마음속으로 남몰래 그것을 기다리고 있었던 것이 아닐까 하고 생각할 때 무서운 마음이 들었습니다. 오키누(絹) 씨, 나는 당신보다도 분별할 줄 압니다. 그것은 내가 슬픈 경험에서 얻은 고마운 분별입니다. 당신의 마음은 잘 압니다. 그렇지만 당신의 편지를 읽었을 때 나의 가슴 속에는 그녀의 운명에 상처를 입혀서는 안 된다고 외치는 강한 목소리가 있었습니다. 남자란 '능글맞은' 것입니다. 특히 여자에 대해서는 더욱 그렇습니다. 나는 깨끗한 인간은 아닙니다. 나는 깨끗했었지요. 하지만 여자에게 속은 뒤부터는 어느 틈엔가 여자에 대한 맑고 깨끗함을 잃어버렸습니다. 그래서 소녀 같은 여자를 보게 되면 나는 능글맞은 사내의 마음을 불러일으키게 됩니다. 그리고 그것을 당연한 일인 것처럼 여기도록 길들여질 것 같아서 나는 엄격하게 나 자신을 꾸짖고 있는 것입니다.

그러나 당신처럼 순진하고 성실한 여자다운 사람을 만나면 내 마음속의 착한 소질이 각성됩니다. 그렇습니다! 나는 주의하지 않으면 안 됩니다. 당신은 어떻게 생각하시는지요. 내가 이 같은 편지를 써 보내도록 당신에게 대했던가요. 나는 그래서는 안 된다고 언제나 생각하고 있었습니다.

그렇지만 나는 하느님께서 나에게 죄가 있다고 하셔도 다투지 않겠습니다. 나는 판단을 내리기가 어렵습니다. 만일 내가 나쁜 짓을 했다면 하느님께 용서를 빌지 않으면 안 됩니다.

프란시스님이 당신을 문병하러 보내주셔서 당신과 가까워진 후로부터 나는 확실히 위안을 받았던 것입니다. 그때까지 백여 일의 긴 시간 동안 나는 참으로 외롭고 쓸쓸한 나날을 보내고 있었습니다. 나는 고독이라는 것을 인간의 순수한 염원이라고는 생각하지 않습니다. 나는 내 곁에 영혼이 사랑하고 힘을 작용할 수 있는 사람이 없을 때에는 불행을 느낍니다.

나는 사랑하고 싶습니다. 그리고 사랑을 구하는 사람에게는 내가 가지고 있는 것 중에서 좋은 것을 아끼지 않고 내어주자고 항상 마음의 준비를 하고 있습니다. 그런데도 어느 누구도 나에게 사랑을 구하여 호소해 오는 사람이 없습니다. 성서 속에도 "아이들이 거리에 나와 피리를 불어도 사람이 춤추지 않고 슬프게 노래를 불러도 사람이 공감해주지 않는다."고 적혀 있습니다. 이것은 나에게 얼마나 쓸쓸한 일이었을까요? 나는 걸어다니지 못하니 다른 방으로 벗을 구하러 갈 수 없습니다.

그리고 십여 명이나 되는 젊은 간호사들은 얼마나 쌀쌀하고 직업적인 사람들일까요. 나는 이따금 울고 싶은 생각이 났습니다. 세 번이나 수술을 받고도 아직 언제 나을지 가능성이 보이지 않습니다. 나는 참는 데까지는 참습니다. 하지만 슬픈 것은 역시 마찬가지입니다.

나는 도스토예프스키(러시아의 소설가)의 『죽은 사람의 집』 등을 읽고서 마음속으로 이 불행한 사람의 쓸쓸하고 고독한 생활에 공명하여 나도 울고 있었습니다. 그 때 당신이 천사처럼 내 침대 곁으로 와 주었습니다. 당신이 나중에 말씀하셨던 것처럼, 내가 하는 말이 당신에게 빨려 들어가듯이 술술 이해되는 듯이 생각되었습니다. 나는 당신의 영혼 속에서 선량하고 고상한 사상에 감동할 수 있는 지혜와 덕의 싹을 발견했습니다. 그리고 당신이 학문이 모자라기 때문에(실례입니다만) 그것은 도리어 순수하고 있는 그대로의 소질적인 것으로 나에게는 느껴졌습니다.

그리고 당신은 남몰래 간직하고 있는 고귀한 부분을 건드려 주었습니다. 나는 진심으로 기뻐했습니다. 그리고 내 침대 곁에 가만히 앉아서 주의 깊게 귀를 기울이고 있는 당신에게 내가 믿는 가장 높고 착한 인간이라도 된 듯이 드물게는 성자이기라도 한 듯이 느끼는 일조차 있었습니다.

나는 당신의 정성 어린 기도소리를 듣고 찬송가를 함께 불렀습니다. 이제까지 오랫동안 나는 너무나 몹시 거친 사람들 속에서만 살아왔다고 생각하고 있었습니다. 그렇지만 당신을 만난 후로 나는 비둘기 같은 작은 새처럼 — 그것은 내 마음속에 오랫동안 갇혀 있던 부드러운 정서를 고향소식이라도 듣는 듯이 생각해 냈습니다. 그만큼 당신은 순진한 사람이었습니다. 도스토예프스키는 "만일 비둘기가 우리들의 얼굴을 정말로 완전히 믿어버린 듯한 눈매로 바라보면서 몸을 내맡기고 있을 때 누가 그것을 속일 수 있겠는가?"라고 말했습니다. 마음이 깨끗한 당신을 금방 믿었습니다. 그리고 그러기에는 어울리지 않는다고 내가 이따금 말했음에도 며칠이 안 되어 나를 숭배하게 되었습니다. 나는 당신 앞에 있을 때에는 당신의 덕을 위해서 나의 착한 소질만이 작용하기 때문에 당신이 나를 존경하게 된 것은 무리가 아니라고 생각합니다. 그리하여 당신은 한 가닥의 여자의 마음으로 어제와 같은 편지를 보내주셨던 것입니다. 나는 그것을 읽고 눈물이 났습니다.

믿기 쉽고 밝고 마음이 착한 데다 사랑을 구하는 여자다운 순진한 인간성이 고마웠기 때문입니다. 그렇지만 나는 굳게 결심했습니다. 나는 신을 두려워하지 않으면 안 된다!고. 나는 요전 날 밤 당신에게 그 같은 이야기를 하지 않았던 게 나았을 것이라고 후회했습니다. 실제로 나는 되도록이면 좀처럼 말하지 말자고 항상 각오하고 있었습니다. 하지만 나의 나약한 마음과 특히 당신의 이해심이 많고 정성어린 마음을 접하게 되자 나는 오래간만에 호소하고 싶은 마음이 되었습니다. 그렇습니다. 오래간만입니다. 나는 오직 주기만 하자, 하지만 절대로 호소하지는 말자고 모토motto를 정하고 있었으니까요. 그렇지만 한번 입을 열자 나는 무엇이나 다 말해버리고 말았습니다. 나중에는 격앙한 나머지 원한도 분노도 슬픔도 ─ 아아, 나는 지난 3년간의 나의 불행과 지금의 쓸쓸한 처지에 놓인 나의 모습을 생각할 때 그것이 모두 나를 버리고 가버린 저 여자 한 사람 때문인 것처럼 느껴졌습니다.

그러니까 나는 얼마나 어리석은 녀석일까요! 그것을 당신에게 호소하다니! 나는 센티멘탈하게 되어버린 나머지, 당신의 손에 얼굴을 파묻고 울었습니다. — 그것이 조심성 없는 짓이었습니다. 순진하고 믿기 쉽고 마음씨 고운 여자에게 자기를 숭배하고 있는 여자에게 실연한 이야기를 한다 — 그런 일이 조심성 많은 사람의 할 짓이 못 된다는 것쯤은 충분히 알고 있었는데도 나는 그것을 말해버리고 말았습니다. 그리고 당신은 나에게 연정을 품게 되었습니다. 오키누 씨, 제발 용서해 주십시오. 나는 절대로 장난을 좋아하는 마음으로(이런 마음으로 당신에게 말해도 이해하지 못할지도 모릅니다) 그렇게 한 것은 아닙니다. 참으로 당신이 너무나 부드럽고 나는 그날 밤 센티멘탈하게 되어 있었기 때문에 당신에게 나의 불행을 호소했던 것입니다. 연애가 되어서는 안 된다고 항상 주의하고 있었는데도 그로 말미암아 지루할 정도로 장황하게 '이웃사랑'만이 참다운 사랑임을 당신에게 그토록 이야기했는데도 말입니다. 나는 어제 잠도 안자고 밤새껏 생각했습니다. 저 서리가 하얗게 내린 차디찬 풀밭 위에서 나의 병이 하루속히 낫도록 그 옛날 저 나사로를 소생시켜 준 그리스도에게 뜨거운 기도를 올려 주셨다는 말을 듣고 나는 깊이 감동을 받지 않을 수 없었습니다. 뭐라고 감사해야 좋을까요? 그렇지만 나는 이미 3년 전의 과거의 나는 아닙니다. 나는 나의 정욕에 빠져서는 안 됩니다. 나는 지금 당신의 운명에 상처를 입히지 않도록 지혜의 작용을 불러일으키지 않으면 안 될 때라고 믿습니다.

나는 절대로 당신이 싫은 것은 아닙니다. 그렇지만 나는 연애라는 것을(종종 말씀 드린 바와 같이) 그다지 탐탁하게 여기지 않게 되어 있습니다. 아름다운 연애를 끝까지 완수해 내기는 여간 손쉬운 일이 아닙니다. 연애는 특별히 악마의 질투를 받게 됩니다. 악마는 그 속에 함정을 만듭니다. 그리하여 어느덧 두 사람 사이에는 평화와 밝은 기쁨은 없어져 버리고 마는 것입니다.

연애라는 것은 당신의 마음속에 그려져 있는 바와 같이 아름다운 것만은 아닙니다. 게다가 나에게는 잘 아시다시피 나쁜 병이 있습니다. 또한 나는 이미 어느 소녀에게 한 번 정열을 바쳐버린 타다 남은 재와도 같은 마음입니다. 당신은 순결하여 그 나이가 되어서도 아직 어린아이다운 앳된 티를 벗지 못한 천진난만한 마음을 가지고 있습니다. 나하고는 어울리지 않습니다. 당신은 그것을 알고서 하는 일이라고 말씀하셨습니다. 그렇지만 나로서는 그것을 개의치 않고 받아들이기가 어렵습니다. 당신은 내가 영리하게도 남의 마음까지도 덮어씌우듯이 거리낌없이 말해버린다고 생각하는 것도 참으로 당연한 일입니다. 성서 속에도 적혀 있듯이 신이 맺어주는 여자와 남자 사이에만 완전한 연애는 성취됩니다. 그러나 당신은 언제까지나 변함없이 사랑하겠다고 말씀하셨습니다. 당신은 그렇게 믿고 계십니다. 그것은 결코 무리가 아닙니다. 오히려 당신은 성실하고 열성적인 사람이기 때문입니다. 그렇지만 그것은 결코 아직은 틀림없는 일이라고는 말할 수 없습니다. 신의 성스러운 뜻이 아니라면 언젠가는 사라져 버립니다.

3년 전에 나는 당신의 마음과 똑같은 마음가짐이었습니다. 그리고 성실하고 순진한 어린 연인들이 으레 그렇듯이 하늘을 가리키고 땅을 가리키며 몇 번이나 영원히 맹세했는지 모릅니다. 그렇지만 그 맹세는 마침내 헛된 것이 되고 말았습니다. 당신의 마음도 나는 아직 믿을 수 없습니다. 당신의 아름다운 구슬과 같은 운명이 나로 인하여 상처를 입게 되어서는 안 됩니다. 나는 어차피 살 수 없는 병든 몸입니다. 만일, 병이 전염하면 어찌하겠습니까? 그리고 나는 주변머리가 없고 편안히 살아갈 수 있는 신세도 아닙니다. 당신이 생각하고 계시는 것과 같은 것은 도저히 실행할 수 있는 가망이 없는 녀석입니다. 당신은 나를 불쌍히 여기어 사랑해 주십시오. 나는 그것으로 만족합니다.

게다가 당신으로부터 이 같은 말을 듣게 되니 고통스럽습니다. 이미 나에게 어울리지 않는 일이라도 체념하고 있던 운명이 나의 눈앞에서 또 다시 아양을 부리려고 합니다. 그래서 나는 그것을 쫓아버리려는 생각에 불안해집니다. 내가 잊어버리고 싶은 비애가 되살아납니다. 제발 부탁이니 그만 두십시오. 그리고 편안하고 정취 있는 교제를 언제까지나 계속해 나가시지 않겠습니까. 그렇게 하는 것이 오히려 착하고 변함없으며 영혼의 소란함이 없는 평정한 교제를 할 수 있을 것입니다. 내가 언제나 말하는 성 프란시스와 성 클라라처럼 맑고 깨끗한 교제를 평생토록 계속하면 얼마나 행복하고 떳떳하겠습니까? 앗시시의 고요한 숲속의 태양이 가득히 내리쬐는 나무 그늘에서 두 사람은 하느님에게 기도를 올리면서 깨끗하게 교제했으며 프란시스는 클라라의 팔에 안겨 죽어갔습니다. 당신이나 나나 악마에게 틈을 주어서는 안 됩니다. 기도합시다. 두 사람의 마음의 순결과 평화를 언제까지나 잃어버리지 않도록. 부디 오늘밤은 편안히 주무십시오.

2

오키누 씨, 부디 무엇보다도 마음을 편안히 가져 주세요. 나는 당신을 이처럼 사랑하고 있으니까요. 그것은 세상에서 연애하는 남자의 단순한 '열중'보다는 훨씬 더 깊은 사랑입니다. 당신이 그처럼 마음을 어지럽히어 괴로워한다면 나는 어찌해야 좋을까요? 당신을 실망시키지 않기 위해서라면 나는 어떤 일이라도 하면 좋다고 여기고 있습니다.

단, 하느님은 두려워하지 않으면 안 됩니다. 나는 오직 그것을 말하는 것입니다. 하느님의 성스러운 뜻을 기다리며 겸손한 마음을 잃지 말아 주세요. 운명에 어리광부리는 사람은 반드시 형벌을 받게 됩니다. 총명한 오키누 씨! 내가 말씀드리는 이 사상이 당신에게 이해되지 않을 까닭이 없습니다. 내가 어째서 당신을 싫어하겠습니까. 당신과 나 사이에는 소질과 소질이 서로 좋아하게 될 힘이 있는 것 같습니다. 두 사람의 영혼 속에 있는 착한 부분을 서로 발견할 수 있습니다. 나는 진심으로 당신을 좋아합니다. 또한 내가 당신의 신분과 나의 신분의 사회적인 차이를 염려하듯이 당신도 그와 같은 말을 하셨는데 도대체 어찌된 까닭입니까.

내가 한번이라도 그 같은 마음의 그림자를 나타낸 일이 있습니까. 나는 당신이 쌀을 씻는다든지, 옷을 빤다든지 하는 것을 진심으로 부지런하고 아름답게 느끼고 있습니다. 그러므로 그와 같은 것을 염려하시면 안 됩니다. 나는 일하는 것과 사랑하는 것을 연관시켜 생각합니다. 순진하고 건강하며 일 잘하는 사랑스런 오키누 씨! 당신은 참으로 순결하고 아름답습니다. 복잡하고 몹시 거친 사람들 사이에서만 살아온 나에게는 당신이 천사처럼 보입니다. 당신은 그 모양 그대로 깨끗하고 완전합니다.

만일 이 세상이 천국과 같은 곳이라면 당신은 영광을 받아야만 합니다. 그렇지만 이 세상에서 당신은 뱀처럼 약삭빠른

잔꾀가 없기 때문에 나에게는 위태롭게 보입니다. 그리고 그렇기 때문에 나는 점점 더 당신에게 상처를 입혀서는 안 된다고 봅니다. 당신으로부터 처음으로 그 같은 편지를 받았을 때 나는 마음속 깊이 강렬한 유혹을 느꼈습니다.(당신은 두렵다고 생각하지 않습니까. 모든 남성들에게는 그 같은 점이 있습니다.) 당신에게 상처를 입히기는 쉬운 일입니다. 그렇지만 나는 하느님의 아들입니다. 오늘날까지 당신에게 하고 싶은 대로의 표현을 하지 않고 하느님을 두려워해 왔습니다. 당신을 소중히 여긴 만큼 앞으로도 그것을 계속해 나가지 않으면 안 된다고 여깁니다. 당신이 냉담한 느낌을 받는 것은 내가 도리어 당신을 사랑하고 있기 때문입니다. 당신은 지금으로서는 그것을 알 수 없을 것입니다. 오키누 씨, 나는 당신에게 나쁜 꾀를 넣어주는 것을 사실상 좋아하지 않습니다. 악에 대비해서 갖추기 위해서만 필요한 지혜를 얻는 것은 오히려 어쩔 수 없는 슬픈 일입니다. 나는 믿는 사람에게 믿지 말라고 권유하는 그런 사람입니다. 당신은 정말로 지금 그대로가 좋습니다. 이 세상이 나쁘기 때문에 어쩔 도리가 없습니다. 그렇지만 당신은 어차피 알아야만 하는 것은 알아야 되겠지요. 얼굴이 붉혀질 만큼 부끄러운 일이라든지, 또는 살아 있는 것이 싫어질 만큼 비천한 일이라든지, 그 밖의 갖가지의 악evil을!

오오, 하느님께서 당신을 수호해 주시기를! 그렇지만 깊이 생각하지 않으면 안 됩니다. 당신의 편지에 적혀 있는 말씀은 나의 가슴에 강하게 울렸습니다. 나는 매우 심하게 반성하고 있습니다. 나에게는 그런 버릇이 있습니다. 설교하고 싶어 하는 버릇이. 나는 하느님에게 기도하여 여러 가지로 생각해 봤습니다. 그래서 이미 당신의 마음의 싹이 자라는 것을 간섭하는 일은 피하는 편이 낫겠다고 생각하게 되었습니다. 하느님은 당신의 마음을 어떤 방법으로 길러주실 계획인지 알 수 없습니다. 만일 당신의 마음속에 사랑이 생겨난 것이 하느님의 뜻이라면 그것을 내가 시들게 하려고 하는 것은 겸손한 짓이 아니겠지요. 인간의 순수하고 고운 마음의 싹을 메마르게 해서는 안 됩니다.

무엇보다도 나는 당신의 머리카락 하나도 검게 하거나 혹은 희게 할 힘은 없습니다. 당신을 보고 있노라면 위태로운 느낌이 듭니다. 하지만 내가 지켜 드리지 않으면 당신이 망해버릴 것처럼 생각되는 것은 나의 오만이겠지요. 당신은 하느님을 믿고 언제나 열심히 기도를 하고 계십니다. 나는 당신을 하느님의 손에 인도해야 합니다. 나는 잘못을 저지르고 있습니다. 하지만 나쁘게만 생각하지 말아 주세요. 내가 한 짓은 나의 지혜가 모자랐기 때문입니다. 당신은 나에게 구애받지 말고 당신의 감정의 발육을 자유로이 뻗쳐나가 주세요. 해바라기가 햇볕을 따라 뻗어 가듯이 하느님의 은혜가 베풀어지는 쪽으로 나아가 주십시오. 나는 이젠 당신의 사랑을 버리려고 하지 않겠습니다. 그것은 당신 것입니다. 그 속에서 당신이 고귀한 생명을 느끼신다면 그것은 당신의 보물입니다. 내가 그것에 대해 간섭하는 것은 오만이겠지요. 하지만 생각해 보건대, 나는 너무나 자신이 없습니다. 나는 나의 깨끗하지 못하고 덕이 부족함을 생각할 때는, 차라리 당신을 하느님에게 맡기고 나는 당신과 헤어져버릴까 하고 생각한 적도 한두 번이 아닙니다. 하지만 한 번 운명이 서로 접촉하여 이 정도로까지 사귀게 된 것을 인위적으로 짓밟아 버리는 것은 가장 나쁜 일이라고 생각합니다. 한번 서로 접촉한 인간과 인간은 설령 아무리 서로 싫어하더라도 절교해서는 안 된다고 언제나 생각하고 있습니다. 나는 당신에게 그 같은 생각을 받게 되는 것이 싫은 것은 아닙니다. 감사와 눈물이 있습니다. 나도 나의 마음속에 고개를 쳐드는 마음의 싹을 헛되이 스스로 짓밟을 까닭도 없습니다. 순수하고 인간다운 착한 싹을 기르지 않으면 안 됩니다. 당신으로 하여금 비천한 일을 알지 못하도록 하기 위해서 나는 당신을 능글맞은 남자의 손에 넘기지 않고 내 곁에 놓아두고 싶은 생각까지 드는 때도 가끔 있습니다. 알지 못하는 동안은 어찌되었든 순수하고 아름다운 것이 미친 듯 날뛰는 사나이에게 짓밟히는 것을 빤히 알면서도 못 본 체 해버린다는 것은 견디기 어려운 고통입니다.

그렇지만 어떤 경우든지 우리들은 하느님을 두려워하지 않으면 안 됩니다. 거기에는 두 가지 종류가 있을 것입니다. 하나는 자기의 정욕을 삼가는 것이고 또 하나는 자기를 고의로 죽이지 않는 것입니다. 하느님께서 우리들의 마음속에 태어나게 하신 어린 싹을 스스로 자기 손으로 따지 말 것, 나는 그것을 침범하려 하고 있습니다. 그리고 다시 한 번 당신에게 분명히 해 두지 않으면 안 될 일이 있습니다. 그것은 당신과 나 사이에 사랑이 싹트는 것이 하느님의 성스러운 뜻인지 어떤지는 아직 확실하지 않다는 것입니다. 그러나 만일 하느님이 당신과 나를 맺어주신다면 어떨까요. 그것을 생각하면 결코 헤어지고 싶지 않습니다. 그럼 어찌해야 좋을까요. 내 생각 같아서는 당신과 나는 역시 이제까지와 다름없이 교제를 계속해 나가야겠지요.

그리하여 앞에서 말한 두 가지 의미에서 하느님을 두려워하면서 운명이 향하는 데에 내맡겨 나갑시다. 무엇보다도 정욕에 빠지지 말고 하지만 결코 헛되이 자기 자신에게 배반함이 없이 말입니다. 만일 성스러운 뜻이라면 우리 두 사람의 운명은 점차로 절박해지겠지요. 그리고 그 내면적인 필연성이 신의 성스러운 뜻을 증명할 만큼 뜨거워졌을 때 우리들은 기꺼이 결혼합시다. 만일 성스러운 뜻이 아니라면 두 사람의 사귐은 그와는 다른 성질의 것이 되겠지요. 그리하여 정말로 착한 벗이 될지도 모릅니다. 앞날의 일은 여간해서 알 수 없는 것입니다. 당신은 내가 한 말을 불안하고 미덥지 않게 느낍니까?

그렇지만 우리들에게 허락되어 있는 것은 "하느님의 성스러운 뜻이라면 두 사람을 맺어주옵소서"하고 기도하는 것뿐입니다. 그렇지만 거기에 기도의 미묘한 힘이 있는 것이 아니겠습니까. 즉, 힘찬 기도는 여호와의 자리를 뒤흔든다고 하는 말도 있듯이 우리들은 기도를 함으로써 성스러운 뜻을 불러 일깨워 줄 수 있는 것이 아니겠습니까. 기도가 무르익었을 때 성스런 뜻이 생기는 것이 아니겠습니까. 기도가 이뤄진다는 것은 그 동안의 소식을 전해 주는 말이겠지요. 만일 두 사람의 사랑이 참으로 절실하고 깊고 순수한 것이라면 여호와가 그것을 착하게 보고 축복하여 허락해 주실 것이 아니겠습니까. 고귀한 사랑은 운명적인 사랑입니다. 운명을 불러 일깨워주는 것은 뜨거운 기도입니다. 가장 깊은 실천적 정신이 나타나는 것입니다.

맑고 아름다운 오키누 씨, 기도하고 기도합시다. 나는 희망을 발견한 듯한 느낌이 들어서 오늘밤은 가슴이 두근두근 합니다. 하느님에게 맡기고 편안히 잠들어 주십시오. 당신이 일하는 것도 그만 두고 골똘히 생각에 잠기어 계시다는 말씀은 내 마음을 불안하게 합니다. 환자는 소중히 해 주지 않으면 안 됩니다.

마리아처럼 상냥하게 마드라처럼 귀찮은 것을 꾹 참고 많은 환자를 간호해 주십시오. 축복이 있기를! (1915년 11월)

10

선(善)하게 되려는 기도

아건초세원(我建超世願), 필지무상도(必至無上道),
사원불만족(斯願不滿足), 서불취정각(誓不取正覺)

— 무량수경(無量壽經) —

나는 내 마음속에 선과 악을 감별(感別)할 힘이 존재한다는 사실을 믿는다. 그것은 아직 망막하여 분명한 모양을 이루고 있지는 않지만 확실히 존재해 있다. 나는 이 힘이 존재한다는 것을 긍정하는 데서부터 출발한다. 나는 이 선과 악에 대해서 느끼는 힘을 인간의 마음속에 깃들인 가장 고귀한 것이라고 인정하고 그리하여 그 소질을 마치 아름다운 보석처럼 귀여워하고 사랑한다. 나는 내가 그 속에서 살고 있는 이 이기주의적이고 거친 그리고 천박한 현대의 조류에 물들지 않도록 지키면서 그 소질을 기르고 있다. 나는 절실히 중세(中世)를 그리워하는 마음이 있다. 거기에는 근대(近代) 따위에서는 찾아볼 수 없는 아름다운 종교적 기분이 가득 차 있다. 사람은 좀 더 고상하고, 선악에 대한 감수성은 훨씬 더 절망했던 것처럼 보인다. 근대만큼 죄의식이 둔해진 시대는 없다. 여자의 피부에 대한 감촉의 맛을 느껴서 분별하는 능력은 놀랄 만큼 섬세하게 발달했다. 그리고 하나의 행위를 통한 선악을 판별하는 혼의 힘은 참으로 거칠기 그지없다. 이것이 근대인이 부끄러워해야 할 특색이다.

많은 젊은 사람들은 거의 죄의 느낌에 움직이지 않는다. 그리고 가장 불행한 것은 그것을 당연하게 생각하게 되었다는 점이다. 어떤 사람은 그것을 지식의 개화로 돌리고 어떤 사람은 용감한 우상의 파괴라고 부르며 모랄의 이름을 경멸하는 것은 젊은 세대의 하나의 기호(旗號)처럼 보인다. 이 깃발은 사회와 역사와 인습 등의 모든 외부에서 오는 가치의식의 사해(死骸) 위에만 세워져야 했었다. 하늘과 땅 사이에 걸려 있는 그 법칙 위에 자기의 혼이 만들어져 있는 선악의 의식 그 자체를 부정하는 것은 근대인의 자살이다. 애당초 근대인이 이렇게 된 데에는 복잡한 원인이 있다. 그 과정에는 괴로운 갖가지의 변명이 있다. 나는 그것을 잘 알고 있다. 그러나 어떤 죄에도 변명이 없는 것은 아니다. 어떤 행위도 충분한 동기의 충족률(充足律) 없이 일어나는 일은 없기 때문이다. 도덕 앞에 일체의 변명은 성립되지 않는다. 저 신란 성인을 봐라. 그에게 있어서 모든 죄는 '업'에 의한 필연적인 것이어서 자기의 책임이 아닌 것이다. 그런데도 스스로 극악한 사람으로 느꼈던 것이다. 변명하지 않고 자기가 자기와 남의 운명을 손상시키는 것을 죄라고 느끼는 데에 도덕은 성립하는 것이다.

수많은 청년은 처음에는 선이란 무엇인가 하고 회의한다. 그리고 그 해결을 윤리학에서 구하다 실망한다. 그러나 윤리학에서 선악의 원리가 설명될 수 없는 것은 선악의 의식 그 자체가 허망하다는 것을 증명하는 것은 아니다. 설명할 수 없다는 이유로 존재하지 않는다고는 말할 수 없다. 무릇 어떤 의식이라도 완전히 설명할 수 있는 것이 아니다. 그리고 심오한 의식일수록 점점 더 개념으로의 번역을 초월한다. 윤리학의 구실은 우리들의 도덕적 의식을 개념의 양식으로 정리하여 이성의 눈에 보이도록 자세히 설명한다는 데 있고 분석의 재료가 되는 것은 우리들이 이미 가지고 있는 선악의 느낌이다. 선이란 무엇인가 하는 것은 지금의 나로서도 조금밖에 알지 못한다. 나는 윤리학 같은 방법으로서 이 물음에 대답할 수 있으리라고는 믿지 않는다. 선악의 실상은 우리들의 마음속에 내재하는 어렴풋한 선악의 느낌에 의해서 갖가지의 운명에 시도되면서 또한 인생의 체험 속으로 자기를 심화해 가면서 조금씩 이해되는 것이다. 걸으면서 깨달아가는 것이다.

신란 성인이 "선악의 두 글자를 합쳐보아도 알 수 없는 것이니라"고 말한 바와 같이 그 완전한 실상은 성인의 만년에 있어서조차도 체득하기 어려운 것이다. 모든 것의 본체는 지식으로는 알 수 없다. 사물을 안다는 것은 그 사물을 체험하는 일 나아가서는 소유하는 것을 가리킨다. 선악을 알기 위해서는 덕을 쌓을 수밖에 없다. 선과 악의 느낌은 미추의 느낌보다도 훨씬 더 비감각적인 가치의식이기 때문에 그 존재는 막연하게 보이지만 좀 더 직접적으로 인간의 영혼 속에 엄연히 존재해 있다. 영혼이 사물을 인식할 때 쓰이는 범주와도 같은 것이다. 영혼의 상태와 같은 것이다. 아니, 차라리 혼을 떠받치고 있는 법칙이다. 그것을 경멸하면 영혼은 멸망한다. 어떤 부류의 예술가 중에는 인생의 사상을 대할 때 선악을 초월하여 다만 사실을 사실로서 바라본다는 사람이 있다. 자기의 흥미에 따라 그와 같이 어떤 방면을 추상하는 것은 자유이다. 그러나 그것을 구체적인 실상이라고 강요하고 혹은 도덕의 세계에 적용시키려고 하는 것은 착오이다.

어떤 인생의 사상이 있으면 그것은 크기도 하고 작기도 하는 것처럼 똑같이 선하기도 하고 악하기도 한다. 사물을 보는 데 선악의 구별을 소각하는 것은 마치 물체에서 하나의 치수를 인정하지 않는 것과 같은 것이다. 인생에 하나의 사건이 있으면 반드시 일면에 있어서는 도덕적 사건이다. 그래서 나는 그 방면에 대해서 가장 중대하게 관심을 갖고 살지 않으면 안 된다고 느끼는 것이다. 그것은 어째서 그럴까. 나는 잘 알지 못하기 때문일 것이라고 생각된다. 우리들이 참으로 감동하여 눈물을 흘리는 것은 선에 대해서이다. 미에 대해서가 아니다. 만일 미학적인 것과 윤리학적인 것을 구분한다면 우리들의 눈물을 흐르게 하는 것은 예술에서나 인생에서나 후자이다. 아름다운 하늘을 바라보고 눈물이 난다든지, 박자가 맞지 않는 음악을 듣고서 화를 낸다든지 할 때도, 우리들의 마음을 지배하고 있는 상태는 후자이다. 선악의 느낌은 우리들의 존재의 깊은 본질을 이루고 있는 것이다. 나는 예술에 있어서도 그 도덕적 요소는 중요한 구실을 가져야 하는 것이라고 믿는다. 나는 이 요소를 다루지 않는 작품에서는 거의 감동을 받을 수 없다. 톨스토이나 도스토예프스키나 스트린드베리의 작품에 마음이 끌리는 것은 그 속에 깊은 선과 악이 배어나오기 때문이다. "참다운 예술은 종교적 감정을 표현한 것이다"고 말하는 톨스토이의 예술론이 아무리

한편으로 치우쳐 있다고 할지라도 거기에는 깊은 근거가 있다. 원래 도덕을 설명하거나 혹은 설교하려고 하는 뜻이 빤히 들여다보이는 작품에서는 순수한 예술적 감동을 받들 수는 없다. 가령 그 작품에는 두드러지게 도덕적 문구 따위가 적혀 있지 않더라도 그 작품의 이면에 흐르고 있는 혹은 오히려 작자의 인격을 지배하고 있는 인간성이 깊고 슬프고 또는 두려운 선악의 느낌이 절박하게 밀어닥치는 작품을 나는 존중한다. 결코 유미주의만으로는 심오한 작품이 이뤄지는 것은 아니다. 물론, 선악의 느낌이라 할지라도, 나는 심각하고 용해된 빛나고 있는 순수한 선과 악의 느낌을 가리키는 것이지 세상의 사회적 선악이나 바리새의 선을 말하는 것은 아니다. 그런 틀과 약속을 일체 떠나더라도 우리들의 영혼 속에 성품으로서 존재하는 선험적인 선악의 느낌, 그것은 이미 결코 저 자연주의의 윤리학자들이 역설하는 것과 같은 군거생활의 편리한 점에서 발생해 나온 방편적인 것이 아니다. 성서에 기록되어 있는 바와 같이 혼이 만들어질 때에 창조주가 부여한 속성으로서가 아니면 그 느낌을 설명할 수 없는 깊고도 영적인 선악의 느낌을 가리키는 것이다. 이 같은 선과 악의 느낌은 예술이 아니고선 표현할 수 없다. 도스토예프스키나 스트린드베리 등의 작품에서는 이 같은 도덕적 감정이 나타나 있다.

여기에 또한 일종의 다른 초(超)도덕주의가 있다. 그것은 세계를 있는 그대로 긍정하기 위해서 악의 존재를 인정하지 않는 사람들이다. 대범 존재하는 것은 모두 선하다. 하나도 배척해야 할 것은 없다. 간음도 살생도 이미 허락되어 존재하는 이상은 선한 것임에 틀림없는 것이다. 이 전긍정(全肯定)의 정신은 깊은 종교적 의식이다. 나는 그 무애한 자유의 세계를 내 가슴 속에 실제로 지니고 있기를 최종의 염원으로 삼고 있는 자이다. 그러나 그것은 결코 도덕주의 마음에서는 아니다. 세계를 있는 그대로의 여러 모습대로 긍정하는 것은 차별을 없애어 한결같은 동질적인 것으로 긍정하는 것과는 전혀 다르다. 대소(大小), 미추(美醜), 선악(善惡)등의 차별은 그대로 남겨두고 그 전체를 제3의 절대경(絶對境)에서 포섭하여 긍정하는 것이다. 그 차별을 남겨서야 비로소 있는 그대로라고 말할 수 있는 것이다. 블레이크가 "신이 만드신 것은 모두 선하다"고 말한 것은 후자의 의미에서 한 말인데 그것은 자유의 입장으로부터 나온 말이다. 니이체가 염원했던 바와 같이 '선악의 피안으로' 건너가는 것은 결코 선악의 느낌을 희미하게 하여 지워버림으로써 결코 도달되는 것이 아니라 도리어 그 대립을 더욱 더 준엄하게 하고 그 특질을 분명하게 발휘시킨 연후에 양자를 내포하는 보다 더 높은 원리로 포섭함으로써 성취하는 것이다. 선을 따르고 악을 꺼리는 성질은 점점 더 강해지지 않으면 안 된다.

간음이나 살생은 여전히 악이다. 다만 그 악도 절대적인 것이 아니라 '용서'를 통해서 구제받을 수 있고 선과 서로 나란히 하여 세계의 조화에 봉사하게 되는 것이다. 그러나 그 용서라는 것은, 악에 대해서 무관심한 방종과는 전혀 다르며 악의 한 점 한 획도 빠뜨리지 않고 인정한 연후에 그 꺼림칙한 악까지도 용서하는 것이다. "일곱 번을 일흔 번 할 때까지 용서하라"고 가르친 예수는 "한쪽 눈이 너를 죄에 빠뜨리거든 빼내 버려라"고 경계한 사람이다. "죄 값은 죽음이니라"고 씌어 있는 바와 같이 죄를 범하면 혼은 반드시 한 번은 죽지 않으면 안 된다.

혼은 흡사 얼굴을 가리는 황후가 아무리 작은 모욕에도 참지 못하듯이 한 점의 얼룩에도 부끄러워한 나머지 죽을 만큼 순결한 것이다. 몬나가 남편에게 정조를 의심받았을 때 "제 눈을 보세요"하고 말하는 대목이 있거니와 나는 그 부분을 읽을 때 참으로 순결한 느낌이 들었다. 심판하지 않는 다는 것은 고귀한 덕이다. 그러나 이와 닮아 있으면서도 가장 싫어하는 것은 흐리터분함이다. 호인이라는 느낌을 주는 사람 중에는 이 흐리터분함을 지닌 사람이 많다. 안나 카레니나에 등장하는 오브론스키와 같은 사람이 그런 예이다. 오브론스키는 호인이다. 누구에게나 미운 생각이 들지 않는다. 그러나 그의 아내의 마음은 얼마나 상처를 입었는지 모른다. 이와 같은 사랑은 악의가 없으면서도 실상은 가장 타인의 운명을 손상시키는 이기적인 생활태도를 취하고 있는 것이다. 정의가 많은 사람은 심판하는 마음도 강하다.

그리고 날카롭다는 느낌을 타인에게 준다. 심판하는 것은 원래 나쁘고 그 날카로움은 하늘에 속한 것이 아니다. 그러나 흐리터분함보다는 훨씬 더 낫다. 왜냐 하면 그 날카로움은 참다운 용서의 덕을 얻은 사람에게는 깊은 종교적인 것이 되겠지만 흐리터분함은 참다운 용서의 마음과 언뜻 보아 비슷하면서도 실상은 가장 먼 것이기 때문이다. 무릇 종교에는 두 가지 요소가 없어서는 아니 된다. 하나는 아무리 미세한 죄라도 그냥 지나쳐 보지 아니하고 심판해야 한다는 것이요, 다른 하나는 아무리 극악한 죄라도 용서해 줘야 한다는 것이다. 이 같은 모순을 하나의 사랑에 포섭한 것이 신심이다. 그리스도의 설교에는 이 두 가지 요소가 뚜렷이 나타나 있다.

나는 어디까지나 선하게 되고 싶다. 나는 내 마음 속에 선의 씨앗이 들어 있음을 믿고 있다. 그것은 조물주가 뿌린 것이다. 나는 정토진종 한 파의 사람들처럼 인간을 철두철미하게 악인으로 보는 것은 진실인 것같이 생각되지 않는다. 인간에게는 어딘가에 선의 소실이 갖춰져 있다. 신란 성인이 자기 자신을 극중악인이라고 인정한 것도 이 소질이 있기 때문이다. 자기의 마음을 악뿐이라고 말하는 것은 선뿐이라고 말하는 것과 마찬가지로 일종의 위선이다. 위악이다. 게다가 나는 이렇게 말하는 것이 무엇인가에 대해서 미안한 듯한 생각이 든다. 나는 이러한 문제에 대해서 생각해 볼 때마다 어쩐지 가슴 속에서 '부정(否定)

의 죄'라고나 함직한 종교적인 죄책감이 든다. 대범 존재하는 것은 될 수 있는 한 부정하지 않는 것이 올바른 본도이다. 만들어진 것의 만든 것에 대한 의무이다. 나의 혼은 과연 나의 사유물일까. 혹시 신의 소유물이 아닐까. 나는 혼의 깊은 성질 중에는 자기의 자유대로 되지 않는 것, 어떤 공적인 것, 어떤 보편적인 것, 자기의식을 초월하여 활동하는 당당한 힘이 있는 듯하다. 우리들의 선, 악의 의식에 내재하는 저 영원성은 어디로부터 오는 것일까. 혹은 조물주의 속성이 우리들의 선천적인 소질로 나타나는 것이 아니겠는가. "영혼은 성령의 궁전이니라."라고 하는 것은 이와 같은 마음을 일컫는 것이 아니겠는가. 그 공적인 부분을 나쁘게 말하는 것은 자기의 소유물을 욕하듯이 할 수는 없으리라는 생각이 든다. '성령에 대한 죄'라는 생각이 들기도 한다. "우리들의 혼은 악뿐이니라"고 말할 때 우리들은 타인 것, 조물주의 것을 욕하고 있는 것이 아니겠는가. 나는 극장에 가서 저 '만담가'가 자기의 용모나 성질을 욕하고 심지어는 부채를 들고 자기의 머리를 때려 관객을 웃기려고 애쓰는 것을 볼 때 타인의 것을 그렇게 했을 때보다도 한층 더 깊은 죄와 같은 느낌이 든다. 나의 혼은 악하다고 딱 잘라 단언하는 것은 그와 비슷한 불안한 느낌이 들어 마음에 들지 않는다. 우리들은 본래 하느님의 아들이었는데 악마에게 유혹되어 고통을 당하고 있고 그래서 영혼 속에는 두 가지의 원리가 섞여 있기는 하다. 그렇지만 결국 선의 승리로 돌아간다고 하는 성서의 설명이 마음에 들고 또한 사실에 가깝다는 느낌이 든다. 우리들의 혼은 선과 악이 다 같이 사는 집이며 악 쪽이 훨씬 더 세력이 왕성하다. 그러나 마음을 깊이 반성해 보면 두 가지 중에는 스스로 지위의 차이가 붙어 있다. 선은 임금으로서의 품위를 갖추어 군림해 있다. 마치 어린 황제가 역신(逆臣)의 무리에게 둘러싸여 있는 것과 비슷하다. 우리들의 영혼에는 어떤 품위가 있다. 영락(零落)해 있기는 하지만 명문의 씨앗이라는 느낌이 든다. 옛날에는 천국에 있었으나 악마에게 유혹되어 지금은 지상에 떨어져 있다고 하는 것은 이런 기분을 잘 설명해 주고 있다.

우리들은 하느님의 타락한 아들이다. 마음의 밑바닥에는 천국의 그림자가 어렴풋하게 느껴지는 추억의 남아 있다. 그것은 고향을 그리워하는 것과 같은 동경(憧憬)의 기분이 되어 나타난다. 우리들의 지상의 슬픔에 젖어 하늘에 반짝이는 별을 쳐다볼 때 우리들의 영혼은 하늘에 있는 고향에의 동경을 느끼는 것이 아니겠는가. 나는 우리들의 혼이 이 악의 짐으로부터 평생토록 벗어날 수 없는 것은 무슨 까닭일까 하고 생각할 때 그것은 주어진 형벌이라는 톨스토이나 스트린드베리 등의 사상이 지금까지의 사상 속에서는 가장 나를 만족시킨다. 그 밖의 사고방식으로는 하늘에 대한 원망과 불합리에 대한 느낌으로부터 벗어날 수는 없다. "아아, 내가 알지 못하는 옛날 옛적에 악한 짓을 했던 것이다. 그에 대한 앙갚음이다."라고 생각하니 스스로 무릎이 꿇리는 듯 한 기분이 된다. "태초의 말씀이 있어 만물이 이에 의해서 만들어졌느니라."고 「요한복음」의 첫머리에 기록되어 있는 이것은 중세의 신학자가 말한 바와 같이 신의 율법이리라. 우리들의 죄는 대갚음을 받지 않으면 안 된다. 그러나 백 가지 선행도 한 가지의 악행을 대갚음을 할 수 없다. 우리들은 선행으로 구제를 받을 수 없다. 구제는 다른 힘에 의한다. 선행의 공덕에 의하지 아니하고 사랑에 의해서 용서 받는 것이다. 종교의 본질은 그 용서에 있다. 그러나 선하게 되려고 하는 기도가 인간의 악행이 운명적임을 느낀 것은 오랫동안의 선하게 되려고 하는 노력을 자꾸 쌓아도 허물어졌기 때문이다. 히에이 산으로부터 록카쿠도까지 눈 오는 밤의 산길을 백 일이나 참례한 정도의 신란 성인이었기에 호넨 성인을 만났을 때 그 자리에서 타력의 신념이 마음속으로 들어갔던 것이다. 그때 용서하는 고마움이 얼마나 절실히 느껴졌을까. 생각만 해도 거룩한 느낌이 든다. 나는 신란 성인의 염불을 선하게 되려고 하는 기도의 단념으로서보다도 그 성취로 느껴진다. 그가 "선악의 글자를 아는 체함은 큰 거짓말의 얼굴이니라."고 말한 것은 무엇 무엇은 선이고 무엇 무엇은 악이라고 하는 식으로 개념적으로 구별할 수는 없다고 말한 것이다. 선악의 느낌 그 자체를 부정한 것은 아니다. 그는 선악의 느낌이 가장 날카로운 사람이었다. 그러므로 부처를 절대적인 자비로 인간을 절대적인 악으로 두 가지를 준별하지 않을 수 없었던 것이다.

인간의 마음은 미묘하고 복잡하게 움직이는 것이다. 살아 있는 마음은 여러 가지의 모티브나 모멘트로 그 상태나 방향을 바꾼다. 나는 결코 선악의 두 가지 틀을 가지고 그것을 측정해 버리려고 하는 것은 아니다. 선과 악은 사람의 마음속에서 구분하기 어렵게 서로 얽혀 작용한다. 거짓에서 나온 정성도 있는가 하면 정성에서 나온 거짓도 있다. 다만 그런 마음의 동란 속을 꿰뚫고 흘러서 번개처럼 번쩍이는 선이 고귀한 것이다. 도스토예프스키의 작품에 그려져 있는 바와 같이 분노나 증오의 이면에 사랑이 흐르고 투쟁이나 저주 속에 순수한 선이 빛나는 것이다. 나는 그러한 내면들의 동요 사이에서 점차로 덕을 쌓으면서 선의 모습을 알고 싶다. 인생의 갖가지의 운명이나 슬픔을 받을 때마다 마음의 눈을 심판하여, 전에는 봉해져 있던 것의 실상도 볼 수 있게 되고, 버린 것도 줍고 심판한 것도 용서하여, 점차로 마음속에서 저주를 버리고 모든 사람에게 축복의 손길을 뻗치도록 넓고 크게 되고 싶은 것이다. 혼의 내면에 있는 선의 싹을 길러서 "하늘의 새가 날아와 그 그늘에서 사노니"와 같은 풍성한 큰 나무로 만들고 싶은 것이다. 조물주의 이름으로 모든 피조물과의 관계를 맺고 싶은 것이다. 아아, 나는 성자가 되고 싶다. 성자는 피조물 가운데서 가장 큰 것이다. 그렇지만 성자라고 할지라도 나는 수정으로 만들어진 것을 성취한 피조물이다. 그것은 만들어진 것으로서의 한계를 지키고, 인생의 슬픔에 젖으며, 번뇌의 일어남에 괴로워하고, 지상의 운명에 탄식하면서 신을 부르는 하나의 모탈이다. 정토진종의 견지에서 보던, 아직 하나의 악인이며 '용서'가 없으면 멸망해 버릴 신란 성인이 신심을 결정한 후에 업보에 유인되어 살인을 범하든, 바울이 백 명의 여자를 범하든, 그 성자로서의 관을 씌워 주기에 인색해지고 싶지는 않다.

원컨대, 우리들로 하여금 우리들이 만들어진 존재임을 승인하게 하라. 이 승인은 모든 사랑스러운 덕을 낳는 어머니이다. 그리하여 만들어진 것의 간절한 소원은 조물주의 완전함을 닮기까지 자기 자신을 선하게 하려는 기도이다. (1916.10.1)

11

타인에게 작용하는 마음의 근거에 대하여

인간에게는 다른 인간들의 무리를 향해서 호소하고 싶은 소원이 있다. 지금 나는 그 소원이 열과 윤기를 띠고서 마음속에서 고조되어 감을 느낀다. 나는 말을 걸고 싶다. 나는 그 소원을 인간다운 순수한 것이라고 알고는 있었다. 그렇지만 나에게는 그 소원을 행위로 옮기는 과정에서 마음속에 깊은 지장이 있었다. 나는 오랫동안 묵묵히 꾹 참아 왔다. 그 때문에 가위눌리는 듯한 기분을 느끼면서.

나는 나의 스승으로부터도 대중을 향해서 말을 거는 것을 제지당하고 있다. 그것은 오늘날 나의 기량으로는 타인에게 작용하는 것이 타인에게 상처 입힌다는 도덕적인 이유에서이다. 나는 스승의 마음을 살피고 눈물을 짓는다. 그러나 그럼에도 불구하고 나는 지금 이제부터 타인을 향해서 작용을 가하고 있는 것이다. 나는 이 세상 사람들이 나에게 이야기를 거는 마음의 근거에 대한 설명을 강요할 만큼 타인의 운명을 두려워하는 마음을 지니고 있다고 믿지는 않는다. 그런 사람들에게 나의 마음의 준비는 쓸데없는 걱정으로 보이기도 할 것이다. 그러나 나에게는 스승의 자비스러운 찌푸린 얼굴이 보이는 듯한 느낌이 든다. 내 마음 속에 깊이 군림하는 심판관 앞에 불안한 생각이 든다. 따라서 나는 반은 남에게, 반은 나 자신에게 대해 변명하지 않으면 마음에 걸리게 된다.

4, 5년 전까지만 해도 나는 아무런 고통도 없이 타인에게 이야기를 걸고 작용을 가했다. 그리고 그 대담한 용기와 자유를 스스로 자랑하고 있었다. 하지만 나는 엄격한 시련에 부닥쳐 그 무지함으로 벌 받게 되었다. 남도 나 자신도 손상시켜 상처를 입혔다. 나는 그때부터 두려워하는 마음을 알았다. 타인의 운명을 손상시켜서는 안 된다. 나와 나의 성령을 울적하게 해서는 안 된다고. 「나는 살아 있다. 나의 주위에는 다른 인간이나 동물이나 초목이 살고 있다. 우리들은 같은 태양 아래에서 함께 살고 있다. 나는 그들에게 사랑을 느낀다. 그들과 접촉하고 싶다. 이야기하고 싶다. 작용을 가하고 싶다. 이와 같이 하는 것은 모든

살아 있는 것의 순수한 소원이고 선한 일이다.」

나는 일찍이 이렇게 생각했다. 나는 이 신념에 정당화되어 용감하게 또한 공공연하게 타인으로 하여금 할 일을 하게 했다. 다른 생명에 접촉하고 흔들고 감동시키고 포옹하여 하나로 융합하려고 헐떡거렸다. 그래서 그 결과는 나나 남이나 다 같이 상처를 입게 되었던 것이다. 그 무참한 결과는 공공연한 동기에 대해서 아무래도 불합리한 듯해서 나는 하늘과 땅을 저주하기 시작했을 정도였다. 그러나 나는 그 때 비로소 지상의 운명과 그것에 대한 지혜에 대해서 눈이 떠졌던 것이었다. 나는 지금도 그 때의 나의 소원 그 자체가 나쁜 것이라고는 생각되지 않는다. 만일 이 세상이 천국이라면 또한 선의 법칙에 대항할 악의 법칙이 없다면 지혜 없는 천진난만한 그대로 모든 순수한 소원은 모조리 받아들여져야 한다. 구하는 마음은 바로 주는 마음에 사랑은 반드시 감사에 부닥쳐야 한다. 또한 타인을 불행하게 할 조화롭지 않은 소원은 생기지 않을 것이다. 나는 지금도 지극히 현실적인 기분으로 이런 나라를 동경한다. 그러나 지상에는 인간에게 떠맡겨진 운명이 있다. 나는 그것을 알지 못했다. 나는 지금에 와서 다만 타인에게 호소하고 싶으니까 호소하는 것은 천한 짓이라고 알고 있다. 타인에게 조심성 없이 작용을 가한 것을 후회하고 있다. 그것은 나나 남의 운명을 손상시켰기 때문이다. 그것은 참으로 나의 죄 ― 과실 ― 이었다. 그러한 것을 용서받을 수 있다면. 그러나 과실도 그 대갚음으로부터 벗어날 수는 없다. 보라, 나도 벗도 그녀도 누이동생도 모두 다 그 대갚음을 받고 있다. 그것은 보상되지 않으면 안 된다. 나는 용서해 달라고 말하고 싶다. 그러나 지상의 재앙과 악은 주로 인간의 과실에서 생겨나는 것이다. 하루아침의 과실이 영원한 비애를 낳는 것이다. 인간은 역시 모두 다 본래는 신의 아들이었던 것 같다. 그런데 다만 악마의 홀림에 빠져 있다. 스스로 머리를 짜내어 타인을 손상시키는 그러한 악인은 그렇게 많이 있는 것은 아니다. 그러나 지상의 약속을 알지 못하는 무지가 악마에게 틈을 주게 되는 것이다. 그래서 나나 남의 운명을 손상시키는 것이다. 선량한 인간이 범하는 죄는 거의 다 과실이라고 말해도 좋다. 과실이라고 해서 책임을 모면할 수는 없다. 실제로 자기 앞에 자기 때문에 상처를 입은 사람이 있을 때 과실이라고 해서 자기 자신을 책망하지 않을 수 있겠는가. 가련한 아기 보는 사람이 사랑하는 어린아이를 업고 도랑에 빠졌다. 어린아이는 병신이 되었다. 자라서도 시집을 갈 수 없다. 그 응보는 언제까지나 계속된다. 설사 그 아이는 용서해 줘도 아이 보는 사람의 마음은 평생토록 상처를 받게 될 것이다. 더구나 두려운 것은 한 사람의 운명이 어긋나면 그 주위 사람들의 운명이 다 같이 어긋난다. 우리들이 불행한 것도 조상들이 쌓고 쌓은 죄나 과실의 업보가 깊은 씨앗을 이루고 있다. 죄는 죄를 낳고, 불행은 불행의 원인이 된다.

나는 불교의 '업'이라는 사상을 깊이 있는 것이라고 생각한다. 우리들의 불행한 운명이 미치기 시작한다는 성서의 원죄사상에는 응보가 깊은 원인을 이루고 있다. 아담과 이브의 과실로부터 인류의 운명이 어긋났다는 성서의 원죄사상에는 깊은 근거가 있다. 우리들은 과실을 두려워하지 않으면 안 된다. 하지만 가장 두려운 것은 그 과실이 스스로 알아차리지 못하는 깊은 구석에 더구나 도덕적인 가면을 뒤집어쓰고서 자기의 반성이 도달하지 않는 구석에 숨어 있을 때이다. 그것을 발견하는 것은 지혜의 깊이에 의존하지 않으면 안 된다. 성인(聖人)이란 이 같은 지혜가 깊은 사람을 가리키는 말일 것이다. 예로부터 악마가 성자를 시험했을 때에는 이런 언뜻 보아 도덕적인 교활한 방법을 썼던 것임을 보아도 알 수 있다. 우리들은 스스로 알아차리지 못할 뿐만 아니라 선이라고 믿고 있던 일이 지혜가 부족하기 때문에 오히려 타인을 손상시키는 결과가 되는 일이 많다. 이러한 과실은 마음이 순수한 이상주의자가 오히려 곧잘 범하는 것이다. 그리고 가장 깊은 과실이다. 우리들은 어째서 이처럼 과실로 가득 차 있는 것일까. 이 문제를 골똘히 생각할 때 심각한 문제일 경우에는 늘 그렇듯이, 여기서도 우리들은 영원한 종교적 의식 속으로 깊숙이 파고 들어가게 된다. 생각하건대 우리들은 천진난만하고 선하게 될 수 없는 것 같다. 우리들이 받은 '삶' 가운데에는 이미 '선'의 싹과 '악'의 싹이 혼재하여 돋아나 있기 때문이다.

우리들은 그것을 식별하는 지혜로 총명해지지 않으면 안 된다. 그리고 그 지혜에 눈뜨기까지 인간은 많은 쓰디쓴 술잔을 들어야 하는 운명으로 되어 있는 것처럼 보인다. 왜 우리들의 생명 속에는 두 개의 서로 상반되는 요소가 있는 것일까. 이것은 참으로 무서운 일이다. 그 이유는 나로서는 알 수 없다. 정녕 조물주의 지혜일 것이다. 예찬 받아야 할 조물주는 그 속에 도리어 깊은 사랑을 간직해 두고 있는지도 모른다. 우리들은 순수하고 인간다운 소원을 내세우고 사실을 향해 나아갈 때 그 소원에 대항하여 작용하는 힘에 부딪쳐 그 소원이 무너진다. 성취하지 않으면 안 되는 소원이 배반당한다. "모든 것을 잃어버림으로써 사람은 상징을 믿게 된다"고 안드레에프는 말했다. 정성 어린 소원이 소멸될 때, 인간은 운명을 깨닫는 것이다. 죽음을 면할 수 없는 인간으로서의 운명을 저 신란 성인처럼. 그 후에 '선'과 '악'의 문제는 결국 운명과 지혜의 문제가 된다. 본능의 사랑으로부터 벗어난 자비심이 비로소 출발하게 된다. 인간은 눈물에 젖은 얼굴을 돌리어 처음으로 정면의 하늘을 향하는 것이다.

나 자신에 대하여 말하자면 나는 쓸쓸한 연애를 했다. 그것은 순수하고 한결같으며 또한 공공연한 것이었다. 그렇지만 나는 배신당했다. 그리고 깊은 마음의 상처와 고칠 수 없는 병이 나에게 남았다. 그때 나는 인생의 차고 싸늘함을 절실히 느꼈다. 그래서 타인에게 의탁한 생활의 나약함과 구하는 마음의 과감함을 알았다. 나는 이제 타인의 사랑을 구하지 않겠다. 나 자신 속에 독립 완전한 생활을 세우려고 기도(企圖)했다. 나의 이제까지의 생활이 파산된 원인은 타인에게 구하고 또한 작용을 가했던 점에 있다. 따라서 나는 타인과의 접촉을 끊고 나 자신 속으로 틀어박히지 않으면 안 된다고 생각했다. 이 마음속에는 인간에 대한 반항심과 염세적인 감정이 포함되어 있다. 그 때 나의 마음을 끈 것은 중세 기풍의 은둔적 정취였다. 쓸쓸한 바닷가의 여관이나 늪가의 외딴집으로 사람을 피해서 조용히 책을 읽고 거의 사람으로 떠들썩한 마을로 나가지 않았다. 나는 가끔 거리에 나가서도 만나는 사람이 모두 비천하고 두렵게 느껴졌다. "저 품격이 좋은 신사는 저래도 마음은 잔혹하고 인색할 것이다. 저 농부는 단순하게 보이지만 실은 몹시 치근치근하고 탐욕스러울 것이다. 저 아가씨는 아름답지만, 이래 봐도 여차하면 애인을 버리겠지. 저 아주머니는 정숙하게 보이지만 저래 뵈어도 창부와 같은 성질이 숨겨져 있을 거야. 나는 너희들에게 사랑을 구할 만큼 약하지는 않다." 나는 이 같이 생각했다. 그리고 서둘러 은신해 있는 집으로 돌아왔다. 물가에는 갈대 따위가 우거져 있었다. 밤이 되면 등불을 켜 놓고 토마스 어 켐피스라든지, 아우구스티누스 등에 관한 책을 읽었다. "사람을 믿지 않고 하느님을 믿을지어다."라고 성서에는 기록되어 있다. "그대들이 마음의 정조를 지키려거든 사람을 피하여 조용한 곳에 숨어 결코 나오지 마라. 그대가 만일 밖으로 나가 사람과 이야기를 주고받고 돌아올 때는 반드시 그대들의 마음은 거칠어지고 '더럽혀졌음'을 발견하리라."고 토마스 어 캠피스는 가르쳐 주었다. "오, 신이여, 흥분함이 없이 사랑하십니다."라고 아우구스티누스는 기도하고 있다. 가끔 저녁 무렵에 사람이 그리운 마음에 이끌려 큰길 쪽으로 발길이 향할 때에는 나는 나 자신을 꾸짖었다. "너는 뭣을 구하러 거리에 가는 거냐? 사람의 사랑이냐, 여자의 정이냐? 너는 그것을 구하다가 이제 막 실패한 뒤가 아니냐?"고. 그리고 나는 마음을 굳게 먹고 은신처로 되돌아가곤 했다.

그렇지만 그 같은 생활은 넓고 곧은길로 걸어가고 싶은 나의 본래의 염원과는 용납되는 것이 아니었다. 이 같은 은둔 생활에는 반항심을 만들 무리한 점이 있다. 공변된 마음은 그 무리함을 발견한다. 그리하여 좀 더 순탄한 길을 구하지 않을 수 없게 된다. 내 마음 속에는 소질로서의 사람에 대한 그리움이 있다. 그 염원은 밖으로 나가는 길을 찾지 않을 수 없다. 나는 반항심이 누그러짐과 동시에 홀로의 생활에 적막감을 느끼기 시작했다. 나는 멀리 있는 친구에게는 오히려 이전보다도 자주자주 편지를 부쳤다. 특히 여자 친구에게는 "나는 이젠 여자의 사랑을 구하지 않겠습니다."라고 쓰지 않으면 마음이 풀리지 않았다. 하지만 이렇게 써 보내는 마음의 밑바닥에는 미묘하게 호소하는 마음이 담겨 있었다. 그 때 이 사람 그리운 정 외에 좀 더

세차게 정면으로부터 나의 은거 생활을 때려 부수는 원인이 된 것은 도스토예프스키와 성 프란시스였다. 도스토예프스키는 시베리아의 감옥에서 몹시 거칠고 잔인하며 치근덕거리는 사람들 사이에 섞여 얼마나 그것을 참고 견디며 사랑했던가. 더욱이 감동할 만한 것은 그들로부터 배척당했을 때 스스로를 높이어 경멸하는 마음으로 고독을 지키지 않고 진심으로 그것을 쓰라리게 여긴 일이었다. 그것을 쓰라리게 생각한 것은 도스토예프스키의 폭넓음과 겸손함이라 하겠다. 또한 프란시스는 은둔하여 신의 교섭에 전념하려는 염원이 고조되었을 때 그것을 악마의 유혹이라 보고 그 염원을 이겨 내도록 기도를 올렸다고 하지 않는가? 나는 은둔하는 것은 강한 일이라 생각하여 거리에 나가고 싶은 나의 마음을 꾸짖었는데 프란시스는 은둔하는 것은 약한 일이라 하여 산에 은둔하고 싶은 마음을 채찍질하고 있다. 거기에 내 마음의 에고이즘이 햇볕에 드러나듯이 나타나 있는 것이 아닌가. 도스토예프스키와 같은 경우 사랑을 구하는 마음은 결코 약하다고는 말할 수 없게 된다. 또한 이를테면 사랑을 구하는 마음은 약하다고 할지라도 사랑을 구함이 없이 주는 마음으로 거리에 나가는 것은 더욱 더 강한 일이다. 사랑이 강해지면 그렇게 하지 않을 수 없게 될 것이다. 나는 교만하고 이기적이었다. 나는 아무리 싫고 냉담하여 치근덕거리는 인간이라도 인내하며 사귀지 않으면 안 된다.

나는 은둔생활을 그만두기로 결심했다. 그 무렵 나는 또다시 병이 악화하여 나그네의 몸으로 병원에 입원하지 않으면 안 되었다. 거기에서 나는 수술의 고통을 참고 견디면서 오랜 세월을 보내야만 했다. 나는 그 무렵의 나의 생활을 사랑하면서 회상하지 않을 수 없다. 마음은 슬픔과 인내에 푹 젖어 몸에 익은 고요함을 지키고 있었다. '도스토예프스키처럼'이라는 것이 그 무렵의 내 생활을 모토였다. 거기서 나는 접촉할 수 있는 한의 모든 사람과 접촉했고 그들을 모조리 이웃을 향한 사랑으로 감싸주려고 힘썼다. 다른 사람의 말다툼을 뜯어말리기도 하고 병든 청년을 위로해 주기도 하며 신문팔이하는 늙은 할머니나 부엌데기 계집애나 심지어는 개까지도 위로하며 사랑했다. 또한 비열한 수단으로 나를 농락하려고 한 어떤 소녀에 대해서도 조금도 화내지 않고 도리어 그녀에게 용서의 덕을 역설할 수 있었다. 나의 생활은 여기서 드물게 밖에는 없는 고요함과 조화를 얻어 마음의 안정을 얻는 듯이 보였다. 그래서 나 자신도 하늘의 감미로움과 먼 평화에 대해서 기여할 것 같은 심정이 되었다. 그렇지만 그것은 운명에 허락받은 우연한 혜택임에 지나지 않았다. 운명에 의해서 훼손되지 않는 확고한 평화는 아직 그 그림자조차도 나에게 보여주고 있지 않았다. 병원 생활이 끝날 무렵에 나는 또다시 하나의 사건으로 시련을 당하여 나의 생활태도를 바꾸지 않으면 안 되었다. 나는 한 사람의 사회적 신분이 낮은 여자에게 사랑을 받게 되었다. 나는 목사나 큰어머니가 주의해 주었음에도 불구하고 그리스도가 사마리아의 여자와 우물가에서 이야기를 한 예 등을 생각, 어떠한 사람이라도 사랑을 구하여 오는 사람을 물리쳐서는 안 된다고 생각하는 여자와도 공공연히 사귀었다. 나는 이 여자도 이웃 여자로서 사귈 생각이었다. 그렇지만 여러 가지의 분규 끝에 그 결과는 여자의 마음에 괴로움의 씨를 뿌렸고 나 자신의 마음의 평화를 어지럽혔으며 주위 사람들에게 번거로움과 혼잡스러움을 입히는 것으로 끝났다. 이 사건은 나에게 깊은 반성을 하게 해 주었다. 나는 나의 이상과 능력에 대한 고찰을 하지 않으면 안 되었다. 비로소 이 점에 대해서 깨달았다. "어떠한 사람들이라도 사랑하며 사귀라"는 가르침은 옳다. 이 가르침을 살리는 것은 예수 그리스도의 능력이다. 그러나 능력이 적은 사람은 이 가르침을 살릴 수 없다. 사마리아의 음부(淫婦)에게 말을 걸었던 예수에게는 그녀를 설복시켜 하느님의 나라의 백성으로 만들 수 있는 힘이 있었다. 그러나 나는 한 사람의 부인의 운명에 상처를 입혔던 것이다. 나는 그때부터 나의 능력이 몹시 마음에 걸리기 시작했다. 어떤 사람과 접촉하기 전에 그 사람을 행복하게 할 수 있고 적어도 상처를 입히지 않을 자신이 없어서는 안 된다. 그 자신이 없이 타인에게 작용을 가하는 것은 설사 사랑에 불타고 있을지라도 운명을 두려워하지 않는 경솔한 짓이다. 아마도 어떤 사람이라 하더라도 이 반성이 자기의 행위 앞에 가로 놓인 도랑을 뛰어 넘기는 쉽지가 않다. 내 발은 딱 멈추었다. 나에게는 자신이 없다. 한 사람의 인간, 한 마리의 작은 새라도 건드려서 상하게 하지 않을 자신이 없다. "한 사람의 조그마한 사람을 넘어뜨리기보다는 맷돌을 목에 걸고 바다에 가라앉힘이 오히려 편안하다."고 성서에는 기록되어 있다. 나는 괴로워졌다. 나는 사랑하는 일과 그 사랑을 작용하는 일의 사이에 준엄한 장애가 있음을 느끼기 시작했다. 나는 어떤 사람이 "당신은 착한 사람이지만 당장 남의 품안으로 뛰어들어 가슴 속을 보려고 하기 때문에 본능적으로 마음의 문을 닫아 버리고 싶어진다."고 말한 것을 생각해 냈다. 또한 어떤 여자가 "타인이 받아들이지 않는 데도 사랑하고 싶어 하니까 안돼요."라고 말한 것을 상기했다. 나는 점점 더 알 수 없게 되었다. 나는 생각하기 시작하면 거의 손발도 꼼짝달싹하지 못할 만큼 심한 부자유를 느꼈다. 그때 나는 신란 성인이 절실히 우러러보이는 심정이 되었다. 성도(聖道)의 자비에서는 '마음먹은 대로 도와주기가 어렵기' 때문에 '이 자비는 끝이 없다'고 깨달았다. 또한 "서둘러 부처가 되어 마음먹은 대로 도와주어야 한다."고 보고, 정토(淨土)의 자비로 들어가게 되었던 것이다. "염불을 하는 것이야말로 참으로 한결같은 자비이니라"고 말한 것은 참으로 깊은 마음가짐이다. 마음속으로는 사랑할 수 있어도(그것도 확실하진 않지만) 그 사랑을 작용하는 것은 타인의 운명을 해치지 않고는 지극히 어려운 일이다. 사랑이란 아무래도 염불에 의해서 심화되지 않으면 안 된다. 나는 기도하는 마음을 절실히 느꼈다. 우리들은 참으로 사랑한다면 숨어서 기도하는 수밖에 다른 도리는 없다. 이미 작용을 가하면 타인을 손상시키는 것이다. 여기에 이르러 나는 비로소 참다운 은둔의 근거를 발견해 낸 듯 한 느낌이 들었다. '당신 같은 사람들과는'이라고 하는 것이 아니라 '나 같은 놈은'이라고 느끼고 물러서는 것이다. "구할 생각이 없습니다"고 하는 것이 아니라 "줄 수 없을 뿐만 아니라 상처를 입히게 되니까"라고 말하며 숨는 것이다. 숨어서도 타인의 축복을 기도하는 것이다. 거기에는 이미 교만과 이기적인 그림자는 없다. 나는 옛날부터 성자들의 은둔은 이 같은 종류의 은둔이지 내 앞에 닥친 것과 같은 이기적인 은둔은 전혀 달랐을 것이라고 생각된다. 여기까지 와서 나는 오랫동안 망설이고 있었다. 이 같은 은둔은 그 심정은 절실히 알 수 있지만 아무래도 나의 소질이 지닌 무드와는 딱 들어맞지 않는 것이다. 나의 마음속에는 천성적으로 사람들 그리워하는 면이 있다. 타인과 뭔가를 나누어 가지고 싶은 염원이 있다. 타인의 생명과 접촉하고 싶은 마음이 있다. 그 염원은 아무래도 악한 것이라고는 생각되지 않는다. 아니, 인간성의 주요한 부분을 이루고 있는 것이다. 그 염원이 밖으로 나갈 길을 찾을 수 없는 상태에서는 인간 생활의 재료가 없어진다. 인간은 스스로 느끼지는 못할지라도 실상은 대부분 사랑으로 살아가고 있다. 그 접촉이 없어지면 죽음과 같은 공허가 남을 따름이다. 그래서는 살아 있는 기분이 사라진다. 나는 아무래도 고독이라는 것은 궁극적인 것이라고 생각되지 않는다. 좀 더 넓고 휴먼human한 인간성의 염원이 허용되는 생활이 정도(正道)가 되지 않으면 안 된다. 거기에 도달하지 못하는 것은 어딘가에 사색의 깊이가 모자라기 때문일 것이라고 생각되었다. 그렇긴 하지만 작용을 가하는 것은 무서운 일이다. 나는 그 중간에서 우왕좌왕하고 있었다. 그래서 가위눌리는 듯한 어렴풋한 느낌에 고통을 당하고 있었다. 그 사이에 문화는 나날이 혼란 속에 빠지고 특히 도덕적인 세계는 분규를 극심하게 일으키며 희한한 이기적인 시대는 점점 그 도를 더해 간다. 도덕적인 소질이 있는 사람은 이의를 주장하고 싶은 마음을 집적거리는 일만 자꾸자꾸 일어난다. 오늘날은 침묵을 지키고 있기가 참으로 고통스러운 시대이다. 묵묵히 보고 있노라면 목구멍에까지 말이 치밀어 오르는 것 같은 느낌이 든다. 특히 자기 자신이 여러 가지의 불행에 부딪혀 마음이 젖어 빛나고 있을 때에는 동포에게 향해서 호소하고 싶은 마음이 생기는 법이다. 그러나 나에게는 동포의 운명을 바로잡을 만한 실력이 있는 것은 아니다. 접촉하는 사람을 행복하게 해 줄만한 동력이 있는 것도 아니다. 그러나 묵묵히 기도만 하고 있기에는 견딜 수가 없다. 그러면 어찌해야 좋을 것인가. 나는 생각하고 괴로워했다. 나 자신의 내부에서 원숙해지기까지 작용하는 것을 기다린다면 언제까지 기다려도 그런 시기가 올 것이라고는 생각되지 않는다. 마침내 '아직 그리지 않은 화가'가 되고, '아직 설교하지 않은 설교자'가 되어 끝내지 않으면 안 될 것 같은 생각이 든다. 왜냐하면, 진리라고 말하고 능력이라고 말하는 것은 한 순간에 그 절정에 도달할 수 있는 것이 아니라 그 내용을 조금씩 체험하면서 점차로 획득해 가는 것 같기 때문이다. 이와 같이 해서 마침내 동포와 그 고통이나 기쁨을 함께 나누어 가지지 않고 스스로가 분리된 생활 속에 칩거하는 것이 지혜 있는 생활이겠는가. 또한 기도하는 마음속에는 깊은 실천적인 마음이 포함되어 있다. 기도란 오히려 실행하는 정신의 가장 깊은 것이다. "사랑하는 아들의 병이 낫게 해 주옵소서" 하고 올리는 기도는, 밤새도록 앓아누운 아들의 베개 곁에 앉아 간호하며 몸도 마음도 지쳐 버린 어머니의 마음에 일어나는 간절한 소원이다. 묵도(默禱)에 상대하여 '체도(體禱)'라는 것이 참다운 기도이다. 또한 은둔하더라도 절대적으로 타인에게 부담을 지워 주는 일이 없이 살아가기는 불가능한 것이다. 오히려 타인의 희사만으로 사는 것이 참다운 성인의 생활인 듯하다. 이와 같이 생각해 오면 나는 아무래도 여기에서 지상의 약속으로서 인간의 운명에 접촉하지 않을 수 없다. 즉, 서로 상처를 입히지 않고는 살아갈 수 없는 것이다. 종교심이란 이 가공스러운 운명 속에서 도리어 조물주의 사랑을 발견하는 마음을 가리키는 것이리라. 그래서 나는 생각했다. 나는 높은 곳에 나 자신을 올려놓고 설교하려고 하니까 발언할 수가 없는 것이다. 사람들과 함께 걸어가라. 함께 자리를 연구하라. 함께 덕을 쌓으라. "공존자(共存者)여, 나는 이렇게 느낀다네. 그대는 어떻게 생각하는가? 좋은 점이 있거든 써 주게. 잘못된 점은 가르쳐 주고 나를 사랑해 주게나. 나는 그대를 축복하네." 이런 태도로 이야기를 거는 것이 어떻겠는가. 그래도 물론 타인에게 상처를 입히지 않는다고 보증할 수는 없다. 아마도 상처를 입히기도 할 것이다. 그리고 나 자신도 상처를 입기도 할 것이다. 그러나 절대적으로 타인에게 상처를 입히지 않는다고 말할 수 없다면(입히지 않아야겠지만, 인간은 그 방법을 모르는 것 같이 보인다.) 그 상해를 동포의 사랑으로 서로 용서하면 어떨까. 그래도 서로 작용을 가하지 않는 것보다도 훨씬 더 사람들의 소망에 맞는 것이 아니겠는가. "우리들에게 죄를 범한 자를 우리들이 용서해 줌과 같이 우리들의 죄도 용서해 주소서."라며, 예수가 제자들에게 "이렇게 기도할 것이리라"고 가르쳤던 것도 그 마음이 아니겠는가. 나는 교회에서 사람들과 함께 이 기도를 입으로 암송할 때 언제나 눈물이 나온다. 혼자서 기도할 적에는 그렇지 않으나 사람들과 함께 기도를 하면 눈물이 난다. 평소에는 서로 욕하고 서로 상처를 입히고 있는 인간들끼리 일요일에 일단 하느님 앞에 나가서 서로 용서를 빌고 있다고 생각하면 나는 이루 형용할 수 없는 감동을 받는다. 그리고 기도는 밀실의 묵도가 되지 않아서는 안 된다고 곧잘 말하지만, 사람들과 함께 기도하는 것은 별다른 깊은 의미가 있으며 거기에 교회가 존재하는 근거가 있는 것이라고 생각할 정도이다. 우리들은 함께 살고 있는 것이다. 공존의 의식은 개존(個存)의 의식보다 얕은 것이 아니다. 스스로를 한층 높이 올려놓는 태도는 아무래도 상대적인 것이다. 나는 그러한 것들을 공존자와 함께 공유하고 있음을 믿는다. 왜냐하면 나의 고민이나 소원은 벌써 나의 것으로서의 그러한 것이기보다는 인간으로서의 공적인 것뿐이기 때문이다. 그 점에 있어서 영원성과 보편성을 띠고 만인의 마음에 접촉될 수 있게 할 것이다. 예컨대 "어째서 이 세상에는 가지가지의 재앙과 악이 있는 것일까?"라는 괴로움은 나의 사유물일까. 나는 나로서가 아니라 인간으로서 공공연히 괴로워하고 있는 것이다. 우리들은 이렇게 괴로워할 때 그 괴로움을 동포와 함께 나누어 가지고 있음을 믿을 수가 있다. 그래서 깊은 공존의 느낌이 든다. 나는 가지가지의 불행 속에서 눈물을 흘리며 살고 있다. 인생의 기나긴 비애에 접촉하여 젖은 마음은 결국 빛나고 있다. 한 사람의 인간이 어떻게 인내하며 강하고 똑바로 살고 있는가는 다른 인간의 힘이 되고 위안이 된다. 나는 진지하게 이야기를 하고 싶다. 형제들에게 안부를 묻고 싶다. 모두모두 행복하게 살아 주시라고 말하고 싶은 마음이 든다. (1916. 11)

12

본도(本道)와 외도(外道)

인간의 정신생활의 목적은 성불(成佛)하는 일이고 승천하는 일이다. 이렇게 염원하는 것은 우리들의 현실적인 약소추예(弱小醜穢)한 심적 상태를 반성할 때 너무나도 과장한 것처럼 보이겠지만 나의 염원은 아무리 크더라도 지나치게 크다고는 말할 수 없다. 염원 그 자체만 순수하다면 아무리 스스로는 작고 천하다고 할지라도 염원을 세우는 것은 오만은 아니라고 생각한다. 어떤 사람도 지극히 높고 먼 곳을 향하여 염원을 세우지 않으면 안 된다. 하지만 염원은 클수록 두렵다. 법장비구(法藏比丘)의 초세간적인 염원은 생각하면 생각할수록 두렵다. 그 염원을 이루기 위한 물과 불 속에서의 셀 수 없을 만큼 숱한 고행을 생각할 때. 이젠 선한 사람의 말씀을 받들어 십자가를 지지 않고 이 큰 염원을 성취하는 불가사의한 길을 제시받았다고 한다. 그렇지만 우리들이 참으로 그 길 위에 서서 그 길을 안정한 채 걸어갈 수 있기까지는 우리들 앞에 가로놓여 우리들의 발걸음을 막고 넘어뜨리는 돌멩이가 많음을 느낀다. 그 돌들은 외부의 유혹에 있어서 보다도 우리들의 내면, 우리들의 사색, 그 사색을 움직이는 우리들의 사고방식 그 자체 속에 놓인 것이 가장 위험하다. 그들 중 어느 것은 우리들의 주시에 의해서만 비로소 그 소재를 발견할 수 있을 만큼 찾아내기 어렵게 숨어 있다. 즉, 우리들의 사색을 피안에 통하는 본도로부터 꾀어내어 그럴싸하게 그것을 윤회에, '미행(迷行)하는 외도(外道)에' 인도하는 것이 있다. 이제 나는 나 자신의 내면을 검사하여 그런 외도를 발견해서 나의 길을 바로잡고 나의 발걸음을 튼실하게 할 것을 꾀하고 싶다.

1. 조화의 신앙에 대하여

우리들은 세계에 살고 있다. 그리고 살아 있기 때문에 다만 그것만으로도 우리들의 삶은 선한 것이다. 세계는 조화를 이루지 않으면 안 된다고 믿어야 된다. 우리들은 마음을 텅 비어

놓고 우리들의 생명을 내관하여 이 세계의 참다운 모습을 눈여겨 자세히 살펴보지 않으면 안 된다. 그 때 정직하게 털끝만큼도 회피하지 않고 악은 악으로 보는 것을 두려워해서는 안 된다. 세계는 얼마나 악과 부조화로 가득 차 있는가. 누구나 다 그것을 인정하지 않을 수 없다. 그렇지만 이 때 생명을 싫어하고 세계를 저주하는 것은 외도이다. 본도는 보이는 바의 악과 부조화 속에서 선과 조화를 찾는 데 있다. 견디기 어려운 비애와 무상함 속에 있으면서도 삶을 저주하지 않는 데 있다. 대부분의 염세관은 그것이 염세관이라는 이유만으로도 그릇된 것이라고 해도 좋다. 그러기 위해서는 나는 세계를 나타난 세계에만 국한할 수 없게 되어도 좋다. 사후의 생명을 세우지 않으면 안 되게 되어도 좋다.(실제로 정통적인 종교는 그것을 하고 있다.) 우리들의 생명이 선하고 세계는 조화된 것임을 믿게 되기까지는 우리들의 사색은 정지되어서는 안 된다. 이 세상의 악을 보는 것이 날카롭고도 정직한 사람의 염세관에 머물지 않는다면 반드시 종교심 속으로 들어가게 될 것이다. 종교적인 사람이란 이 조화의 신앙을 버릴 수 없는 사람을 가리킨다. 절대적인 암흑관(暗黑觀)을 세우려는 어떤 종류의 예술가는 반드시 외도에 서 있음에 틀림없다. 우리들이 어둠을 어둠으로 받아들여 안주할 수 있다고 왜곡하는 것은 틀림없이 스스로 속이고 있는 것이다. 우리들은 그 본성으로 보아 빛을 사랑하는 사람들이다. 삼라만상은 모두 불성을 띠고 있음은 틀림없다. 우리들은 참으로 스스로 바라는 것을 바란다고 말하지 않으면 안 된다. 자기의 본래의 소원을 속이는 것은 외도이다. 이것마저도 부정할 때 인간은 이미 귀신인 셈이다. 이미 인간으로서의 성질을 잃어버리는 것이다. 나아가 늙어 감에 따라 점점 더 깊이 이 세상의 악을 알고, 그러면서도 점점 더 높은 곳을 향하여 빛을 구한 신란 성인은 참으로 인생의 본도를 걸어간 사람이다. 나는 염세관에 대해서는 직접적인 극히 실감나는 동정을 지니는 자이다. 나 자신의 슬픔과 고통 속에서 신음하고 있는 것이다. 그러나 나는 어디까지나 빛을 구하고 싶다. 구원을 믿고 싶다. 그것은 우리들이 태어난 한 반드시 없어서는 안 되는 것이다.

2. 어리광하는 마음에 대하여

"인생에는 여러 가지의 부조화가 있다. 그것을 조화롭게 하고 싶다. 하지만 내일 만일 그것이 조화되어 버린다면 큰일이다. 역시 부조화 속에서 괴로워하면서 노력하는 편이 낫다."고 말하는 사람이 있다. 그러나 나는 이것도 본도는 아니라고 생각한다. 우리들은 조화를 원한다. 그리고 현재의 재앙과 악은 견디기가 어렵다. 만일 내일 그것이 조화된다면 이보다 더 좋은 복은 없다고 생각해야 한다. 사실상 그렇게 생각할지라도 조화롭게 되지 않으므로 슬픈 일이다. 그리고 노력은 끊임없이 계속되는 것이다. 그렇지만 조화롭지 않은 편이 낫다고 생각하는 것은 외도이다. 그렇게 생각하게 되는 것은 현재의 재앙과 악에 대한 비애가 아직도 막다른 골에 들어선 엄숙한 것이 아니고 거기에 어떤 표상적(表象的)인 요소가 있기 때문이다. 그 요소가 그 같은 말을 하게 하는 것이다. 이것을 운명에 어리광부리는 사상이라고 나는 말하고 싶다. 이와 유사한 사고방식 모두 다 인성의 본도는 아니다. 이를테면 사후에 지옥이 있어서 영원한 형벌을 받을지라도 나는 죄를 뉘우치게 되리라고는 생각하지 않는다는 것과 같은 생각도 외도이다. 이것은 지옥의 불 속에 떨어지는 무서운 고통에 어리광부리는 것이다. 필경 지옥은 없다고 생각하고 있기 때문에 이같이 말할 수 있게 되는 것이다. 환상으로서 지옥을 볼 만큼 도덕적인 요한이나 단테와 같은 사람은 그 불에서 벗어날 궁리를 하지 않을 수 없을 것이다. 죄로부터 구제받고 싶은 사람은 오직 일편단심으로 구원받고 싶은 생각밖에 없을 것이다. 오늘 밤 구원받으면 그보다도 더 좋은 축복은 없다. 사실상 오랫동안 헤매지 않으면 확실한 구원은 받을 수 없을지 모른다. 하지만 오랫동안 헤매고 싶다, 그렇게 빨리 구원받고 싶지는 않다고 생각하는 것은 외도이다. 그것은 그 구원을 찾는 마음이 진실한 것이 아님을 증명하는 것임에 지나지 않는다. 연애하는 사람은 오직 일편단심으로 연애가 원만하게 계속되기를 염원

할 것이다. 실연하는 편이 심각해진다고 생각하는 것은 본도가 아니다. 그 같은 연애는 허위이다. 다만 영원히 계속하기를 바라는 연애임에도 불구하고 잃어버렸을 때 우리들은 심각한 인생의 맛을 알 수 있는 것이다. 만일 연애를 하고 있을 때 실연의 비애를 구하는 것과 같은 향락적이고 표상적 기분이 섞인 불순한 사람이라면 실연한 후에도 심각한 비애를 경험하지 못한다. 병을 앓고 싶다는 이런 공상적인 로맨틱한 기분을 그려놓고 그 즐거운 분위기 속에 달콤하게 젖어들어 살아가려는 사람을 나는 곧잘 본다. 그러나 병을 즐길 수 있는 것은 대수롭지 않은 열병을 앓고 있을 때쯤 가능한 것이다. 존재를 위태롭게 하는 것과 같은 중병은 거의 어리광부릴 여유를 주지 않을 만큼 엄숙하게 닥쳐온다. 이 같은 어리광부리는 사상만큼 우리들의 진실한 생활의 침투력을 방해하는 것은 없다. 우리들은 로맨스로는 결코 안식할 수 없다. 쿠프린의 『결투』속에서 나잔스키가 로마쇼프의 자살을 말리면서 삶이란 얼마나 사랑해야 하는 것인가를 이야기하고 삶이란 어떠한 것이든지 비애나 고통도 사랑해야 하는 것이라고 역설하는 대목은 나의 강한 주의를 이끌었다. 하지만 나잔스키의 이 같은 생활은 오직 삶 그 자체에 대한 종교적 감정에 있어서만 가능하리라고 생각한다. 어떤 사람은 이것을 르네상스 이후 점차로 고조되어 와서 저 베를레느나 보들레드를 산출시켰던 유미주의의 절대적 향락의 경지라고 말하지만 나는 그렇게 믿을 수 없다. 유미주의에는 어떤 한계가 있다. 향락주의가 성립할 수 없는 까닭은 인생에는 향락할 수 없는 어떤 종류의 고통이 있기 때문이다. 즉, 도덕적 고통은 결코 향락할 수 없는 것이다. 죄의식 그 자체는 결코 향락할 수 없다. 죄를 죄로서 받아들여 향락할 수 없기 때문에 인간에게는 구원이 필요한 법이다. 죄의 고통이 격렬한 모랄리스트에게 있어서 향락주의만큼 불합리하게 살아가는 법은 없다. 왜냐하면 그들은 깊고 깊게 살았기 때문에 벌써 그들의 생활의 최대 관심은 죄의 문제에 집중하는 데까지 왔다. 그리고 향락하고 싶어도 불가능한 절박한 내용만으로 살아가고 있기 때문이다.

신란 성인의 신앙을 보라. 그는 얼마나 죄로부터 구원받고 싶어 초조해 있었던가. 일각이라도 빨리 어떠한 짓을 해서라도 이 죄의 고통으로부터 벗어나고 싶어 했음을 살펴볼 수 있다. "설사 홀려서 속아 넘어갔다고 할지라도 부처님의 본원(本願)을 믿겠나이다"라고 말하고 "다만 선한 사람의 가르침을 듣고 믿는 수밖에는 별다른 도리가 없다"고 하여 거의 억지로라도 한 줌의 지푸라기에 매달릴 정도로까지 보인다. 오로지 외곬으로 한결같이 구원받고 싶었던 것이다. 고통이나 비애가 부조화나 죄 그 자체를 선택하려는 마음은 어리광부리는 그릇된 생각이다. 인생의 외도이다. 운명을 직시하라. 위협받는 듯이 구원을 찾으라. 정직하게 완전과 축복을 동경하라. 그렇게 하더라도 역시 그 염원이 쉽사리 달성되지 않기 때문에 우리들의 생활은 고통으로 가득 차게 되는 것이다. 그리고 이러한 고통이야말로 '고귀한 고통'이다. 엄숙한 고통은 구하지 않아도 찾아오는 것이다.

3. 피육(皮肉)에 대하여

일찍이 『중앙공론(中央公論)』이 문단의 여러 인사에게 '메이지(明治) 이래 가장 위대하다고 생각하는 인물 및 작품에 대한 의견'을 모았을 때 대부분의 인사들은 제각기 생각하는 바의 작품과 인물을 들어 보였다. 그 중에서 나의 특별한 주의를 끌었던 것은 M 씨의 응답이었다. 씨는 말하기를 "나는 인간에 대하여 위대하다는 감정을 일으킬 수 없는 녀석이다. 이렇게 생각하기만 해도 우스꽝스럽다"고 했다. 이 말은 강하게 나의 가슴을 울렸다. 이 가운데 의미에 있어서. 하나는 씨의 느낌에 대한 강한 동감에서였고 또 하나는 격렬한 반감에서였다. 두 말할 것도 없이 나는 글자 하나하나의 꼬투리를 잡고 논하는 것이 아니다. 이 문장을 통해서 나타나는 씨의 마음가짐에 대해서 논하는 것이다. 나는 씨가 인간에 대해서 위대하다는 느낌을 지닐 수 없다는 심정에 대해서 일종의 동감을 느끼지 않을 수 없다. 사람들은 '위대'라는 말을 인간에 대해서 너무나도 지나치게 사용하는 것 같다. 우리들은 그 외면적인 사업의 광채에 현혹되어서는 안 된다. 그 사람의 삶의 발자취와 그 생애를 통해서 나타나는 좀 더 정확히 말한다면 살아 있는 진리에 주목하지 않으면 안 된다. 즉, 그 사람에 의해서 얻어진 '덕'을 보지 않으면 안 된다. '위대하다'는 칭호는 오직 성인에 대해서만 일컬어져야 하는 것이다. 어떤 종류의 재능의 우월이 아무리 놀랄 만한 것이라고 할지라도 보통 사람과 성인은 엄격히 구별되어야 한다.

세상에는 재능에 대해서 숭배하려는 사람들이 있지만 나는 저 영웅이나 천재를 그저 'as such'라는 말에 숭배할 생각은 없다. 만일 성인이라고 불릴 만한 사람이 있다고 한다면 나는 비로소 그 사람을 위대한 인간이라고 찬양하겠다. 하지만 과연 인간에게(특히 오늘날의 세상에) 성인이라고 불릴 만한 사람이 있을까? M 씨는 없다고 생각하는 것이리라. 나는 그 점에 대해서는 말하지 않겠다. 그러나 세상을 둘러보면 인간은 너무나도 작고 추악해 보인다. 인간은 아무리 크게 보이더라도 인간으로서의 비천함과 나약함과 추악함을 지니고 있다. 업보에 의해서 생사의 세계에 태어난 자로서의 한계를 지니고 있다. 부처를 마음속으로 염원하는 데 길들여진 마음을 가지고 인간을 대할 때 특히 그 추악함이 두드러지게 보인다. 더구나 그 추악한 인간이 자랑스러운 얼굴로 자기의 위대함을 일부러 자랑하여 보이듯이 나타내고서 우리들 앞에 설 때 우리들은 일종의 짓궂은 감정이 도발되는 듯한 유혹을 느끼지 않을 수 없다. 그러나 나는 그 유혹에 몸을 맡겨서는 안 된다고 생각한다. 거기에 미묘한 그러면서도 지극히 중요한 본도와 외도와의 분기점이 있다고 생각한다.

나는 사물의 진상을 보는 데에 예리하고도 단련된 눈을 가진 사람이 빈정거림으로 기울어지는 과정에 대하여 무한한 동정을 나타내기도 한다. 나 자신도 끊임없이 그런 유혹을 느끼는 바이다. 그러나 나는 M 씨의 "이렇게 생각하기만 해도 우스꽝스럽다"고 하는 한 구절에서 깊은 유감을 느끼지 않을 수 없다(일종의 동감을 느끼면서). 여기에 씨의 생활과 작품은 나에게 있어서는 지극히 불만족한 상태로 이끌어 간 외도가 있다. 나는 일찍이 열성적인 그리스도 신자로서 세례를 받은 씨에 대해서 생각할 때, 한 때는 그 젊은 마음을 차지했던 영감(靈感)이(씨는 그 경험에 대해서도 짓궂은 느낌을 지니고 있겠지만) 미혹에 빠졌음을 불행하게 생각한다.

우리들의 마음을 똑바르게 하라. 어찌하여 인간에 대해서 위대한 감정을 일으킬 수 없는 것이 우스꽝스러운가. 이 슬프고 괴롭고 수치스러운 사실이! 우리들의 어버이는 아귀(餓鬼)처럼 탐욕스럽고 우리들의 벗은 여우처럼 간사하고 음흉하며 그래서 나 자신은 원숭이처럼 음란하다는 이 불행한 자각이! 오직 슬프다고 생각해야 한다. 차라리 무섭다고까지! 그래서 우리들의 현실은 이처럼 추할지라도 우리들의 상상력이 그릴 수 있는 바인 저 영락(瓔珞)을 이고 있는 성스러운 사람의 상(像)을 우러러

보아야 한다. 스스로 그 상과 닮아가기를 기원해야 한다. 종교는 그 기원이 성취될 것이라는 약속이다(내 생각으로서는 저 세상에 있어서). 그것은 꿈일까? 신란 성인은 그 꿈을 좇아 90세까지 허둥지둥 살았던 것일까? M 씨는 30세에 이미 그것을 버렸는데! 나는 여기서도 또다시 입을 다물겠다. 왜냐하면 나의 심증은 그것이 꿈이 아님을 선언할 만큼 아직은 무르익지 않았으니까. 그러나 종교적 감정은 젊음이나 세태에 대한 둔감이나 두뇌의 단순함 등에 의해서 거의 그 정열을 지탱하는 것과 같은 그런 것은 결코 아니다. 어떤 사람들에 있어서는 그것이 꿈이 아님을 선언할 만큼 아직은 무르익지 않았으니까. 그러나 종교적 감정은 젊음이나 세태에 대한 둔감이나 두뇌의 단순함 등에 의해서 거의 그 정열을 지탱하는 것과 같은 그런 것은 결코 아니다. 어떤 사람들에 있어서는 그것은 참으로 이를테면 식욕처럼 천성적인 것이다. 우리들은 나이를 먹어 세태를 보는 것이 점점 더 복잡해지고 악을 아는 것이 점점 더 날카로우며 더구나 많은 불행에 충격을 받는다. 그러나 그래도 역시 점점 더 깊은 정열을 드러내어 보인 종교적인 선인(先人)이 우리들의 조상이 있다. 근대에도 또한 톨스토이 같은 인물이 있다.

우리들의 인생을 보는 눈은 오직 끝까지 젖어 빛나지 않으면 안 된다. 인생의 참모습은 이런 눈동자에만 비치는 법이다. 빈정거리는 눈에는 참다운 실상은 비치지 않는다. 빈정거림이 될 때 우리들의 마음은 이미 '덕' 속에서 성장함을 중지한다. 그러나 빈정거리고 싶어도 되지 않을 때 끝까지 똑바로 젖어 슬퍼하면서 인생을 바라보는 사람은 빠르게 전진해 나간다. 빈정거림은 조금도 적극적인 의의가 없는 자살적 정서이다.

예수는 인간의 추악함이라든지 위선을 속속들이 잘 알고 있었다. 그렇지만 그는 그것에 대해서 빈정거림은 없었다. 다만 그것을 슬퍼하고 인간의 '덕'을 완성시킬 수 있는 길을 연구해 보려고 애썼다. 타인에 대해서 특히 자기 자신에게 대해서 빈정거림이 되어서는 안 된다. 나는 자기의 추악함을 태연하게 아무런 괴로움도 없이 고백하는 사람은 진지한 고백자라고는 생각하지 않는다. 톨스토이도 참회록을 쓰기까지에는 몇 번이나 주저했었다. 자기 자신에 대해서 빈정거림이 되는 것은 가장 성질이 나쁜 이른바 용서받지 못할 죄라고 할 만한 것이다. 나는 이런 문제를 생각할 때 어떤 하나의 깊은 종교적 죄악과 같은 관념에 이끌리게 된다. 그리고 인간의 운명에는 인간의 사유물이 아니라 부처의 분신이기 때문에 자기 생명에 대한 의무 의식이 있는 것이 아닌가 하는 생각이 든다. 자살한다든지 자기를 저주한다든지 하는 것은 어떤 자기 아닌 것을 범하는 것이 아닐까.

나는 빈정거림을 가장 싫어하는 사람이다. 내가 존경하는 톨스토이나 도스토예프스키의 문학작품 속에까지도 그 작품의 세계를 깊이 보여 주는 것 중에는 일종의 빈정거림의 요소가 섞여 있는 것 같다. 하지만 나는 생각한다. 그것은 확실히 좋은 점은 못 된다고. 나쓰메 소세키(夏目漱石) 씨 같은 사람도 그런 점은 나에게 항상 불만이었다. 성경이나 『탄니쇼』 속에는 빈정거림의 상태는 아무데도 보이지 않는다. 부처의 상(相) 중에는 부동명왕(不動明王)처럼 분노의 상이 있지만, 그것은 의로운 의분(義憤)이고 자비원만(慈悲圓滿)의 상호 속에 포섭될지도 모른다. 하지만 빈정거림만은 완성된 상(像)의 상(相)으로서 내재해 있는 상(相)이다.

4. 순결에 대하여

완전과 조화를 추구하는 순수한 이상가로서 사물을 인식하는 날카로운 리얼리스틱한 눈을 가지고 있는 사람들이 있다. 그것은 축복할 만한 일임에 틀림없다. 우리들에게 인생의 뛰어난 걸음걸이를 보여 주는 은인은 이 같은 사람들이다. 그러나 이런 종류의 사람들이 종종 빠지는 하나의 외도가 있다. 그것은 인간 생활에 하나의 프로그램을 만드는 일이다. 생각하건대 "완전과 조화는 손쉽게 달성되는 것이 아니다. 그것은 노년기에 속하는 일이다. 인생의 갖가지의 경험을 거쳐 이것을 하나의 광경으로서 멀리 바라볼 수 있을 때에만 가능하다. 그렇게 되기까지는 방황하지 않으면 안 된다. 깊은 미혹(迷惑)의 방황을 거친 연후에만 멀고도 완전한 안식은 있다. 갖가지의 죄를 범한 후에 구원과 덕이 얻어진다. 괴테의 말년을 보라. 스트린드베리나 톨스토이의 노년기를 보라."는 말이 있다. 이 같은 사고방식은 깊은 진리를 포함하고 있다. 그렇지만 인간은 반드시 모두다 이 같은 경험을 해야 한다고 규정하는 것은 독단적인 것처럼 생각된다. 나 스스로는 위에서 말한 바와 같은 경향의 성격에 속하는 것이다. 나는 그렇기 때문에 젊어서 신앙생활을 시작하는 것을 볼 때는 아무래도 허위라고밖에 생각하지 않았다. 청년으로서 술을 마시지 않고 여자를 구하지 않는 사람은 천박한 사람들이라고밖에는 생각되지 않았다. 몸을 깨끗이 하고 있는 사람들은 모두 다 위선자로 보였다. 그리고 방황하지 않으면 안 되고 회의하지 않으면 안 된다고 말하면서 그들을 공격하기까지 했다. 나 자신은 방황하지 않을 수 없었고 회의하지 않을 수 없었기 때문에 지금도 나는 요즘 이 같이 생각할 수 없게 되었다. 어떤 특별히 혜택 받은 사람, 선택된 사람, 업이 얕은 사람들은 처음부터 조화된 성격과 맑은 덕을 가질 수 있는 것이 아닐까. 바울도 "하느님은 완고하게 되고자 하는 사람을 완고하게 하고, 유순하게 되고자 하는 사람을 유순하게 한다."고 말하고 있다. 마치 "옹기장이가 진흙을 가지고 어떤 그릇은 고귀하게 어떤 그릇은 비천하게 만드는 것과 같이" 피조물로서의 인간에게도 품위의 높고 낮음이 있을 수 있는 것이 아닌가.

나는 어느 젊은 외국 부인인 그리스도교 신자를 알고 있다. 그 사람의 신앙은 나를 탄복시키기에 충분하고 깊은 아름다운 것이 있다. 그렇지만 그 사람은 어린 소녀 시절부터 경건한 양친의 슬하에서 자라나서 참으로 맑고 깨끗하며 단순하게 성장해 왔다. 죄로 더럽혀지지 않고 시원스럽고 명랑하게 살아오고 있다. 나는 그 부인에 대해서 생각할 때 그 생애를 축복하지 않을 수 없다. 좀 더 더럽혀졌더라면 좋았을 것을 하고 생각할 수는 없다. 마치 특별히 하느님에게 선택받아 천사들의 보호를 받으면서 자라난 것 같았다. 나는 오히려 그 부인이 죽음에 이르기까지 밝고 깨끗하게 조화를 이루어 죄로 더럽혀지지 않는 일생을 보내 주도록 기도하고 싶은 마음이 든다. 나의 방황이나 번뇌에 대해서도 자상하게 이해해 주지는 않을지라도 그와는 별도로 그 사람의 신앙으로부터 깊은 지혜를 얻게 되는 일이 나에게 곧잘 있다. 이 사람의 세계관이 나의 세계관보다도 훨씬 더 깊고 정확하다는 것을 느끼게 된다. 나는 그렇게 되지 않는다. 그 사람의 발걸음은 나의 안내자가 되기에는 너무나 실마리가 없다. 그러나 나는 그 사람의 생활을 탄복한다.

성 프란시스의 생애와 톨스토이의 생애를 비교해 보라. 프란시스는 고통 받는 일이 적으면서도 톨스토이보다도 훨씬 더 덕과 지혜 속으로 깊이 들어가 있다. 나는 프란시스의 생애를 읽고서도 나의 모범으로 삼기에는 너무나도 갑자기 조화되어 있음에 어안이 벙벙할 따름이다. 어떻게 해서 나는 성 프란시스처럼 될 것인가. 훌륭해서 얄미울 지경이다. 그런데 톨스토이의 생애를 보면 나 자신의 모습을 여러 모로 보는 듯한 느낌이 든다. 은사라는 느낌이 든다. 그러나 나는 프란시스와 톨스토이를 비교하면 프란시스 쪽이 확실히 인간으로서 완성되어 있다고 생각한다. 결코 그 때문에 프란시스를 경멸할 수는 없다. 프란시스 같은 사람은 우리들보다도 품위가 다르다. 특별히 혜택 받았고 업이 얕은 사람이다. 만일 스위든보오그Swedenborg가 말한 바와 같이 천국에도 계급이 있는 것이라면 프란시스는 톨스토이보다도 윗자리에 앉게 될 것이다. 그리고 톨스토이는 기꺼이 자리를 양보할 것이라고 생각한다.(이런 것은 함부로 상상할 것이 못되지만). 나는 톨스토이와 같은 유형의 인간이다. 나는 방황하고, 괴로워하고, 죄로 더럽혀져 성장해 나갈 수밖에 없다. 따라서 프란시스와 같은 유형의 인간이 있으면 나는 존경한다. 나는 평민이고 그 사람은 귀족(정신적)이라고 생각한다. 사회에 계급이 있는 것이 못마땅한 까닭은 그 계급이 덕의 높고 낮음에 따르고 있지 않기 때문이다. 나는 성인에게 머리를 숙이는 것은 불만스럽지 않다. 톨스토이는 톨스토이, 프란시스는 프란시스 그렇게 신 앞에 정확하게 조화되어 있는 것이 아닌가. 그렇지만 나는 톨스토이 같은 유형의 인간에게 깊이 동정한다. 그러나 프란시스 형(型)에 해당하는 사람을 경멸하는 것은 본도가 아니라고 생각한다. 인생의 죄 투성이가 된 후가 아니고서는 깊은 신앙을 얻을 수 없다는 점은 대부분의 사람들에게 있어서 사실이다. 그러나 죄 투성이가 되는 것은 즐거운 일은 아니다. 죄 투성이가 되지 않는다면 이보다도 더 좋은 일은 없다. 그런 사람은 가장 축복받은 인간이다. 나는 그 사람을 진심으로 축복할 수 있게 되고 싶다.

나는 이런 의미에서 불교도들이 만들어 놓은 여러 가지의 계율을 살리고 싶다. 원래 계율은 종교의 본질은 아니다. 그러나 계상(戒相)을 띠었기 때문에 정토진종 신자가 아니라고 할 수는 없다. 호넨 성인의 이른바 '혼자서 염불하는 사람'은 '대처(帶妻)하여 염불하는 사람'보다도 업이 얕은 사람이다. 무슨 일이나 다 숙연(宿緣)에 맡기고서 이것을 굳이 고집할 수는 없겠지만 몸을 성결하게 지닐 수 있음은 바람직한 일이다. 몸에 스스로 계상이 갖춰진 사람은 참으로 고귀한 사람이다. 이 같은 일은 사소한 일이라고 나는 생각하고 싶지 않다. 죄는 아무리 작더라도 두렵다. 신란 성인은 그 정결 때문에 틀림 없이 호넨 성인을 존경하였으리라고 생각한다. 렌쇼보(蓮照坊)는 신심이 결정된 후에도 아쓰모리(敦盛)를 죽인 것이 상기될 때마다 가슴이 아팠을 것임에 틀림없다. 살생이나 간음을 예상하는 육식, 대처에 대해서 너무나 둔감해지는 것은 정토진종 신도의 치욕이다. (1917년 가을)

13

지상(地上)의 남녀

— 순결한 청년에게 보낸다 —

육체적 요구를 단지 육체를 요구하기 때문에 악하다고 보는 사상이 배척된 이후 근대의 교양을 갖춘 사람들은 관능의 요구에 큰 가치를 인정해 왔다. 그리고 그것은 올바른 주장이었다. 그렇지만 경솔한 근대인은 근대의 문화가 일반적으로 그 위를 방황해 온 외도에 이끌려 허다하고 중요한 착오에 빠진 것처럼 보인다. 그 중에서도 나는 그 가장 꺼림칙한 것 중의 하나로서 사랑과 성교의 문제를 들지 않을 수 없다.

남녀가 육체적인 교섭을 하는 것은 일본의 종래의 습관(감히 도덕이라고는 하지 않는다)으로는 어떠한 형식에 의해서 사회적 공인을 얻은 부부 사이에서만 정당하게 여겨졌다. 근대인은 우선 이 사상을 타파했다. 나도 이에 대해서는 아무런 이의도 없다. 도덕은 사회제도의 규정에서 생기는 것은 아니다. 하늘 아래, 땅 위에서 인간과 인간이 사귈 때 우리들의 마음속에 내재하는 진리의 목소리에 의해서 정해지는 것이다. 가령 부부 사이에 행해지는 육교(肉交)만이 정당하다는 것도 나는 인정하지 않을 뿐만 아니라 그것은 부부인 사회상의 규정에 그 근거를 두지 않고 부부관계에 특별히 내재하는 어떤 사정이 그것을 허락해 주는 것이어야만 된다. 이에 이어서 일어나는 문제는 연애가 존재하는 남녀 간의 육교는 정당하다는 사상이다. 이 사상은 새로운 세대 사이에서 가장 많이 인정받는 사상인데 여기에 나는 주로 이 사상에 대한 나의 의문시되는 점을 서술하고 싶은 것이다. 이 밖에 보통 절대로 육교를 시인하는 사상이 있다. 그 유일한 사상은 육교는 인간에게 자연히 주어진 생리적 요구이기 때문이라는 것이다. 그러나 그것은 도덕과는 아무런 관계도 없는 단순한 사실이다. 존재의 법칙으로부터 가치의 법칙을 끌어낼 수는 없다. 단순히 요구라고 한다면 인간의 모든 행위는 형식상 요구의 충족이다. 어떠한 행위도 충분한 동기의 충족률 없이는 생기는 것이 아니다. 그렇지만 도덕은 그것을 선으로 보거나 혹은 악으로 볼 수 있다. 분명히 말하자면, 인간의 모든 요구를 모조리 악으로 볼 수도 있는 것이다. 그런데 사랑이 있으면 성교를 해도 좋다는 사상은 어디에서 나온 것일까? 그것은 사랑을 선으로 보고 그리고 성교는 사랑의 필연적인 결과라고 하는 것이다. 생각하건대 생명은 첫째로 정신과 신체와의 관계없는 별개의 두 존재가 아니라 이 양자는 일여이다. 전체로서의 생명의 두 가지 현상이다. 육체는 정신의 상징이다. 하나의 전체로서 생명을 내관하면 정신이고 밖으로부터 관능을 통해서 지각하면 육체이다. 그러므로 안으로 마음과 마음의 화합은 밖으로는 육체와 육체의 화합이다. 사랑이 최고조에 도달할 때 그것을 밖으로부터 보면 성교가 된다. 즉, 서로 사랑하는 남녀의 마음과 마음의 화합을 상징하는 것과 같은 성교는 선이라는 것이다. 일찍이 나는 이 사상을 믿었다. 그리고 나는 단순히 성교를 허락되어야 하는 것으로서 요구한 것도 아니고 또한 성욕에 압박당해서 요구한 것도 아니며 참으로 두 사람의 연애를 완전한 것으로 만들기 위해서는 성교하지 않으면 안 된다고 믿고서 육체의 교섭을 하려고 했다. 즉, 완전한 연애는 생명과 생명과의 화합 곧 영육을 가지고 영육과 화합하지 않으면 허위라고 생각했기 때문이다. 하지만 지금의 나는 이 사상을 의심스럽게 보고 있다. 이따금 나는 그때의 일을 생각하고 수치와 후회의 생각에 잠긴다. 그리고 내가 이 같은 사사로운 문제를 파고드는 것은 좋아하지 않지만 오늘날 대부분의 청년은 아마도 내가 이전에 생각했던 바와 같이 연애와 성교와의 관계를 생각하고 있으리라고 여긴다. 그리고 이 문제는 특히 괴롭고 절실한 문제라고 느끼기 때문에 다시 한 번 생각해 보라고 권하기 위해서 적어도 여기에 한 사람이 이전에는 그것을 믿었고 지금은 의심하고 있는 인간이 있음을 알려 주고 싶어서 이 글을 쓰는 바이다. 결론을 먼저 말한다면, 나는 성교는 사랑의 필연적 결론은 아니라고 생각한다. 아니, 차라리 성교는 사랑과 별다른 것일 뿐만 아니라 사랑의 반대말이다. 만일 사랑을 선으로 본다면 성교는 악한 것이다. 서로 간에 진정으로 사랑하는 남녀는 결코 성교를 해서는 안 된다고 나는 생각한다! 이와 같이 생각함에 이르게 되는 심적 과정을 다음에 논술해 보겠다.

첫째, 생명이 정신과 신체로 구별될 수 없다고 하는 학설에 나도 긍정한다. 하지만 이 유물론과 유심론과의 조화와 그리스도교적인 영혼의 조화는 별개의 일이다. 성서의 영혼과 베르그송의 『물질과 기억』의 '정신'과 그리고 성서의 '육체'와 『물질과 기연』의 '신체'는 다른 개념이다. 이를테면 후자의 의지는 정신이지만 전자에서는 영혼이기도 하고 육체이기도 하다. 성서의 영육은 정신 작용의 두 가지 종류이다. 후자의 경우 성욕은 정신이지만 그리스도교적으로는 육체이다. 물심일여론(物心一如論)은 다만 성욕과 성교와의 사이에는 상징적 관계가 있다는 것만을 주장한다. 그러나 그것이 선이거나 악이거나 무조건 주장하는 것은 아니다. 성서에 의하면 성욕은 악하다. 따라서 그 상징인 성교도 악한 것이다. 즉, 그리스도에 의하면 성욕과 성교는 처음부터 끝까지 육체적인 것이다. 그 어디에도 영혼은 없다.

둘째, 성교는 사랑의 상징이 아니다. 성교는 어떤 정신적 요소의 상징임에 틀림 없다. 그러나 사랑의 상징은 아니다. '안에서 보면 사랑이고 밖에서 보면 성교'라는 관계는 성립되지 않는다. 나는 성교가 성욕의 상징임을 인정한다. 그러나 사랑의 상징이라는 말은 인정할 수 없다. 다시 말하면, 두 사람의 사랑이 고조됐을 때에는 그 사랑의 육체적 표현이 성교만으로는 성립되지 않는다. 혹은 그 육체적 표현으로서는 포옹하고 울지도 모른다. 혹은 서로 충실하게 되어 침묵할지도 모른다. 그 밖에도 이를 달리 표현할 수는 있을 것이다. 그러나 성교로는 되지 않는다. 성교는 사랑의 요구에서 일어나지 아니하고 전혀 다른 요구 즉, 성욕에서 일어난다. 성교는 그 요구의 상징이다. 사랑과는 아무런 관계가 없다. 성교의 요구가 생길 때는 사랑이 이완되어 있을 때이다. 두 사람이 참으로 사랑하고 있을 때는 감사와 눈물이 가능하기는 하지만 성교로는 가능하지 않다. 그리고 성교를 하고 있을 때는 두 사람은 조금도 사랑하고 있지 않다. 성교의 절정에 있을 때 두 사람은 전혀 아무런 관계도 없이 서로를 잊고 있다. 이 상태는 마음과 마음과의 포옹을 입증하고 있다고 오해하게 된다. 거기에 근본적인 착오가 있다.

셋째, 성교의 엑스터시(무아경)는 사랑의 엑스터시는 아니고, 성교는 결코 영육의 법열(法悅)은 아니며, 그리스도교적으로 말하면 육체만의 즐거운 욕망이다. 영혼은 내포되어 있지 않다. 그 엑스터시는 남녀가 서로 상대방의 운명을 망각하고 자기의 흥미에 탐닉할 때 일어난다. 상대방의 운명과 자기의 운명과 접촉되는 것이 아니라 상대방을 '물(物)'로서, 즉 '재(財)'로서 생기게 한 엑스터시이다. 마음과 마음의 접촉이 아니라 마음과 물질의 접촉이다. 그 상(相)은 생물과 생물이 서로 잡아먹는 상대와 같은 계통에 속해 있다. 그리고 성교의 가장 혐오할 만한 것은 이 무서운 상대를 사랑의 절대경(絶對境)과 혼동하거나 혹은 스스로 속이는 데 있다. 사랑의 절대경은 희생이지 성교는 아니다. 성교는 에고이즘의 절대경이다. 어떤 사람은 이렇게 말할 것이다. 모든 성교가 그렇지는 않다고. 강간이나 매춘의 경우는 그렇지만 서로 사랑하는 사람과의 성교는 사랑의 엑스터시라고. 그러나 가령 서로 사랑하는 사람이라고 하더라도 성교를 할 때는 결코 상대방을 사랑하고 있지 않는 셈이다. 이상의 제언은 서로 사랑하는 사람의 성교에 대해서 말한 것이다. 여기에 두 사람이 밀회했을 때의 장면을 상상해 보라. 두 사람은 순수하게 사랑하고 있는 동안 성욕은 일어나지 않는다. 눈물과 감사가 있을 뿐이다. 그렇지만 그 사랑이 약간 이완되었을 때, 전혀 색다른 요구가 꿈틀거리기 시작한다. 그때 사랑과 성욕이 뒤섞여 꿈틀거린다. 따라서 그 사랑은 불순해진다. 그리고 점차로 성욕이 지배함에 따라서 사랑은 물러선다. 그리하여 마침내 성욕이 승리를 거둔다. 그리고는 성교가 된다. 그리고 크라이막스 즉, 최고조에 달한다. 그때는 전혀 사랑은 없다. 상대방의 운명 따위를 생각하고 있지 않다. 자기의 흥미 — 아니, 자기도 끼어들지 않은 자연력의 흥미에 탐닉해 있다. 나는 불쾌함을 참고 좀 더 날카롭게 말하겠다. 이를테면 상대방인 애인의 몸이 좋지 않을 때에도 성교의 요구는 있을 것이다. 만일 성교 도중에 애인의 생명에 위험이 미치는 어떤 사건이 일어날지라도 성교는 끝까지 다다르지 않고는 여간해서 쉽사리 중지할 수 없을 것이다. 이처럼 상대방의 운명을 두려워하지 않는 상태가 과연 사랑의 엑스터시일까. 영육의 법열로서 찬미되어야 할 것인가. "당신을 위해서라면 죽겠어요"라고 말하는 사랑의 몰아(沒我)와 어떤 관계가 있겠는가.

넷째, 성교를 했기 때문에 사랑이 열렬해지는 것은 성교가 사랑이라는 것과는 별개의 문제이다. 어떤 사람은 이렇게 말할 것이다. 그러나 성교한 두 사람은 성교를 하지 않은 이전보다도 열렬하게 되는 것이 아닌가라고. 그러나 그것은 반드시 그렇지 않다. 성교를 했기 때문에 도리어 헤어지는 애인도 있다. 또한 열렬하게 되었다고 가정하자. 그것은 마치 서로 치고 때리며 싸운 인간과 인간이 교회에 나가 나란히 앉아 서로 접촉되지 않는 두 사람의 인간보다도 더 열렬하게 되는 것과 마찬가지다. 성교 그 자체는 사랑은 아니다. 또한 성교를 하지 않으면 열렬하게 되지 않는다는 법도 없다. 만일 두 사람이 운명과 운명을 접촉시킨다면 또한 두 사람의 추악한 일이나 괴로운 일, 수치스러운 일도 공생한다면 성교에 관계없이 열렬하게 된다. 성교를 하면 열렬하게 될지도 모른다. 하지만 성교 그 자체는 사랑의 표현은 아니다. 혹은 사랑과 성욕과를 그처럼 분리해서 생각할 수는 없다고 말하는 사람도 있을 것이다. 하지만 나는 이 정신 작용 속에 본질적인 구별을 감별(鑑別)할 수가 있을 것이라고 생각한다. 나는 어떤 경우에든 부부간이나 애인끼리도 성교는 절대로 악이라고 믿고 있다. "사랑이 없는 성교는 하고 싶지 않다"는 이 말은 곧잘 듣는 말이다. 그러나 사랑을 하더라도 성교는 해서는 안 되는 것이다. 이것은 인습도 개념도 아니다. 성교 그 자체의 경험에서 나오는 실감에 근거를 두고 하는 주장인 셈이다. 승려가 여자를 금하는 것은 성교 그 자체가 악하기 때문이다. 그리스도가 마태복음에서 "무릇 여자를 보고 색정을 일으키는 자는 마음속으로 이미 간음한 것이니라."고 한 것은 결코 도덕의 이상으로서 지나치게 엄중한 것은 아니다. 그리스도의 사상을 순수하게 지키면 성욕은 어떤 경우에도 악이기 때문이다. 어떤 사람은 그래서는 자손이 생기지 않아서 인류는 절멸하게 될 것이라고 말할지도 모른다. 그러나 가령 인류가 절멸할지라도 악은 악이다. 마치 다른 생물을 죽이지 않으면 인류는 절멸하겠지만 살생은 악인 것과 마찬가지의 이유이다. 나는 인생에 두 가지의 최대 해악이 있다고 생각한다. 하나는 성교를 하지 않으면 자식을 낳을 수 없는 것과 다른 하나는 살생하지 않으면 살아갈 수 없는 것이다. 만일 사랑이 선한 것이라면 이 두 가지는 아무래도 죄악이다. 사랑을 역설하는 사람은 누구나 다 이 설을 받아들이지 않으면 안 된다.

여자에 대해서 성욕을 일으키고 있을 때에는 그 남자의 마음은 여자를 축복하고 있지 않다. 그러므로 죄가 된다. 무릇 다른 생명을 축복하는 것은 선이고 저주하는 것은 악이다. 여자의 운명에 관심을 가지고 있지 않다. 그때는 사랑하고 있지 않다. 먹으려고 하고 있을 때의 마음 즉 식욕과 아주 흡사하다. 그 증거로는 성욕을 흥분시키는 것은 모두 저주를 포함한 감정뿐이기 때문이다. "이 여자는 처녀다. 나는 처음으로 신성한 것을 더럽히는 것이다. 더구나 나는 어젯밤 다른 여자와 잠을 잤는데……."라고 생각할 때 성욕은 흥분된다. "이 여자는 아름다운 노리개이다. 남자에게 몸을 내맡기기 위해서 태어난 것처럼 되어 있다"고 생각할 때 성욕이 흥분된다. "발버둥 쳐 봤자 이젠 내 것이다"라고 생각하며 강간하는 자는 여자가 저항할수록 성욕이 흥분된다. 고양이가 쥐를 잡아먹기 전에 놀려 대는 마음과 남자가 자기가 범할 여자를 성교하기 전에 여러 가지로 나쁜 장난을 치는 마음은 매우 흡사하다. 모든 정복 의식은 성욕을 흥분시킨다. 나는 뱀이 개구리를 잡아먹고 있는 정경을 보게 되면 성욕이 일어난다. 심지어는 신문에서 일본이 중국을 위협하는 기사를 읽으면 성욕이 일어나 흥분된다. 그 사이에는 어떤 필연적인 관계가 있다. 자위하는 사람은 될 수 있는 한 참혹한 성교를 머릿속에 떠올리지 않으면 성욕의 흥분을 느끼지 못한다고 한다. 이에 반해서 여자의 운명을 두려워하고 있을 때의 마음에는 가장 성욕이 일어나기 어렵고, 사랑의 순수한 희열을 느낄 때는 눈물과 감사가 가득 차서 성욕은 가장 멀어져 간다. 아름다운 감정에는 그것을 증명하는 감사가 없지 않으면 안 된다. 성욕에는 감사가 수반되지 않는다.

육체적 교섭을 끝낸 직후에 부둥켜안고 우는 일도 있다. 그렇지만 그것은 성욕 그 자체가 감사함은 아니다. 순결한 남녀가 어떤 이상하고 날카로운 접촉을 가졌기 때문에 감동하여 우는 것이다. 성교에 익숙해진 남자와 여자가 아무런 감동이나 쾌락조차도 없이 습관적으로 성교를 하여 서로서로 상대방을 욕보인 것도 느끼지 않은 채 게으르고 방종한 마음으로 잠들어 버리는 꼴을 상상해 보라. 참으로 꺼림칙한 느낌이 든다. 뭐니 뭐니 해도 성교에 길들여져서 아무런 정열도 없이 될 수 있는 한 값싸게 그러나 끈질기게 즐기려고 할 때의 마음만큼 꺼림칙하고 싫은 것은 없다.

살인과 성교는 매우 흡사한 죄악이다. 더구나 성교는 살인보다도 훨씬 더 질이 나쁜 죄이다. 그리고 인간의 혼은 전자보다도 후자에 있어서 보다 더 그 품위를 손상시켜 타락해 있다. 나는 그리스도가 성령에 의해서 잉태한 처녀 마리아에게 태어났다는 성서의 설화를 참으로 어울리는 것이라고 생각한다.(예수를 하느님의 외아들이라고 하는 복음기자의 사상을 순수하게 지킨다면) 나는 아내와 함께 전도하는 목사가 죄인이라고 고백하지 않은 채 순결을 설교할 때에는 민망한 느낌이 들어 견딜 수 없다. 적어도 사랑을 설교하는 사람은 될 수 있는 한 정결하게 몸을 가지려고 노력해야 한다. 정조라는 덕은 두 사람 이상의 이성과 성교를 하지 않는다는 것만을 뜻하는 것이 아니다. 참다운 정조는 남편의 소유물이 아니라 신의 소유물이다. 성교 그 자체가 죄악이기 때문에 정결은 고귀한 것이다. 서로 연애하는 남녀는 성교를 피해야 한다. 그것은 자신들의 연애들 더럽히는 것으로 보아 배척해야 한다. 이 같은 나쁜 욕망이 뒤섞여 꿈틀거리는 일 그 자체가 이미 자기의 연애가 순수하지 않다는 것을 입증하는 것이므로 부끄러워해야 한다.

연애의 본질은 절대로 성욕만은 아니다. 나는 이것만은 확신하고 있다. 그러면 연애의 본질은 무엇일까? 이에 대해서 나는 다른 모든 인성이 깊은 염원에 대해서와 마찬가지로 명료하게 답할 수 없다. 실제로 이 같은 문제는 인생의 문제이다.

아니, 차라리 나의 생각으로는 그것은 참으로 '저 세상'에 걸친 문제이다. 조물주의 계획! 그것은 지상과 천국을 아울러 바라볼 수 있는 지혜 있는 사람의 계획에 의한 일이다. 우리들 같은 지상에 있는 자는 이러한 문제에 대해서 도저히 발로 더듬어 가면서 걸어가는 신세를 면할 수 없다. 그러나 끊임없이 더듬어 찾아야만 한다. 죽을 때까지 우리들의 사색이란 '땅에 속한 것'을 기연으로 하여 '하늘에 속한 것'의 지식에 도달하는 일이다. 그 사색의 동인은 우리들의 혼의 염원과 동경이고 그 사색의 기관은 그런 우리들에게 선척적으로 존재하는 선험적인 염원이 우리들의 체험을 소재로 하여 발효시키는 상상력이다. 이 상상력에 의해서만 우리들은 하늘에 속한 것의 모습을 방불하게 할 수 있다. 이 같은 상상력이 하느님의 은혜에 의해서 비추어졌을 때야말로 저 요한이나 스웨덴보르그와 같은 종교적 천재가 보았던 묵시(默示)라고 일컬어질 수 있을 것이다.

연애의 본질은 무엇인가? 그것은 깊고 깊은 문제이다. 지금 나는 그 수수께끼를 풀 수 있으리라고는 생각하지 않는다. 다만 나의 마음에 비추어진 가난한 상상의 형상을 말한다면, 연애는 인간의 원형(原型)을 완성하고자 하는 염원이 아닌가 한다. 다시 말하자면, 조물주의 가슴 속에 인간의 원형이 있고 지상의 남녀는 제각기 그 자신에게는 결여된 것이며 그 양성(兩性)을 혼연히 융합하여 남성도 아니고 여성도 아닌 그렇다고 중성도 아닌 것의 일종의 성(性)을 갖춘 인간 즉, 원형으로서의 인간(이러한 인간이 완전한 원상〈圓相〉을 갖춘 것이다)이 되고자 염원하는 것이 아닐까?

사람들은 전혀 성의 차별을 초월하여 오직 인간으로서의 인간이 되도록 노력해야 한다고 말하지만 나는 지금 조금 깊이 생각하고 싶다. 인간은 이미 인간인 이상 틀림없이 남자이거나 여자이다. 그 혼의 본질까지 성의 차별이 있다. 그 차별은 변할 수 없고 변할 필요도 없으며 또한 변해서는 안 된다. 그 차별로부터 성욕이 아닌 성의 염원 — 연애가 생기는 것이 아닐까. "하느님께서 처음에 사람을 남자와 여자로 만드셨다"고 하기 때문에 연애가 있는 것이 아닐까. 만물이 지니고 있는 차별상(差別相)은 어느 것 하나라도 부정해서는 안 된다. 이 같이 말하는 것은 조물주의 의장(意匠)에 침입하는 모독이기 때문이다. 연애 속에는 일종의 당위 곧, 졸렌이라는 의식이 있다. 그 의식은 일종의 도덕적 의식이라고 해도 좋다.

나는 그 유명한 단테의 베아트리체에 대한 연애를 생각한다. 단테에게 있어서는 그녀는 모든 덕의 정화(精華)였다. 선의 임이었다. 그는 연애 속에서 선의 이데아를 보았다. 그 연애는 하늘에 속한 모습에 대한 동경과 분리시킬 수는 없었다. 미켈란젤로의 빅토리아 코론나에 대한 연애처럼 또한 저 페라당이 희곡화 한 클라라의 프란시스에 대한 연애처럼 순수한 연애는 우리들의 '선하게 되려고 하는 기도'와 구분할 수 없는 것이다. 나는 괴테의 '영원한 여성'이라고 말한 심정을 생각한다. 또한 호가차로의 『성자』속에 그려진 늙은 목사와 소녀와의 연애를 생각한다. 막달라 마리아가 예수에 대한 심정을 생각한다. 또한 저 중세기에 신성하고 불타는 것과 같은, 하지만 조용한 정열로 나타난 '성모 숭배'의 심정을 생각한다. 또한 저 관세음보살의 남성과도 같고 여성과도 같은 원만하고도 아름다운 상(像)을 생각하지 않을 수 없다. 이 같은 상에 예배하는 심정과 연애의 본질을 이루는 심정은 아주 닮아 있다. 순수한 연애의 기분은 참으로 기도의 심정과 가깝다. 나의 이런 사상은 어떤 사람들에게는 정말이지 어리석고 또한 공허하게 보일 것이다. 그러나 연애의 눈물과 감사함을 체험한 사람은 쉽사리 긍정할 수 있을 것이다. 연애의 본질은 이러한 동경과 염원, 기도 속에 있으며 결코 성욕 속에는 있지 않다. 나는 또한 성교의 경험이 없는 순결한 청년이 막연한 영육일치의 사상에 홀리어 그 순결을 잃는 것을 한없이 유감스럽게 생각하는 것이다. 한 번 잃어버린 순결은 이젠 절대로 되돌아오지 않기 때문이다. 순결한 청년과 이미 여자를 알고 있는 청년에 있어서는 여자에 대한 느낌이 전혀 다르다. 아니, 이미 성교를 경험한 사람은 참다운 의미에서는 이미 청년이라고 일컬어서는 안 된다. 청춘의 행복은 이미 그 사람을 떠나 버렸기 때문이다.

나는 아직 동정(童貞)인 청년이 성교를 사상적으로 정당화하는 것을 어리석다고는 생각하지 않는다. 오히려 순결한 청년이 무엇이나 다 순수하게 보는 선한 소질로 말미암아 도리어 성교를 긍정하기 쉽기 때문이다. 그러나 이미 성교에 익숙해진 남자가 성교를 선하게 보고 동정을 가진 청년에게 역설하는 것과 같은 것은 나는 부끄러움을 모른다고 생각한다. 이미 성교를 경험했으면서도 아직도 그 추악함을 느끼지 못하는 사람은 무신경한 사람이다(만일 참으로 순결한 의식으로 성교를 할 수 있는 사람이 있다면, 나는 그 사람을 예배해도 좋다. 그 사람은 악의 씨가 생명 속에 뿌려져 있지 않은 아주 깨끗한 사람이니까. 블레이크나 휘트먼 같은 사람은 그에 가깝다). 그들은 필시 스스로 자기를 속이고 있는 것이다. 이미 성교를 경험한 청년이 처녀에 대해서 태연하게 연애를 건다면 그 사람은 후안 즉, 얼굴이 두꺼운 사람이다. 나는 이런 사람이 절실한 연애를 할 수 있으리라고는 믿지 않는다. 나는 저 안드레에프의 『안개』 속의 청년을 상기한다. 자신을 "더러워, 더러워!"하고는 마침내 사랑마저 고백하지 않은 채 죽은 불행한 청년의 일을 생각한다. 나는 이러한 청년을 존경한다. 그리고 자신은 갖은 수치스러운 병에 걸려 있으면서도 아내를 선택할 때에는 아주 당연한 듯이, 그녀가 처녀이기를 요구하는 그러한 남자를 파렴치하다고 생각한다. 아직 순결한 청년은 가능한 한 오래도록 만일 할 수만 있다면 평생토록 그 순결을 지닐 것에 힘써야 한다. 그리고 불행하게도 순결을 잃어버린 청년은 그것을 항상 부끄럽게 여겨야 한다. 항상 그에 대한 보상을 받을 각오를 하고서 여자를 대해야 한다. 나는 이러한 청년도 또한 진실한 연애를 할 수 있다고 믿는다. 나는 오히려 이러한 청년을 지금 세상에서는 보통의 청년이라고 생각하며 아직 동정인 청년을 특별히 천사에게 수호된 혜택 받은 청년이라고 생각하고 있을 정도이다. 이미 더럽혀진 청년이 만일 같은 입장의 여자와 연애에 빠지게 된다면 참으로 어울리는 운명이라고 해야 할 것이다. 이러한 경우에도 진실한 연애가 이루어질 수 있다. 이런 청년이 처녀와 서로 사랑한다면, 그것은 참으로 괴롭고 오히려 무서운 운명이다. 그러나 이러한 경우에도 진실한 연애는 이루어질 수 있다. 그러나 나는 이 두 가지 경우가 모두가 종교를 가지지 않고서는 조화된 의식에 도달할 수가 없다고 본다. 여기서 나는 '지상의 남녀'라는 것을 생각지 않을 수 없게 된다. 즉, 신 앞에서 정죄(定罪)받은 남녀를 나란히 세우는 — 무릎 꿇게 하는 것을! 엄밀히 말하면 아무리 순결한 남녀일지라도 이미 철이 든 이상은 마음속에 추악한 시체 더미를 가지고 있는 법이다. "아아, 하느님, 저희들은 더럽혀졌습니다. 용서해 주십시오. 앞으로도 더럽혀질 것 같습니다. 보살펴 주십시오. 몸을 깨끗하게 지닐 수 있도록 힘을 내려 주십시오."라고 기도하는 심정이 있어야만 이 연애하는 입장을 내려 받을 수 있는 것이다.

연애의 본질은 결코 성욕이 아니다. 그러나 인간의 연애에는 반드시 성욕이 뒤섞여 꿈틀거린다. 그것은 무슨 까닭일까? 나는 알 수 없다. 아마도 빛에는 반드시 그림자를 따르게 하고 선에는 반드시 악을 얽히게 하며 천사가 내려오는 곳에는 반드시 악마도 함께 오게 하는 조물주의 특별한 기교일 것이다. 그러나 선과 악은 어디까지나 준엄하게 대립시켜 놓지 않으면 안 된다. 오직 조물주의 지혜 속에서만 그 대립은 포섭된다. 우리들은 결코 악을 스스로 용서해 주어서는 안 된다. 가령 연애에 성욕이 수반하는 것은 어쩔 수 없는 일일지라도 성욕을 선으로 보아서는 안 된다. 소위 백도(白道)는 선악의 구별을 없애는 것이 아니라 초월하는 것이다. 그 길에 서서 바라보던 선악의 상(相)은 점점 더 뚜렷하게 보일 것임에 틀림없다. 그런 의미에 있어서 나는 어디까지나 선악의 두 가지 업을 염두에 두고 살고 싶다. 그렇지 않으면 정토(淨土)가 우리들의 마음속에 계발되지 않기 때문이다. 우리들은 될 수 있는 대로 청정함을 현실에 조금도 구애됨이 없이 상상력이 미치는 한 그리지 않으면 안 된다. 그것이 지상에서 실현될 것인지 어떤지에 관계없이 이러한 상상의 이미지 곧 심상을 우리들의 이상으로 삼지 않으면 안 된다. 그 이상은 절대적으로 털끝만큼도 낮추어져서는 안 된다. 현실은 조금도 가차없이 있는 그래도 인정되지 않으면 안 된다. 그래서 하늘과 땅을 준엄하게 구별하고 그런 다음에야 비로소 하늘에 오르는 길을 연구해야 한다. 거기에서 종교의 미묘한 문제가 비롯되는 것이다. 성욕은 아무리 피할 수 없는 생리적 요구라고 할지라도 어디까지나 악한 것이다. 연애하는 사람은 그 연애를 존경할 정도로 이 나쁜 요구를 배척해야 한다. 어떤 사람은 이렇게 말할 것이다. 이렇게 성욕을 무시한다면 우리들의 연애의 요구는 포화될 수 없다고. 그러나 나는 성욕이란 전혀 성질을 달리하는 성의 염원이 있는 것이 아닌가 하고 생각한다. 생물학적인 근거로부터 나오지 아니하고, 앞에서도 말한 바와 같이 "하느님께서 처음에 사람을 남자와 여자로 나누어 만드셨다"는 말이 있기 때문에 생기는 또한 인간의 유형의 완성에 대한 요구로부터 나오는 성의 염원이 있는 것이 아니겠는가. 그리고 연애 속의 눈물과 감사는 필시 이 염원으로부터 생기는 것이 아니겠는가? 성욕으로부터 눈물과 감사가 생긴다고는 믿어지지 않는다(성교를 경험하기까지는 나는 그것을 믿고 있었지만).

우리들의 혼이 깊이 깨끗해져서 천사적인 염원으로 가득차게 됨을 따라 성욕은 점차로 혼으로부터 물러선다. 그리고 육체적인 교섭은 없더라도 성의 요구가 포화 상태에 있음을 느끼게 되는 일은 있을 수 있는 일이 아니겠는가(나는 저 예스런 그리스도교의 '성결'이라는 종교적 경험을 주의하지 않을 수 없다). 창세기에 의거해 보더라도 아담과 이브는 낙원에 있는 동안은 육체적인 교섭을 하지 않고 있다. 그리스도도 "천국에 있는 자는 장가가지 않고 시집가지 않는다"고 말하고 있다. 혹은 벌 받은 자의 후손인 우리들에게는 절대적인 성결에 도달하기는 불가능할지도 모른다. 그렇다면 이 이상을 따르는 자는 항상 성욕의 유혹과 그 결함에서 생기는 굶주림으로 고민하게 될 것이다. 그렇지만 그 유혹과 싸우고 그 굶주림을 참고 항상 기도하는 기분 속에서 순결을 지니려고 노력한다면, 이야말로 '선하게 되고자 하는 기도'에 수반하는 고귀한 연애이다. 아니, 때로는 육체의 교섭에 빠질지라도 그것을 악으로 여겨 신 앞에 나아가 뉘우치고 "정결을 지키게 해 주소서" 하고 기도하면서 깨끗한 사귐을 완성할 것을 노력해 간다면 악마로부터 해방될 수 없는 피조물로서는 깨끗한 남녀라고 말할 수 있지 않을까. 나는 이런 의미에 있어서만 '부부'라는 것을 이 지상에 허락해 주고 싶다. 그래서 태어난 자식은 한없이 아름답고 사랑스럽겠지만 이렇게 착하지 않은 원인에 의해서 삶을 받은 것이기 때문에 그 소질 속에 이미 불행과 사음(邪音)의 씨가 심어져 있지 아니하겠는가.(나는 불교의 '종자부정〈宗子不淨〉'이라는 말을 상기한다.) 그리하여 땅을 이어가는 것은 영구히 죄를 느끼면서 선을 기구하지 않으면 안 되지 않겠는가?

순결한 청년이여, 제군은 혹시 나의 언설을 지극히 공상적이라고 생각할지도 모른다. 그것은 제군이 너무나도 여자에 대해서 현실적인 선배를 지나치게 많이 가지고 있기 때문이다. 하늘에 관한 것에 대한 고찰을 소홀히 하는 근대 문화에 해독을 입고 있기 때문이다. 만일 중세의 사람이라면 나의 언설을 가장 보편적인 것으로 들었을지도 모른다. 제군의 선배 대부분의 사람들은 아마도 '여자'를 단지 성욕의 대상으로만 다루고 있을 것이다. 비교적 성실하고 부끄러움을 아는 사람이라고 할지라도 아마도 자기는 여자에게 사로잡히지 않는 안이한 위치에 서서 여자가 발산하는 아름다운 기분을 향락하는 태도를 취하고 있으리라. 이 같은 종류의 사람이 가장 많은 셈이다. 그리고 가장 불행한 것은 이런 사람들 중에는 일전에는 한번 아름답고 신성한 것으로 여겨 동경하며 심한 환멸을 경험하고 마침내 연애란 착각이고 환상임을 안다. 그리고 여자에 대해서 고귀한 정신 내용이 성한 것임을 단념하고 다만 그 색향만을 향락하는 것이 가장 현명하다고 주장하기에 이른 사람이 많다는 사실이다. 나는 이렇게 발전해 나가는 과정에 대해서는 실감적인 동정을 금할 수 없다. 제군이 그 언설에 좌우되는 것은 당연한 일이라고 해도 좋다. 실제로 이런 사람들은 눈물을 흘리면서 자신이 바친 정열이 너무나 깨끗했음을 애석해 하고 치른 희생이 너무나 값 비쌌던 것임을 한탄할 것이니까. 그들이 벌써 지상에 '영원한 여성'을 찾는데 지쳐 버리게 되는 슬픈 탄식은 제군을 감동시키지 않을 수 없을 것이다. 그러나 거기에 본도와 외도의 아슬아슬한 분기점이 있다.

외도는 여자를 통해서 윤회의 세계에서 방황하게 되고

본도는 여자를 통해서 천계로 차츰 밀어 올린다. '영원한 여성'을 지상에서 찾는 일에 지쳐 버린 사람은 모름지기 그것을 천상에서 구해야 한다. 나는 거기에 연애와 신앙의 연결고리가 있는 듯한 생각이 든다. '영원한 여성'을 구하는 동경은 인간의 영혼에 속해 있는 선한 소원이다. 그 소원은 마침내 지상에서는 이루어지지 않는지도 모른다. 그러나 어째서 이 소원을 버리지 않으면 안 되는 것일까? 어떤 이유로 이 소원을 무덤 저쪽에서 성취시키려고 노력하지 않는가? 무릇 사람의 마음에 깃들이는 소원은 만일 그것이 선한 것이라면 어떠한 자애에 의해서도 단념해서는 안 된다. 우리들의 생존에 의미를 부여해 주는 것은 오직 그런 소원들뿐이다. 그런 소원을 단념해 버리면 벌써 우리들의 영혼은 죽는 것이다. 그런 소원을 절대로 단념하지 않고 성취하기를 바라는 것이 종교적 요구이다.

사람들은 혹은 다음과 같이 말할 것이다. '저 세상'의 실재를 믿지 않고서는 이러한 소원을 계속 지닐 수는 없는 것이 아닌가라고. 그러나 나는 오히려 그 반대로 생각하지 않을 수 없다. 이런 소원은 단념해서는 안 되는 것이기 때문에 만일 그것이 이 세상에서 성취되지 않는 것이라면 반드시 '저 세상'이 실재할 것이라고. 이런 문제는 '마음가짐'의 내적 실감에 따라서 논의할 일이 아니다. 다만 나는 마음의 깊은 염원 속에서 영원성을 실감하는 바이다. 그 염원이 죽지 않는 것임을 믿게 되는 것이다. 따라서 그 염원을 소중히 지키면서 살고 싶다.

연애는 마음의 가장 깊은 염원 중의 하나이다. 그리고 고귀한 문제를 그 내부에서 숱하게 분비하는 중요한 생활재료이다. 하물며 그 의식 속에는 ─ 내가 믿는 바로는 ─ 하늘에 통하는 미묘한 가교가 포함되어 있다. 단테의 생애는 그 가장 좋은 본보기이다. 나는 순결한 청년에게 무엇보다도 이 문제에 대해 엄숙한 감정을 지니기를 권하고 싶다. 여자에 대해서 일찍부터 능글맞게 되는 것을 경계하고 싶다. 저 '파란 꽃'을 찾아 나선 하인리히처럼 '영원한 여성'을 지상의 구석구석까지 아니, 천상에까지라도 찾아 나서기를 권하고 싶다. 그래서 "언제까지나 사랑합니다."라고 '맹세'하지 말고 "언제까지나 사랑하게 하소서"라고 '기도'하기 바란다. 그리고 타인을 해치지 않고 자신을 손상시키지 않으며 육체의 교섭이 없는 신성한 연애를 해 주기 바란다(이 점에 대해서는 『출가와 그 제자』의 5막 2장의 신란〈親鸞〉과 유이엥〈唯円〉과의 대화에서 상세히 설명했기 때문에 여기서는 생략한다).

일단 순결을 잃어버린 청년은 그 아까움, 부끄러움, 그 되갚음에 대한 마음의 준비를 갖춘 심정으로 여자에게 대해야 한다. 그리고 부부는 가능한의 정결을 지키기에 노력해야 한다. 만일 아무리 노력해도 그 방탕한 감정을 억제할 수 없을 때에는 하다못해 그것이나마 항상 부끄럽게 생각해야 한다. 자신을 악인이라고 인정하고 그것을 신에게 감사하면서도 한편으로는 질질 끌려가듯이 번뇌의 숲에서 노는 사람과 그것을 당연한 일이라고 생각하여 음탕한 짓을 하는 사람과는 천양지차가 있다. 그것은 참으로 신란 성인과 보통의 건달의 차이이다. 정토극락에 가게 되는 사람과 지옥에 떨어지는 사람과의 차이이다. 나는 만일 그 사람이 스스로 악인이라 인정하여 그것을 부끄러워하고 있기만 한다면 어떠한 악인도 책망하고 싶은 생각은 하지 않는다. 실제로 나는 결코 깨끗한 인간은 아니고(이것은 겸손도 빈정거림도 아니다) 끊임없는 성욕과의 싸움을 의식하며 게다가 항상 명예스럽지 못한 패전을 계속하고 있다. 나는 결코 인간의 악의 뿌리를 뽑기가 어렵다는 것을 모르는 것은 아니다. 또한 그 악에 의해서 도리어 사람과 사람의 관계가 맺어지는 호흡도 이해하지 못하는 것도 아니다. 그러나 악은 악으로 보아 끝까지 배척하고 싶다. 그것을 스스로 용서해 주고 싶지 않다. 자신을 꾸짖고 채찍질하고 싶다. 그래서 그 악의 뿌리를 뽑아내는 방법을 연구하고 싶다. 이 세상에서 할 수 없으면 저 세상에 가서라도.

사람은 내가 너무나 선악에 구애받는다고 생각할지도 모른다. 그렇지만 내가 기구하는 무애자유의 백도에 나가기 위해서는 그것은 빠뜨릴 수 없는 절차인 것이다. 나에게는 모든 것을 긍정하고자 하는 염원으로 가득하다. 이미 만들어져 존재해 있는 것은 어떤 것이라고 할지라도 그것을 부정하지 않고 긍정하는 것이 본도이다. 조물주에 대한 만들어진 자의 의욕이다. 나는 그것을 잘 알고 있다. 나는 성욕도 긍정하고 싶다. 그러나 그것은 성욕을 그냥 그대로 선이라고 보는 방법에 의해서가 아니라 일단 악으로 보아 엄하게 배척하고 그런 다음에 그 악한 것에도 존재의 이유를 허락하는 종교의 섭취의 방법에 의해서 가능할 것이다. (1918. 1. 5)

14

문단에의 비난

비난이란 내 마음가짐을 견고하게 하지 않는다. 나는 지금 조화를 원하는 일에 충실하고 있기 때문이다. 그러나 지금 나는 나의 마음속에 있는 일종의 분노의 감정(그것을 나는 결코 좋은 것으로 자신에게 용서하지는 않지만)에 장소를 함께 하기 위해 구태여 비난으로서 놓아둔다. 나의 마음은 지금 방문객에 의해 상처를 받고 쓸쓸하다. 그리고 이런 마음 없이 사람 대하는 태도를 당연한 것으로서 유행시키는 책임을 나는 문단에 시집가고 싶을 정도이다. 그것이 동기가 되어 나는 이 글을 기술하고 있다. 나는 지금

열을 받고 있다. 나는 몸 상태가 괴롭기 때문에 소중한 일을 열심히 적어간다. 짧고 목숨 바치듯 열심히.

문사는 더욱 문단을 떠나 글을 써야 한다. 그렇게 생각해야만 한다. 그 의향이나 사색이나 정열이나 — 무엇보다도 소중한 마음으로 바라는 일도 가장 빠르게 문단이라는 관념을 떠나는 일이 불가능해질 때 문사는 타락하게 된다. "문단적, 너무나도 문단적"이라는 생각이 든다. 나는 문단이라는 것을 탐하고 있는 것 같은 작가나 비평가를 미워한다. 문단이란 것은 예술과 하등 본질적인 관계가 없는 것이다. 생산물과 시장의 관계에도 성립하지 않는 것이다. 만드는 사람은 파는 일을 목적으로 하지 않고 아니, 자신이 쓰는 것의 발표에 관한 의식 — 문단적 성립에서 독립하여 순수한 표출적 충동에서 제작해야만 하는 것은 두말할 것도 없다. 그것을 발표하려고 끝맺음하는 것은 별도의 일이다. 이렇게 하여 만들어 낸 작품은 저절로 다른 공존자의 마음으로의 길을 구하는 것이다. 그 사이에 무슨 문단이라고 하는듯한 의식에 삽입하는 짧은 시간이 있을 것이다.

그러나 이 무렵에는 문단이라는 것을 예상하지 않고서는 존재할 수 없을 것 같은 문장이 많다. 비평가에게는 특히 그것이 많다. 일본에서도 진면목에 가까운 부류의 비평가만큼 그 쓰는 것은 문단적이지 않다. 문단에 탐하고 있는 것 같은 비평가 정도로 경박한 문장을 쓰고 있다. 나쁜 일에는 지방의 청년 등이 우선 문단이라고 하는 공기에 접한다. 그 후에 비로소 예술 그 자체에 접한다. 그러니까 문단적인 것을 쓰는 사람이 이름은 곧바로 나타난다. 그리고 여기에 문사라는 것이 만들어지는 이유가 된다. 그리고 예술 그 자체는 그 예술의 원동력인 작가의 체험은 날마다 깊게 숨어버리게 된다. 여기에 탁월한 모순은.

예를 들면 한 사람의 진지한 살아가는 방법을 찾고 있는 작가가 있다고 하자. 그 사람은 마음의 어떤 깊은 번민에서 아무런 작품도 불가능하다고 한다. 이 때 그 사람은 다른 '노베쓰'에 작품을 발표하고 있는 작가보다 훨씬 처절하고 깊은 삶을 살고 있다. 그런데 문단적으로는 아무런 '훈장'도 없게 된다. 문단은 쓴 사람의 일은 말해도 쓸 수 없었던 사람의 일은 말하지 않기 때문이다. 즉, 실제 문단이라는 것이 있기 때문에 어느 정도 가벼운 공기가 배양될지 모른다. 그것이 얼마만큼 예술을 독하게 하고 무엇보다도 소중한 생활 그 자체를 충족하게 할지도 모른다. (1918. 2. 1)

15

사람과 사람과의 종속

현대는 인간이 자기 생활에 대하여 가장 의식적으로 만들어진 시대이다. 지금의 시대만큼 사람이 자기 행복을 추구하는 일에 열심히 임한 적은 없었을 것이다. 사람은 이 지상(地上)을 즐겁고 풍족하게 하기 위하여 그리고 자기 생활에 만족하게 하기 위하여 여러 가지 배려를 아끼지 않는 듯하다. 그렇게 함으로써 과연 그 목적이 이루어지고 있을까. 이로 인하여 이 세상은 즐겁고 살기 좋게 되었는가. 어떤 사람들은 서로 증오하고 있고 어떤 사람들은 서로 칼을 빼들고 있다. 어떤 사람은 남에게서 빼앗으려 하고 어떤 사람은 구하는 자에게도 거절한다. 어떤 사람은 자기 주변을 굳게 담을 쌓고 남에게 아무것도 구하려 하지 않는다.

가장 평화롭고 평범하게 보이는 사람이라 할지라도 예의나 형식 등을 일종의 성곽으로 삼으며 그 안에 들어 앉아 서로의 이익이 침범당하지 않는 한계에 서게 된다. 여기에서 너무나 준엄한 대항의식의 중압으로부터 면하기 위하여 표면을 너무나 원활하고 사교적으로 삼고 있다. 사람과 사람은 결코 종속되어 있지 않다. 또한 그 마음과 마음은 결코 정상적으로 결부되어 있지 않다. 사람과 사람은 서로 마음을 들여다보기를 무서워한다. 그래서 어떤 중압감에 서로를 압박한다. 이 같은 일은 근대 사람이 원래부터 마음으로 바라는 바가 아닐 것이다. 그것은 이 지상의 상(相)으로 어쩔 도리가 없는 것일까. 우리는 그 원인이 우리의 대인관계에 있어서 덕이 부족함으로 인한다고 생각할 때 그 불행과 아울러 수치심마저 느껴야 한다.

우리는 책을 읽고 우리 조상 사이에서 나와서 드높이 훌륭하게 된 성인들, 가령 저 성 프란시스와 같은 사람의 전기를 읽을 때 그 앞에 무릎 꿇고 싶은 생각이 든다. 거기에는 인간성의 선하고 순수하고 명랑하고 은혜의 향기가 묻어나는 모습이 우리 앞에 거룩하게 놓여 있기 때문이다. 그리고 그것은 우리의 일그러지고 악하고 흐린 마음을 부끄럽게 한다.

우리는 더불어 살아갈 수 있는 자이다. 피조물로부터 서로 닮은 자이다. 서로가 완전히 종속함은 우리들의 본래의 소망이어야 한다. 우리가 만약 저 성 프란시스처럼 대인관계의 덕과 지혜를 이룰 수 있다면 서로 아름다운 종속을 즐길 수 있을 것이다. 우리는 무엇보다도 대인관계에서 덕을 쌓아야 한다. 거기에 비로소 참된 자유를 바랄 수 있다는 느낌이 든다.

근대인은 그 덕에 대하여 부족한 듯이 보인다. 특히, 수동적인 덕에서 현저히 빈약한 듯하다. 그리고 그것은 우리들의 대인관계에 불행을 만드는 극히 커다란 원인인 듯하다. 주는 덕과 받는 덕은 함께 대인관계의 자유에 이르는 결여될 수 없는 자매의 덕으로 존재한다. 후자는 결코 전자보다 작지 않다. 사람과 사람은 서로 구할 때에만 서로 종속한다. 사랑하고자 하는 소망만이 있고 사랑받고자 하는 소망이 없는 곳에는 행복한 교제가 생겨나지 않는다. 애인끼리 서로 행복함은 그 때문이다. 그리고 우리 마음속에는 실제로 사랑받고 싶은 소망이 있는 것이다. 그것을 왜 억지로 죽여야 하겠는가?

구하여도 좀처럼 얻을 수 있는 법이 아니다. 그것은 사실이다. 그러나 그 때문에 왜 사랑받고 싶은 소망을 버려야 하겠는가? 그 소망은 선하고 순수한 인간성이 지니고 있는 것이다. 순수하고 선한 소망은 어떤 일이 있어도 죽여서는 안 된다. 인간의 생명은 오직 그것만으로 연결되기를 원하기 때문이다. 그것이 올바른 길 즉, 본도이다.

내 생각으로는 우리는 이상에 의해서만 살아갈 수 있다. 이상과 현실은 독립된 것이다. 이상과 현실이 충돌함은 슬픈 일이다. 그것이 이상을 버리거나 이상을 낮추는 이유가 되지는 않는다. 이상은 이상으로서 세워 오로지 슬퍼해야만 한다. 이상을 단념해서는 안 된다. 사랑받고 싶은 소망이 선한 소망이라면 실제로 사랑을 받지 않아도 죽을 때까지 여전히 사랑받기를 염원해야 한다. 인간에게 종교가 있음은 그 때문이다. 즉, 인간은 우선 막연하게 무엇인가를 요구한다. 그것은 실상 충족되지 못한다.

그래서 요구 가운데로부터 욕망과 소망이 분리되고 욕망은 단념한다. 그 소망도 감정이 깊어짐에 따라 순화되어 간다. 만일 단념할 수 있는 것이라면 모두 단념해 버린다. 그런데 아무리 해도 포기할 수 없다. 그것을 단념한다면 신란 성인은 현실에서 이 소망이 충족되지 못한다고 하였다. 그러므로 그는 종교의 피안에서 이 소망을 충족시키려고 연구했던 것이다. 절대로 부처님의 사랑을 받을 것과 성불하여 중생을 사랑할 것을 믿었던 것이다. 우리는 사랑받고 싶은 소망과 사랑하고 싶은 소망을 가지고 있다. 이 소망은 결코 단념할 수 없으며 또 단념해서는 안 되는 것이다.

우리들은 주는 자유와 받아들이는 자유를 얻고 싶어 한

다. 주는 자유라 함은 객관적인 원리의 속박 없이 독립하여 부여함을 뜻한다. 주는 자유를 획득함은 마음작용이 깊은 사람들이 모두 동경하고 추구하는 바이다. 여기서는 특히 받아들이는 자유에 대해서 생각하고자 한다. 대인관계의 덕으로서 받아들이는 일은 주는 일보다 작은 것이 아니다. 우리가 받아들이는 덕을 획득하지 못한다면 위대한 인간이라고 할 수 없다. 인간과 인간의 접촉이 원활하지 못한 이유 중 하나는 근대인이 받아들이는 덕을 갖지 못하기 때문이다. 사람의 사랑을 받아들이지 못하는 어떤 사람은 구하지 않고 주지도 않으며 영혼의 문을 굳게 잠그고 고립한다. 어떤 사람은 오직 주려고만 노력할 뿐 구하지도 않고 호소하지도 않는다. 이 두 가지는 근대의 뛰어나고 성실한 사람들이 상처 입게 됨으로써 본마음을 배반하면서 지니게 된 가장 슬픈 태도이다. 그러나 고독은 결코 순수한 소망이 아니다. 또 주려고만 하는 것은 교만이다.

무엇인가의 생활의 조건을 남에게서 지지 않고 살아갈 수 있음은 그리스도나 석가라 할지라도 어떤 생활의 조건을 외부에서 받지 않고 살아가지는 못했다. 이 점에서 본다면 구하지 않고 다만 주려고 하기 보다는 태양의 빛마저 하느님의 베푸심으로 느낀 프란시스가 훨씬 합리적이다. 우리는 피조물임을 잊어서는 안 된다. 광선이나 음식은 어디서 얻는가. 우리가 절대적으로 부여하는 자로서의 초인이 되려는 의지를 갖는다면 거기에는 인간성의 조직위에 어떤 파괴가 일어날 것을 시인해야만 한다. 인간으로서의 위대함과 신으로서의 위대함 사이에는 분명한 구별이 있다. 성인은 아무리 위대해도 신이 아니다. 성인은 피조물로서 가장 위대한 것이며 그것은 인간성의 성취이다. 인간성이 순수함을 파괴하지 않고 완성시킨 것이다.

그것은 인간으로서의 제한을 지니고 있어도 상관없다. 그러나 초인은 우리의 인간과 다르다. 절대적인 부여자로서의 초인은 인간의 한계를 넘어 다른 세계에 있는 자이다. 우리는 무엇 때문에 사랑받고 싶은 소망을 버려야만 하는가. 사랑받으려는 소망이 왜 작은 것일까. 나는 그런 의미에서 초인보다 정통하고 단순한 그리스도교의 이른바 '하느님의 아들'이 되려는 소망을 훨씬 훌륭하게 생각한다. 초인 안에는 강한 개인주의적 요구가 있으나 공존의 요구가 빈약하다. 그 주는 사랑은 오히려 자기 힘을 믿는 마음에서 일어난다. 인간과 인간의 종속을 최후의 목적으로 한 사랑이 아니다. 그리스도교의 '하느님의 아들'은 끝까지 피조물로써 완성된 자이다. 그 천국은 하느님 앞에서 하느님의 아들들이 사랑하는 일과 사랑받는 일의 자유를 얻어 화목한 낙원을 이룬다. 그 이상은 공존이라는 것에서 조금도 떠나지 않는다. 우리는 피조물로써 상관없는 것이 아닌가. 우리가 이 제한을 망각할 때 용서나 공존의 의식을 잃고 서로 고립하게 되는 것이다. 인간에게는 깊은 공존의 소망이 있다.

하나의 신의 손으로 창조된 동포 사상은 이 사상이나 이 소망에 입각한 실로 교묘하게 된 설명이다. 우리는 다만 주는 일의 자유를 획득한 것만으로(그것조차 거의 불가능할 정도로 지난한 일이다).

인간으로서의 덕이 완성되지 않는다. 한 걸음 나아가서 받아들이는 일의 자유를 획득하도록 노력해야 한다. 실제로 근대인은 '팟시브'의 덕에 있어서 특히 빈약하다. 믿기 어렵고 받아들이기 어렵고 굳고 좁은 영혼이다. 좀 더 영혼의 입을 열어 거뜬히 받아들일 수는 없는 것일까. 구하지 않고 호소하지 않고 믿지 않고 받아들이지 않고 마치 저 바다 속의 조개껍질처럼 고립하려고 한다. 그것은 20세기의 가장 크나 큰 나쁜 경향이다. 그렇게 된 것도 인간이 너무나 자주 속이고 서로 아까워하고 심판하였기 때문이다. 한 마디로 말한다면 이기적으로 되었기 때문이다. (1917. 10. 15)

16

『출가와 그 제자』의 상연에 대하여

『출가와 그 제자』가 이 때 그 교토 등 현지에서 상연된 일에 대해서는 나는 지금 정말로 어지럽혀진 마음가짐을 지니고 있다. 나는 지금 이 작품을 상연함으로써 나의 예술적인 영광의 날을 맞으려는 기분은 거의 맛보지 못하고 사람에게 잘못을 범해버리고 있지 않나 하는 걱정과 변명이 심중에 가득 자리 잡고 있다. 그 일만은 어떻게 해서라도 기술해두지 않고는 마음에 걸리는 바 있어 그 요점만을 써 두고 싶다.

첫째, 이 작품은 엄밀하게 신란 성인의 역사적 사실에 의

거한 것이 아니다. 그렇지만 이 연극을 보고도 신란 성인이나 그 제자들이(제자라는 말도 신란 자신에는 딱 맞는 말이 아닐 것이다) 실제 행하지 않았던 것이라고 생각해서는 곤란하다. 나는 신란 성인을 묘사하고 호랑이를 그리며 고양이를 닮아 있다고 해도 달게 받아들일 기분이니까. 내가 적어간 신란은, 어디까지나 내가 주관적으로 그린 신란이다. 따라서 이 작품에 나타난 나의 사상도 물론 순수하게 정토진종의 것이 아니다. 신란 및 정토진종의 연구는 신란이 실제 전한 바로 그 경전에 의거하지 않으면 안 된다(물론 그것만으로 신란의 본질을 파악할 수 있다고는 생각하지 않지만).

둘째, 이 작품에는 누구나 알고 있는 바와 같이 매우 많은 시대적 착오가 있다. 그러나 이점에 대해서 나는 그다지 신경을 쓰지 않는다. 물론 이것을 과오가 있다고는 생각하지 않는다. 만일 조금의 시대착오도 없이 내가 표현하고 싶다는 신란을 드러내어 얻으려 한다면 이 점에 관해서 이랬다는 정도의 표현은 하지 않았을 것이다. 그래서 많은 아나크노리즘이 가능했던 것은 내가 사실 그대로 통하고 있지 않을 것이다. 이 뿐만 아니라 그 점에 구속함으로써 내가 표현하려는 신란이 생생하게 근대의 마음에 언급하고 있지 않음을 두려워하기 때문에 그것보다도 오히려 그런 점에 마음을 쓰고 있을 수 없을 정도로 그것을 기술할 때 내 기분이 절박해 있었기 때문이다.

셋째, 그 작품은 정토진종 또는 일반인에게 종교의 교의를 설명하기 위해 기술한 것은 아니다. 그 작품이 어느 정도 잘 교의를 해석하고 있는가는 나의 흥미 중심에는 없다고 할 것이다. 내가 이 작품을 쓴 중심의 흥미는 여러 종류의 인간의 기분과 이 세상에 대한 끝없이 깊은 사랑이라 할 수 있다. 이 점을 알아차리지 못하고서 그 연극을 본다 할지라도 재미없을 것이다.

또 작자로서도 그 여타의 관점으로부터의 온갖 갖가지 비평은 내 기분과 딱 맞는다고 할 수는 없다. 특히 그 작품은 내가 스물여섯 살 때의 것이다. 그 때 내 마음은 고달픈 청년기의 고뇌가 끝날 때 쯤 무엇보다도 두 사람의 누나가 연달아서 젊은 시기에 사망한 후의 일이다. 잇토엥(一燈園)에서 집에 막 돌아와 인생의 비애와 무상한 기분이 극에 달해 있을 때 쓴 것이다. 그 때는 내가 마침 잇토엥의 니시다 텐코 씨를 방문하기 전에 유고를 읽고 감동한 "검게 물든 옷을 입고 한층 젊어진 천은 어제 벗었다"와 같은 기분이 들었을 때 기술한 것이다. 나는 그 때 그 '니시구니순례(西國巡禮)'라는 노래를 듣자마자 눈물을 쏟을 것 같은 기분이었다. 따라서 그 작품에 심한 곳이 결핍되어 있다는 점도 내가 그 때 그런 방면의 무드 속에 살고 있지 않았기 때문이다. 그러므로, 신란의 성격에 그런 방면이 결여되어 있다고 내가 해석하고 있는 것은 아니다. 그 모티브야말로 작자가 그 작품을 기술한 생명이었고 그 밖의 어떤 점에서 칭찬을 받거나 험담을 받아도 작자의 마음에는 적절하지 않았던 것이다. 사람은 그 '니시구니순례'의 노래를 들을 때 게다가 극심함이 표현되어지지 않기 때문이라고 해도 그것을 폄하하게 되는 것일까. 만일 그 같은 사람이 있다면 그 사람의 기분은 그 순례 노래를 듣는 것에 적절하지 않았다고까지 일컬어지는 것이다(본래부터 그런 기분이 아니었을 때도 또 그런 기분만 있었다고 하지 않을 때도 있다). 인생에 대한 비애와 무상감, 그것은 이미 방타(滂沱)한 눈물이 되어 밖으로 흐르지 않을지라도 깊고 깊은 마음속에 내공하고 있다. 그 사람의 세상(世相)을 조망하는 눈은 끝없는 슬픔을 안에 감추고 있을 것 같은 기분 – 굳이 말하자면 일종의 죽음에 이르는 기분 – 에서 그 연극을 봐 주실 것을 작자로서 바란다.

물론 그것은 인생을 향락하는 기분만은 아니다. 인생에 있어서 싸우는 마음만도 아니다. 인생을 관조한다는 기분은 거의 가까우면서도 역시 다르다. 사랑함 속에 자아내는 눈으로 이 세상을 있는 그대로 지긋이 품어본다. 말하자면 인생의 하나의 상(相) 속에서 부처를 발견하는 기분이다. 그런 기분으로 그 연극을 봐 주었으면 한다. 그 작품의 모티브가 거기에 있기 때문이다. 그 외의 관점으로 봐 주어도 보잘것없는 마음이 든다.

물론 내가 다른 모티브로부터 작품을 만들 수도 있었을 것이다. 그러나 그 작품은 그런 모티브에서 기술한 것이다. 이를테면, 석가의 임종에 뱀이나 새가 울고 있는 그림을 보고 모친에게 질문하는 아이들, 그 아이들의 입을 것을 재봉하면서 그림을 해석해 주는 모친의 마음, 그런 기분 또는 광경이 순식간에 보는 사람의 감각적인 흥미가 되는 것은 아니다. 그 광경의 의미를 생각한 후 비로소 시비의 판단을 할 사람은, 일반적으로 연극을 보는데 있어서, 특히 그 연극을 보고 있는데 적절하지 않은 점도 있다. 나는 그 작품이 인간의 온갖 종류의 귀한 '길(道)'에 대하여 말할 수 있음은 내가 은밀하게 부탁하는 사람으로서 있는 것은 아니겠지만 그것은 '길'을 설파하기 위하여 쓴 게 아니고 생활에 녹아내리는 '길'의 체험을 기술하기 위해 쓴 것이다.

넷째, 이 작품은 인간의 세심한 기분의 여러 가지의 상이나 뉘앙스로 전개했던 동작에 지나지 않는다. 그것도 손동작만으로 움직일 수 있을 것 같은 일은 그 작품에서 재미없을 수밖에 없다. 순수하고 윤택하며 세세한 마음을 작자로서 관용으로 요구한다.

다섯째, 내가 가장 괘념하는 것은 이 작품이 사람을 사람에게 잘못을 범해버리고 있지 않는가 하는 것이다. 사람의 정진을 둔하게 하는 일은 없는가 하는 점이다(잘 봐 준다면 그런 것은 없겠지만). 이것은 결코 내가 노력이나 정진을 중요시하고 있지 않기 때문이 아니다. 나의 모티브가 거기에 없기 때문이다. 나는 진실한 의미로 계율을 지켜나가야 된다고 생각한다. 그 점에서는 나는 니시다 텐코 씨 를 중심으로 하는 잇토엥의 생활을 존경하고 병세의 탓이라고 하면서도 지금 내가 살아가는 방법을 부끄럽게 생각한다. 또 텐코 씨가 이 작품을 사랑해주지 않으면서도 불만족스럽게 생각하는 이유도 나는 잘 알고 있다. 그 작품이 현실의 분규를 해결하는 힘은 없다. 엄청난 데가 없다고 일컬어지고 있음도 긍정한다.

그것은 내가 만든 그 작품의 모티브가 연애의 문제조차도 해결할 수 없었기 때문이라는 것은 전에 말한 바와 같다. 그렇지만 비록 나의 목적이 문제의 해결에 있다고 해도 내가 그 작품을 기술할 때에는 물론 현재에 있어서도 그 성안은 지니지 않음을 여기에서 고백한다. 그러나 나는 그 문제의 해결에 흥미를 느끼지 않는 것은 아니다. 그것은 나의 끊임없는 노력에 기인한 것이다. 그 점은 현재 또는 장래의 문제로서 내 앞에 드러누워 있는 것이다. 내가 만일 그 점에 중대한 관심을 지니고 있지 않다면 그 작품과 잇토엥과의 인연이 없다고 해도 좋다. 하물며 잇토엥의 생활의 질뿐만이 아니다. 잇토엥이 이번 상연의 주최자가 되어주었다는 것은 나의 명예라고 생각하고 또한 나의 청년기가 그리워지는 추억을 소생하게 함으로써 정말로 나에게 있어서 기쁜 일이다. 하지만 그것보다도 역시 의미 있음은 그 작품에 완성하지 않은 채 남아 있다. 그러나 우리들 인간으로서 반드시 관심을 기울이지 않으면 안 되는 이 세상의 실제문제의 합리적 해결에 대한 노력을 잇토엥이 중심의 문제로서 취급하고 있다는 점이다. 나는 이 방면에 대한 노력을 사람들이 적절하다고 하고 있듯이 그 작품이 역할을 하고 있음을 무엇보다도 염려마저 하고 있는 셈이기 때문이다. 그 작품의 상연을 통해 인연이 된 사람들이 잇토엥의 생활에 주목하게 되는 점을 희망적으로 생각하지 않을 수 없다.

이 세상을 있는 그대로 사랑하는 마음과 이 세상을 개량하여 신의 나라를 이루려는 노력 중에서 나는 두 개 모두 없어서는 안 된다고 생각한다. 또 상호간에 모순되는 게 아니며 또 상호간에 옳다고 생각하는 것이다. 내가 잇토엥이나 새마을(新シキ村)에 관한 일을 존경하고 가능한 한 돕고 싶다고 생각한 것은 그 때문이다. 단 그 작품의 모티브가 그 작품에는 없다고 말하고 있는 사람도 있다. 이 점에 대해서 아무쪼록 관객의 잘못을 범해버리고 있지 않나 하는 점에 관해 기도한다. 그렇지 않으면 온갖 여러 가지의 점에 있어서 오해가 있을 거라고 생각되기 때문이다. 끝으로 이번 상연에 대하여 진력해 준 사람들에게 마음 깊이 고맙게 생각한다. (1919. 11. 18 잇토엥에서)

17

천수관음(千手觀音)의 화상(畵像)을 보고

나 자신은 일전에 천수관음의 화상을 봤다. 그리고 어떤 깊은 느낌으로 감동을 받게 되었다. 스스로가 항상 이쪽(오모리, 大森)으로 이사하고부터 특히 강하게 느끼고 있다. 이 '땅의 약속' 이자 '인신(人身)의 분한'이라고 하는 점에 대해서는 감개무량 할뿐더러 새롭게 느끼지 않을 수 없다. 오모리에 오고부터 여러 가지를 생각하던 차에 현관 입구의 벽에 다음과 같이 알림공지를 붙였다. "의사의 주의에 의해 면담은 수요일이라고 임시로 결정해두었습니다. 단지 절박한 심정에 이른 사람은 언제라도 될 수 있겠습니다."라고 말이다. 자신은 이 벽보를 작성하여 핀으로 붙였지만 그때는 실로 쓸쓸한 마음이 일어났다.

3년 전에 자신은 '문단을 향한 비난'이라는 문구 속의 1절에 다음과 같이 쓰고 있었다. "면회일을 엄수하는 것은 어쩌면 최상의 생활방법은 아니다. 석가나 그리스도도 분명히 그런 생활을 싫어했을 것이다. 그것을 마음에 둔 채 어쩔 수 없이 결정하는 것은 좋다. 그것을 당연하다고 생각하고 있는 사람은 어쩌면 사람과 사람의 접촉, 천국의 공상에 둔한 사람일 것이다. 석가나 그리스도가 사는 곳에 보통 사람은 오를 수 없을 것이다." 자신은 지금이라도 이 1절을 조금이라도 삭제해도 된다고 생각한다. 자신은 면회일을 결정했기 때문이다. 그리고 이 일은 자신에게는 깊게 걱정하지 않고는 있을 수 없다. 그것은 자신에게 자신의 일상생활에 있어서 다르고 실로 많은 이런 종류의 한계의식을 연상하게 되었다. 때로는 무상감조차 깊어졌다. 본래 '이웃으로서의 사랑'에 있어서는 갑을 사랑하는 것은 을을 사랑하는 것과 원리적으로나 기분 상으로나 조금도 모순되는 것은 아니다. 만일 자신에게 천수관음(千手觀音)과 같이 굳이 천 개의 손이 있다고 한다면 만인의 개개인을 자신이 가장 친근하고 항상 함께 머물고 있는 특수한 이웃사람인 '가족'을 사랑하듯이 애절하게 발걸음을 옮기며 사랑하는 일이 가능할 것이다. 그러나 사실은 자신이 상당히 사랑의 봉사를 이루고 있다고 생각할 수 있을 만큼의 사람은 매우 조금밖에 없다(물론 철저하게는 한 사람에게조차 충분하게 섬겼다고는 생각하지 않았지만). 그리고 그것은 반드시 사랑이 부족하기 때문만이 아니라 거기에는 인간의 지상에 있어서 분한(分限)이 그 원인으로 작용되는 일도 실로 적지 않다. 인간은 시간과 공간의 제약의 담 밖으로 나갈 수는 없다.

두 가지의 물건(두 개의 관념)이 동시에 같은 곳을 점유하는 일은 불가능하다. 동시에 두 사람에게 편지를 쓰는 일이나 별도의 장소에 있는 두 사람을 만나러 가는 일이나 모두 가능하지 않다. 그래도 자신들에게 부여된 힘과 시간에는 한계가 있다. 대체로 인류를 향한 사랑의 봉사에는 세 가지 종류의 방법이 있다고 자신은 생각한다.

첫째는 밀실에서 만인의 행복을 기도하는 일이고, 둘째는 학술이나 예술 등 문화에 가치 있는 일을 섬기는 일에 의해 간접적으로 만인에게 봉사하는 일이며, 셋째는 직접 개개의 이웃사람에게 봉사하는 일이다. 그러나 자신은 이 중 세 번째는 특수하고 중요한 것이어서 비록 첫째나 둘째의 봉사를 위한 일이라 할지라도 셋째 것을 빼먹는 일을 자신에게 허락해서는 안 된다고 생각한다. 우리들은 그 '좋은 사마리아인' 모두에게 말하는 개개의 이웃사람을 섬김으로써 무엇보다도 생생했던 실천적인 열매가 가득 찬 사랑을 줄 수 있는 것이다.(졸문「이웃 사랑」참조)

그렇지만 실제의 경우 모든 인류의 개개인에게 직접 봉

사함은 불가능하다. 또 비록 가능하다고 할지라도 자신의 힘을 문자대로 평등하게 만인에게 나누어준다는 의미에서의 공평한 현명함도 없다. 이를테면, 백만 엔의 돈으로 봉사하려 할 때에 그것을 전 인류의 한 사람 한 사람에게 나누어 줌으로써 한 사람당 일전에도 미치지 못하는 돈을 나누는 일이 가장 사랑하는 길로서 적절하다고 생각할 수 없다. 우리들은 결국 인연이 있어 자주 만나는 소수의 사람들을 인류의 이름에 따라 사랑함으로써 이 같은 의미에서의 만인을 향한 봉사를 하지 않으면 안 된다. 그리스도의 십자가는 인류의 개개인 각자에게 헌혈로 선물하는 일이었다. 그렇지만 실제로 그리스도가 직접 많은 이웃사람과 만나왔던 것은 한정된 소수의 사람들이었음과 다름 아니다. 자신은 할 수 있는 한 많은 이웃사람과 결연하고 싶다.

자신이 만일 천수관음처럼 천 개의 손을 가지고 있다면, 어떻게 수많은 개개인에게 봉사할 수 있을까(자신은 결코 그들을 관음처럼 섭취하기 위해서가 아니라 단지 그들과 인연을 맺기 위해 이것을 원하는 바이겠지만). 자신으로서는 염불에 의해 만인의 행복을 빌고 예술에 의해 만인에게 사랑을 보내려고 함을 염려하고 있는 것이다. 그렇지만, 그 밖의 자신은 또 가능할 만큼 많은 사람들에게 할 수 있는 만큼 만남 그 자체를 바라지 않을 수 없다. 또 원하는 일을 의무라고 믿고 있는 것이다. 그러나 이 최후에 원하는 바는 자신에게는 실로 조금밖에 채울 수 없게 된다. 거기에 인간의 한계, 땅의 약속이라는 것이 실로 통절하게 느껴온다.

나는 자신의 창작적 욕망의 십분의 일만큼도 채울 수 없는 미약한 육체적 정신력을 지닌 예술가이다. 자신과 같이 작품이 적은 예술가는 아마 적을 것이다. 자신은 그 정도의 근소한 일과 그 일에 결여되지 않을 수 없는 아주 적은 독서에 모든 정력을 소모하여 철저하지 않게 되어버린다. 그 정도조차도 건강을 해치지 않고는 불가능한 것이다. 그래도 그런 정도밖에 가능하지 않은 날이 많은 것이다. 그 밖의 시간으로 자신은 자신의 제3의 봉사를 하지 않으면 안 된다. 그 결과는 자연의 수로서 개개인에 대한 봉사의 저조함이라는 것이 되는 것이다. 그러나 그것은 자신이 가장 좋아하지 않는 일이다. 자신은 적어도 찾아와주는 사람들과 절실하게 이야기 나누거나 편지를 보내주는 사람에게 건네는 답장을 보내는 것만큼이라도 마음 가는 만큼 하게 되는 것이다.

자신이 한 통의 편지를 쓰면 어떻게 기뻐해 줄지도 모르는 형편없는 사람이 실로 많다. 실제로 자신은 그런 사람에 대해서는 아까운 생각이 든다. 그러나 그만큼의 일조차도 자신에게는 불가능한 것이다. 그래도 자신은 다수의 사람에게 공평함을 지키기 위해 한 사람에게 5, 6행의 엽서를 보내는 방법을 취할 마음은 갖지 않는다. 그러므로 어느 비교적 적은 사람에게서 받은 것에 상당하는 답장을 하고 또한 상당히 깊숙하게 응접함으로써 이 제3의 봉사를 하게 된다. 이를 위해서는 별안간 모든 편지마다 답변을 쓸 수가 없었고 오는 사람에게 매일 언제까지나 면회할 수 있는 허락을 받을 수 없는 결과를 받게 된다. 이 점은 어떤 사람에게는 답을 하지 않아도 좋다고 보고 어떤 사람에게는 찾아뵙지 않아도 좋다고 생각하는 것은 아니다. 자신이 천수관음이 아닌 사람 몸이기 때문에 일어나지 않는 결과이다. 자신은 이 일을 탄식하지 않고 견딜 수 없다. 자신은 이런 흙과 이런 신분을 동경하지 않을 수 없다. 자신은 어쩔 수 없음을 부러워할 일은 어디까지나 엄밀하게 구별하고 싶다. 그리고 소원이 바른 한 어쩔 수 없는 일과 체념하지 않고 그것이 바르게 성취될 수 있는 땅을 구하고 싶다.

자신은 생각하지 않고는 견딜 수 없다. 자신이 히로시마의 어느 병원에 오래 입원하고 있을 때 폐가 나쁜 한 부인(그 부인은 이미 사라져 자신이 잊지 못할 사람이 되고 있는 것이지만)이 있는 곳에 어느 승려가 맞이하여 설법하러 와 있고 그곳에 나도 초청받아 합석하라고 들었던 일을 말이다. 그 때 그 유화한 승려는 말하고 있었다. "부처는 자재신(自在身)이 아니면 안 된다. 물건은 이 재떨이이며, 동시에 이 약병임은 불가능하다. 사람은 왕이고 비구가 될 수 없다. 실로 부자유스런 것이다. 그러나 불타는 동시에 왕이고, 비구이며, 재떨이이고, 약병임이 가능한 자재신이다. 그리고 모든 사람들의 모든 사용처에 봉사할 수 있는 것이다."라고. 나는 그 때 깊이 감동한 것을 잊을 수 없다.

어느 법화경의 관세음보살 보문품(普門品) 속에 「응이동남동녀신(應以童男童女身), 득도자(得度者), 즉현동남동여신(卽現童男童女身), 이위설법(而爲說法), 응이천용(應以天龍), 야차(野叉), 건달파(乾闥婆), 아수라(阿修羅), 가앵라(迦樓羅), 긴나라(緊那羅), 마후락가(摩喉羅伽), 인비인등신(人非人等身), 득도자(得度者), 즉계현지(卽皆現之), 이위설법(而爲說法)」이라는 표현이 있다. 이처럼 자재하는 데 모든 몸을 나타내고 봉사할 수 있기만 하다면 어떻게 마음 가는 일이겠는가. 이런 소원은 관음만이 아니고 인간에게도 있는 것이지만 이런 능력이 인간에게는 갖추어 있지 않는 것이다. 거기에 부처가 없고 천인이 아닌 '인간'의 비애가 있다. 자신은 이런 비애 속에 포함되어 무한과 영원의 느낌을, 인생에 매우 무겁고 깊은 것이라고 믿고 있는 것이다. 이런 느낌을 공상으로서 무하(無下)로 되돌아가는 감은 결코 있을 수 없다. 거기에서 느끼는 방법으로부터 이 흙과 정토를 나누어 생각하는 사상, 피안에 대해 저항하는 사모, 신심의 의식이 요구되어진다.

현상계의 다른 세계를 인식하는 인식론적 요구나 이 흙을 순식간에 적광토(寂光土)로 보는 선종이나 일련종 등의 견해나 천국을 이 세계에 실현하려고 하는 그리스도교 적인 세계사상의 존재임에도 불구하고, 자신이 호넨 성인이 설한 사후 '서방의 정토'를 선택하고 그곳에 영혼의 안식처를 구한 기분으로 자신이 가장 마음을 이해하는 것도 그 때문이다. 자신은 삶을 사람의 몸으로 받아들인 것의 한계와 운명을 인식하지 않고 있을 수 없다. 인간의 바른 소원을 촌호(寸毫)라도 단념하지 않고 이를 성취하려고만 하려 한다면 자신들은 이 '한계'를 느끼지 않고서는 견딜 수 없을 것이다. 자신은 사람과 사람을 통한 접촉의 미묘한 맛, 마음과 마음의 결연한 기징(機徵)을 생각할 때 자신이 병 기운이라고 말하면서도 면회 날짜를 정하고 면회 시간을 한정하며 또 일시적으로도 음신(音信)을 소홀하고 약하게 하려 는 것은 스스로 허락할 수 없는 것이다. 그 뿐 아니라 자신의 인생에 있어서 행복하고 중요한 것을 감살(減殺)하는 것으로서 유감스럽게 견딜 수 없는 마음이 든다.

인간이 인간을 서로 접촉하는 것은 무한한 맛, 행복, 눈물 등이다. 그 때 사람은 죽음을 긍정하는 일조차 그만 두는 것이다. 그것을 생각하면 자신은 한 사람의 인간을 제거하지 않고 인연을 맺을 마음을 갖게 된다. 인간에게는 어떤 사람이라도 그 특수한 맛이 있다. 그 맛에 관해 말하는 것은 이 인생에 있어서 가장 깊고 복잡한 향락이다. 자신은 결연이라는 것의 미묘한 맛을 생각한다. 자신이 지금까지 말해 온 여러 부류의 사람을 생각할 때 무엇은 어떻고 또는 그 사람들과 결연한 감사한 마음이 들고 상대를 축복하는 동기에 따라 결연하고 싶은 '순연(順緣)'의 경우가 있다. 이뿐만이 아니라 상대를 주저하는 동기에 의해 결연한(가령 상대의 논쟁한 것이 동기가 되어 결연한 것처럼) '역연(逆緣)'의 경우에 있어서도 또한 그 상대와 접촉할 수 없었던 '무연(無緣)'의 경우보다는 감사하고 싶은 마음이 생긴다. 기꺼이 강조하여 말하자면 한 사람의 여자와 전혀 인연을 맺지 않기보다도 비록 여자를 탐내는 일이 동기가 되었다고 해도 역시 인연을 맺고 싶은 마음까지 일어나는 것이다(물론 그 반대 즉, 한 사람에게 작은 것을 상처주는 것은 만인으로부터 은둔하고 싶은 마음이 나지만). 자신은 이런 일을 상상하는 일이 종종 있다. 자신의 마음마저 모르게 길이 만나고 싶었다고 생각했던 사람이 먼 곳으로 간다는 말을 듣고서 만일 평생을 만날 수 없을지도 모르고 여러 가지 주저하고 있었던 것을 결단코 만나러 간다고 치자. 승용차로 방파제까지 힘껏 달리면 그 사람은 지금 출몰할 것이라 여겼다. 왜 하필이면 오늘 기차가 연착하여 그 사람을 만날 수 없게 되었을까 하면서 비탄에 잠긴다. 그렇지만 그것은 언젠가 전생에서 그 사람과 문득 만났을 때 자신이 비에 젖어 함께 우산을 받자고 부탁할 때 그것을 거부했을 것 같은 것을.

이런 일은 바보스러운 생각이라고는 결코 말할 수 없다는 생각이 든다. 오늘날 금생에서도 이것과 그 유를 달리하는 일은 실로 허다하다. 병원의 복도를 걷고 있던 중 문득 그리워지는 사람의 표찰을 발견하게 된다. 그렇지만 그 때는 단지 그 문을 두드리는 일을 굳이 하지 않았기 때문에 그런 경우에는 깊기만 한 만남이 가능할 것만 같은 사람과 영원히 인연이 다하기까지 마칠 때도 있다. 거기에서 미묘하고 불가사의한 계기를 생각하면 무서운 마음마저 든다. 자신이 존경하고 있는 어떤 사람은 '육만행원(六萬行願)'이라 하여 자신이 살아가고 있는 동안에 일만 호와 결연할 것을 바란다. 자신은 반드시 자신이 결연한 것에 따라 상대를 구제하는 일은 물론이고 그 운명을 보다 직행하는 것이 가능하다고 생각하는 것은 아니다. 그렇지만 사실은 자신으로부터도 또한 무엇인가를 줄 수 있는 일이 가능한 사람도 있을 거라고 생각하는 일 또한 금할 수 없다. 단지 장난삼아 겸손하고 오로지 과실 없는 일만을 기대하는 것이 사랑의 길은 아니다. 자신보다 작고 약하고 뒤에서 오는 사람들로부터 도움을 구한다고 들었을 경우 굳이 선생으로서의 조언과 보호를 부여하는 일이 사랑에 적합한 경우도 있을 수 있다. 그 의미에 있어서 자신은 정말로 결실 있고 친절한 이웃사람이 되고 싶다고 바라는 것이다. 그런 것들을 여러 가지로 자꾸만 거듭 생각할 때 자신은 더욱 더 많은 사람과 결연할 희망을 느끼지 않을 수 없다. 그래도 그 소원이 자신에게는 매우 근소하게나마 가득 채워질 수 없었던 것이다.

자신이 그것만큼 괴롭고 유감스럽게 여기고 있음에도 불구하고 자신에게 구하러온 사람은 어떻게든 자신을 부족하게도 여기고 애정 결핍하며 불만족하게 여길 거라고 살피지는 않는다. 또 그것을 무리한 게 아니라고 생각한다. 자신은 6,7년 전에 자신이 가장 존경하고 있던 교토의 어느 철학자(니시다 키타로)에게 면회를 구할 때 그 학자가 일이 바쁘기 때문에 어느 면회 날짜를 지정한 간단한 단서를 주었을 때 자신의 마음에 상처가 일었다. 그리고 마침내 불만의 의미를 인정한 편지를 그 학자에게 보내고 마음껏 화를 내되 만나러 가지 않았던 점을 기억하고 있다.

그러나 나는 지금은 그 존경해야만 하는 학자가 그렇게 하지 않는 사정을 읽을 수 있다. 또 자신이 어른스럽지 못했던 일을 오히려 부끄럽게 여기고 있다. 남으로부터 전해들은 바에 의하면, 그 학자는 그 일을 마음에 두지 않고 있어 주실 거라고 하지만 자신은 미안하게 생각하고 있다. 필시 자신의 일이라고 자신이 육, 칠십 년 전에 자신이 느꼈던 일처럼 불만을 주는 사람들이 얼마나 많을까 하고 생각하지 않을 수 없다. 자신도 그 학자처럼 사람의 이름에 따라 일삼고 있는 인간이기 때문이다. 자신은 이 일에 대하여 사과를 구걸하지 않을 수 없다. 자신이 모든 나의 욕망을 포기하고 모든 정력과 시간을 실답게 이웃사람과의 결연과 봉사에 달려 있음은 말할 수 없는 일이기 때문이다. 자신이 지고 있는 십자가가 결코 가볍다고는 여기지 않으나 자신에게는 또한 나쁜 욕망이 남아 있음을 인정하지 않고는 있을 수 없다. 자신은 자신이 의거하고 인류에게 간접적으로 또

일괄적으로 봉사하려는 마음을 다하고 있는 예술 때문에 면회 날짜를 지정하거나 편지를 쓰는 일에 태만하지 않으려 했다. 그렇지만 자신의 예술이 과연 인류에 대한 어느 정도 기여할 수 있는 일과 그 일을 제작하는 활동이 자신의 개인적인 행복임을 생각할 때는 그것을 해석할 도구만 사용하는 일 만큼 힘이 빠진 적도 있다. 자신이 만일 이 이상 사람과 만나고 편지를 쓰려 한다면 어쩌면 자신의 예술은 거의 그 출산의 능률을 결여하고 자신의 수명이 지탱되는 힘은 없을 것이다. 하지만 자신에게 있어서 예술은 하나의 집착일지도 모른다(오늘날 나에게 그렇게 말해 줄 내가 존경하고 있는 사람도 있는 셈이다).

자신에게 있어서 예술은 그것만으로는 무엇을 위해서라고 할지라도 포기하는 일이 불가능하다는 것 같은 집착이 생기기 때문이다. 자신이 만일 모든 이웃사람을 모시며 예술을 단념하고 "내일 도를 깨치면 저녁에 죽어도 좋다"고 하는 것처럼 어떤 신념 아래 병을 고려하지 않고 타인을 위해서 살아갈 것 같으면 오늘날에 있어서도 또한 면회 날짜를 정하지 않고 편지 쓰는 일에 태만하지 않음은 가능할 것이다. 혹은 성인은 그렇게 해야만 한다고 생각한다. 그러나 지금은 아직 자신의 신심이 결정되어 있지 않고 자신의 사상이 일정하지 않아서 예술을 단념하는 일이 불가능하다. 나아가 할 수 있는 한 오래 살고 싶다고 생각할 정도의 나의 생애이기 때문에 어쩔 수 없는 것이다. 자신은 결코 그것을 당연하다고는 생각하지 않는다. 또 만족하고 있지 않는 것과 그 일에 대하여 사면을 구걸하고 있는 것이라는 것, 게다가 자신이 그 정도로 사람과 접촉할 것을 자신의 행복이라고 생각하고 있는 것이라는 점을 나의 이웃사람들이 알고 있으면 하는 바이다.

나는 자신이 존경하고 있는 사람이 이루고 있는 것처럼 자신이 만나왔던 사람들 — 그들 속에 죽는 사람은 그 날에 소원하고 지금은 어디에서 어떻게 지내고 있는가 알고 있지 못한다. 그러나 자신이 잊고 있지 못하는 사람들이나 현재 소재하는 곳은 알고 있지만 좀처럼 연락을 취할 일도 알지 못하는 사람들의 성명만을 공책에 써두고 그것을 불단에 바치고 아침저녁으로 염불함으로써 일괄적으로 그들을 회향(回向)하게 하고 싶다고 생각한다. 그것은 결코 열 주먹 중 하나라고 사무적인 기분에서 하는 게 아니라 인간에게 부여되어 있는 제한에 저항하려는 진심으로부터 나오는 사랑의 행동으로서도 이룰 수 있다고 믿는다.

그런 의미에서 인간이 하고자 하는 봉사는 결국은 '기도'가 되어야 한다고 여긴다. 신의 이름에 따라 축복을 인류 위에 부름을 받고 또는 신란 성인의 "서둘러 부처가 되려는 마음대로 중생을 건져내라"는 기분이 되지 않으면 안 된다는 마음이 든다. 자신은 천수천안 재재보살의 화상을 바라보고 자신이 언제나 느끼고 있는 이들의 상념에서 새롭게 자극받는 것이다. 그리고 미묘한 신체를 가지고 이 영락(瓔珞)을 두르는 상 앞에 무릎을 꿇고 앉아 있지 않을 수 없을 듯하다. 그리고 사람 몸의 비애와 피안의 사모를 느끼지 않을 수도 없다. 나는 자신의 예술을 격려하고 신심을 깊게 함으로써 적어도 주변의 이웃사람을 향한 직접적인 봉사의 나태를 바꿔나가고 싶다고 생각하는 사람이다.

(1920. 12. 15 오모리에서)

해설(解說)

작품의 문학적 장르에 관하여

본서 『사랑과 인식의 출발』은 하나의 뛰어난 사색적 논문을 쓸 것을 의도해서가 아니라 어떤 긴요하고 실제적이면서도 빨리 달성하기를 바라는 목적으로 쓴 것이라는 견해가 있다. 옮긴이로서 이 책이 평론, 그 중에서도 수필평론이라고 평할 수 있어 두 말할 것도 없이 이 견해에 동감한다. 이 작품은 순결한 청년에 관하여 이전에 내가 빠졌다고 생각하는 과실(過失) — 막연한 영육일치(靈肉一致)의 사상에 빠져 자발적으로 그 순결을 상실하는 일로부터 예방하고 싶었기 때문이라는 분석에도 동감한다. 목적을 위해서 옮긴이는 정밀성이 모자라는 사색임에도 불구하고 이처럼 기술한 셈이다. 왜냐 하면 순결을 상실하는 것은 손쉽고 그리고 한번 잃어버린 순결은 영구히 되돌아오지 않기 때문에 설사 나의 논지가 틀렸다고 할지라도 그것이 가져오는 재난은 알 수 없는 재앙보다도 훨씬 더 작을 것이라고 믿기 때문이다. 더구나 나는 저자 구라타 햐쿠조(倉田百三)가 일고(一高) 시절의 「이성(異性) 속에서 나를 찾으려는 마음」이라는 글 속에서 그릇된 사상을 주장한 일을 끊임없이 걱정해 왔다는 사실에도 긍정한다. 이에 반하여 『출가와 그 제자』는 틀림없는 희곡이다.

본서 『사랑과 인식의 출발』이라는 책이 발간되자 '사랑과 인식의 출발'이라는 서명 그대로가 상당 기간 회자되었다고 한다. 나아가 다이쇼(大正) 시대 중기로부터 세계 제2차 대전이라는 전쟁이 끝날 무렵에 이르기까지 청춘 시절을 맞이했던 많은 사람들이 자기들의 교양을 깊게 하고 인생 문제를 생각할 때 반드시 읽어야 할 책으로서 '마음의 벗'으로 삼았던 책이 세 권 있었는데 이상의 두 권의 책과 더불어 니시다 기타로(西田幾多郞)의 『선의 연구』였다는 당시 일본 근대의 베스트셀러를 표현하는 말도 곧잘 듣게 되었다.

『선의 연구』가 일본 근대철학의 무녀리 역할을 한 철학서적이라고 한다면 구라타의 『사랑과 인식의 출발』과 『산타로의 일기』는 다이쇼 시대에 간행된 일종의 감상문이라는 인상이 짙다. 그래서인지 특히『사랑과 인식의 출발』은 곧잘 평론이라고 칭하는 사람이 있는가 하면 한편으로는 수필의 일종이라고 칭하기도 한다. 그러나 옮긴이는 이 책이야말로 구라타 스스로가 체험한 내용을 고스란히 기술하고 책 속 편 편마다 말미에 날짜까지 기술했다는 점에서 꿈틀거리는 생생한 글로서 인식, 감히 '수필평론'이라고 말하고 싶다.

또한 옮긴이는 희곡 『출가와 그 제자』와 이 『사랑과 인식의 출발』을 수순으로 하는 논제(論題)를 『일본 근대 불교문학사상과 죽음(死)』(지식과 교양)이라 하고 2015년에 발간, 이때부터 『사랑과 인식의 출발』을 '수필평론'이라는 장르라고 기꺼이 이름 붙여 사용하고 있다. 그것은 이 책이야말로 당시의 청년들에게 많은 영향을 주었고 일본의 근대사상계에 많은 영향을 준 영원이 무게 있는 책으로 비쳤기 때문이다. 특히 『사랑과 인식의 출발』라는 서적 속의 하나의 논제에 부제(副題)를 붙인 「생명의 인식적 노력(生命の認識的努力)이라는 글이야말로 어찌 보면 논문으로 보이지만 이를 넘어서서 『사랑과 인식의 출발』 전 편을 통해 보면 역시 '수필평론'이라고 부르는 편이 가장 이상적이라고 여기고 있다.

구라타 햐쿠조의 종교적 심경의 변화

메이지(明治)시대로부터 쇼와(昭和)시대에 걸쳐 살다간 구라타 햐쿠조(倉田百三)는 역사와 사상을 제재로 하여 작품 활동을 한 문학가이다. 구라타는 희곡『출가와 그 제자』(大5-6)와 수필평론『사랑과 인식의 출발』(大11)이라는 두 작품을 당대의 베스트셀러의 반열에 올려놓았다. 그것은 다이쇼 시대(1912-1926)의 교양주의'를 정착시키는 데 기여했다는 점을 인지할 수 있다고 해도 좋을 것이다. 구라타가 문학 활동을 집중적으로 한 것은 시라카바파(白樺派)가 크게 활동하던 다이쇼시대였다.[1)]

1) 당시의 대표적 희곡으로는 무샤노코지 사네아쓰(武者小路実篤)의『その妹』(大4)『愛慾』(大15), 다니자키 준이치로(谷崎潤一郎)의『愛すればこそ』(大10), 아리시마 타케오(有島武郎)의『死と其前後』(大6)등의 작품이 있다. 그만큼 당시에는 희곡이 문학적 장르로서 두드러졌다.

구라타는 조도신슈(淨土眞宗; 이하 '정토진종'이라 표기함)라는 불교의 가문(家門)에서 태어났으나 『출가와 그 제자』와 『사랑과 인식의 출발』이라는 두 작품을 통해 〈정토진종 →그리스트교(基督教) →잇토엥[2] →불교〉의 순으로 종교적 삶을 살았다. 구라타는 정토진종의 신자인 이모로부터 『탄니쇼(歎異抄)』[3]를 입수한다. 이후 니시다 텐코(西田天香; 1872-1968, 이하 '텐코'라 표기함)[4]와 니시다 키타로(西田幾多郎; 1870-1945, 이하 '키타로'라 표기함)[5]의 영향을 받았다. 이 중에서도 텐코의 영향을 크게 받아 잇토엥에서 봉사·요양생활을 체험하고 『선의 연구』[6]를 통독하는 가운데 기

2) 西田天香가 1905年(明35) 33세시 종교적 재생을 위해 시작한 새로운 생활을 가리킨다. 강자가 약자를 압박하는 관계가 도미노형식으로 비치던 사회를 살아가면서, 그는 타인에게 그렇게 하며 살고 싶지 않다고 고뇌한 끝에 톨스토이의 "참답게 살아가려거든 죽어라."는 말을 접하고 '죽음'을 결의, "갓난아기처럼 살아가자"고 다짐함으로써 '無一物'이라는 정신으로 一燈園(잇토엥)을 창립했다고 한다.

3) 이 『歎異抄』는 일본의 불전으로 취급되기도 하지만, 親鸞의 위력이 일반 대중의 마음을 感動시키고 있다는 점에서 일본문학의 고전으로 널리 읽히고 있다. 이 책에는 주로 인간의 고뇌와 비애를 뛰어넘기 위해 가장 일상적으로 수행하기 쉬운 「念佛'의 道」가 제시되어 있다.

4) 滋賀縣 출생. 明治·昭和 시대의 종교가이다. 20세 무렵부터 北海道 개척사업에 가담하였고, 구도하기 위해 방랑생활을 한 후 톨스토이의 『我が宗教』의 영향을 받아, 京都 인근에 '一燈園'을 설립하고 탁발생활에 들어갔다. 저서로는 설화집 『懺悔の生活』(大10)가 있다.

5) 1870년(明3)에 태어나 1945년(昭20)에 걸쳐 살다 간 일본의 근대철학자이다.

독교 신앙을 해 나갔다. 그 후 정토진종의 종조(宗祖)인 신란의 사상에 경도(傾倒)되면서 불교적 인생관으로 살았으나 만년에는 정치적 단체에 관심을 갖기도 했다.

구라타는 상기한 두 편의 작품 이외에도 수많은 작품을 펴냈으나 그 어떤 서적에도 "나의 종교는 이것이다."는 식의 발언을 명확히 밝히지 않았다. 이에 따라 필자는 그의 '종교적 심경의 변화과정'을 검토하고 그가 지향한 '종교적 관점'을 고찰하고자 한다. 그 방법은 『아베지로 · 구라타 햐쿠조슈(阿部次郎 · 倉田百三集)』(현대일본문학전집74, 筑摩書房 판, 昭31)에 나타난 '구라타의 연보(年譜)'와 그의 대표작인 상기한 두 작품의 내용을 토대로 하여 기술함을 밝히는 바이다. 이에 따라 구라타의 일생을 통하여 '어떤 종교적 심경의 변화가 있었는가'에 관하여 고찰하는 데 종교학적인 방법론으로 연구하려고 하며 이것이 본고의 연구목적인 셈이다.

1) 기독교와의 만남

이모로부터 『탄니쇼』를 빌려 간 구라타는 1914년 무렵 이 책은 물론 폭넓은 종교서적에 심취 · 탐독하게 된다. 나아가 구라타는 『성서』를 즐겨 읽으며 기독교 교회에 다닌다. 구라타

6) 1911年(明44) 西田幾多郎의 초기작품이다. 이는 몇 번의 전환을 거쳐 후일 「西田哲学」으로 이어지는 기초가 된 기념비적인 저작물이다.

가 한 때나마 이렇게 기독교에 열중한 것은 결핵 등을 앓았으면서도 '삶'에 절망하지 않고 거듭나려는 종교적 열정에 의한 것이었다. 구라타가 정토진종의 환경 속에서 지내다 기독교에 쉽게 다가섰던 것은 두 종교 모두가 '타력신앙'을 지향하고 있기 때문으로 이해된다. 이는 구라타가 투병생활을 통해 타력신앙에 의지하려 했던 점이 강했기에 가능한 일로 보인다.

구라타는 치루(痔瘻)에 걸려 히로시마병원에 입원, 그는 그곳에서 이듬해 1월에 간호사인 간다 하루코를 알게 된다. 구라타는 이때부터 하루코로부터 간호를 받음은 물론 둘이서 열심히 기독교 교회에 다닌다.

구라타가 『사랑과 인식의 출발』의 모두를 통해 「요한 제1권」 제2장에 소개한 내용이 있으나 "나는 기독교사상으로 나날이 살아가고는 있지만 크리스챤은 아닙니다.(私は基督教の思想で日々暮らしてはゐますが、クリスチャンではありません。)"[7]라는 표현을 보면 구라타가 한 때 기독교 신앙을 했지만 참다운 기독교인이 되지 못했다고 실토하고 있음을 발견할 수 있다.

『출가와 그 제자』에는 전술한 바와 같이 기독교사상을 뒷받침하는 '사랑(愛)'에 관한 표현을 비롯, '기도, 용서 · 중재, 죄, 심판' 등의 표현이 불교적인 '자비'와 되풀이되면서 적잖게 나타

7) 『倉田百三選集』〈第1巻〉, p.212

나 있지만 불교적 사랑인 '자비'에 대하여 구라타는 『사랑과 인식의 출발』의 「생명의 인식적 노력」라는 논문을 통해 '기독교적인 사랑의 의미'[8]로 폭넓게 사용하고 있다.

2) 잇토엥(一燈園)에서의 요양 · 봉사생활

1916년(大5) 1월부터 병약해진 몸으로 잇토엥에 다니면서 자신의 육체적 내지 정신적 고통을 치유하고 요양하고자 본격적으로 입원(入園)하게 된다. 잇토엥에서 구라타는 텐코와 직접 대화를 나눌 수 있었다. 이에 따라 그는 신란의 정토사상의 영향을 일찍이 받고 있던 텐코의 순수한 지도와 상담에 날이 갈수록 감동, 더욱 그를 사모하고 존경하게 된다. 함께 기독교 신앙을 했던 하루코를 떠나온 구라타는 소위 안식소라 할 잇토엥을 방문, 요양생활을 하면서도 텐코로부터 신란(親鸞)에 관해 구체적으로 듣게 된다. 그러나 때로는 고향 인근 교회에서 직접 설교를 하기도 한다.

구라타가 잇토엥에 입원하여 텐코를 통해 느낀 첫인상은 매우 순수했다고 한다. 그에게 비친 텐코는 순수한 기독교인처

8) "私の信仰の経路を反省して見ますと、私にはキリスト教的愛の真理であるくのが信じられ、慈悲(キリスト教的愛)の完成のために祈祷の心持が生じ、その心持のなかに神に遭へるやうに感じたのでした。"라는 내용을 통해서 알 수 있다.(『倉田百三選集』〈第1巻〉, p.212 참조)

럼 보였고 잇토엥은 사찰과 같이 보였다는 점을 보면 이들의 만남이 계속되어지면서 친근한 신뢰관계가 이루어져 간 것은 참으로 운명적이라 할 수 있을 정도이다.

한편 『출가와 그 제자』가 1919년(大8) 잇토엥의 주최로 5월에 교토 시내 오마루 홀에서 초연하여 성공하고 7월에는 도쿄의 유라쿠자(有樂座)와 교토의 오카자키(岡崎) 공회당에서도 성황리에 진행되었는데, 이 7월의 공연은 텐코의 상연취의서(上演趣意書)가 있어 『출가와 그 제자』에 대한 공연을 잇토엥이 주최할 수 있었던 것이다.

텐코의 주저인 『참회의 생활(懺悔の生活)』[9]에 「예술과 잇토엥생활(芸術と一燈園生活)」이라는 글이 실려 있다.

> 일찍이 구라타 햐쿠조씨의 『출가와 그 제자』의 연극을 이토엥이 주최한 적이 있습니다. 그 때 실제 연주한 다무라 미노루(村田実)라는 사람이 나에게 말씀했습니다. 「지금까지의 연극은 모두 우상화하고 있습니다. 우리들은 그 우상을 파괴하고 싶다. 그것은 있는 그대로의 무대로 나가는 일입니다.」(かつて倉田百三氏の『出家とその弟子』の芝居を一燈園が主催したことがあり

9) 1921년(大10) 7월에 출판된 이 책은 출판되자마자 베스트셀러가 되었다고 한다. 그것은 1년에 120판을 기록할 정도였다는 점에서 충분히 알 수 있다고 하겠다.

ます。あの時の実演者の村田実という人が私に言われました。「今までの芝居はみな偶像化しています。私らはその偶像を破壊したい。それはありのままを舞台へ出すことです」。)[10]

이 인용문은 텐코가 구라타에 의해 초안된 『출가와 그 제자』를 연극 무대에 올리는 일이 얼마나 간절했는가 알 수 있다.

3) 불교적 인생관의 지향

한편 텐코는 구라타의 몸이 극도로 악화되자 구라타에게 '죽음'의 시기가 임박해졌다고 생각하고 〈세키세키사이교스리라쿠교시(戚戚西行水樂居士)〉라는 계명을 내려준다. 이런 일 등이 가능해진 것도 구라타에 대한 텐코의 영향이 컸음을 뒷받침해 준다고 하겠다. 그 결과 구라타는 기독교 쪽에서 정토진종이라는 불교 쪽으로 전향할 수 있게 된 것이다.

그것은, 이미 10대 후반이라는 젊은 나이에 기독교 신앙을 했던 구라타가 신란 사상을 크게 흠모하게 된 데는 신란의 정토진종이 기도와 '염불' 또한 중시함은 물론이고 이를 근행(勤行)해 나가면 사후 정토극락(淨土極樂)에 도달할 수 있다는 구라타의 믿음 때문에 가능한 일이었다. 이 점에서 보면 그는 불교적

10) 西田天香, 『懺悔の生活』, 春秋社, 1990, pp.63-64

사유체계[11]를 지닌 정토진종의 신자로서 불교인이라 할 수 있다. 그는 1943년의 몰년(沒年; 1943)이 다가오기 수년 전 자택 도쿄의 오모리 자택에서 죽음을 맞이한다.

구라타는 기독교에서 잇토엥 이후 다시 불교로 그 종교관이 바뀌어 감에 따라, 만년에는 사찰을 세우고 싶어 했고 나아가서는 출가를 결심한 적이 있다.[12]

4) 마치는 글

구라타는 정토진종과의 인연 속에서 성장, 『성서』를 탐독하고 기독교 신앙을 한다. 이 무렵 그는 『탄니쇼』를 입수하게 된다. 물론 그는 키타로를 만나 인생과 철학을 담론하기도 하고 이토엥을 방문하여 창립자 텐코에게 감동하여 스승 삼아 지냈다. 결국 구라타는 정토진종 가문에서 태어난 이상의 두 선각자로부터 신란사상의 영향을 받게 된 셈이다.

당시 다이쇼시대의 문학가 중 기독교 신앙을 한 대다수가 개종하지 않았던 점에 비하여 구라타는 비록 젊은 나이에 기독교 신앙을 했지만 텐코의 영향을 크게 받고 이토엥을 지향하고 이후부터 만년에 이르도록 정토진종이라는 불교 신행을 하게

---

11) 이 같은 내용을 집필한 시기가 倉田가 24세 무렵이기 때문에, 그에게는 이미 親鸞 사상을 어느 정도나마 체득했다고 보인다.

12) 『倉田百三選集』〈第1卷〉, p.239

되었다는 점에서 볼 때 구라타의 종교관은 〈불교 지향적이면서도 종교적 다양성〉을 보여주고 있다고 하겠다. 그것은 적어도 구라타로서는 '인과응보 · 불생불멸'이라는 불교적 인생관을 지니고 있었기에 '자살 직전'의 상황까지 가고도 이를 극복할 수 있었다. 이렇게 볼 때 구라타의 종교관은 〈정토진종(불교)→ 기독교 → 잇토엥 → 불교〉 등 여러 종교적 삶을 살았지만 결국 불교적인 〈새 삶(往生)〉을 추구했던 것으로 보인다.

작품의 성립배경과 문학적 위상

제일고교(도쿄대학 교양학부)를 자퇴하고 실연당하는 일과 당시로서는 거의 불치병이라고 일컬어졌던 결핵을 앓게 된 일 등은 청년 구라타로 하여금 인생에 대한 무상감을 맛보게 했고 자신의 내면세계를 보다 상세하게 응시하게 했다. 따라서 그는 이 시기에 다방면에 걸쳐 독서를 하거나 마음에 드는 곳을 찾아 다니는 등의 침착한 생활을 즐겨했던 것이다.[13] 작품『사랑과 인식의 출발』은 서간의 형식을 빌린 사소설적인 것이며 청년을 위한 인생 철학서이자 세속의 번뇌에서 생명력을 찾으려는 구도서이면서 문학성까지 갖춘 종합적인 '수필평론'으로 평가받고 있다.

13) 이 時期는 倉田가 작품『愛と認識との出発』를 기술하기 위한 준비의 자세로 보인다.(『倉田百三選集』〈第1巻〉, pp.62-63 참조)

이 작품은 이후에 발표된 그 밖의 『생활과 한 장의 종교(生活と一枚の宗教)』[14]나 『절대적 생활(絶対的生活)』[15]와 같은 작품과 그 문학성을 함께 하고 있어 평론으로서 종교적인 내용을 다분히 안고 있는 작품으로 보인다.[16] 이 점은 특정 종교를 넘어선 문학으로서, '불교문학'만이 아닌 소위 '종교문학'으로 대별시킬 수 있는데, 사실 '문학'과 '종교'와의 관계는 인류 역사의 출발점에서부터 시작되어 오늘에 이르고 있기 때문에 유기적인 관계라고 밖에 할 수 없다고 본다.

이 『사랑과 인식의 출발』이 출판된 것은 1921년(大10) 4월의 일로, 구라타가 31세 때의 일이다. 이 책이 출판되자마자 구라타는 당시의 청년들로부터 인기를 한 몸에 받았다. 구라타는 이 책의 출판이 갖는 의미에는 두 가지가 있다고 하고 있다. 작품의 서문을 통해 "하나는 나의 청춘의 기념비이기 때문이고, 다른 하나는 뒤에 오는 청년의 마음들에게 주는 선물이기 때문이다."(一は自分の青春の記念碑としてであり、二は後れて来たる青春の心

---

14) 이 『生活と一枚の宗教』에는 「附─治らずに治つた私の体験」이라는 부제가 달려 있다.

15) 『倉田百三選集』 〈第4巻〉과 〈第5巻〉에 게재되어 있다.

16) 이런 점에 앞서 倉田 스스로가 젊은 나이에 이미 기독교와 西田철학이랄지 親鸞 영향하의 불교 등에 관심을 남달리 갖고 있었던 인물이라는 점과 함께 훗날 대체로 불교적인 작품을 즐겨 읽고 즐겨 집필했다는 점에서, 어찌 보면 종교문학자의 한 사람으로 인식해도 지나치지 않아 보인다.

達への贈り物としてである。)"[17]라고 말함으로써 이 책이 비록 자신이 젊은 나이에 집필·출판한 작품일지라도 자신의 기념비에 해당하고 늦게 찾아온 청년의 마음에 보내는 선물이라고 뜻 깊게 생각했던 것이다.

그는 또 이 책의 서문을 통해 "이 책에 실린 것은 내가 오늘까지 써온 감상 및 논문의 거의 전부이다."(此の書に収むるところは自分が今日までに書いた感想及び論文の殆ど全部である)"라고 기술하고 있다. 그러므로 이 작품을 통해서 독자들은 인격 형성기에 있어서 그의 사색의 과정과 사상의 양상을 엿볼 수 있다. 그렇지만 아베 지로·구라타 햐쿠조슈』(현대일본문학전집 74)에 실려 있는 이 작품 속의 일련의 논문이 서문을 제외하고도 총 17항목으로 되어 있음을 볼 때 역시 종합적으로 통일성을 발견할 수는 없다. 이 작품이 유명 평론치고는 논술의 체계성이 부족하다는 인상을 갖게 한다. 그러므로 저자는 이 작품을 '수필평론'이라고 문학적인 장르를 새로이 표현한다.

그래서인지 스즈키 데이비(鈴木貞美)는

키타로의 『선의 연구』에 있어서도 간행 당초는 철학계의 반응

17) 阿部次郎・倉田百三,『阿部次郎・倉田百三論』〈現代日本文学全集 74〉, 筑摩書房, 昭31, p.293

> 을 별도로 한다면 겨우 구라타 햐쿠조의 「생명의 인식적 노력(生命の認識的努力)」이 심취자의 등장을 알렸을 정도였을 뿐이다. 그 권두에 실은 구라타 햐쿠조의 『사랑과 인식의 출발』이 이와나미서점에서 나온 것과 같은 1921년(大10) 『선의 연구』의 이와나미 판이 나오자 이번에는 고등학생이 멋을 부리기 위해서라도 샀다고 할 정도로 유행하게 되었다. 「다이쇼 교양주의(大正 教養主義)」의 확대가 배경에 있었다.[18]

라고 말함으로써, 당시에 키타로의 『선의 연구』와 구라타의 『사랑과 인식의 출발』를 대비시키고 있다.

그러나, 옮긴이는 이상에서 스즈키가 밝힌 내용은 어디까지나 그의 전적인 주관에 의한 판단에 따른 것으로 보인다. 그러나 다른 한편으로 보면 키타로의 『선의 연구』에는 구라타의 입장에서 볼 때 스승상이 엿보이기 때문[19]이라 할 수 있다.

작품의 출판 의의라면 구라타가 당시의 청년층을 의식하여 생명과 인식과 사랑과 선에 놀란 나머지 애써 구하는 자는 청년의 특질을 소지하지 않으면 안 된다는 내용이라 하겠다. 아울러 구라타는 이 작품의 출판을 통해 문학가로서 〈생명(生命)의

18) 김채수 역, 鈴木貞美 著, 前掲書, pp.463-464 참조.
19) 『倉田百三選集』〈別巻〉, p.72 참조.

형이상학(形而上學)〉을 목표로 삼아 나갔던 것이다.

앞에서 밝힌 『아베 지로 · 구라타 햐쿠조슈』에 실려 있는 『사랑과 인식의 출발』에는, 다음과 같은 내용이 순서대로 기술되어 있다. 이를 소개하면

> 1)동경—산노스케의 편지— 2)생명의 인식적 노력(니시다 키타로론) 3)이성 안에 자기를 발견하는 마음 4)자연아로서 살아라 5)사랑을 잃은 자의 걸어갈 길(사랑과 인식의 출발) 6)이웃 사람으로서의 사랑 7)은둔의 마음가짐에 대하여 8)사랑의 두 가지 기능 9)과실 10)선해지려고 하는 기도 11)타인에게 작용하는 마음가짐의 근거에 대해서 12)본도와 외도 13)지상의 남녀—순결한 청년에게 보낸다— 14)문단을 향한 비난 15)사람과 사람과의 종속 16)「출가와 그 제자」의 상연에 대하여 17)천수관음의 화상을 보고[20]

등이다. 이 『사랑과 인식의 출발』에 이상과 같은 순서로 실려 있는 논문이 갖는 특징은, 여러 가지의 문제들이 그저 평면적으로 내던져 있는 것이 아니라, 그 자체가 하나의 정신사를 형성하고 있다는 점이며 이는 결코 간과해서는 안 될 내용이라고 생각

20) 上揭書, pp.292-395

된다. 그것은 이 책에 '전신(轉身)'[21]이라는 표현이 자주 나타나고 훗날 집필된 그의 작품에 『전신』이 있는 점으로도 알 수 있다.

구라타는 이 책의 간행에 즈음하여 서명에 이어지는 말로서 「이 책을 후에 오는 청년에게 준다(此の書を後れて来たる青年に贈る)」[22]고 기술했던 것으로 해석된다.

이어 구라타는 『성서』 「요한 제1서 제2장」의 내용인 「형제들이여, 내가 너희에게 새 계명을 써 보내는 것이 아니다. 즉 너희가 처음부터 가진 새 계명이니, 이 옛 계명은 본래 너희의 들은 바 말씀이다. 그래서 다시 내가 너희에게 새 계명을 쓰노라(兄弟よ、我爾曹に新らしき誡を書き贈るに非ず。即ち始より爾曹の有てる旧き誡なり。此の旧き誡は始より爾曹が聞きし所の道なり。然ど我が爾曹に書き贈る所は新しき誡なり。)」[23]라는 말을 권두(巻頭)에 기술하고 있다. 여기에서도 논자는 구라타가 전술한 바와 같이 이 『사랑과 인식의 출발』을 집필하기 이전에 한 동안 기독교에 경도되어 있었음을 발견할 수 있다. 그것은 자신의 고뇌에 찬 저서를 첫 평론집으로 출판하면서 그 모두에 『성서』의 내용을 게재했다는 점

21) 오늘날의 용어로 바꾸어 표현하면 '실존'이라는 말이 더욱 적절한 표현이라고 생각된다. 倉田에게 『転身』이라는 작품이 있을 정도이고 보면, 그가 얼마나 자신의 내면세계를 깊게 응시하고 자기의 '변신'을 위해 몸부림쳤는지 알 수 있다.

22) 이를 번역하면 「이 책을 뒤에 오는 젊은이들에게 준다」이다.

23) 上揭書, p.292 참조.

에서 그렇다. 한편 구라타 햐쿠조가 기독교적인 사고방식에 의한 표현법[24] 또한 상당히 서구적이라는 사실을 다음의 서문을 통해서도 인지할 수 있다.

그러면 작품 중 서문의 내용을 살펴보기로 하자. 햐쿠조는 이를 통해 "이 책은 청년으로서 마땅히 생각해야 할 중요한 문제를 모두 포함하고 있다고 해도 좋다."(此の書は青年として当に考ふべき重要なる問題を悉く含んでゐると云つてもいゝ)"[25]고 하면서

> 「선이란 무엇인가」, 「진리란 무엇인가」, 「우정이란 무엇인가」, 「연애란 무엇인가」, 「성욕이란 무엇인가」, 「신앙이란 무엇인가」 등의 문제를 결코 해결할 수는 없을 때까지라도, 이들에 관한 가장 본질적이 사고방식을 보이고 있다. 그리고 사고방식은 어떤 의미에 있어서 해결보다도 중요한 것이다.[26]

---

24) 위 인용문에서도 倉田는 大正時代 당시에 '신앙'이라고 비교적 기독교적이고 서구적인 용어를 즐겨 사용했다. 어쩌면 이런 표현은 오늘날이라면 비교적 동양적인 표현인 '종교'라고 언어를 구사했을 것이다. 한편 이 같은 倉田의 표현방식은 그의 대표적 희곡인 『出家とその弟子』에서도 발견된다. 이에 대한 구체적인 설명은 前掲 拙論, p.185에 밝혀 두었다.

25) 논자는 앞에서 『倉田百三選集』〈第2卷〉, p.5를 통해, 기독교적인 표현이 적잖게 기술되어 있음을 밝힌 바 있다.

26) 上掲書, pp.294-295 참조.

라고 기술하고 있다. 두 말할 것도 없이 이 책의 내용은 주로 청년으로서 마땅히 생각해야 할 중요한 문제를 포함하고 있다고 할 수 있다. 즉, 「선이란 무엇이고, 진리란 무엇인가? 그리고 우정이란 무엇이며, 연애란 무엇이고, 성욕이란 무엇이며, 신앙이란 무엇인가?」 등의 문제를 둘러싼 인간으로서 가장 본질적인 문제를 드러내려 하고 있다.

구라타는 이 인용문에서도 비교적 서구적이고 기독교적인 표현을 즐겨 사용하고 있다. 그는 전술한 바대로 신란사상과 「니시다철학(西田哲學)」의 영향을 크게 받고서 당시 인간 · 사랑(愛) · 생의 의미 · 병고 · 신앙 등에 각별히 관심을 기울였던 것이다. 문학가로서 구라타는 초기에는 시라카바파에 속하는 사람들과 활동했으나 30대에 이르러서는 마음 깊이 청년들을 가깝게 지도하고자 했다. 나아가 만년에는 일본주의운동을 펼치고 싶어 했다. 그런 까닭에 구라타는 『처녀의 죽음』, 『초극(超克)』, 『희랍주의와 기독교주의와의 조화의 길(希臘主義と基督教主義との調和の道)』 등의 작품도 세상에 출현시킬 수 있었던 것이다.

전술한 바와 같이 구라타는 이 『사랑과 인식의 출발』의 모두를 통해 〈"형제들이여, 내가 너희에게 새 계명을 써 보내는 것이 아니다. 〈중략〉 그래서 다시 내가 너희에게 새 계명을 쓰노라."〉라는 「요한 제1서 제2장」의 내용을 적고 있다. 이를 보면 구라타는 한 때 기독교에 경도되어 있음을 쉽게 알 수 있다. 그것은 자신의 고뇌에 찬 첫 평론집에 「요한 제1서」의 내용을 게재했기 때문이다. 더욱이 구라타가 기독교적인 사고방식에 의해 그 표현법 또한 상당히 서구적이었다는 사실은 자신의 첫 신앙처가 기독교였기 때문이기도 하고 신란사상에도 포함되어 있는 '타력신앙'으로부터 받은 영향이 컸기 때문으로 보인다.

그럼에도 불구하고 구라타는 당시 자신의 신앙에 대하여

> 나는 사랑이나 용서나 치유나 노동이나에 관한 기독교적 덕을 존경하는 마음이 두터울 뿐입니다. 그렇지만 그것만으로 기독교 신자는 아닙니다. 기독교 신자는 그리스도를 신의 아들, 구주로서 믿지 않으면 안됩니다.
> 내 신앙의 경로를 반성해 보면, 나에게는 기독교적 진리임이 믿어지고, 자비(기독교적 사랑)의 완성을 위해서 기도하는 마음이 생기며, 그 마음 바탕에 神을 만날 수 있다는 느낌이 들었을 뿐입니다.(중략)
> 나는 기독교 사상으로 나날을 살아가고 있습니다만, 크리스챤은 아닙니다.[27)]

라고 언급한 것을 보면 그가 비록 기독교적인 덕을 존경했다고

27) 『倉田百三選集』〈第1卷〉, p.212

할지라도, 그의 심적인 내면세계에 기독교 신앙이 돈독하게 자리 잡고 있지는 않았다고 보인다.

1915년(大4) 25세가 된 구라타는 결핵 치료를 위해 입원, 간호사인 하루코(晴子)라는 여성과 사귀게 된다. 그러나 그는 그 해 12월 텐코의 잇토엥에 들어가 노동과 요양을 하면서 침착한 마음가짐으로 지내다가 이듬해 밖에서 하숙생활을 하게 된다. 이로 인하여 다시 쇠약해진 몸을 치료하기 위해 거듭 잇토엥에 다니지만 이 때 두 누나의 죽음[28]을 맞게 된다. 두 누나의 질병 치료와 사망으로 인하여 자기 집에 적잖은 부채가 있음을 알게 된 구라타가 이후 희곡 『출가와 그 제자』를 집필했던 점을 생각해보면 그가 얼마나 많은 인내력과 끈기를 지니고 있었는가를 알 수 있게 한다.

한편 구라타는 고교 자퇴와 거듭된 실연, 그리고 당시로서는 거의 불치병이었던 결핵을 앓게 된 일 등에도 좀처럼 굽히지 않고, 약관 21세에 一高 시절 이후 기고해 온 감상문과 논문을 집필하여 이 『사랑의 인식과 출발』의 전신인 『사랑과 지혜의 말(愛と知慧との言葉)』[29]라는 이름으로 발표하였다. 그러면 이들

28) 이는 당시 34세인 셋째 누나 タテ와 당시 30세인 넷째 누나 マサ가 1916년 7월에 연이어 사망하는 일을 말한다. 두 누나의 임종을 지켜본 倉田는 '죽음'을 간접적으로나마 체험하게 된다.

29) 이에 관하여 倉田는 가능한 철학을 사용하지 않고 마음에서 마음으로 이야기하고 싶다고 밝히고 있다.(上揭書, p.125 참조)

작품명에 관한 내용부터 살펴보기로 하자.

> 나는 혹은 9월부터 센케모토마로(千家元麿)라는 사람의 『선의 생명(善の生命)』라는 잡지에 「愛と知慧との言葉」라는 제목으로 짧은 것을 매일 작곡하는 듯이 잠시 쓸지도 모릅니다. 9월의 것은 「타인에게 말을 거는 마음가짐의 근거에 대하여」라는 것입니다.[30]

이상은 서간집 『청춘의 호흡과 흔적 ― 어느 신학청년의 편지 다발 ― (青春の息の痕 ― 或る神學青年の手紙の束) ―』[31]에 실려 있는 것으로 구라타가 구보 마사오(久保正夫) 앞으로 1916년(大5) 8월 16일 보낸 편지의 내용이다. 이 내용을 살펴보면 구라타가 자신의 수많은 논문을 한데 모아 한 권의 평론집으로 구성하기까지 얼마나 많이 고뇌했는가를 추정할 수 있다.

그러므로 논자는 우리가 독자의 입장에서 이 작품을 일독하면 누구나 구라타가 유소년 시절부터 남달리 인생을 의문한 만큼 자신의 내면의식을 탐구하려는 마음작용이 자못 컸음을 인지할 수 있다고 본다. 물론 그것은 구라타가 직접 쓴 각종 서간문[32]을

---

30) 上揭書, p.117

31) 『倉田百三選集』〈第1卷〉에 게재되어 있다.

32) 위 인용문이 書簡文體임은 물론이고 『愛と認識との出發』가 거의 이 서간

통해 '사랑'과 '지혜' 그리고 '타인을 향한 마음가짐' 등의 어휘가 적잖게 발견되는 점에서 알 수 있는 내용이다.

구라타는 이 『사랑과 인식의 출발』을 출판함으로써 자신의 굳건한 문학적 소양을 확인할 수 있었던 것으로 보인다. 이를 보면 구라타의 문학에 대한 열정과 신념이야말로 후세 사람들에게 좋은 본보기가 될 수 있다고 보인다. 그것은 전술한 바와 같이 이미 당시에 청년기를 살아가고 있었던 구라타가 인생에 대한 허무감 · 무상감을 맛보면서 자신의 내면세계를 응시하는 힘을 발휘할 수 있었기 때문으로 보인다.

이 『사랑과 인식의 출발』은 키타로의 『선의 연구』와 아베 지로의 『산타로의 일기』 등과 더불어 당시의 청년들에게 큰 인기가 있었다. 구라타가 이 책의 서문을 통해 『사랑과 인식의 출발』이야말로 자신의 기념비에 해당하고 늦게 찾아온 청년의 마음에 보내는 선물이라고 강조했던 것은 이 작품이 비록 자신이 아직 젊은 나이에 집필된 것일지라도 구라타 스스로도 작품에 대한 자신감 내지 자존감이 있었기 때문에 가능했던 일로 해석된다.

문으로 되어 있다. 이 점에 대해서는 바로 이어지는 「第5章 제2절 1」에 구체적으로 밝혀 두었다.

◎ 倉田百三의 연보(年譜)

● 1891년(明24)

2월 23일 히로시마(廣島)현 쇼바라(庄原)초(현재의 히로시마현 쇼바라시)에서 태어났다. 오복상(吳服商, 포목상)을 하는 부친은 고사쿠(吾作), 모친은 루이. 누나 4명과 여동생 2명이 있었으나 외아들이어서 가족의 총애를 한몸에 받았다.

● 1897년(明30) 6세

쇼바라초립소학교에 입학한다.

● 1903년(明36) 12세

큰누나 도요 사망한다.

● 1904년(明37) 13세

숙모의 집에 기거하면서 현립미요시중학교에 입학한다. 입학 후 곧바로 급장이 된다. 연설을 하고 단편을 쓴다. 가가와 산노스케(香川三之助)와 같은 반에 속해 친교를 맺는다.

● 1906년(明39) 15세

미요시중학교를 3학년생으로서 휴학, 도회풍을 동경함과 문학열이 생기면서 약 1년간 자유로이 생활한다. 다시 복학, 유도부에 들어가고 단카(短歌)를 짓는다.

● 1910년(明43) 19세

3월 중학교를 졸업, 9월 제일고등학교 문과에 입학, 부친의 반대를 무릎쓰고 철학을 지망한다. 교장이 니토베 이나조(新渡戸稲造). 문학부, 웅변부에서 활약한다.

● 1911년(明44) 20세

부친의 권유와 정치가에 대한 열망으로 법과로 전과하지만 만족하지 못하고 염세와 불면증에 빠진다.

● 1912년(明45, 大1) 21세

2월초 학업을 팽개치고 오카야마 육고에 재학하는 친구 가가와 香川三之助 씨 곁으로 가 수개월 체재한다. 상경 때 교토의 니시다 키타로(西田幾多郎)의 문을 두드린다. 9월 문과에 복학한다. 이 무렵 H·H(간다 하루코)와 연애한다. 일고 교우회 잡지 2월호에 「三之助의 편지」를 발표. 동 잡지 220호에 「生命の認識的努力(西田幾多郎論)」을 발표하는 등 이후 종종 에세이(평론)를 발표한다.

● 1913년(大2) 22세

실연, 발병, 낙제 등에 의해 연말에 일고를 퇴학, 스마에서 요양한다.

● 1914년(大3) 23세

2월에 일고 교우회지 232호에 『사랑과 인식의 출발(愛と認識との出発)』을 발표한다. 3월에 히로시마현 쇼바라초로 귀향. 쇼바라초에서 떨어진 외딴집에서 홀로 지내고, 독서와 사색에 심취한다. 특히 종교서적에 친숙하게 되고 일본 아라이안스 쇼바라交會에 다닌다. 9월 치루에 걸려 히로시마병원에 입원하다.

● 1915년(大4) 24세

입원 중 간호사 간다(神田) 하루코 씨(오키누 씨)를 알게 된다. 3월 벳부(別付)에서 요양하고 6월 쇼바라로 귀향한다. 9월 교토 시외 소재 니시다 텐코(西田天香) 씨의 잇토엥(一燈園)에 들어간다.

● 1916년(大5) 25세

병약하여 하숙하면서 잇토엥에 다닌다. 2월 오키누키 씨가 교토로 오고 7월 두 명의 누나가 연이어 사망한다. 집에 많은 부채가 생긴다. 그것도 큰 누나의 죽음에 의한 가업상속의 문제로 부채가 생김에 심히 괴로워한다. 여름 희곡 『歌わぬ人』를 쓰고, 『出家とその弟子』에 착수한다. 히로시마만 동남쪽 어촌 단나(丹那)로 거처를 옮겨 『出家とその弟子』를 완성한다. 9월 '시라카바(白樺)'계의 동인잡지 『生命の川』에 『歌わぬ人』를 연제한다. 長與善郎 씨와 편지에 의한 교제가 시작된다.

● 1917년(大6) 26세

1월 히로시마에서 입원하고 3월에 하루코와의 사이에 장남 지조(地三)가 출생한다. 귀향 후 관절염, 골반카리에스 등 발병, 늘 누워 지낸다. 6월에 岩波書店에서 『出家とその弟子』를 출판, 일약 유명해진다.

● 1918년(大7) 27세

9월 골반카리에스가 재발, 후쿠오카에서 진료한다. 무샤시코지 사네아쓰(武者小路實篤) 씨의 「새마을(新しき村)」의 창설에 협력한다.

● 1919년(大8) 28세

「新しき村」 후쿠오카 지부를 자택에 둔다. 1월, 후쿠오카에서 희곡

「俊寛」에 착수, 5월 青山杉作 등에 의해 『出家とその弟子』가 교토에서 초연된다. 7월에는 유라카조(有楽座)에서 연주된다. 11월 동 작품이 이토엥 주최로 교토에서 상연되고 같은 달 아카시(明石)로 이주한다.

● 1920년(大9) 29세

5월 아리시마 타게오(有島武郎)의 방문을 받는다. 6월 『歌わぬ人』를 岩波書店에서 간행한다.

● 1921년(大10) 30세

3월 『愛と認識との出発』를 岩波書店에서 출판한다.

● 1922년(大11) 31세

伊吹山直子 씨와 결혼한다. 3월 희곡 『父の心配』를, 11월 『處女の死』를 출판한다.

● 1923년(大12) 32세

5월 『轉身』을 출판. 9월 大震災를 맞는다.

● 1924년(大13) 33세

1월 『超克』을 출판. 모친이 사망한다. 3월 武者小路實篤, 長與善郎 씨 등과 『不二』를 창간한다.

● 1925년(大14) 34세

2월 희곡 『希臘主義と基督教主義との調和の道』를 출판한다.

● 1926년(大15) 35세

1월 神奈川현 후지사와(藤澤)초로 전거하고 2월 강박관념증에 걸린다. 이후 고뇌가 계속된다. 10월 교토시 濟生병원에 입원한다. 5월

잡지 『生活者』를 창간한다. 9월 『一夫一妻か自由戀愛か』를 출판한다.

● 1927년(昭2) 36세

1월 부친 사망한다. 8월 明治大正文學全集第39券 『倉田百三篇』을 출판한다.

● 1929년(昭4) 38세

4월 강박관념증 괴로움으로부터 벗어난다. 11월 『生活者』를 폐간한다.

● 1930년(昭5) 39세

7월 『絶對的生活』을 출판한다.

● 1931년(昭6) 40세

4월 나리타(成田) 헤이린지(平林寺)에서 단식수행을 실행하고 11월에는 같은 절에서 참선한다. 12월 신앙의 기록 『生活と一枚の宗教』를 대동출판사에서 출판한다. 이 해 자택을 도쿄 오모리(大森)로 이주한다.

● 1933년(昭8) 42세

8월 津久井龍雄, 赤松克磨 씨 등과 國民協會를 결성하고 『國民運動』을 편집한다.

● 1934년(昭9) 43세

9월 『一枚起請文・歎異抄 — 法然と親鸞の信仰』을 출판한다.

● 1936년(昭11) 45세

2월 松本 등으로 강연 차 여행한다. 8월 소설 『親鸞聖人』을 출판한다.

● 1938년(昭13) 47세

서간집 『青春の息の痕』를 출간하고 기관지 『新日本』의 편집장이 된다.

● 1939년(昭14) 48세

논집 『日本主義文化宣言』을 人文書院에서 출판하고 10월 한반도, 만주, 몽고, 동남아시아 등을 여행한다.

● 1940년(昭15) 49세

여행에 따른 과로로 인해 발병, 8월 도쿄대학병원에 입원한다. 자전 소설 『光り合ふいのち』를 출판한다.

● 1943년(昭18) 52세

2월 12일 도쿄 오모리(大森) 자택에서 영면에 든다. 2월 15일 기쿠치 혼간지(築地 本願寺)에서 장의를 거행, 多磨영원(23구 1종 26측 2번)과 쇼바라의 倉田家 묘소에 매장된다.

⁂ 1955년(昭30) 모교 三次高等學校에 '구라타 햐쿠조'의 문학비 건립.

⁂ 1957년(昭32) 향리 三次庄原上野公園에 동 문학비 건립.

지은이 구라타 햐쿠조(倉田百三, 1891-1943)

히로시마(廣島)현 미요시시(三次市) 출생, 평론가・극작가. 일본 근대불교문학가로서 명성이 높다. 니시다 키타로(西田幾多郎)에게 경도(傾倒)하고 종교문학에 한 경지를 개척한 인물이다. 수필평론 『사랑과 인식의 출발(愛と認識との出發)』, 희곡 『출가와 그 제자(出家とその弟子)』 등 수많은 책을 저술했다. 출판 당시 이상의 두 권 모두 베스트셀러가 됨에 따라 일본 다이쇼(大正) 시대에 일약 유명작가의 반열에 올랐다.

옮긴이 조기호(曺起虎)

1955년 전북 익산 출생, 전주 거주. 일본 교토(京都) 붓쿄대학(佛教大學) 일문학전공 문학석사, 원광대학교 일어일문학과 문학박사와 일본 가나가와대학(神奈川大學)에서 역사민속자료학박사를 취득하고 일본 국립역사민속박물관・중국 상하이(上海) 화동사범대학(華東師範大學) 파견연구원을 역임했다. 전북대・원광대・건양대・청주대 등에서 일본어문학과 사생학(死生學 ; Thanatology) 강사를 역임하고 원광보건대학교에서 관광일어통역과 학과장을 역임했으며, 한국일본어문학회・한국일본문화학회・한국일어일문학회에서 각각 이사를 역임했다. 수필가・문학평론가・전 원광보건대학교 교수.

【저서 및 논문】

「鴨長明の硏究」(1992.3), 「日本 近代 佛敎文學思想에 나타난 '죽음' 의식」(2004.2)・「都市民俗における宗教的『死』と葬送儀礼」(2012.3)등, 석・박사논문을 비롯하여 40여 편의 일본어문학과 사생학에 관한 논문을 기술했다. 또한 『よくわかる大學日本語』(1996)・『라쿠라쿠관광일본어』(2002)・『일본어회화를 위한 강독』(2004)・『방장기』(2004/번역본)・『일본 메이지시대의 장묘문화』(2014)・『일본 근대 불교문학사상과 죽음(死)』(2015)・『가모노 초메이의 문학세계』(2020) 등 일본과 유관한 단행본을 출간했다.

E-mail ; khcho7617@naver.com